로지스틱스 호넷

R&C 오컬틱스가 보유하고 있는 총 12기의 거대
한 공중식 우주기 발사대. 지상에서 기구(氣球)
나 소형기로 받은 물자 컨테이너를, 내장되어
있는 매스 드라이버를 사용해 공기 저항이 없는
대기권 바깥까지 사출함으로써, 지구상의 어떤
지역이든 20분 이내에 물자를 배달할 수 있다.

창약
어떤 마술의
금서목록
I N D E X

카마치 카즈마
일러스트 / 하이무라 키요타카
4

CONTENTS

헤르칼리아 그로서리

대한파의 습격을 받은 LA에서 살고 있는 소녀

멜자베스 그로서리

대한파의 습격을 받은 LA에서 살고 있는 여성

Designed by Hirokazu Watanabe (2725 Inc.)

창약

어떤 마술의 금서목록
INDEX

4

카마치 카즈마 지음
하이무라 키요타카 일러스트
김소연 옮김

하버스 스프링은 당초에는 긴장감을 갖고 있지 않았다. 크리스마스를 핑계로 한 장난이라고 생각한 것이다. 그렇지 않다면 아무리 일이라도 경계 없이 어슬렁어슬렁 올 리가 없다.

"대체 뭐야, 젠장……."

그는 작업 밴의 핸들을 굵은 손가락 끝으로 신경질적으로 두드리면서 중얼거린다.

로스앤젤레스 일대와 연락이 되지 않게 되었다. 광섬유나 고속 무선 인터넷은 물론, 위성 통신, 공항 관제, 이미 쇠퇴한 지 오래인 전화나 아마추어 무선까지.

SNS에 답글은 없고, 통화도 메일도 되지 않는다.

스마트폰의 위치 정보를 원격으로 찾아보아도 전혀 움직임이 없는 방치된 광점(光點)을 알 수 있을 뿐.

……겨우 이것만으로, 로스앤젤레스의 3천만 명은 행방불명 취급이 되고 만다.

(어디서 피리 부는 사나이가 울고 있겠어. 인간의 존재라는 것도 헬륨급으로 가벼워졌구만….)

심야 2시. 이런 시간에 멋대가리 없는 작업복을 걸친 거구의 그는 통신 설비 설치나 수리를 맡아 하는 통신 회사의 작업원이다.

언제나, 언제나, 아침부터 갑자기 인터넷이 연결되지 않는다느니, 뭐시기튜버 님에게 인터넷 환경은 생명선이니 하는 부조리한 출동에 동원되고, 자신의 실수도 아닌 고장에 찢어질 듯한 목소리로 화내는 사람에게도 익숙하지만, 그런 그에게도 이번 일은 특대급이다.

로스앤젤레스의 누구와도 연락이 되지 않으니, 상황을 좀 보고 와 주었으면 한다.

정말로 이것이 통신 기기 부설 작업원의 올바른 업무 내용일까.

보통은 경찰 아닌가, 이런 귀찮은 안건에 나서야 할 것은. 옛날부터 이런 역할만 돌아오곤 했다. 이쪽은 덩치 큰 흑인이라고 해서 딱히 덩크슛이 특기인 것도 아니고, 춤도 힙합도 흥미는 없고, 마음속까지 마초에 터프하다는 것도 아닌데.

(……뭐가 지상 기지의 고장이야. 모든 통신 회사가 동시에 맛이 가다니 그럴 수가 있나?)

막차도 끊긴 이런 깊은 밤이라면 금융 거래 시장도 종료된 후지만, 그것은 어디까지나 미국 본토의 이야기다. 유럽이나 아시아의 거래소는 지금도 10억 분의 1초에 억 단위의 거액을 움직이는 고속 프로그램 거래를 되풀이하고 있고, 같은 미국 국내에도 날짜 변경선을 넘어간 괌 시장이라는 구멍도 있다. 즉, 셀럽 투자가 님과 연락이 되지 않아서는 곤란한 것이다. 지금은 영업시간이 아니니 고객 서비스는 내일 아침까지 기다려 주십시오, 는 통하지 않는다.

하지만 애초에 전세계 어느 도시의 풍경이든 자유자재로 검색할 수 있는 스트리트 뷰를 이용하면 로스앤젤레스의 거리는 평범하게 비친다. 즉 회선 자체는 살아 있다. 그래도 연락이 되지 않는다면, 기재의 문제는 아니다.

옛날에 흔히 있던 '집에 없는 척'이다. 그것도 최대 3천만 명이 오가는 미국 제2의 인구 밀집지 전체가.

"……언제까지 크리스마스 기분을 질질 끌 거야, 정말."

로스앤젤레스 전체 인구의 소실.

온 도시의 화려한 크리스마스 파티가 종료됨과 동시에, 마치 꿈에서 깨어나듯이 시민 전체가 수수께끼의 실종을 당한다. 어느 모로 보나 셀럽 영화인들이 기획할 것 같은 '이벤트'이기는 했다. 어쩌면 그런 인터넷 드라마의 사전 선전일지도 모른다. 여러모로 화제를 독차지하는 R&C 오컬틱스만 그런 것이 아니라, 최근의 거대 IT라면 무슨 짓을 해도 이상하지 않다고 하버스는 생각하고 있었다. 한 회사의 고삐가 풀리면 경쟁하는 다른 회사도 차례차례 대항해 간다. 모럴이나 룰은 2차적인 문제고, 어쨌든 이름을 남기면 이기는 거라는 풍조가 만들어지고 있었다. 이러다가 민간 최초의 핵 보유 기업 자리를 둘러싸고 개발 경쟁도 시작되는 것이 아닐까, 정도가 아니다. 실제로 브라우저나 인터넷 통신 판매 대기업들이 세계 최강이라는 미군의 전투 지원을 담당하는 전략 AI나 대형 컴퓨터의 입찰을 걸고 맹렬하게 싸우는 시대다.

(25일은 지났다고. 애초에 내가 일하는 곳은 라스베이거스 지점이야, 주 경계를 넘어야 한단 말이다! ……금주가라는 걸 회사 측에 들킨 건 분명히 실수야, 정말이지. 파티가 끝난 직후인 지금은 나밖에 핸들을 잡을 수 없다는 게 출퇴근 리퀘스트 프로그램에까지 완

전히 탄로나 버렸어⋯⋯.)

초조한 마음으로 음량을 높인다. 모든 일에 경비 삭감인 회사용 차에 라디오나 스테레오 같은 옵션은 없어서, 스탠드에 꽂은 자신의 스마트폰이지만. 뭔가 일본의 학원도시에서 중대한 재판이 시작되는 것 같다는 시시한 뉴스가 흘러나오고 있었다. 아무래도 음울해서 안 되겠다.

"헤이 셀리, 좌우간 기분이 나아지는 음악 리스트를 줘! 이대로는 그만 실수로 사람이라도 죽여 버릴 것 같아!!"

『한 번 심호흡을 하고 고향의 어머니를 떠올려 볼까요? 달콤한 애플파이의 맛을.』

최근의 AI는 유연하다. 그 위트 넘치는 세련된 토크에, 기나긴 할부만 아니면 아빠보다도 딸에게 사랑받는 고급 스마트폰 님을 뜯어내 창문으로 던져 버릴 뻔했다.

당연한 일이지만 로스앤젤레스에는 통신 회사의 지사가 있을 터였다. 즉 로스앤젤레스 시내에서 문제가 일어나면, 그쪽의 작업원이 두들겨 깨워져서 동원되지 않으면 이상한 일이다. 그럼에도 불구하고 하버스가 불려나왔다. 그 로스앤젤레스 지사의 빌어먹을 녀석까지 집에 없는 척 장난에 관련되어 있는 모양이다. 손이 닿지 않는 이세계에서 살면서 귀족처럼 거들먹거리는 빌어먹을 셀럽들의 짓이라면 몰라도, 같은 급여를 받고 있는 사원의 '놀림'으로 막차도 끝난 심야 2시에 주 경계를 넘어 300킬로미터 이상이나 회사의 작업 밴을 몰고 로스앤젤레스까지 출근해야 했나 하고 생각하면 감동도 더해진다. 저도 모르게 대시보드에 쑤셔 넣어져 있는 45구경을 의식하게 된다.

어쨌든 하버스 스프링이 할 일은 자사 통신 인프라의 보수 점검이다. 실제로 3000만 명이 사라진 건지 아닌지는 솔직히 아무래도 상관없다. 좌우간 광대한 시내 30곳에 있는 자판기 사이즈의 지상 통신 기지의 송전과 수신기 상황을 조사하고, 기재가 적절하게 가동되고 있는지를 확인하면 목적 달성. 태블릿 단말기에 표시한 체크 항목을 이상 없음으로 가득 메우고 나면, 냉큼 모하비 사막을 빠져나와 주 경계를 넘어서 고향 네바다의 전구 장식이 없는 편인 수수한 거리로 돌아갈 뿐이다. 즉 지금 온 길을 전부. 놀려면 도시지만, 살기에는 조용한 시골이 더 좋다.

하지만.

"뭐야, 이건……."

대도시의 복잡한 교차로에 악전고투하며 고속도로에서 일반 도로로 내려오느라 조금 고전한 탓이기도 하다. 즉 도시에 들어선 순간, 이 아니었다. 로스앤젤레스 시내에 꽤 깊이 접어들고 나서, 운전석의 하버스는 저도 모르게 중얼거리고 있었던 것이다.

삐걱, 뽀각, 삐익, 하고. 작업 밴 앞유리창의 한 점에 하얀 얼룩이 떠오르는가 싶더니, 눈 깜짝할 사이에 퍼져 간다. 처음에는 유리에 금이 간 건가 싶어 깜짝 놀랐지만, 아니다.

시야가 막혀 반사적으로 브레이크를 밟은 하버스는 혼자서 낮게 중얼거린다.

"……얼었다는 건가? 지금 이 한순간에."

와이퍼를 움직이거나 차내의 히터를 켜는 정도로는 두꺼운 성에 같은 동결은 떨어지지 않는다. 정신이 들어 보니 한숨이 하얀 것에 놀라면서, 하버스는 갓길에 세운 네모난 밴 바깥으로 나간다.

찢어지는 것 같았다.

밖에 있으면 몸의 위험이 느껴진다. 눈가를 문지르며 침대를 나서자 설산 한가운데였다. 그 정도의 극한(極寒) 환경에 내던져져 있었다.

가드레일이나 가로등, 거기에 호쾌하게 웃는 로베르토 대통령의 간판까지. 슈퍼의 아이스크림 코너 내벽처럼 새하얀 성에로 덮여 있다.

무음.

잠자코 있으면 귀가 아파질 정도의 정적이 사람의 의식을 무너뜨리려고 한다.

조금 불안해지면 곧 스마트폰을 보는 버릇이 엉뚱한 결과를 낳았다. 날씨 앱에서 알고 싶지도 않은 나쁜 뉴스가 날아 들어와, 얼굴을 찌푸리는 처지가 되었기 때문이다.

화씨 마이너스 4도. 이 스마트폰으로 바꾼 후로 본 적도 없는 수치였다. 섭씨로 변환하면 영하 20도 언저리다. 순간 핸드폰이 망가진 건가 생각한 하버스지만, 작업복을 뚫고 온몸을 찔러 오는 맹렬한 추위는 진짜다.

스마트폰의 백라이트 속에, 반짝반짝하는 작은 가루가 빛나고 있었다.

공기 중의 수분이 얼어붙은 건지도 모른다, 는 것을 깨닫고 더더욱 말을 잃는다.

(한파라니…… 진짜야? 여기는 로스앤젤레스라고.)

뉴욕이나 워싱턴 D.C.라면 몰라도 로스앤젤레스는 위도로 말하면 일본의 규슈와 같은 정도다. 공기 중의 수분을 통째로 얼게 하는 엄청난 한파가 덮친다는 이야기는 들은 예가 없다.

까슬까슬하게, 피부와 머리카락에 무언가가 달라붙었다.

저도 모르게 손을 대고, 얼굴 앞에서 자신의 손끝을 비비면서 하버스는 중얼거렸다.

"……모래?"

사람들은 어디로 갔지? 이건 정말로 장난일까?

부르르, 하고 새삼스럽게 하버스는 몸을 떨었다. 추위 탓만은 아니다. 희끄무레한 가로등으로는 완전히 씻어 낼 수 없는 사방팔방의 어둠이 갑자기 해치려는 뜻을 드러낸 듯한 착각. 작업 밴에서 내린 것은 잘못이었을지도 모른다. 앞유리는 방탄이 아니고 이런 네모난 상자로는 농성이 되지 않지만, 그래도 이 공기에 맨살을 드러내 두는 것은 위험할 것 같은 기분이 들었다.

추위에서 몸을 지키기 위해…… 라고 해 두고 싶었다. 공포를 인정한 순간에 정체를 알 수 없는 무언가가 덮쳐 올 것이다. 바보 같다고 생각하면서도 그런 망상을 뿌리칠 수가 없다.

그리고 혀를 찬다.

작업 밴의 문이 열리지 않는다. 아무래도 잠깐 사이에 얼어붙어 버린 모양이다.

"젠장!!"

이대로 직무를 다하든 포기하고 도망치든, 차는 필수품이다. 실제로 로스앤젤레스는 10개 이상의 도시를 통합한 거대한 연접 대도시권으로, 생활용수를 중심지까지 끌어오는 물길을 멀리 375킬로미터 지점에서 끌어오더라도 발전시킬 가치가 있다고 판단되었을 정도다. 그는 그 한가운데에 있었다. 전 지역을 커버하는 지상 기지를 걸어서 전부 살펴보고 다니는 것은 도저히 불가능하다. 물론 그런 큰 도시에서 걸어서 벗어나는 것도 마찬가지다.

어쨌든 잠깐이라도 얼어붙은 문을 녹일 수 있으면, 여닫을 수는 있을 것이다.

한 번 여닫을 수만 있다면 그 후에는 굳어 버려도 상관없다. 저도 모르게 하버스는 주위를 둘러보았다.

(뭔가 더운물을 대신할 만한 건, 뭣하면 커피 자판기든 뭐든 좋으니까…….)

그 머리가, 부자연스러운 각도로 딱 멈춘다. 보아서는 안 되는 것을 머리로 처리하지 못해, 그대로 굳어 버린 것이다.

처음부터 '그것'은 거기에 있었다.

하버스가 겨우 '그것'을 알아챈 것은 너무나도 부자연스러운 위치에 있었기 때문일 것이다. 보통 사람은 차를 찾으려면 도로를 보고, 전철을 찾으려면 노선을 볼 것이다. 그래서 생각지 못한 장소에 생각지 못한 것이 있으면 눈앞에 있어도 그냥 지나쳐 버릴 때가 있다.

꽂혀 있었다.

45층짜리 세련된 고층 빌딩 한가운데에, 부메랑 비슷한 칠흑의 폭격기가.

그뿐만이 아니다. 한 번 '보는 법'을 알고 나니 숨은그림처럼 풍경 전체에서 이물(異物)이 떠오른다. 가로수를 쓰러뜨리는 형태로 무장한 헬리콥터가 나뒹굴고 있었다. 지하철 계단에서 억지로 기어오르려던 팔륜 장갑차가 그대로 움직임을 멈추고 있다. 고층 빌딩 틈새에 있는 농구 코트를 메우고 있는 것은, 방수포로 된 군용 텐트들일까.

로스앤젤레스 주민의 물건일 리가 없다.

그렇다고 해도, 그렇게 잘 아는 것도 아닌 하버스도 확실하게 말할 수 있다. 이것은 최근 멕시코를 경유해 들어오는 마약 대책으로 난잡하게 무장한 미국 경찰이나, 본업 중 본업인 군대의 것도 아니다. 뭐랄까, 미국인이 보기에 위화감이 있다. 평범한 햄버거를 주문했는데 데리야키가 나온 것 같은 어울리지 않는 느낌. 미군 무기의 계통에서 분명히 벗어난 것이다.

그러나, 그렇다면 대체 뭘까?

애초에 이건 누구의 것이고, 게다가 왜 수수께끼의 무장 세력까지 깨끗이 사라졌지???

차라리 '그들'이 한 짓이라고 하면 납득할 수도 있었을 텐데.

폭발할 것 같아 무서워서 섣불리 사고 차량이나 추락기에는 가까이 갈 수 없지만, 멀찍이서 보아도 안에 아무도 없는 것을 알 수 있다. 이 추위 속에 히터도 켜지 않고 해치를 연 채 가만히 숨을 죽이고 있다간, 그것만으로 동사해 버릴 것이다. 일부러 스스로 차 안을 새하얀 성에투성이로 만들 이유 같은 것은 머리에 떠오르지 않는다. 무장을 빼앗고 기술을 해석하려고 했을 가능성만은 지워야 한다. 그런 기본 중의 기본조차 잊고, 최소한 조종석도 불태우지 않고 도망친 걸까, 아니면 그럴 여유조차 없이 '사라진' 걸까…….

사건.

사고.

아니면 재해?

이변은 숨길 생각도 없이 가득 펼쳐져 있는데도, 알면 알수록 혼란이 심해져 간다. 하버스는 아직도 이 사태를 머릿속의 어느 서랍에 넣으면 좋을지도 판단이 되지 않았다.

아무도 없는 무인의 도시에서, 무언가가 거구의 남자의 머리 위를 가로질러 갔다. 이미 끝난 세계를 느긋하게 날고 있는 것은 거대 IT R&C 오컬틱스의 택배 드론이다.

특대의 이상 속, 평온한 것이 딱 하나. 그것이 오히려 무서운 걸까, 무섭다고 생각하고 마는 하버스 자신이 휘말리고 있는 걸까.

"대체, 뭐가……?"

사태는 이미 한 개인의 정상적인 위기 감지 능력을 뛰어넘고 있었다. 너무나도 많은 의문에 노출된 나머지, 우선 자신이 무엇을 해야 할지를 잊어버린 것이다. 어디로 가서 방패를 들어야 할지를 잊은 하버스는, 느릿느릿한 움직임으로 스마트폰을 두 손에 고쳐 쥐어 들고 있었다. 평소의 버릇이 나왔다. 화면을 옆으로 눕혀 카메라로 폭격기를 찍으려고 한 것이다.

그러나 거기에서 그는 깨달았다. 화면 구석. 본래 같으면 통신 상황을 안테나의 수로 나타내는 아이콘이 이상한 것으로 바뀌어 있었다. 그것도 지금만은 절대로 보고 싶지도 않은 표시로.

수신 불가.

"……."

잠시 그대로 움직일 수 없었다.

지지지지지, 하는 잔물결 비슷한 소리가 하버스의 귀에 울린다.

상징적이었다. 그는 아직 화면을 통해 안전한 거실에서 사태를 바라보고 있는 기분이었던 것이다. 만일 여기가 정말로 아무도 없는 로스앤젤레스고, 해칠 뜻을 가진 무언가가 이 상황을 만든 것이라면, 이미 보이지 않는 마수는 하버스의 숨통에 닿는 위치까지 다가와 있을 텐데.

지지지. 지지지지지지지지.

아아, 하고 새삼스럽게 하버스 스프링은 멍하니 생각해 냈다.

이 소리는. 지지지지지, 사방에 울리는 노이즈의 정체는…….

그러나 깨달았다고 해도, 그래서 대체 무슨 소용이 있을까.

정답인지 뭔지가, 그 와중에 있는 사람을 구해 줄 정도로 절대적인 힘을 발휘해 주기라도 하나?

현실에서 눈을 돌리고 작은 화면에 의식을 할애하며, 무방비하게 웅크린 등을 바로 가까운 곳의 '무언가'에 계속 드러내고 있었다는 자살이나 다름없는 실수를 깨달았다고 해서. 거기에서 대체 무엇이 생겨날까?

3000만 명을 사라지게 만든 로스앤젤레스의 어둠이.

당연한 귀결로, 모든 방향에서 하버스 스프링의 의식을 삼켜 간다.

지지!!!!!!

서장 틈새에 떨어진 그림책
Magic_Side, Open

"……무―르……."

심야의 병원.

소등 시간도 지나 캄캄한 가운데, 모든 공포의 원천인 병원의 바야흐로 한 방, 여자 6인실 병실에서 땅 밑에서 솟아오르는 듯한 목소리가 울려 퍼지고 있었다.

시라이 쿠로코다. 속이 비치는 보라색 네글리제를 장비한 트윈테일의 열세 살 소녀는 느릿느릿 자신의 침대에서 바닥으로 발을 내리고, 같은 공간에 있는 다른 침대로 접근하면서,

"아무르예요 언닛!!!!!! 환경이 사람을 만든다. 평소의 기숙사 방과는 또 다른 밤의 병원이라는 시추에이션, 뭔가 에로스하고 음란한 소문이 끊이지 않는 이 로케이션이라면 상황은 호전될 것이 분명! 크리스마스가 끝난 26일, 섣달 그믐날이나 설날은 아직 오지 않은 26일. 그건 모두가 멍청해져서 저도 모르게 빈틈을 보이고 마는 겨울 방학의 사각지대. 우헷헷헤 소란을 피워도 침대에서 일어날 기색을 보이지 않는 걸 보니, 이번에는 정말로 피곤하신가 봐요 언니. 방심이 적이라는 건 이런 걸 말하는 거예요오오!!!!!!"

일단 일부러 텔레포트(공간이동)로 침대 위로 도약하고 나서, 다시 수영의 다이빙 스타일로 부풀어 있는 이불 위로 돌격해 가는 명문 여학교의 아가씨.

그러나 그녀는 즉시 깨달았다.

"뭣, 없어?! 이건……! 침대의 봉긋함은 뭉친 담요를 넣은 것. 어쩐지 언니치고는 가슴 부분이 풍만하다고부구앗???!!!"

침대 위에서 개처럼 엎드려 이불을 들치고 확인하는 쿠로코의 뒤통수를 격렬한 충격이 덮친다.

"새벽 2시!! 조금은 얌전히 있으란 말이야, 정말이지……."

어느새 침대를 빠져나갔던 미사카 미코토가 파자마 차림을 한 채 머리를 뒤꿈치로 내리쳤기 때문이다. 이건 배려. 지금은 특별한 의료 기기를 들여놓지 않은 병실이라면 이제 휴대폰 정도는 써도 문제없지만, 그렇다고 해서 실내에서 10억 볼트나 되는 고압 전류를 흩뿌렸다간 벼락에 의한 과전류 등으로 주변에 어떤 영향이 있을지 알 수 없다. 지나치게 강한 능력이라는 것도 생각해 볼 일이다.

무엇보다 평소부터 '그' 시라이 쿠로코와 1대 1로 같은 방에서 지내고 있는 미코토다. 항상 전쟁터에 있는 것과 같은 상태. 자다가 습격을 받을 만큼 어설픈 센서는 갖고 있지 않다.

그렇다고 해도,

(……익숙하지 않은 입원 생활로 흥분했다고는 하지만, 다른 의미로 '그' 쿠로코가 밤중에 이성을 잃고 큰 소란을 피운다는 것도 그건 그것대로 좀 아닌 것 같은?)

자타가 모두 인정하는 변태인 시라이 쿠로코지만, 동시에 치안

유지 조직 '저지먼트(선도위원)'로서의 얼굴도 위화감 없이 겸비하고 있는 신기한 인물이기도 하다. 그런 쿠로코가 그저 단순히 자신의 욕망에 져서 공공의 규칙이나 매너를 통째로 내던져 버리는 것은 아무래도 석연치 않다.

부자연스러운 일이 일어났으면 부자연스러운 일이 일어나는 원인이 있다.

미사카 미코토는 대강의 예측을 했다. 아가씨는 두 사람만이 아니다. 같은 병실에는 그런 것이 매우 특기인 극악한 아가씨가 한 명 더 입원해 있다.

"쇼쿠호!! 너 또 100근 감각으로 가볍—게 '멘탈아웃(심리장악)'이라도 사용해서 쿠로코를 나한테 덤비게 한 건……!!"

소리치며.

부푼 이불을 움켜쥐고 투우사처럼 크게 펄럭이다가, 미코토의 두 눈이 휘둥그레졌다.

"어, 없어……?"

텅 비어 있다. 침대 안에는 뭉친 담요가 두껍게 말려 밀어넣어져 있을 뿐이었다.

"그 녀석, 이 소동을 틈타서 대체 어디로 사라진 거야?! 놈은 그런 여자긴 하지만!"

"흠, 흠, 흐흠."

심야의 병원, 캄캄한 복도에는 어울리지 않는 콧노래가 울리고 있었다.

쇼쿠호 미사키. 긴 금발을 좌우로 흔드는 토키와다이의 여왕은

얇―은 베이비 돌 드레스 위에 대충 카디건을 걸쳤을 뿐인 차림새로 목적지로 걸음을 옮기고 있다.

미사카 미코토는 무의식적으로 자신의 몸에서 모든 방향으로 미약한 마이크로파를 흩뿌려, 전자파의 반사로 360도 전방위의 동체 체크를 순식간에 완전한 형태로 해낼 정도의 별난 존재다. 완전. 그 감도는 '폭탄으로 부서져 날아온 수많은 도자기 파편을 전부 파악해 정확하게 쏘아 떨어뜨리는' 레벨에 다다라 있지만, 그만큼 요란스럽게 날뛰다 보면 역시 감도도 둔해진다는 것이리라.

(……자기는 정의의 카드가 한 장 있으면 아무렇지도 않게 룰을 깨는 주제에, 주위에는 되게 까다롭게 구는 미사카 씨의 제맘대로 풍기 단속에 일일이 어울려 줄 수는 없지☆)

단순히 답답한 입원 생활을 빠져나와 자유를 만끽하고 싶은 것이 아니다.

쇼쿠호 미사키에게는 명확한 '목적지'가 있다. 평소의 버릇대로 엘리베이터를 향하려다가, 역시 눈에 띄려나 싶어 망설인다. 멋없는 비상계단으로 발길을 돌려 한 단 한 단 올라간다.

이 병원에 있는 지인은 미사카 미코토와 시라이 쿠로코 같은 토키와다이 멤버만이 아니다.

(돌리……의 동생도, 이쪽 병원에 놀러 올 수 있으면 좋았겠지만요.)

한순간 벌꿀색 여왕의 뇌리에 완전히 똑같은 얼굴을 한 소녀들의 얼굴이 떠오르지만, 뭐, 그쪽은 이미 자신의 영역이 아니다. 어딘가의 '핸드커프스' 이후 감시역 소녀와의 연락은 끊겼지만, 도움을 청하지 않은 것을 보면 자력으로 빠져나갔을 것으로 판단된다. 정말의 정말로 소식을 알 수 없게 되었을 경우에는 오히려 알림이 오도록 '설정'하는 방법은 얼마든지 있다. 가령 노인의 고독사를 막기 위한 아이디어 전기 주전자처럼.

이런 것은, 괜히 소란을 피우면 더욱 필요 없는 힌트를 아무한테나 흩뿌려 버리게 될 수도 있다. 나아 가는 부스럼 딱지를 상상한다. 침묵을 지키던 여왕은 굳이 그쪽은 건드리지 않도록 심리적으로 노력하며,

"후우, 후우, 하아―. 역시 계단은 힘들……."

달콤한 호흡을 살짝 가다듬고, 이마의 땀을 닦으며 목적하는 층에 도착. 계단 쪽에서 슬쩍 복도를 들여다본다. 구조는 아까와 전혀 다르지 않을 테지만, 소녀에게는 뭔가 눈에는 보이지 않는 특별한 압력이 느껴진다. 솔직하게 말하자면, 긴장. 모든 정신계를 망라하는 제5위의 레벨 5(초능력) '멘탈아웃(심리장악)'을 가진 쇼쿠호지만, 이 감각에는 거스르지 않았다. 자신의 능력으로 뒤덮어 버리기에는 너무나도 덧없고 아깝다.

같은 병원에는 '그'가 있다.

진짜 레벨 0(무능력자). 그런 주제에 누구보다도 빠르게 사지(死地) 한가운데로 뛰어들고, 지면 그는 죽어 버리는데도 행동 이유의 중심에 '자신의 이해(利害)'라는 기본적인 말이 없다.

바보 같다, 고 생각한다.

개인과 집단을 자유자재로 조종하고, 자신에게 있어서 최대의 이익을 자신의 손끝보다도 간단히 조작한다. 그런 제5위의 여왕이 보자면, 특히.

하지만 자신이 만들 수 있는 권력의 피라미드 바깥에 존재하기

때문에 더더욱, 조작은 되지 않고 손도 닿지 않는 무언가이기 때문에 더더욱, 여왕 또한 애가 타는 건지도 모른다.

"……. 아무것도 없다, 는 건 역시 없는 거겠죠. 역시."

낮게 중얼거린다. 그렇게 너덜너덜해졌던 것이다. 안나 슈프렝겔이라는 괴물과 목숨을 걸고 싸우고, 두 소녀와 커다란 도시를 아슬아슬하게 지켜 냈다. 그는 웃으며 말할 것이다. 자신이 비극을 참을 수 없을 뿐이라고. 딱히 누군가에게 빚을 지울 만한 건 아니라고.

하지만 그렇다고 끝도 없이 기대는 것은 잘못이다.

한껏 노력한 사람에게는 그 이상의 행복이 찾아와야 한다.

설령 쇼쿠호 미사키가 건넨 것 따위는 족족 순서대로 잊어버리는 운명이라고 해도.

문 앞에서 가슴 한가운데에 손을 대고 가만히 심호흡.

괜찮다, 목은 떨리지 않는다.

토키와다이의 여왕이든 최대 파벌의 장(長)이든, 그의 앞에서만은 그저 연하의 소녀로 돌아가 버리는 자신이 답답하다.

하지만 간다.

해프닝을 즐겨라.

"카, 카미조 씨—이……?"

문을 살짝 열고, 쇼쿠호 미사키는 안을 향해 조심스럽게 말을 건다.

그대로 슬쩍 안으로 숨어들었다. 이쪽도 1인실이 아니라 남자들밖에 없는 단체실일 테지만, 쇼쿠호는 특별히 신경 쓰지 않았다. 만일 아직 깨어 있는 사람이 있다면, 그때는 순차적으로 리모컨을 겨누어 기억과 인식을 날려 간다. 이 부분에서, 사리사욕이라 해도 쇼쿠호 미사키는 전혀 주저하지 않는다.

리서치는 끝나 있었다.

그가 자는 침대 정도는 알고 있다.

"……자, 엉망이 돼 버린 크리스마스를 다시 할까요? 괜찮아요, 오늘이야말로 모든 장애를 배제해 드릴 테니까아☆"

그러나 반응이 없다.

머뭇머뭇 이불을 들쳐 보니,

"어, 없어……?"

모포로 만든 커다란 덩어리를 보며 눈을 세 번 깜박인다.

팟!! 하고, 그러고 나서 무심코 쇼쿠호는 창 쪽을 바라보았다. 이제 전력을 다해서.

여기에서는 아무것도 보이지 않지만, 아마 그는 어둠의 어딘가에 있을 것이다. 말없이 나가야 한다는 것은, 말없이 나가지 않으면 할 수 없는 일을 하기 위해서.

그렇다, 연중무휴인 카미조 토우마는 26일이라고 해서 멍청해져서 빈틈을 보이는 일도 없다.

쇼쿠호 미사키, 이제 양손으로 머리를 끌어안고 외칠 수밖에 없었다.

"아앗 진짜!! 그는 그런 사람이었어!!!!!!"

그리고 아직 여기저기에 붕대와 거즈를 단 채 삐죽삐죽 머리의 고등학생, 카미조 토우마는 병원 근처에 있는 공원으로 걸음을 옮기고 있었다.

"카미조."

부르는 소리에 돌아보니 낯익은 얼굴이 있었다. 같은 반의 여자 아이, 후키요세 세이리와 히메가미 아이사다. 양쪽 다 긴 검은 머리 카락의 소녀지만, 분위기는 꽤 다르다. 히메가미가 얌전한 순수 일본풍인 것에 비해, 후키요세는 짱구가 크게 튀어나온 활발한 반장 같다.

겨울 방학이라서인지, 시간대 때문인지, 그녀들은 둘 다 사복 차림이었다. 후키요세는 다운재킷에 파카, 그리고 스키니진. 히메가미는 더플코트에 니트 스웨터와 롱스커트. 평소의 교복 차림과 달라서 뭔가 신선하다. 입원복을 입은 채 밖에 나온 삐죽삐죽 머리와 달리 이런 데서 센스가 좋다는 것을 느끼게 한다.

후키요세는 왠지 불만스러운 듯한 얼굴로 탈주자의 수상하기 그지없는 모습을 바라보고, 그래도 커다란 종이봉투를 소년에게 밀어붙이다시피 하며,

"뭐야, 네녀석 진심으로 병원을 빠져나와서 여기까지 왔다는 거야? 뭐 이런 밤중에 갈아입을 옷을 가져다 달라는 부탁을 받은 시점에서 상당히 위험할 것 같은 향기는 풍기고 있었지만…."

"고마워."

종이봉투 안을 들여다보고, 카미조는 얼굴이 확 밝아졌다.

"왠지 미안하네, 심부름꾼 같은 짓을 하게 해서. 삼색고양이까지 돌봐 주고……."

"그건 괜찮은데."

후키요세는 무뚝뚝하게 대답하고 나서,

"(…실은 고양이한테는 흥미가 있었거든. 뭐가 애완동물 금지의 여자 기숙사야, 룰에는 따르는 편이지만 합리성 없는 룰은 싫다고!

우웃―, 올해 겨울 방학은 즐거워질 것 같네. 삼색고양이라아…
☆)"

"(뭐. 이걸로 열쇠를 숨겨 두는 장소가 판명돼 버렸고.)"

손에 든 봉투에 집중하고 있는 삐죽삐죽 머리는 소녀들의 작은
변화는 눈치채지 못한 것 같다.

특히 소중한 물건이었는지, 소년이 부스럭거리며 종이봉투에 손
을 집어넣어 우선 확인한 것은,

"그래, 그래, 이거야, 이거, 트랜스 펜! 앞으로도 여러모로 인연
이 있지 않을까 싶어서 사 두었는데, 쓰지 않고 끝내는 건 너무 아
깝지!!"

두 소녀는 고개를 갸웃거리고 있었다.

스마트폰과 연동되는 액세서리지만, 학원도시의 할인 매장이라
면 매대에서 싼값에 팔리고 있는 정도의 '장난감'이다. 본체는 펜형
디바이스로, 펜 머리 부분의 마이크가 들은 외국어를 일본어로 통
역하고, 서류나 간판의 영문을 펜 끝으로 덧그리면 역시 일본어로
번역해 준다. 지금은 인터넷 교재의 덤으로도 딸려 오는, 그 정도의
물건이었다.

히메가미는 고개를 갸웃거린 채,

"그런 게 필요하다는 건. 해외에 볼일이라도 있는 거야?"

"아아, 그렇달까 나도 자세한 얘기는 모르지만……."

카미조가 애매하게 대답하려고 했을 때였다.

타닥, 타닥, 타닥!! 하고 공기를 때리는 연속적인 소리가 소년의
말을 가로막았다. 맹렬한 돌풍에 공원의 시커먼 나무들이 삐걱거리
는 소리를 내고, 후키요세는 거의 반사적으로 자신의 머리카락을

한 손으로 누른다.

헬리콥터, 는 아니다.

넓은 공원의 한가운데를 목표로 천천히 내려온 것은, 날개와 엔진의 각도를 크게 바꾼 틸트로터기. 게다가 학원도시제임에도 불구하고 측면에 다른 국기가 급하게 프린트되어 있다. 펑키하고 힙하게 멋을 부린 게 아니라면, 아마 차의 외교관 번호판 같은 취급일 것이다.

유니언 잭.

어느 나라의 국기인지를 새삼 설명할 필요는 없을 것이다.

카미조 토우마는 착륙한 범용 중경 수송기를 등지고, 어깨를 늘어뜨리며 이렇게 대답했다.

"아마, 이번에도 또 불행한 이야기가 되지 않을까?"

제1장 로스앤젤레스 전 인구, 소실
26_the_West_Coast_Warfare

1

스카이버스 550, 영국 정부 전용기 사양.

원래는 1200명을 한 번에 옮기는 천공의 호화 여객선이지만, 일반 객석을 전부 제거하고 정부 요인의 집무나 온라인 회의에 집중할 수 있도록 레이아웃을 철저하게 커스텀한 진정한 '하늘을 나는 성'. 일반 공항 관제에서 무조건적으로 광점이 사라지는 '정보적 스텔스 보호'가 설정되어 있는 기체로, 가격은 한 대에 67억 유로. 부메랑 모양의 스텔스 폭격기를 뛰어넘는 초고급품이다.

"저어."

카미조 토우마는 어정쩡하게 선 채, 그렇게 말을 꺼냈다. 비행기라고 하면 영화관처럼 좌석이 주욱 줄지어 있는 거라고 생각하고 있었는데, 원탁을 둥글게 둘러싸고 있는 가죽 소파에는 다가가기가 어렵다.

두꺼운 방음 유리로 차단되어 있는 회의실 중 하나다. 실은 벽에 걸려 있는 70인치의 슬림형 모니터에서 핵 발사 명령도 내릴 수 있다는 말을 듣고 나니, 더욱더 다가가기 어렵다.

"영국 왕가의 원탁이라니, 이 이세계는 대체 뭐지? 틸트로터기만으로도 그림일기를 쓸 수 있을 판인데, 환승이 이상해…. 다음 싸움은 지구의를 빙글 돌려서 전세계의 군대를 지휘하며 싸우는 RTS인가???"

"그런 위험한 싸움이라면, 단세포인 너를 여왕의 자리에 가까이 가게 할 것 같아?"

짜증스러운 듯한 중얼거림에 니코틴의 향기가 섞인다. 상대는 키가 2미터는 될 것 같은 신부였다. 게다가 긴 머리카락은 새빨갛게 물들이고 눈가에 바코드 문신, 입가에는 담배까지 물고 있다.

스테일 마그누스는 어이없다는 듯이 한 손으로 자신의 앞머리를 쓸어 올리며,

"넌 어디까지나 그 애의 '감시역'일 뿐이야. 뭐, 우리 아크비숍(최대 주교)도 그쪽의 총괄이사장도 대가 바뀐 지금에 와서는, 마술과 과학의 '협정'이 의미가 있는지도 수수께끼지만."

"…대가 바뀌었다, 라."

"그쪽의 총괄이사장은, 벌써 사회적인 자살이라도 하고 싶어하는 것 같은데?"

이 녀석이 빈정대는 것은 디폴트다. 특별히 누군가를 미워하는 것은 아닐 것이다.

그리고 지금 중요한 것은 '그 애'라는 말.

"인덱스를 어떻게 이용할 생각이야?"

"원래는 이쪽이 올바른 용법이야. 네 곁에 있는 게 이상한 거라고. 그래도 멋대로 따라올 거라면, 넌 그냥 그 애를 위해 쓰고 버리는 방패라도 되면 돼. 어쨌든 티켓은 이쪽이 갖고 있으니, 적어도 티켓값만큼은 소모되어 줘."

신부는 두꺼운 유리로 밀폐된 회의실을 가스실로 바꾸고 싶기라도 한 것처럼 담배 연기를 내뿜으며,

"……로스앤젤레스의 모든 인구가 소실되었어."

한 마디.

그것만으로, 카미조는 가슴 한가운데에 굵은 말뚝이라도 꽂힌 듯한 기분이었다. 마술. 지극히 평범한 세계를 강고하게 묶는 물리 법칙을 깨끗이 뒤집는 존재. 하지만 그렇다 해도 갑자기 이렇게 나오나?

"엄밀하게는 도시 자체가 아니라, 그곳에서 사는 사람들이 사라진 거지만."

"으음… 로스앤젤레스라면, 인구가 몇만 명 정도지?"

"미국 제2의 대도시야. 공적으로는 1500만 명 정도일까. 하지만 불법 이민이나 노숙자처럼 관청의 기록에 없는 사람들도 합치면 주민은 2000만 명 이상 되겠지. 거기다 또 여행자나 출장으로 온 숙박자 같은 단기 체류자를 포함하면 플러스 1000만 명 정도는 잡아도 돼. 어쨌든 넓은 의미의 로스앤젤레스에는 영화의 거리 할리우드나 세계에서 제일 유명한 유원지의 총본산까지 있으니까."

그것이, 사라졌다.

비명을 지르지도 무언가를 전하지도 못하고, 그 전원이.

들은 이야기로는, 한 번은 쓰러뜨렸을 안나 슈프렝겔은 학원도시의 구치소에서 탈옥한 모양이다. 소식은 알 수 없지만, 직접적이든 간접적이든 그녀가 지시를 내렸을 가능성은 매우 높다.

생명을 가지고 노는 순간을, 카미조는 분명히 보았다.

그는 조용히 자신의 가슴 한가운데에 손바닥을 댔다.

그 여자는 때리고 쓰러뜨려도 거기에서 끝나지 않는다. 그리고 한 번이라도 놓치면, 자신이 모르는 곳에서 실수가 있었던 것만으로 세계는 이렇게 된다. 그렇다면 어떻게 할까, 자신은 대체 무엇을 할 수 있을까?

(생제르맹…….)

"……당시 영국 청교도와 학원도시는 미국 정부에서 행동 허가를 따내서, 해안선에서 로스앤젤레스 시내를 향해 대규모 공동 작전을 전개했었어. 오퍼레이션 오버로드 리벤지. 그래서 간신히, 이변을 눈치챌 수 있었지."

스테일은 다시 그렇게 말을 시작했다.

"공동 작전의 목적은 R&C 오컬틱스 본사 빌딩에 대한 총공격이야. 바로 얼마 전까지 어느 나라에 속해 있는지도 알 수 없었던 거대 IT지만, 케이만 제도에 있는 특수한 은행의 기록을 뒤지다가 간신히 찾아낸 꼬리… 인 줄 알았어."

"그럼 로스앤젤레스의 소실이라는 건, 마술적인 무언가로 확정인 거야?"

"R&C 오컬틱스가 바다에서 밀어닥치는 오버로드 리벤지(마술과 과학의 혼성 부대)에 대항했어. 그 결과가, 군민(軍民)을 가리지 않는 대소실. 우리는 그렇게 짐작하고 있어."

스테일은 짧아진 담배 끝을 유리 재떨이에 눌렀다.

"로스앤젤레스 시민의 상황은 알 수 없어. 평범하게 생각하면 죽었을 것 같지만. 일단 살려서 킵하는 것의 메리트도 없지는 않아.

예를 들어 생존자와 바싹 붙어서 무인기의 공중 폭격을 망설이게 한다거나, 대량의 인질을 가까이 두고 교섭의 카드로 삼는다든가 ……."

"……묘하게 기가 약하네?"

논리는 틀리지 않은 기분도 든다. 그러나 스테일은 즉시 이렇게 대답했다.

"지금까지 R&C 오컬틱스 측은 인터넷에 마술 의식의 상세한 순서를 흩뿌려서 세계를 혼란스럽게 만드는 방법을 선호했어. 즉 공격은 보지도 알지도 못하는 수많은 실행범에게 맡겨 두고, 자신이 직접 손을 써서 나쁜 방향으로 눈에 띄는 전개를 피하고 있었을 거야. …그런데, 놈들은 이번에 룰을 바꿨어. 영국 청교도와 학원도시의 혼성 부대는, 아주 다행스럽게도 나름 이상의 위협으로 비치고 있었다는 뜻이야. R&C 오컬틱스는 진심이었어. 진심이 아니라면 2000만 명이나 3000만 명을 한꺼번에 소실시키는 방법을 쓸까?"

"……."

"여유가 없었던 거야, 놈들도. 그런 여유가 없는 상태에서 '비(非)치사성 한정'이라는 자기 속박을 지킬 수 있을까? 나는 비관적이라고 생각해. 게다가 실수로 모두 죽여 버려도 시체가 눈에 띄지 않는다면 인질 작전은 어느 정도 효과가 난다고. 침묵을 지키는 R&C 오컬틱스 측이 노리는 게 어디까지나 본사 사수인지, 아니면 수하물을 끌어안고 구름 속에 숨는 건지는 모르겠지만."

"엇? 벌써 도망칠 준비???"

"짜증나는 과학 신앙이 만연하는 이 시대에, '황금' 계열의 마술 결사도 지폐 다발은 전자 록이 걸려 있는 금고에 집어넣고 있어."

"아—, 하하하하……."

"냉전 시대에는 부두교의 저주로 정적(政敵)을 배제하는 것까지 고안했던 독재 제도 같은 것도 있었지만 말이야. 다만 마술은 그늘 속의 무법자여야 해. 최소한 그 부분을 알고 있다면, R&C 오컬틱 스는 한때의 승리라는 결과에 고집하지 않을 거야. 왕으로서 군림 하기보다, 얼굴과 이름을 지우고 어둠에 숨는 편이 안심이 된다고 생각하겠지."

스테일은 재미없다는 듯이 혀를 차고 나서,

"……아직 도망치지 않고 본사 빌딩을 지킬지, 이제 도망쳐서 안 전을 확보할지. 결국 무법자의 생각으로 이 두 가지 선택으로 정리 되겠지만, 놈들의 저울에 대해서는 역시 알 수가 없어. 다만 다음 목적이 무엇이든, 그걸 달성하는 데 '살아 있는 인질의 존재'는 필수 적인 조건이 아니야."

"확인하고 싶어."

카미조 토우마는 살며시 말을 내려둔다. 강하게, 스테일의 눈을 응시하며 묻는다.

"우리의 목적은, 그럼 뭐지?"

"R&C 오컬틱스의 격멸. 그걸 위해서 대규모 인원 소실 술식의 구조를 풀 마도서 도서관의 힘이 필요해. 있는지 없는지도 확실하 지 않은 인질의 존재는 샛길이야. 애초에 영국 청교도 소속인 금서 목록의 사용에 있어서, 나중에 결정한 '감시역'인 네게 허가를 받을 필요도 없어."

"웃."

"다만."

시시하다는 듯이, 였다. 스테일은 새 담배를 입에 물고 이렇게 말했다.

"…이쪽은 외부인인 감시역의 행동 같은 건 일일이 체크하지 않아. 자신의 일은 스스로 해. 네가 멋대로 샛길로 벗어나서 쓸데없는 공회전을 계속하는 것에는, 우리는 특별히 관여도 방해도 하지 않겠어."

카미조 토우마는 저도 모르게 웃어 버렸다.

"그렇군."

"어이, 착각하지 마. 상황은 99% 비관적이야. 몇 번이나 되풀이하지만, R&C 오컬틱스 측이 사정을 봐줄 이유는 없어. 인질 작전조차 생존자의 존재는 필수가 아니니까."

"그렇다면 나머지 1%를 어떻게든 주울 수 있도록 노력할게. 탈선하지 못하는 당신들 대신 말이야."

물고 있던 담배에 불도 붙이지 않고 손끝을 사용해 입에서 떼며, 눈매가 고약한 신부는 혀를 찼다.

대략적인 작전 회의는 끝났다.

카미조가 투명한 문을 열고 방음 회의실을 나오자, 대음향이 카미조의 머리를 흔들었다.

집무나 온라인 회의 등의 설비가 충실하게 되어 있는 정부 전용 기지만, 그것만은 아니다. 경우에 따라서는 공중 급유기를 사용해 며칠이든 공중 대기를 하기 위해 샤워, 침대, 주방 등의 숙박 시설이나 홈 시어터, 골프 퍼팅 장치, 바 카운터 등의 오락 시설도 부족하지 않다.

게다가 그 하나하나에 합리성 이외의 '취향'의 향기가 떠돈다. 예를 들어 TV나 스테레오 등 가전 관련은 전부 일본 제품으로 갖추어져 있다. 아무래도 록의 나라의 여왕님의 눈에 든 모양이다.

(굉장한 얘기야……. 여왕님한테는 자가용차 정도의 감각인 걸까?)

노래방 기계에 있는 커다란 모니터보다도 훨씬 거대한 벽걸이형 디스플레이에는 뉴스 프로그램이 나오고 있었다. 아무래도 태평양 지역에서 방송되는 일본인을 위한 방송국인 모양이다. 심야 중의 심야라, 이미 나온 보도의 반복인 것 같지만.

『다음 토픽입니다. 학원도시 총괄이사장, 통칭 '액셀러레이터(일방통행)'를 피고인으로 하는 전대미문의 재판이 개정될 전망입니다. 학원도시의 개인정보 클리닝 제도에 따라 본명과 나이는 추적 불능. 관계자에 따르면 의사들은 소년법이나 이 인물의 정신 감정을 이용해 재판 지연을 꾀하고 있었던 모양이지만, 총괄이사장 자신이 공작을 거부했다고 합니다. 이제 통상대로 재판이 개정되는 것은 거의 확정이라고 할 수 있는 상황이 갖추어졌습니다. 이 인물은 클론 인간 2만 명의 살해를 전제로 한 이상한 '실험'에 자신의 의사로 참가했다고 주장하고 있어…….』

"……."

카미조 토우마는 잠시 침묵한다. 이미 본 뉴스라도, 그래도 저도 모르게 멈추어 선다.

떨쳐 내듯이, 커다란 화면에서 시선을 뗀다.

그런데 아무리 일본인을 위한 뉴스 프로그램이라고는 해도, 헤드라인은 그쪽인가. 로스앤젤레스의 화제는 없는 것 같다. 아직 정말로 3000만 명이 소실되었는지, 대규모 장난인지도 확실하지 않으니 보도하기 어려웠던 것인지도 모른다. 정말의 정말로 곤란한 문제는 TV보다도 인터넷 쪽이 먼저 술렁거리기 시작한다는 이야기도 들리고.

인덱스가 있는 곳은 당연한 것처럼 바 카운터였다.

40도 이상의 화주(火酒)를 마시지 않으면 손의 떨림이 멈추지 않는다, 는 것도 아니고,

"앗, 토우마!! 봐, 봐, 이곳의 피시 앤드 칩스는 일품이야!!"

"……네가 말하는 '맛있다'는 믿을 수 없잖아. 뭘 먹어도 별 다섯 개 평가밖에 안 하면서."

카미조는 쓴웃음을 지으며 그쪽으로 다가갔다. 사람을 행복하게 만드는 재능, 이라는 의미로는 확실히 수녀답다. 이걸로 착각해 버리면 자신은 요리가 자랑이라며 으스댈 것 같다.

카운터 테이블 맞은편, 보통은 바텐더가 자리 잡는 일터에는 검은 머리카락의 포니테일 미녀가 들어가 있었다. 칸자키 카오리. 영국 청교도 관계자이기는 하지만, 이름에서 알 수 있다시피 순수 일본풍의 검술 누님이다. 옷자락을 묶어 배꼽을 드러낸 티셔츠에, 한쪽 다리만 허벅지 위쪽에서 싹둑 자른 특수한 청바지. 일단 여름 청바지는 아니라서인지 데님 재킷을 걸치고 있지만, 그래도 여러 가지로 눈 둘 곳이 곤란한 18세이기도 했다. 한마디로 말하자면 맨살이 많고, 만일 두 마디째가 허락된다면 숨겨져 있는 곳도 여러 가지로 상상력을 부추겨서 힘들다.

"뭔가 필요한 게 있나요?"

"이모, 온더록스 한 잔. ……아무것도 아니에요 농담입니다 네."

조용히 노려보는 눈길에 카미조는 작아졌다. 술 자체에는 흥미가 없지만, 여러 가지 색깔의 병이 줄줄이 늘어서 있으면 왠지 어른스러운 분위기로 보인다. 라벨이 영어로 되어 있으면 세련된 느낌이 곱빼기되는 것이 굉장하다. ……뭐, 가사도 모르고 외국 음악을 듣는 것과 마찬가지로 '이해하지 못하기' 때문에 더더욱 뇌가 멋대로 멋있게 변환하고 있을 뿐인지도 모르지만.

알지도 못하면서 눈을 반짝반짝 빛내는 카미조의 시선 끝을 보고, 칸자키는 어이가 없어서 말했다.

"드람부이에 압생트, 그리고 스피리터스, 일본의 아와모리. 냉장고에는 고대 이집트의 맥주 같은 것도 있군요. 어느 것에도 손대지 말도록. ……이 터프한 라인업을 보아하니, 아무래도 엘리자드 폐하는 자국의 스카치나 셰리주를 마시는 데 질린 건지도 모르겠네요. 그렇달까, 애초에 여왕 폐하의 컬렉션에 멋대로 손을 대면 외교 문제로까지 발전할 거예요."

"당신도 열여덟 살이니까 마신 적 없겠네. 우에—엥."

칸자키가 또 한 번 노려보아 왔다. 좋은 말도 삼세번이라는 말이 카미조의 뇌리를 스친다. 아직 남은 기회가 있는데 이렇다면 게임 오버되었을 때 무엇이 기다릴지 상상도 가지 않는다. 아마 컨티뉴는 없을 것이다.

"……언제부터 행동 개시였지? 거기에 따라서. 미각치라 반사적으로 햄버그나 오므라이스라고 말하고 싶지만, 여기는 도망칠 곳이 없는 구름 위니까 멀미 같은 것도 무섭네……."

참으로 서민 같은 말에, 칸자키는 쿡 웃은 것 같았다.

"로스앤젤레스에 들어가는 건 26일 오전 3시부터예요. 도착 후에는 즉시 행동을 개시하게 되고요."

"네??? 엇, 저기, 하지만 학원도시를 떠났을 때는 벌써 2시였다고. 도중에 밥도 먹었고, 잠도 자지 않았나? 그럼 그럭저럭 영화 다섯 편 이상을 본 것 같은 이 감각은 대체 뭐야? 우리의 슈퍼 마술 비행기는 대체 마하 몇으로 날고 있는 거야, 혹시 과거를 향해 날고 있나?!"

"그런 위험하고 메르헨한 마술은 사용하지 않았어요. 좀 더 심플하고 편리한 매직이 있죠. 태평양에는 날짜 변경선이 그어져 있다는 기본적 사실을 잊으셨나요? 비행기는 일본에서 동쪽으로 바다를 건너가면 겉보기 날짜가 되감아져요."

어라? 하고 삐죽삐죽 머리는 살짝 고개를 갸웃거린다. 그게 저렇게 되어서 이렇게 되어서, 어라? 잠깐 생각하고, 그리고 카미조 토우마는 생각을 포기했다. 지구의 구조는 너무 어렵다.

"벌써 꽤 오래 비행기를 탄 것 같은데, 그러니까 앞으로 얼마나 남은 거야?"

"한 시간도 안 남았어요. 몸을 크게 움직일 것을 고려해서, 간식 정도를 추천합니다."

흐음, 하고 적당히 중얼거리면서 카미조는 옆자리에 있는 인덱스의 접시에서 피시 앤드 칩스의 감자튀김을 집어 들었다.

딱!! 하고. 무슨 덫이 작동하는가 싶더니, 이미 카미조의 손 안에서 감자튀김이 사라져 있었다. 그리고 옆에 있는 인덱스가 입을 오물오물 움직이고 있다.

너무 빨라서 식은땀이 나는 것이 늦었다.

"저기, 어라, 인덱스 씨, 혹시 지금, 저어,"

"이곳의 피시 앤드 칩스는 일품이야! ……이 접시는 내 건데."

아무래도 한 조각도 줄 생각은 없는 모양이다.

원래 배가 고프다기보다 입이 심심하다는 게 강했기 때문에 별로 신경도 쓰이지 않지만.

가가가,

"……,"

"카, 칸자키 씨? 칸자키 씨—이……? 그, 정말로 한 입도 안 먹는 건가요 같은 얼굴은 좋지 않다고 생각하는데? 풀이 팍— 죽은 채로 눈치를 살피는 건 안 돼, 오히려 반대로 협박이냐! 하지만 저 접시에는 손을 댈 수 없어, 자칫하다간 손가락뿐만 아니라 손목뼈의 굵은 부분까지 통째로 뜯길 분위기잖아! 아니, 으음, 직접 만든 요리? 정말로? 전자레인지에 칭 한 게 아니라, 그, 누님이 처음부터 열심히? ~~~웃, 아앗 어쩔 수 없아야얏???!!!"

끝까지 말을 마칠 수도 없었다. 무모한 도전 또는 매우 청춘의 패기 넘치는 담력 시험에 도전한 결과, 소녀형 넷에 손바닥을 당하고 몸부림치며 뒹구는 카미조가 회복하기까지는 잠시 시간이 필요하다.

"제, 젠장, 그래서 싫었던 거야. 그건 그렇고 소수 정예의 특수 임무인가. 영화 같네."

다만 믿을 구석이 근육 불끈불끈의 전직 특수부대원 마초가 아니라 가느다란 팔의 먹보 수녀여서야, 세계의 명운인지 뭔지가 너무나도 불안해서 전 미국이 울음을 터뜨릴 것 같지만.

"어쨌든 추정 3000만 명 이상을 한 번에 없애는 술식이 사용되었으니까요. 숫자로 밀어붙이는 인해전술은 통하지 않아요. R&C 오컬틱스 측에 탐지되기 어려운 소수 인원으로 깊숙이까지 숨어 들어가서, 소실 술식의 구조를 조사해 파괴한다. 대(大)부대를 불러들이는 건 그 후입니다."

"…아니 그렇게까지 해서, R&C 오컬틱스 측은 대체 뭘 지키려는 걸까?"

설마 철근 콘크리트의 고층 빌딩을 지키기 위해 핵폭탄급의 마술을 턱 하니 던졌을 거라고는 생각되지 않는다. 그것은 안나 슈프렝겔의 이미지와는 너무 다르다. 애초에 돈을 내고 뭔가를 사는 모습조차 상상하기 어렵다.

칸자키 측도 거기까지는 확신을 갖고 있지 않은 것 같았지만,

"R&C 오컬틱스는 단순한 마술 결사가 아니라 현대의 시류에 맞춘 가면 조직으로서, 거대 IT라는 거죽을 뒤집어쓰기로 한 것 같아요."

"그런데?"

검색 엔진, 인터넷 쇼핑, SNS, 스마트폰 메이커……. 생활의 무엇에든 관련되어 있는 거대 기업의 실태를 의외로 아무도 이해하지 못하고 있다는 것 정도는, 일본의 고등학생이라면 모두 알고 있는 이야기다. 실은 세계 전체 인구에 태그를 붙여서 관리하고 싶어하고 있다거나, AI 스피커나 개인 광고를 구사해서 새로운 상담역(디지털 종교)을 만들려고 하고 있다는 둥, 대개의 실없는 이야기가 농담의 영역을 벗어나지 않는 것도.

"즉 R&C 오컬틱스는, 돈이나 정보라는 '지극히 세속적인 힘'을 바보 취급하지 않고 정면에서 자신의 결정적인 수단으로 철저하게

연구한, 완전히 새로운 가치관의 마술 결사입니다. 수수한 것 같지만 엄청난 발명이죠. 보통 이런 종류의 결사나 교단 같은 오컬트 조직은, 경도되면 경도될수록 그런 '세속적인 힘'을 싫어해서 멀리하려는 풍조가 있으니까요."

"어? 사이비 컬트는 돈벌이라는 이미지가 있는데."

"사이비는 이미 마술 측이라고도 부를 수 없어요."

"하지만 그 왜 으음, 뭐더라? 그 왜, 그렇지, 버드웨이의 '새벽빛 햇살' 같은 건? 뭔가 그 꼬맹이, 부자 같은 향기를 풍기고 있지 않았나?"

"(……이야기를 그렇게 연결한다면 '새벽빛 햇살'이 사이비 종교처럼 들려 버릴 것 같지만, 뭐, 사냥하는 쪽이 마술 결사 케어까지 할 필요는 없으려나.)"

"?"

눈썹을 찌푸리는 카미조에게 칸자키는 가만히 숨을 내쉬고,

"유력 마술 결사의 경우는, 확실히 풍부한 자금을 갖고 있는 케이스도 있어요. 하지만 그건 갱에 가까운, 뒷돈이에요. 다시 말해서 돈은 있어도 부정이 폭로되어 버리면 몰수되는, 나뭇잎 돈에 지나지 않아요. 하지만 합법적인 사업으로 제대로 돈을 버는 R&C 오컬틱스는 다르죠."

고발당한 마녀의 재산은 몰수되니까요, 하고 칸자키는 작게 중얼거렸다.

그녀는 조금 높은 바 카운터에 몸을 기대었는데, 그걸 본 카미조는 저도 모르게 눈을 피했다.

"???"

정면의 누님은 어리둥절해하고 있다. 아마 카운터에 커다란 가슴을 올려놓고 있다는 것은 깨닫지 못하고 있을 것이다.

"청빈한 건 미덕이지만, 적을 쓰러뜨리기 위한 힘이 되지는 않아요. 악덕을 받아들여 긁어모은 더러운 돈은 오히려 자신의 목을 조를 뿐이고요. 그러니까 무기로 사용하는 돈은 오히려 정당하게 번다. R&C 오컬틱스는 그 부분을 아주 현실적으로 이해한, 오컬트(진짜)예요."

"…그럼 말하자면, 바보처럼 정직하게 '돈을 위한' 싸움도 있을 수 있다는 거야?"

"뉘앙스에 어긋남이 느껴지네요……. 적어도 그 정도 레벨의 거물. 단순히 돈이 아까워서 저항하는 것과는 다르지 않을까요. 슈프렝겔 양에게는 일단 완성된 컬렉션을 밖에서 찌르는 바람에 이가 빠지는 게 싫다, 는 정도의 감각일지도 모르죠."

"남이 가로채는 게 싫다?"

"……그 괴물, 그냥 노는 게임인데도 혼자서만 빽빽 소리를 지르면서 깊이 열중할 것 같은 인간으로 보이진 않나요?"

확실히 그렇다. 인터넷 게임을 할 때 게임 패드를 두들기며 온갖 욕지거리를 흩뿌릴 것처럼 보이기는 한다. 누가 보스의 숨통을 끊었는지, 레어 아이템을 어떻게 나눌지 등으로.

위풍당당하고 신비로운 역사적 인물인 주제에 전체에서 보자면 대단치 않은 사소한 부분에 묘하게 집착하고, 하나라도 자신의 생각대로 되지 않으면 이상할 정도로 짜증을 낸다. 그것을 해소하기 위해서라면 마술사 이외의 '문외한' 상대로도 어른스러움이라고는 전혀 없는 극대(極大) 술식을 태연한 얼굴로 휘둘러 흔적도 없이 때려 부수려고 한다. '마술 측에 개인주의가 많은' 것은 이미 외부인인 카미조도 잘 알고 있는 사실이지만, 그렇다고 해도 안나의 '유치함'은 그 크로올리나 메이더스도 웃돌 정도다. ……그렇기 때문에 더더욱, 다음 행동을 전혀 읽을 수 없는 무서움도 있지만.

"안나 슈프렝겔 입장에서 보자면, 일부러 그런 거겠죠."

"일부, 러."

"붙잡히고 나서 빠져나가는 것까지 예정대로였던 겁니다. 어디든 자유롭게 드나들 수 있다, 아무도 막을 수 없으니까 포기해. 그런, 학원도시에 대한 시위 행위죠."

……그렇다면 카미조와 생제르맹이 사력을 다한 그 싸움도, 안나 측은 진심으로 싸우지 않았을 가능성까지 있는 걸까. 오히려 실력 차이가 너무 큰 경우, 어떻게 하면 부자연스러움을 보이지 않고 질 수 있는지로 고생했을지도 모른다.

칸자키는 카운터에 기대어 조용히 말을 이었다. 한입 크기의 흰살생선튀김을 행복한 듯이 입 안 가득 밀어 넣는 인덱스를 흐뭇하게 바라보면서도, 단정한 입술 사이에서 미끄러져 나오는 말은 예리하다.

"R&C 오컬틱스는 개인의 휴대폰에서부터 거대한 인프라까지, 인터넷 사업에 관련된 모든 것을 자신의 무기로 삼고 있습니다. 필요한 전문 기술은 그걸 특기로 하는 회사를 산하에 밀어 넣어서라도. 그 기둥 중 하나로, 인터넷 쇼핑에도 한 발 걸치고 있는 것 같더군요. 다만 당연히 집배소(集配所)나 수송 루트를 통해 자신들의 본거지가 알려져 버리면 의미가 없어요. 그래서 R&C 오컬틱스는 드론 택배를 특히 중시하고 있었던 모양입니다."

"드론이라니, 무인기 말이야?"

"붙잡혀도 고문을 당해도 상관없고, 매수도 협박도 통하지 않는, 꺼림칙하고 위험한 일도 인간보다 성실하게 해내고 폭력에도 입을 열지 않는 노동력. ……뭐, 저도 세탁기 같은 걸 보고 감탄한 경험이 있지만, 최근의 기계라는 건 정말로 잘 만들어져 있어요."

드론의 발착장이나 화물 창고라면 전세계에 있다. R&C 오컬틱스의 로고나 간판은 그야말로 거리에서는 신호등이나 온천 마크보다도 넘쳐나고 있다. 하지만 하늘을 나는 드론이 R&C 오컬틱스 본사와의 사이를 오가는 것은 아니다. 얼마든지 버릴 수 있는 간소한 창고뿐이라면, 아무리 무인기를 쫓아다녀도 거대 IT의 본거지는 찾을 수 없다.

매끄러운 뺨을 검지로 긁적이면서도 칸자키는 가만히 숨을 내쉬었다.

"다만, 결점이 전혀 없다고도 할 수 없는 모양이에요. 광섬유나 고속 위성 통신을 사용하면 데이터가 지구를 한 바퀴 도는 데 0.1초도 안 걸리지만, 그래도 다양한 종류의 정보 경로를 반대로 더듬어 가면 곧 로스앤젤레스의 한 점으로 집약되죠. 이게 R&C 오컬틱스 본사 빌딩이에요. ……그 케이만 제도에 묻혀 있던 금융 데이터와도 일치하니까 우선 틀림없겠죠."

마술의 전문가는 그런 디지털 분야까지 세세하게 조사하는 건가? 하고 카미조는 의문을 느꼈지만, 즉시 스스로 답을 풀었다. 학원도시와의 혼성 부대였나. 적재적소에서 일하고 있는 것이리라.

적의 적은 아군.

거기까지 '예외'를 인정하지 않으면, R&C 오컬틱스는 추적할 수 없는 것이다.

"농구 코트보다 거대한 드론 관리 서버는 그렇게 쉽게 훔쳐낼 수 있을 것 같지도 않아요. 100% 무리라고 하지도 않겠지만, 포도송이 같은 병렬 연산 기기를 각 알갱이마다 유닛 단위로 세세하게 분해해서 대량의 트럭이나 헬리콥터로 실어 내려면 상당한 시간 벌이가 필요해지겠죠. 그래요. 요란하게 눈에 띄어도 상관없을 정도의 시간 벌이가 말이에요."

"……."

"'저주', '부적', '소환', '조합', '빙의' 등과 마찬가지로, R&C 오컬틱스에서는 '자금'이나 '정보'가 비장의 카드로 인식되고 있어요."

"칸자키가 허리에 차고 있는, 그 칼처럼?"

"네. 그러니까 지키는 거예요. 마술의 영적 장치나 신전과 마찬가지로, 야비한 돈의 힘으로 안간힘을 써서라도. 즉 반대로 말하자면, 여기서 탈출을 저지할 수 있다면 그들의 팔다리를 잡아 뜯을 수도 있죠. ……. 이렇게 바보 같은 짓을 되풀이하는 '힘'을, 영원히 빼앗을 수 있어요."

딩동—, 하고 부드러운 전자음이 공간을 엷게 채웠다. 서민인 카미조가 저도 모르게 천장에 시선을 던지자 합성 음성이 아닌, 차분한 승무원의 목소리가 뒤를 잇는다.

『이 비행기는 곧 로스앤젤레스 국제 공항에 착륙합니다. 착륙 태세에 들어가기 전에 착석하시고, 안전벨트 착용에 협조해 주시기 바랍니다.』

"흔들릴 겁니다."

칸자키는 태연하게 서늘한 얼굴로 그렇게 주의를 주었다. 특수한

스토퍼로 보호되는 술병이나 잔의 고정을 확인하고, 선반 자체의 유리문을 잠그면서,

"지상관제도 공항 직원도 '소실'되었으니까요. 스카이버스 550은 어쨌거나 거대하니까 조종석에서 하방 시야는 확보할 수 없어서 카메라에 의지하게 돼요. 그것도 한밤중, 지상에서의 레이더나 유도등 안내도 없는 캄캄한 어둠 속에서 긴급 착륙을 하게 됩니다. 프로 공정(空挺) 부대라도 사고를 일으킬 수 있는 악조건이에요, 충격으로 몸통이 두 조각 나지 않기를 우리의 신께 기도합시다."

"잇, 인덱스!!"

그리고 담배를 세 대 피우고 두꺼운 유리 회의실을 나온 스테일 마그누스는, 눈앞 가득 펼쳐진 광경에 차갑게 중얼거리고 있었다.

"……거기서 뭘 하고 있지?"

카, 칸자키 씨……? 하고 카미조는 카미조대로 울상이었다. 순간 옆자리에 있던 인덱스를 밀어 쓰러뜨리고 감쌌지만, 뚜껑을 열어 보니 아무 일도 일어나지 않는다. 실로 매끄러운 착륙. 그리고 검은 머리카락의 포니테일 누님은 한 손을 입가에 대고 쿡쿡 웃고 있을 뿐이었다.

"좋은 일이라고 생각해요. 우리도 이렇지 않았나요, 스테일?"

2

영국 정부 전용기는 무사히 로스앤젤레스 공항에 착륙했다.

그러나 내리는 것만으로도 한바탕 고생했다. 우선 두꺼운 문을

연 순간, 특가 1200엔짜리 합성 섬유 재킷을 추위가 정면에서 뚫었다. 더 말하자면 지상에서 트랩 차량이 다가오는 것은 아니기 때문에, 문에서 아스팔트까지 꽤 높이 차이가 있다. 결국 긴급 탈출용의 풍선으로 된 미끄럼틀 같은 설비를 끌어내, 가까스로 카미조 일행은 비행기에서 내릴 준비를 갖춘다.

카미조, 인덱스, 스테일, 칸자키 네 사람이 발을 딛자, 벌써 다음 움직임이 있었다.

벌룬 미끄럼틀(?)을 떼어 낸 전용기는 안쪽에서 공기 차단문을 닫고는, 착륙용 활주로에서 천천히 다른 곳으로 옮겨 간 것이다. 하마터면 거대한 바퀴들에 깔릴 뻔한 카미조는 허둥지둥 그 자리를 떠나려다가 칸자키에게 한 손으로 목덜미를 붙잡혔다. 그쪽은 주날개에서 매달려 있는 터보팬 엔진의 배기구라는 것을 뒤늦게 깨닫는다. 커다란 전용기는 빙글 방향을 전환해, 이륙용 활주로로 장소를 바꾸려고 하고 있는 것이다.

폭음에 지워지지 않도록, 소년은 가까이 있는 포니테일 누님에게 고함쳤다.

"뭐야?! 어째서 비행기가 날아가 버리는 거야???!!!"

"지상에 있는 인간은 관민을 불문하고 '소실'되어 버렸어요. 파일럿이나 승무원을 이곳에 남겨 둬도 위험합니다. 로스앤젤레스 바깥, 해상에서 기다리고 있어 달라고 하는 편이 그나마 탈출 수단으로서 킵할 수 있겠죠. 급유기를 이용하면 영구 공중 대기도 가능하니까요."

그렇다고 해도 저렇게 커다란 덩어리가 레카차 같은 보조 없이 자력으로 방향 전환을 할 수 있는 것은 놀라웠다. 칸자키의 이야기로는, 외교 교섭 결과 '관계가 나빠진' 나라의 비행장에서 자력으로 날아오르기 위해서 그런 기능을 일부러 단 모양이다.

어쨌든 이걸로 로스앤젤레스에는 네 사람뿐이다.

3000만 명이 사라진 도시. 쥐 죽은 듯 조용한 밤의 어둠은 차라리 귀가 아파질 정도였다. 이곳이 일본의 도쿄 이상으로 발달한 거대 도시라는 사실을, 주의하지 않으면 잊어버릴 것만 같다.

112인지 911인지를 눌러도 경찰이 오지 않는, 기본이 사라진 조용한 전쟁터. 새삼 머리에 떠올리고, 카미조는 등을 부르르 떨었다. 무슨 일이 일어나도 막아 줄 사람은 없는 것이다.

적어도 이것은 단순한 자연 현상은 아니다.

악의를 가진 누군가가 꾸민 결과로서의, 이상한 상황. 거기에 뛰어든 것이다.

그리고 열을 배출하고 폭음을 내느라 바쁜 비행기 밑에서 나오니, 새삼 깨닫는 것이 있다.

"우왓, 춥네…. 내뱉는 숨이 하얘."

"맹렬한 눈보라나 화이트아웃으로 시야가 막히지 않은 것만으로도 그나마 나은 거예요. 영하 20도, 부자연스러운 대한파 속에 있는 것 같으니까요. 지금은 그 정도로 끝날지도 모르지만, 곧 손끝이나 귀를 걱정하게 될 겁니다."

"……."

묶은 티셔츠 아래로 얼핏 보이는 세로로 긴 배꼽에 한쪽 다리만 허벅지 위에서 싹둑 자른 청바지. 글래머러스한 누님은 자신의 옷차림이 신경 쓰이지 않는 걸까? 옛날 기질의 사무라이 걸이고, 의외로 반에 한 명은 있는 겨울에도 반바지를 입고 다니는 아이일지도 모른다. 아니면, 진지한 수행으로 단정하게 폭포를 맞으며 속이 훤히 비치는 계열의 무자각 섹시 누님인가?

언제까지나 드넓은 활주로에 있어도 별수 없다.

"그렇달까 이거 어떡할 거야? 공항이라는 게, 걸어서 밖으로 나갈 수 있는 건가……?"

"주위의 급유차나 토잉 트랙터라도 훔쳐서 바깥 둘레의 울타리를 부술 생각이냐? 사람이 다니는 설비니까 공항 터미널로 가는 게 당연히 지름길이지, 우둔한 놈."

초조한 기색의 신부님이 내뱉는 말에 카미조는 작아졌다. 토잉이라는 건 무슨 말일까?

참고로 그 급유차는 모든 면에 냉동고의 하얀 성에 같은 것이 빼곡히 붙어 있었다. 엔진 오일이, 라든가 배터리 액이, 라는 이야기 이전에 저 상태로 제대로 운전석의 문이 열릴 거라고는 생각되지 않는다. 섣불리 만졌다간 그대로 손이 들러붙을 것 같다. 스테일의 막대한 불꽃의 마술로 급유차의 해동을 시도했다간, 그것은 그것대로 대폭발이라도 일으킬 것 같아서 무섭고.

어차피 차는 고등학생에게는 지나치게 미지의 존재다. 종종걸음으로 신부의 뒤를 따라가면서,

"어디부터 살펴볼 거야?"

"물론 R&C 오컬틱스 본사가 최우선이지만, 무식할 정도로 정직하게 직진하는 것만으로 안전하게 접근할 수 있다면 3000만 명이 이렇게 되지 않았겠지."

본래는 급유차가 다니는 길일까. 스테일은 영어로 no fire(화기 엄금)라고 적혀 있는 활주로의 표시를 밟으며, 새 담배에 손끝으로

불을 붙였다.

"그렇다면 여기서 무슨 일이 일어났는가 하는 흔적을 쫓아서 사전 조사를 하고 싶어. 어디까지가 안전하고, 뭘 밟으면 '소실'이 발동하는지. 본사 빌딩에 가까이 가기 위한 '룰'을 알아 두고 싶거든. 경찰서, 병원, 그리고 영국·학원도시 혼성 부대의 상륙 야전 기지. 속수무책으로 사람이 사라졌다고 해도, 반드시 기록이 어딘가에 남아 있을 거야. 그들의 다잉 메시지를 찾아내면, 우리의 생존 기회는 넓어질 테지."

다잉 메시지.

스테일은 이미 '로스앤젤레스 시민은 전멸했고, 돌아오지 않는다'로 이야기를 정리하려고 하는 모양이다. 그 R&C 오컬틱스, CEO 안나 슈프렝겔을 상대로 낙관적으로 볼 이유가 특별히 아무것도 없으니, 어떤 의미에서는 당연할지도 모른다. ……다만 한편으로, 스테일은 그런 '시비어(순당)한 길'에서 벗어난 변칙적인 전개를 카미조에게 바라고 있는 구석도 있는 것 같지만.

"(……사내자식의 츤데레는 알기가 어렵네, 진짜.)"

"우왓 오티누스?!"

자신의 옷깃에서 여자아이의 목소리가 들려, 카미조는 당황해서 소곤소곤 말했다. 키 15센티미터의 신(神)은 특별히 숨을 생각도 없는 모양이다. 소년의 상의에서 꼬물꼬물 나오면서,

"(뭐야, 이 내가 얌전히 집을 지킬 거라고 생각했어? 흥, 네놈 주위의 여자들은 이런 부분이 정말 물러터졌어. 자신의 위치는 기다리는 게 아니라 스스로 만드는 거란 걸 알아 둬.)"

자신만만한 것은 좋지만, 이 바보 신은 여권이나 입국 관리라는

말을 알고 있는 걸까. 신은 인간의 법률에 얽매이지 않는다는 둥 의기양양하게 대꾸할 것 같아서, 오히려 묻기가 무섭다.

"어랏?"

그리고 공항 터미널 빌딩에 다다랐을 때, 카미조가 이상한 목소리를 냈다.

"이거 뭐야……. 박스테이프?"

"덕트테이프겠죠, 일본에서는 별로 익숙하지 않을지도 모르지만요."

양쪽으로 열게 되어 있는 유리문을 고정하듯이, 방수성으로 보이는 두꺼운 테이프가 붙어 있었던 것이다. 한가운데. 문틈을 막는 형태로, 세로로 길게 한 줄. 아니, 그것만이 아니다. 자세히 보니 위도 아래도, 그리고 경첩 쪽까지 전부 철저하게 문풍지가 발라져 있다.

"……뭔가가 들어오는 걸 막으려고 했다, 거나?"

"뭔가라는 건 구체적으로 뭘?"

튼튼한 테이프를 박박 뜯고, 인덱스가 싱겁게 문을 열어 버린다. 그렇다, 문손잡이를 잡은 것만으로 간단히. 특별히 잠겨 있는 것은 아니고, 안쪽에 테이블과 의자를 깔아 바리케이드를 치거나 한 것도 아니다.

그러나 그렇게 되면, 꽤 정성스러운 이미지였던 테이프의 존재가 수수께끼다. 우선 평범하지 않다. 하지만 일부러 그런 작업을 한 것치고 기본적인 문단속도 하지 않은 것은 어떤 뜻일까???

"???"

고개를 갸웃거리면서도, 카미조는 안으로 들어간다. 그것만으로 세계가 바뀌었다. 바깥에 있을 때는 그다지 의식하지 않았지만, 따뜻한 공기에 감싸이자 서서히 이상한 안도감이 강제적으로 카미조의 마음을 움켜쥐어 온다. 최종편이 떠난 후인 오전 3시다. 당연한 것처럼 불빛은 없지만, 그래도 난방은 켜져 있는 모양이다. 원래는 심야 점검이나 청소를 하는 직원을 위한 배려일까?

터미널 빌딩으로 들어간 것은 공항에서 시내로 나가기 위해서다. 지금은 아무도 없는 시설이라 어디를 어떻게 이동해도 혼나지 않는다고는 해도, 원래부터 있었던 길을 더듬어 가는 것이 최단 코스이기 때문이다.

삐빗─!! 하고 갑자기 전자 부저가 울려 퍼졌다.

"햐아아아앗?! 뭣, 뭐야 지금 뭐야?!"

"앗핫하 괜찮아 인덱스, 그냥 게이트의 부저야. 어라? 게이트??"

한바탕 웃고 나서, 웃는 얼굴을 한 채 카미조의 움직임이 멈추었다.

접수 카운터에 아무도 없고 조명도 꺼져 있어 어두워서 알 수 없었지만, 자신은 지금 대체 무슨 게이트를 무단으로 넘어 버린 것일까. 앞서가는 스테일이나 칸자키는 처음부터 신경 쓰는 기색도 없다. 서둘러 앞서가는 둥과 자신이 빠져나와 버린 게이트를 번갈아 보면서 카미조는 갑자기 머뭇머뭇하기 시작했다.

"저, 저기, 오티누스 씨, 저기 있는 글씨는 혹시 거짓말이라고 말해 주었으면 좋겠는데요….'"

"여행을 떠나려면 언어 정도는 공부해. 봐, 출입국 관리 게이트라고 되어 있군. 어서 오세요 밀입국자, 자유의 나라는 무엇이든 있군 그래."

"아우아우 멍멍!!"

"포기해. 먹을 거 3초 룰도 아니고, 허둥지둥 되돌아가 봤자 저지른 죄는 사라지지 않는다고."

이제 어떻게 할 수도 없었다. 이걸로 15센티미터 밀입국신(神)의 동류다. 카미조는 훌쩍거리면서 인덱스의 등을 양손으로 밀며 전투직 마술사들의 뒤를 쫓는다.

그러나 영국의 마술사들은 이 시점에서 이미 조금 신경 쓰이는 것이 있는 모양이다.

칸자키는 주의 깊게 어두운 통로를 둘러보면서,

"쥐도 바퀴벌레도 없어…. 아무래도 사라진 건 인간만이 아닌 것 같군요."

카미조는 저도 모르게 움찔 떤다. 없다고 했는데도, 이름이 나오니 오히려 가까운 이웃의 존재를 강하게 의식하고 만다. 특별히 근거는 없지만, 왠지 모르게 미국의 B는 여러 가지로 크고 강할 것 같은 이미지가 있었다. 그 왜, 여러 가지 내성(耐性)이라든가.

한편, 스테일은 창의 스테인리스 섀시에 검지 안쪽을 대고 있었다.

마치 시누이처럼 더러움을 체크하면서 낮게 중얼거린다.

"……, 모래?"

"하지만 3000만 명이라니 이것도 집요하네……."

문외한인 카미조는, 그렇기 때문에 더더욱 스트레이트하게 깨달은 사실을 그대로 입 밖에 냈다.

수가 너무 많기 때문일까. 아니면 생생한 사체나 요란한 핏자국을 아직 보지 못했기 때문일까. 삐죽삐죽 머리는 어딘가 실감이 나지 않는 둥실둥실한 느낌으로,

"아니, 불법 이민이니 노숙자니 하는 것 때문에 로스앤젤레스 시청도 진짜 정확한 인구는 파악하지 못하고 있잖아? 관광객이나, 트럭으로 다른 도시로 향하는 중이던 장거리 운전사나, 아메리칸 히치하이커나, 뭐 어쨌든 서류 통계에는 나오지 않는 사람도 많이 있었을 텐데. 그런데 이렇게 넓은 도시 안에서, 그늘에 숨어서 데이터에도 나타나지 않는 한 사람 한 사람까지 전부 정확하게 파악해서 빈틈없이 데려가다니 상당한걸. 오히려 수고가 들 것 같은데."

그렇달까, 그렇게까지 철저하게 하는 의미는?

R&C 오컬틱스는 밀어닥치는 영국 청교도·학원도시 혼성 부대에 반격하기 위해 '무언가'를 했다고 한다. ……하지만 그렇다면, 무식하게 커다란 로스앤젤레스 전체를 공격하는 게 의미 있는 일일까? 혼성 부대 가까이에 있던 사람들이 어설프게 몽땅 휘말리는 정도라면 이해가 가지만, 지도의 구석에서 구석까지 꼼꼼하게 사람을 없애는 짓까지 할까? 그렇다면, 왜? 지도 가장자리에 있는 사람들을 없앤다고, 본사로 곧장 향해 오는 혼성 부대에 대미지가 가는 것도 아닌데.

"필요 없을지도 모르겠군."

오티누스가 선뜻 말했다.

카미조가 어리둥절해하고 있자니, 옆을 걷고 있는 인덱스가 이렇게 보충 설명을 더해 왔다.

"노릴 필요가 없다는 거 아니야? 즉 의식이 없는 희생자를 짊어지고 끌고 갈 필요도 없는 거야. 으—음, 그렇지. 예를 들어 '로스앤젤레스 중심에서 엄청난 크기의 폭탄이 작렬하고, 눈에는 보이지 않는 빛을 뒤집어쓴 사람은 예외 없이 소멸하는' 술식의 경우는 그늘을 찾을 필요가 없어. 그렇잖아? 하지만 한쪽 방향으로 표적을 압축할 수는 없어. 발동하면 끝, 로스앤젤레스 전체가 무자비하게 삼켜지는 처지가 될지도."

"……,"

가혹한 것은 상황이지 인덱스 본인이 아닐 것이다. 그리고 그녀의 머릿속에는 10만 3001권 이상의 이러한 마도서 지식이 통째로 들어 있을 것이다. 인덱스는 젓가락 쥐는 방법과 같은 서랍에 이것을 넣어 두고 있다.

어깨 위의 오티누스는 어이없다는 듯이 어깨를 으쓱하며,

"애초에 '3000만 명이 사망하는 술식'이 아니라 '3000만 명이 소실되는 술식'이라는 것도 묘한 얘기야. …우선 전제를 확인하겠는데, 안나는 뼈대 있는 악녀지. 그리고 사체가 얼마나 무겁고 성가신 물건인지를 알고 있는 빌어먹을 놈이라면, 인간 1인분의 살덩어리를 없애는 게 얼마나 귀찮고 수고가 드는 작업인지에 대해서도 뼈에 사무칠 정도로 잘 알 텐데."

"헤―헤헤헤헤헤에….'

"뭐야, 이 정도로 사고 정지의 펑크 상태야? 착한 놈, 딱 와닿지 않는다면 인터넷 쇼핑으로 냉동 소고기 덩어리를 60킬로그램이나 70킬로그램 정도 주문해 봐, 뼈가 붙은 걸로. 욕실에 질질 끌고 가서 장갑, 고글, 마스크, 모자, 레인코트, 바닥과 벽에는 비닐 시트, 어쨌거나 생각나는 모든 방법으로 케어를 하고 나면 작업 개시다. 사용하는 건 식칼, 톱, 망치, 믹서, 뭐 취향대로. 살도 뼈도 전부 분해해서 자루에 나누어 담고, 그 후에는 어딘가에 버리기만 하면 완전히 없앨 수 있다는 생각이 들면, 철분에 반응하는 시약을 분무기

에 담아서 벽과 바닥에 뿌려 봐. 루미놀 시약 같은 건 클릭 한 번, 만 엔 정도면 구할 수 있어. …작업이 끝났을 무렵에는 온몸이 땀투성이가 되고 지칠 대로 지쳐서, 제대로 하면 다음 날은 평소에 사용하지 않는 근육의 비명으로 근육통의 폭풍이겠지. 그리고 스스로는 완벽하다고 생각해도, 단 한 방울의 핏자국이 얼마나 성가시고 치명적인지를 잘 알 수 있을 거야. 샤워기로 씻어 낸 정도로 얼버무릴 수 있을 거라고는 생각하지 마."

오티누스의 상세한 설명이 진행될수록 오히려 카미조로서는 종잡을 수 없게 되어 간다.

"그런 것을, 3000만 명분이라고. 공장에서 빈 캔이나 페트병을 녹여서 재이용하는 게 아니야. 취급하는 건 진짜 인간이다. 사체 처리만으로도 힘들고, 산 채로 관리한다면 더 힘들겠지. 작업 비용이 너무 막대해. 대체, 용무가 끝난 희생자는 어디로 간 거지?"

"그러니까, 그, 뭐야…. 으음, 일부러 누구에게도 발견되지 않는 '쓰레기장'이나 '보관고'를 마련하는 것도 힘들다는 거야?"

"그것도 있어. 어차피 이 정도의 이변은 바깥에 전해지고 말지. 쓰러뜨린 적은 한데에 내버려둬도 상관없을 텐데. '몰래 숨어들기 위해 문을 요란하게 걷어차는' 급으로 부자연스럽고 가치 없는 노력이야. 야반도주든 갑자기 혼자 여행을 떠나는 것이든, 눈앞의 상황에 사건성은 없는 걸로 보이게 할 수 없는 한은 인체를 통째로 없애는 작업에 메리트가 생겨나지 않아."

확실히, 일본에서 제일 유명한 돔 구장의 수용 인원이 대략 5만 명인가, 조금 더 많은 정도였을 것이다. 그 600개분. 게다가 지도나 이미지를 검색할 수 있는 이 시대에, 절대로 누구한테도 들키지 않는 비밀의 화원이어야만 한다. …근처 약국에서 파는 치약에서부터 그랜드캐년까지 무엇이든 빅 사이즈인 미합중국이라도, 그런 비밀 기지는 조달할 수 없을 거라는 생각이 든다.

옆에 있던 인덱스는 손가락을 하나 세우며 말했다.

"그러니까 '스스로 선택해서 이렇게 된' 게 아니라, '애초에 이것밖에 할 수 없는' 마술. 스케일에 현혹되기 쉽지만, 상황은 의외로 심플할지도. 문제는 그 빈도일까."

"빈도라니……."

"그 '폭탄'."

주의를 촉구하기 위해서인지 오티누스는 짧게 말을 끊고 나서,

"천 년에 한 번 수준인 밀레니엄의 큰 기술이라면 걱정할 필요는 없어. 하지만 시보(時報)처럼 한 시간에 한 번 수준으로 몇 번이나 반복할 수 있다면 꽤 위험하지. 내버려두면 우리도 같은 수법에 당할 거야. 베트남 전쟁에서 당사자를 놔두고 용감하게 철수한 자칭 세계 최강의 미군이 우선 제공권(制空權)과 병참 수송로를 확보하고 싶어하는 건 왜지? 처음에 두터운 사이버 공격으로 적국의 방위 기능을 철저하게 교란하면서 앞바다에서 순항 미사일을 수백 발이나 쏘고 싶어하는 건 어째서일까? 전쟁의 승패는 보병끼리 요란하게 부딪치는 것보다 전단계에서 결정되어 버린다는 걸, 과거의 경험에서 확실하게 배웠기 때문이야. 이걸로 이길 수 있다는 걸 잘 알고 있는 패에 한해서 말하자면, 같은 전술의 반복으로 적군을 깎아 없애는 건 승리의 기본이거든. 그렇달까…."

오티누스는 거기에서 말을 끊었다.

스스로 생각해도 가설의 영역을 벗어나지 못하기 때문일 것이다.

어쩌면 이야기할지 말지 망설였을 가능성도 있다.

그래서.

천연덕스럽게 말해 버린 것은, 역시 인덱스였다.

"애초에 첫 번째 공격은 정말로 끝난 걸까? ……주 단위 월 단위로 장기간 계속되는 술식이라면 우리는 뜨거운 오븐의 문을 열고 스스로 머리를 집어넣은 거나 마찬가지야."

3

바깥에서 안으로 들어갈 때는 별 감개도 없었지만, 안에서 밖으로 나갈 때는 큰일이었다.

'소실'은 확실한 결과로 거기에 있는데도 수수께끼투성이.

그러니 어디까지가 안전하고 무엇을 하면 아웃인지, '룰'을 먼저 알고 싶다. 그것도 가능하면 본사 빌딩에 돌입하기 전에, R&C 오컬틱스 측에는 눈치채이지 않는 형태로.

"우와 추워???!!!"

몸의 표면이, 라기보다 심장이 조여드는 것 같다. 난방에 익숙해지는 게 아니었다. 얇은 합성 섬유 재킷 차림으로는 추위가 직접 꿰뚫어 온다. 꽤 진심으로 원래 왔던 실내로 뒷걸음질 치려고 한 카미조의 등을 스테일이 귀찮다는 듯이 걷어찬다.

아무도 없는 도시. 편도 4차선의 커다란 도로가 종횡으로 연결되는 교차로. 그런데도 신호등 색과 상관없이 카미조는 우두커니 그 한가운데에 서 있다. 이렇게 되면 마치 이세계 같다.

"왜 그래, 토우마?"

"아니……."

내쉬는 숨도 하얗고, 귀가 아프다. 젖은 수건을 휘두르면 얼어붙을 것 같을 정도의 극한(極寒)의 환경이지만, 인상은 그것만이 아니다. 들어가서는 안 되는 장소를 들여다보았다는, 그런 거북함이 있다.

편도 4차선의 도로는 신호등 색이 무슨 색이든 사람과 차의 왕래는 전혀 없고, 빌딩 벽면에 붙어 있는 커다란 화면은 이제 누구를 향한 건지도 전혀 알 수 없는 화장품 광고를 요란하게 흘려보내고 있다. 헤드라인 뉴스에 그리운 얼굴이 비쳤다. 수염 난 얼굴의 대통령이 사방팔방에서 마이크가 들이대어진 채 무언가 말하고 있다. 영어가 한껏 밀려와, 카미조는 무의식중에 트랜스 펜을 꺼내 마이크 부분으로 영어 대화를 흡수시켜 보았다.

'나는 첫째, 프리한 연애가 상관없는 계약. 앤드 이곳은…….'

카미조는 이상하다는 얼굴을 하고 고개를 갸웃거렸다.

"??? 이게 뭐야, 설정 맞아? 이봐 인덱스, 저 녀석 무슨 말을 하는지 알겠어?"

"음 그러니까, 에헴……'나는 독신이고요? 모든 연애와 그 표현 방법은 자유가 보장되어도 좋을 것이다. 따라서 굳이 가슴을 펴고 말해 두지, 메—롱— 마마—!!'래."

푸왁!! 하고 불꽃이 산소를 삼키는 소리가 울려 퍼졌다. 순간 카미조가 오른손을 휘두르지 않았다면, 스테일이 꺼낸 불꽃의 검이 삐죽삐죽 머리를 숯으로 만들어 놓았을 것이다.

"……그 애한테 무슨 말을 시키는 거야 정말로 죽고 싶은 거냐 너는……?"

"으허억?! 으히이!! 뭐, 진짜, 잠, 어디에 지뢰가 있는 거야 이 나라는?!"

……그렇다고 해도 저 자식 저 대통령은 지나치게 여전하다. 무서운 것은 없는 걸까? 물어봐도 찐빵이라든가 하는 말이 돌아올 것 같아서 굳이 묻고 싶지도 않지만.

뭐랄까, 세계가 달랐다. 저 웃는 얼굴과 같은 나라에 있다는 감각이 없다. 화면의 이쪽과 저쪽, 마치 지구와 화성에서 교신이라도 하고 있는 것 같다.

전기가 있는 게 오히려 살풍경하다.

차라리 완전히 정전이 된 죽은 도시라면, 받아들이는 방식도 달랐을지도 모르는데.

"화재가 없는 것만 해도 다행이네요."

"뭐, 최근에는 IoT에 제어를 맡긴 AI 가전이나 스마트 하우스도 늘었으니까."

칸자키와 스테일의 말을 듣고, 새삼스럽게 카미조도 깨달았다.

그렇다, 인간만이 사라지고 거리가 그대로라면, 각 집들의 부엌은 어떻게 되었을까. 지금은 소방서도 움직이지 않으니, 작은 계기로 대도시가 통째로 불꽃에 휩싸였을지도 모른다. 하지만 그렇게 되지는 않았다. 기계가 자동적으로 불을 껐기 때문이다.

카미조는 솔직하게 감탄하고 있었다.

"……굉장하네, 로스앤젤레스. 학원도시에서도 이 정도까지 보급되어 있지는 않은데."

"흥. 잊은 거 아닌가 인간, 네놈이 있는 학원도시는 바깥과 비교해서 2, 30년 앞선 특수 환경이라고."

"?"

"다시 말해 안이하게 보급시키기 전에 멈춰 서서 생각해 보는 편이 시대적으로는 앞지르는 거야. 인터넷으로 연결된 대전력(大電力)? 집이 통째로 온라인? 이런 종류의 서비스를 제공하는 쪽은, 대개 리스크에 대해서는 설명하려고도 하지 않아. 컴퓨터나 스마트폰을 보면 알 수 있지만, 메이커 측이 파악도 하지 못한 허약성은 얼마든지 있다고. 인터넷에 강한 R&C 오컬틱스 측의 기술팀이 악용하면 어느 집에서든 자유롭게 발화할 수 있고, 지구 반대편에서 모든 방을 마음껏 엿볼 수 있지."

"아우우……."

"뭐야, 소매에서 손을 완전히 내놓지 않고 귀여움이라도 어필하고 싶은 거냐? 그렇지, 얼굴도 보이지 않는 불특정 다수에게 가스밸브와 현관 열쇠를 맡겨도 상관없다고 생각한다면 안심하고 달려들어도 돼. 어쩌면 운이 나쁘지 않다면, 쾌적한 생활을 즐길 수 있을지도 모르지. 나는 운에 맡기는 것 따위 질색이지만."

마술사 놈의 의심암귀에 오히려 감탄해야 할지 어떨지, 카미조는 조금 고민했다.

어쨌든 이 도시는 어중간한 생활감이 굉장하다. 마치 가십에 나오는 유령선 같다. 아마 가까운 사무실이라도 들여다보면 커피포트의 내용물은 완전히 졸아 있을 테고, 인터넷 쇼핑의 드론도 아무도 기다리지 않는 짐을 운반하기 위해 밤의 도시를 날아다니고 있을지도 모른다.

그렇다고 해도, 다.

"…또야."

자신의 몸을 끌어안고, 카미조는 근처 빌딩의 1층 상점에 시선을 준다. 그가 보고 있는 것은 일본에서도 체인 사업을 하고 있는 햄버거 가게다. 슬랭투성이의 영어는 우선 전부 집어던진다 치고. 학원도시에서는 볼 수 없는 소, 돼지, 닭을 전부 올린 버거를 추천하고 있는 것을 윈도의 커다란 사진으로 알 수 있다. 지역 한정 상품이거나, 나중에 일본에 상륙할지도 모른다.

다만 주목해야 할 것은 그쪽이 아니라 출입구 쪽이다. 유리문은 두꺼운 덕트 테이프인지 뭔지로 단단히 문풍지가 발라져 있다. 분명히 거절의 의사가 느껴지지만, 한편으로 문 자체는 방탄도 아닌 평범한 유리다. 근처의 돌을 주워서 내리친 것만으로 쉽게 깨져 버릴 터. 공항에서도 느낀 뒤죽박죽의 위화감이 다시 카미조의 뇌리를 스친다.

"이거, 대체 뭘까? 문풍지 같은 걸 바르기 전에 금속 셔터를 내리면 될 텐데."

"딱히 사람의 출입을 막기 위해서라는 보장은 없어, 인간. 어쩌면 이런 것일 수도 있지. 학원도시 측이 '핸드커프스'의 혼란으로 내부의 감시의 눈길이 느슨해진 사이에, 해외의 시가지에서 승리하려고 조급하게 굴다가 독가스 무기라도 흩뿌렸다거나."

핸드커프스'인지 뭔지'도 수수께끼지만, 그게 중요한 게 아니다.

흠칫 놀라 자신의 어깨에 시선을 주자, 걸터앉아 가느다란 다리를 꼰 신은 어이없다는 듯이 말했다.

"어디까지나 근거 없는 가능성 중 하나야. 다만 그거라면 R&C 오컬틱스 측이 침묵을 지키고, 오염된 로스앤젤레스 시민의 시체가 철저하게 회수된 것도 어느 정도는 납득이 되어 버리지만. 주민을 없앤 게 꼭 거대 IT 측일 거라는 보장도 없어."

오티누스 자신도 진심으로 말하는 것은 아닐 것이다. 만일 진심으로 의심하고 있다면, 애초에 근처의 물건을 함부로 만지지 마, 입에 넣지 말라고 경고해 주었을 거라고 생각한다.

그러나 이것은 3000만 명의 소실.

황당무계한 가설이 얼굴을 내밀고, 어느 정도의 공포가 따라붙을 정도의 이상 사태인 것은 확실한가.

"추, 추워―."

인덱스가 자신의 몸을 끌어안고 떨고 있었다. 그러고 보니 수도복이라는 건 하복과 동복의 차이 같은 게 있을까? 어차피 여기저기 옷핀으로 고정해서 통풍이 좋아진 저 옷이라면 틈새바람이 굉장할 것 같지만. 전교 집회에서 누군가가 헛기침을 하는 것과 비슷했다. 자신의 몸일 텐데 일단 외부의 자극으로 깨닫고 나니 카미조 또한 감각을 전부 지배당해 간다. 추위로 덜덜 떨면서, 새삼 팀 전체를 향해 이렇게 물었다.

"그럼 어디부터 살펴볼 거야? 경찰이나 병원 같은 데서 트러블 발생 당시의 기록을 보고 싶다는 말을 했었는데……."

"바로 저기에 있을 것 같아."

아무도 없는 도시라서인지, 금연 구역에서도 이러는 건지. 스테일은 불이 붙은 담배 끝으로 가리킨다.

고층 빌딩과 고층 빌딩의 사이.

그럭저럭 트인 공간은, 본래 농구 코트였을 것이다.

하지만 지금은 모스그린색의 두꺼운 텐트가 몇 개나 공간을 메우고 있었다. 그것도 캠핑용의 자그마한 삼각형이 아닌, 핫바 모양의 차고 같은 텐트가 줄줄이 늘어서 있다.

"오버로드 리벤지는 서해안으로 상륙해서 로스앤젤레스의 번화가, 다운타운에 있는 R&C 오컬틱스의 본사 빌딩으로 공격해 들어갈 작정이었어. 시간이 승부인 뇌격전이었을 거야."

스테일은 천천히 담배 연기를 내뿜었다.

"…하지만 한편으로, 영국 청교도나 학원도시에 있어서 로스앤젤레스 전역은 어웨이였지. 서해안 최대의 도시는 미국 정부도 눈치채지 못한 사이에 로젠크로이츠(장미십자)의 소굴로 바뀌어 있었던 거야. 그래서 단숨에 본사 빌딩을 목표로 하면서도, 지나는 도중에 작은 야전 중계 기지를 설치해 나간 거겠지. 땅따먹기 게임으로 지배 구역을 벌지 않으면, 정면의 본사 빌딩 방위 부대와 등 뒤에서 쳐들어오는 거대 IT의 별동대 사이에 끼어서 집중 공격… 이라는 꼴을 당하지 않는다는 보장도 없으니까."

카미조는 안심하고 있었다. 아까도 공항 건물을 빠져나오면서 요란하게 부저를 울린 터이지만, 공공 교통 기관과 평범한 사유지는 발을 들여놓는 데 드는 힘이 전혀 다르다.

어차피 본인이 없는 집을 뒤지는 게 되는 것은 마찬가지. 하지만 문풍지가 발려 있는 로스앤젤레스의 건물에 밀고 들어가는 것보다는 한데에 내버려져 있는 텐트 쪽이 거부감은 적다. 이 감각은 소중하다. 지금은 아무도 없게 된 집이나 빌딩이지만, 수백 년 된 고대유적은 아니다. 멋대로 들어가 물색해도 되는 것은 아닌 것이다.

"정말로 괜찮겠지…. 무인 제어되는 기관총이 갑자기 머리를 흔들기 시작하지 않으면 좋겠는데."

오티누스가 작게 중얼거리고 카미조가 또 작아졌다. 저 축 처져 있는 삼각대가 움직일까.

　그러나 눈치채지 못한 인덱스는 냉큼 부지에 발을 들여놓고 만다. 말릴 새도 없었다.

　"어디."

　스테일은 간단하게 말하고는, 두꺼운 텐트 중 하나로 가 버렸다.

　칸자키는 아주 조금 더 배려하는 마음이 있는 모양이다. 딱 한 번 이쪽을 돌아보고,

　"이곳에 있는 무엇을 조사해도 상관없지만, 만약을 위해 총기나 폭발물 비슷한 것은 건드리지 마세요. 데인저, 코션, 워닝. 그렇지, 우선 이 세 가지 표시가 있는 상자나 자루에는 절대로 가까이 가지 않는 것만 기억해 두세요."

　"…군사 기지잖아, 그거 아마 아무것도 건드리지 말라는 의미가 될걸."

　긴 포니테일을 좌우로 흔들며 재빨리 조사 대상으로 향하는 성실한 칸자키의 등에, 오티누스가 어이없다는 듯이 하얀 숨을 내쉬고 있었다. 카미조와 인덱스는 얼굴을 마주 보았다.

　"우리는 어떡하지?"

　"서바이벌의 기본은 밥을 확보하는 거야 토우마."

　인덱스도 인덱스대로 평상시와 똑같다. 내버려두면 기지 전체의 레이션? 어쨌든 휴대식을 모조리 먹어 버릴지도 모르니, 우선 이 녀석과 함께 행동하며 목덜미를 눌러 두기로 한다. 어쨌거나 카미조 토우마는 마도서 도서관·금서목록의 '감시역'인 것이다.

　"그런데 굉장하군…. 이건 뭐지?"

　"가르르! 뭔가 기계 같아. 밥은 가솔린밖에 없는 걸까나—?"

차고랄까, 터널이랄까. 어쨌든 핫바 모양의 커다란 텐트 중 하나를 들여다보면서, 카미조는 신음하듯이 말했다.

오랜만의 일본어가 줄지어 있는 것에 오히려 이세계감이 강하다.

학원도시 측의 야전 중계 기지. 그런 설명을 미리 듣긴 했지만, 실제로 보니 마치 자료 영상에 나오는 하이테크 자동차 공장 같다. 잭으로 올렸다 내렸다 하는 커다란 작업대와, 그것을 빙 둘러싼 수많은 로봇 팔. 머리 위에는 기재를 옮기기 위한 금속 레일이나 크레인 등도 보인다. 이렇게 되면 살아 있는 인간 병사의 운용보다도 대형 기계를 위한 치과의사 같은 느낌이다.

그러나 그런 것치고 발밑은 왠지 지금지금하다. 반도체 취급은 자칫하면 인간을 취급하는 수술실보다 무균·무진 환경이 요구될 것 같은데, 이런 점은 어차피 '야전' 기지일까. 어느 정도는 더러움과 동거를 각오해야 하는 것인지도 모른다.

일단은 텐트 안인데도 금속제 컨테이너가 몇 개 쌓여 있다. 쌓인 모양은 조잡해서, 왠지 이삿짐 개봉 작업이 언제까지나 끝나지 않는 방처럼 되어 있었다.

"데인저, 코션, 워닝……."

"전부 붙어 있군."

오티누스의 지시에 뒷걸음질을 칠 뻔했던 카미조지만, 그럴 때가 아니었다.

철문에는 꼬리표 같은 실(seal)이 붙어 있었다. 거기에는 이렇게 되어 있었던 것이다.

'Five_Over, Modelcase "RAIL_GUN"'

'Five_Over, Modelcase "MELT_DOWNER"'

"이봐, 이봐. 이봐 이봐 이봐 이봐 이봐······."

별생각 없이 꺼낸 트랜스 펜이 그대로 허공을 허우적거렸다.

이 글씨는··· 잠깐······ 펜 끝으로 더듬어 일본어로 '확정'을 받고 싶지 않다. 하나하나도 경악이지만, 그것이 아무렇게나 쌓여 있다는 사실은 더 무섭다.

게다가 이걸로 끝이 아니었다.

안쪽의 안쪽.

이렇게 많은 쇠로 된 상자가 있는 가운데, 딱 하나 다른 것이 존재했다. 그 컨테이너에는 비스듬히, 불길한 꼬리표가 붙어 있다.

무슨 부적처럼 딱 붙어 있는 꼬리표에는 분명히 이렇게 되어 있었다.

Five_Over OS

Modelcase "ACCELERATOR"

"저, 저기, 오티누스 씨, 저어, 이 영어, 에헤헤, 농담이죠? 저기 이거······."

"트랜스 펜."

"무리 무리 무리라니까 이건 실수로 글씨 부분을 펜으로 덧그렸다가 그러니까 그겁니다 하고 무자비한 일본어가 나오면 진짜 받아들일 수 없어! 무서워!!"

안을 열어 보고 싶다고는 생각되지 않았다. 이런 것이 아무도 없는 도시에 없기를 기도할 수밖에 없다.

그건 그렇고, 하며 어깨 위의 오티누스는 가만히 한숨을 쉬었다.

"…학원도시는 바깥과 비교해 기술 레벨이 2, 30년은 앞서 있다, 고 했지."

"?"

"그렇다면 앞으로도 군사의 흐름은 기계화나 무인화 전쟁의 방향성으로 가속되겠군. 잠깐 못 본 사이에 업그레이드된 이놈들 같은 유인·무인으로 전환할 수 있는 하이브리드 무기가 주류가 될지도 모르겠는데. 꿈이 없고, 시시한, 효율과 계산이 지배하는 차가운 전쟁 말이야. ……그리고 이 경우, 조금 곤란할지도 몰라."

"뭐가?"

"R&C 오컬틱스는 세계적으로 이름난 거대 IT라고. 그것도 과학 기술만이 아닌, 마술 쪽도 아무렇지도 않게 병행해서 세계의 벽을 무너뜨리는 울트라 블랙 기업이야. 실제로 네트워크나 무인 무기 분야에서 과학 일변도'밖에' 사용하지 못하는 학원도시가 정말로 전쟁터의 주도권을 쥘 수 있었는지 어떤지는 의심스럽잖아. 이봐, 거기."

왜? 하고 인덱스가 돌아보았다.

어깨 위의 오티누스는 거만한 느낌으로 팔짱을 끼면서 턱으로 적당한 기재를 가리켰다.

"거기 있는 컴퓨터의 방화벽을 넘어 봐, 라는 말을 듣는다면 네 놈은 어떻게 할 거지?"

"으—음…… 그게 뭐야???"

"말하자면 숫자의 암호야."

"그럼 우선 별의 배열을 살펴보거나, 신께 기도해 볼지도!"

"……."

카미조는 할 말을 잃었다.

황당무계해서, 가 아니다.

"생각났지?"

오티누스는 작게 웃었다. 카미조는 꿀꺽 목을 울리고, 머뭇머뭇 인덱스를 본다.

"24일에…. 뭔가 너, 전기에 강한 미사카나 시스터즈보다 빨리 스마트폰의 패스 록을 풀지 않았던가???"

"난수표와 숫자의 배열을 바꾸는 거잖아. 마술의 세계에도 암호 정도는 있어, 그대로 읽을 수 있는 마도서 쪽이 드물 정도고."

"마력이 없어도 이 정도까지 할 수 있어. 그럼 진짜의 진짜로 마술을 쓸 수 있는 놈들이라면? 별의 배열을 보고 패스워드를 풀고, 신에게 기도해서 양자 암호의 내용을 바깥에서 만지작거린다. 이런 엉망진창의 공격에 과학 일변도로 어떻게 대항할 수 있지?"

더 이상 말이 없는 카미조. 다만 애초에 오늘날의 실전이라면, 정말로 위험한 장소에 대뜸 사람을 보내지는 않는다. 위성이나 드론으로 공중 촬영해서 철저하게 영상을 정밀 조사한다. 변칙적인 일이 일어났다고 해서, 그렇게 하지 않는 것은 왜일까? 지금은 마술 측의 주도로 리커버리하고 있으니까…… 이전에, 신용할 수 없는 것이다. 국가도 과학도 뛰어넘는 거대 IT를 상대로 전자전(電子戰)을 건다는 바보 같은 상황을.

"이것도, 어디까지나 근거 없는 가능성 중 하나야. 어차피 플래시 아이디어니까 진지하게 받아들일 필요는 없어. 하지만 그게 사실이라면, 곤란하게도 학원도시는 자신의 무기를 빼앗겨 습격을 당했을 가능성도 전혀 없지는 않게 되지. 아까의 독가스 가설과 조합하면 또 하나, 이 이해할 수 없는 소실 상황을 설명하기 쉬워져 버리는 셈인데."

주위에 온통 정체를 알 수 없는 컴퓨터투성이지만, 해킹이나 컴퓨터 바이러스 같은 이야기가 되면 역시 카미조로서는 조사할 수가 없다. 순간, 일본의 병원에 있는 제3위의 찌릿찌릿 소녀가 머리에 떠올라 버리지만, 없는 것을 찾아 봐야 어쩔 수 없다.

"찾았다, 햄버그!! ……하지만 딱딱해. 이래서는 먹을 수 없어."

"그거 냉동식품이 아니야. 이봐 이봐, 평범한 레토르트가 그렇게 되는 세계인 거냐……."

스테일이 하는 일을 도울 의리는 딱히 없지만, 카미조로서도 아무도 없는 추운 도시를 보고 있으면 이곳에서 살아온 사람들이 걱정되기 시작한다.

정체를 알 수 없는 프로그램이나 스크립트가 아니다. 적어도 '평범한 사람이 눈으로 보고 알 수 있을 만한 무언가'가 없는지 둘러보다 보니, 차고처럼 넓은 텐트의 한쪽 구석에 건조기보다 작은 네모난 덩어리가 있었다. 금고다. 부주의하게도, 무언가 두꺼운 종이가 끼워져 있어서 제대로 잠기지 않았다. …왠지 그것이, 오히려 이 땅에서 있었던 혼란의 정도를 나타내는 것 같아서 으스스하기도 했지만.

"…이건 뭐야?"

카미조는 머리 꼭대기에서 목소리를 내고 있었다. 반쯤 열린 두꺼운 금고 안에 들어 있던 것은, 지폐 다발도 금괴도 아니다. 손목시계였다. 그것도 스위스제에 문자판은 보석투성이 같은 것이 아니라, 기본은 유리와 플라스틱. 밴드 부분도 컬러풀한 고무로 되어 있다. 묘하게 디지털하고, 말하자면 싸구려 같다. 꺼내 보고, 카미조는 새삼 고개를 갸웃거리고 만다. 저도 모르게 중얼거리고 있었다.

"스마트워치???"

아마, 스마트폰과 연동해서 장착하고 있는 사람의 건강 상태를 조사하거나 몇 가지 핸드폰 조작을 간략화하는 액세서리, 였던 것 같다. 다이어트의 필요성보다 매일의 식비가 더 걱정인 가난뱅이 학생과는 철저하게 인연이 없는 사치 가전이지만. 그러나 카미조가 의문을 가진 데에는 이유가 있다.

"이 기종은… 시계 하나만으로 제대로 움직이는 모델은 아니지? 스마트폰과 링크시키지 않으면 도움이 되지 않는 스마트워치가, 어째서 혼자서 두꺼운 금고에 들어 있는 거야???"

"위화감을 믿어, 인간. 3000만 명의 소실과 마찬가지야, 부자연스러운 상황이 발생했다면 부자연스러운 이유가 반드시 따라다닐 터. ……그 시계, 뭔가 있어. 다른 데서 떼어서 금고에 넣는 것 자체가 실행자의 메시지로서 기능하고 있어. 이건 중요한 물건이라고 말이야."

측면에 있는 용머리 모양의 버튼을 누르지만 잠금화면이 나오지도 않고 접속 에러 메시지가 나온다. '본체'인 스마트폰이 없으면 그렇게 되나? 무선 이어폰만 오도카니 있어도 음악을 틀 수 없는 것과 마찬가지다. 다만 문자판 전체에 사용자인 듯한 이름만이 표시되어 있었다.

Melzabeth Grocery.

무방비하게 뺨과 뺨을 가까이 하고 옆에서 들여다본 인덱스가 어리둥절한 채 소리 내어 읽었다.

"멜자베스, 그로서리?"

"어이, 이쪽이야!!"

바깥에서 들려온 커다란 목소리에 카미조의 사고가 중단된다.

스테일의 부름에 카미조 일행이 텐트 밖으로 나가 보니, 그는 두꺼운 종이 다발을 손에 들고 있었다.

분한 듯이 담배 연기를 내뿜으면서 신부는 말한다.

"…우선 남아 있던 보고는 믿을 수 없어. 혼란 속이라 제대로 기록이 되어 있지 않은 것 같아. 더 이상 이곳의 데이터에 집착해 봐야 아무것도 없겠지."

"여기저기 무인 무기투성이였잖아? 카메라의 영상 기록 같은 건."

"인증 화면을 뚫고 데이터를 볼 방법으로 생각나는 건? 근섬유의 불수의 운동 아날로그 식별, 즉 소뇌와 연동한 '분신사바(거짓말을 하지 못하는 손끝)'의 무의식적인 떨림을 읽어 내는 방식인데."

카미조는 주춤했다. 일순 아까의 인덱스가 뇌리에 떠오르지만, 마도서의 암호를 풀 수 있다고 해서 컴퓨터라면 무엇이든 자유자재라는 것도 아닐 것이다. 만일 그렇다면 미사카 미코토처럼 다른 부가가치가 붙었을 것이다. 스테일과 칸자키는 어떤 의미에서 카미조 이상으로 인덱스의 스펙을 숙지하고 있다. 의지할 수 있다면 벌써 힘을 빌렸어야 한다. 그걸 위해 일본의 학원도시에서 데리고 나온 것이니까.

삐죽삐죽 머리는 고개를 갸웃거렸다.

"그럼 다음은 뭐야? 경찰인가, 병원인가?"

"할 수 있는 일은 그것 말고도 있어요. 당신들 학원도시의 학생이 보기에는 너무나도 원시적일지도 모르지만요."

말하면서, 칸자키는 무언가 액체를 발치에 촥 뿌렸다.

카미조는 잠시 그대로 기다렸지만,

"?"

아무 일도 일어나지 않는다. 수분은 뚜둑거리며 얼어붙어 가지만, 지금은 영하 20도이니 이것 자체는 특별히 이상한 현상은 아닐 것이다. 그러나 이게 정답인 듯하다. 칸자키는 이렇게 말을 이었던 것이다.

"지금 뿌린 건 탄닌이에요."

"탄?"

"차의 성분에 포함되어 있는 그거죠. 그리고 아시나요? 탄닌은 철분과 반응하기 쉽고, 검게 변색되는 성분도 된다는 걸. 홍차의 다기로 도기가 많은 이유 중 하나죠."

결국 대체 뭘까?

무엇이든 묻고 싶어하는 버릇이 생기려던 카미조지만, 거기에서 깨달았다.

"철분이라면, 결국 피인가?"

"영국 청교도와 학원도시의 혼성 부대가 R&C 오컬틱스의 반격을 당했고, 그 날벼락으로 로스 앤젤레스 시민 3000만 명까지 휘말렸다."

물론 탄닌뿐만 아니라, 차를 이용한 술식일 것이다. 칸자키는 매끄럽게 말을 이었다.

"그런 것치고는 보시다시피, 첫 번째 표적이었던 기지의 부지 내부에 유혈의 흔적은 전혀 없습니다. 이건 이곳에서 무슨 일이 있었는지 상황을 아는 데 큰 힌트가 될 거예요."

우선 'R&C 오컬틱스 측이 학원도시의 인원을 칼이나 총으로 모두 죽인 후, 시체를 끌고 갔다'는 것은 아닌 걸까. 그러나 그렇다면 어떤 상황일까.

피가 흐르지 않는 공격 수단이 있었나?

이곳에서 학원도시의 인간을 다른 곳으로 데리고 나간 후에 처리했나?

아니면, '소실'은 학원도시 측이 저지른 것이라 아군에게 피해는 없었나?

스테일은 입 끝에 문 담배를 천천히 올렸다 내렸다 하면서 말했다.

"……원래 디지털 방면은 우리 마술사의 영역이 아니니까. 잔류 사념을 도드라지게 하는 술식에라도 의존하는 편이 그나마 유익한 정보가 손에 들어올 거야. 어이, 그러니까 잠깐 떨어져 있어. 지금부터 마도서 도서관의 힘을 빌려서 마술을 쓸 거니까. 네 오른손에 방해받으면 안 돼."

"예예, 그쪽이 멋대로 일을 끝내 준다면 나도 편해서 만만세지. 인덱스, 너도 착하게 잘 있을 수 있지? ……아니 이봐, 칸자키???"

칸자키 카오리의 추임새가 없었다.

그녀는 물끄러미, 어딘가 먼 장소를 바라보고 있었던 것이다.

"?"

따끔따끔한 공기에, 의아하게 생각하고 카미조가 그녀의 시선이 향한 쪽을 자신의 눈으로 좇아 보니, 그곳은 밤하늘을 찌를 듯 솟아 있는 고층 빌딩들 중 하나였다. 농구 코트를 에워싼 빌딩들보다 더

저편. 용케도 저런 빌딩과 빌딩 사이의 안쪽까지 관찰하는구나 싶다.

하지만 칸자키 카오리의 주의력에 감탄하고 있을 때가 아니다.

뭔가 있다.

옥상. 어느 모로 보나 인공물 같은 깨끗한 직선만으로 구성된 건축물의 실루엣을 희미하게 흐트러뜨리는, 작고 검은 점 같은 것의 정체는…… 사람 그림자?!

"옵니다."

칸자키 카오리가 조용히 중얼거렸을 때였다.

즈바아!!!!!! 하고.

그 순간, 카미조의 눈에는 무언가가 빛난 것처럼 보였다.

희푸른 섬광의 칼날이 한없이 뻗고, 밤의 로스앤젤레스를 한꺼번에 찢어 갔다고.

그러나 현실은 달랐다.

"모, 모래다!! 대량의 모래를 초고압으로 날려 보낸 거얏, 공업용 커터처럼!!"

모래다, 하고 카미조가 외쳤을 때는 결판이 나 있었다. 어쨌거나 빛의 공격으로 잘못 볼 정도의 기세였던 것이다. 깨닫고 소리치고 나서 행동해서는 너무 늦다.

다만,

"흠."

칸자키 카오리는 2미터 가까이 되는 허리의 칼을 뽑지도 않았다.

"영국 청교도가 알지 못하는 형태로 마술이 사용되었다는 것은, 이게 R&C 오컬틱스 측의 파수꾼…? 하지만 요란하게 피를 흩뿌리는 절단 기술로는, 3000만 명의 소실이라는 어감과는 맞지 않는 기분도 드는데요."

탱커조차 옆에서 통째로 썰어 버릴지도 모를 정도의, 무시무시한 기세. 그러나 칸자키는 벨트에서 뗀 검집을 한 손으로 수평으로 든 것만으로 강철도 찢는 막대한 모래의 마술을 불어 날린 것이다.

번쩍!! 하고. 뒤늦게 공간에 몇 개나 되는 희푸른 빛이 달린다.

그것은 일곱 개의 와이어였다. 카미조에게 마술의 지식은 없다. 지금은 생제르맹도 더 이상 힘을 빌려주지 않는다. 그래도 공간을 메우는 빛에는 실뜨기와도 비슷한 법칙성이 느껴졌다. 그녀의 술식에 필요한 무언가, 일 것이다.

성인(聖人).

세계에서 스무 명도 안 되는, '하느님의 아들' 자체와 신체적 특징이 매우 유사하기 때문에 그 힘의 일부를 끌어내는 데 성공한 규격 외의 마술사.

하지만 위협은 직격만이 아니다. 카미조는 당황한 목소리로 말했다.

"아, 아직 끝나지 않았어……."

고층 빌딩의 옥상에서 일직선으로 쏘아진 모래의 마술? 커터???는 칸자키가 막아 냈다. 하지만 그 사이에 있던 대형 쇼핑센터나 입체 주차장이 한꺼번에 절단되었다.

"온다, 이쪽으로! 칸자키, 지금은 쿨하게 생각에 잠겨 있을 때가 아니야!!"

적은 무너져 떨어지는 방향까지 계산에 넣었던 것일까.

더 곤란한 것은, 아무래도 쇼핑센터에는 대형 헬스장 등이 들어가 있었던 모양이라는 것. 즉 난방이나 수온 관리 보일러로 적정한 온도로 유지되던 실내 수영장의 물이 거대한 물풍선이라도 터진 것 같은 하얀 대폭발을 일으켜, 영하 20도의 세계로 흩뿌려진 것이다.

지면에 내동댕이쳐져 빠각빠각 뽀각뽀각 얼어붙으면서, 몇 톤이 될지도 알 수 없는 그것은 기세 좋게 이쪽으로 닥쳐온다.

스테일이 혀를 차며 내뱉었다.

"가까운 건물로 달려."

"엇, 아?"

신부는 허둥거리는 카미조 따위 신경 쓰지 않았다.

휙, 하고. 인덱스의 목덜미를 움켜쥐더니 냉큼 가 버린다.

"텐트 정도로는 막을 수 없습니다. 삼켜지면 얼음에 절인 맘모스가 될 거예요!"

누구도 버리지 못하는 칸자키가 그렇게 덧붙이고 나서 뒤로 물러난다. 남은 것은 이제 카미조뿐이다. 뒤에 남겨지지 않도록 어쨌든 달리기 시작할 수밖에 없다. 허둥지둥하는 인덱스를 움켜쥔 채, 스테일은 벌써 농구 코트를 둘러싼 키 큰 울타리를 불꽃의 검으로 베어 찢고 밖으로 뛰쳐나가고 있다.

"칸자키, 표면적이다!!"

"준비는 하겠지만, 확정으로 동결시킬 수 있을지는 보증할 수 없습니다!"

마술사끼리의 외침과 함께 붕!! 하고 가느다란 와이어에 찢겨 물의 벽이 하얗게 거품을 낸다. 하지만 한순간뿐, 블록 상태로 잘린 덩어리는 다시 서로 부딪혀 하나의 탁류가 된다.

사유지니까, 라고 신경 쓰고 있을 때가 아니었다.

카미조 일행은 커다란 빌딩의 1층 부분, 고급스러워 보이는 그래플(주1)의 휴대폰 숍 매장 안으로 뛰어든다.

(계단은, 없어?! 엘리베이터를 기다리고 있을 수는 없어!!)

"우와아아아아앗???!!!"

바깥. 콘크리트 분진과 유리 조각과 모래알과, 어쨌거나 회색으로 더러워진 방대한 셔벗이 맹렬한 기세로 닥쳐왔다. 스테일은 유리창에 룬 카드를 붙이려다가 도중에 포기하고 그늘로 물러난다. 마술의 상세한 수순은 모르지만, 이미 늦었다고 판단한 것일까.

카미조는 허둥지둥 가까운 곳에 있던 인덱스의 몸을 낚아채고, 상품 견본이 줄줄이 늘어선 보석점 같은 매대 뒤쪽으로 뛰어들었다.

폭음이 작렬했다.

벽이 흔들린다.

빠각, 빠각, 삐걱!! 하는 새된 소리가 울려 퍼진다. 날카로운 얼음의 창 같은 덩어리가 깨진 창문이란 창문으로 꽂혀든다. 창문 가까이의 소파나 매거진 랙을 쓰러뜨려 간다.

오히려 살았다, 며 카미조는 영하 20도에 감사했다.

부서진 실내 수영장에서 여기까지 100미터는 되었다. 그 사이에 완전히 식어서 굳지 않았다면, 지금쯤 카미조 일행은 지옥의 얼음물을 뒤집어쓰고 심장이 멎어 있었을지도 모른다.

끌어당긴 인덱스를 껴안은 채 덜덜 떨며, 카미조는 필사적으로 불행 중의 다행 포인트를 찾아 나간다. 그렇게라도 하지 않으면 마

주1) 그래플: 미국에 본사를 두고 있는 IT 기업. 밀리폰 등의 제품을 판매하고 있다. 실존하는 기업은 아니며, 소설 속의 가상의 회사다.

음이 부러져 버릴 것 같다.

(같은 거대 IT라도 인정사정이 없냐, R&C 오컬틱스! 조금은 그래플과 사이좋게 지내면 좋을 텐데…!!)

"아무래도, 물 덩어리를 잘라서 표면적을 넓힌 덕분에 동결 시간을 앞당기는 데 성공한 모양이네요. 그만큼 차가운 바깥공기에 직접 닿는 장소가 늘어나는 셈이니까요."

"우연의 산물이 아니야……? 뭐, 운의 도움을 받다니 나답지 않지만."

우선 살아남은 것 같지만, 긴장이 풀리지 않는다. 방금 그것은 어디까지나 이차적인, 부차 효과. 얼굴도 보이지 않는 마술사는 얼마든지 같은 일을 되풀이할 수 있고, 무엇보다 칸자키 같은 음속으로 움직여 탄환을 쏘아 떨어뜨리는 마술사라도 아닌 한, 멀리에서 저격당한 것만으로 즉사다. 카미조의 오른손에 깃들어 있는 모든 마술을 없애는 이매진 브레이커(환상을 부수는 자)도, 애초에 반응하지 못하면 의미가 없다.

실제로 쇼핑센터나 입체 주차장이 통째로 찢긴 것이다. 건물의 벽 같은 것은 방패가 되지 못한다. 실내 수영장의 두꺼운 물로도 대미지를 완전히 흡수할 수 없다. 벽은 시야를 가로막는 효과 정도일 뿐이고, 그것도 저격수의 위치에 따라서 머리만 숨기고 엉덩이를 숨기지 못하게 된다. 공포가 등을 짓눌러 카미조는 고함친다.

"그래, 그 녀석은?! 어디로 갔는지 누군가 확인했어?!"

"떠난 것 같네요."

서늘한 얼굴의 칸자키 카오리였다. 보인 순간에 곧장 뚫릴 저격의 위험 한가운데지만, 이런 가운데에서도 그녀는 먼 곳에 있는 사람의 움직임에 신경을 쓰고 있었던 모양이다. 여러 가지로 지나치게 규격 외다.

애당초 프로 마술사의 논점은 달랐다.

스테일 마그누스는 수수께끼의 습격자에 대해서보다 우선 이렇게 물은 것이다.

"……어떻게 알았지?"

"뭐?"

"음속 이상의 속도로 날아오는 마술의 공격을, 어떻게 딱 보고 '모래'라고 인식할 수 있었지? 실제로 칸자키가 튕겨 내서 속도가 떨어질 때까지, 판단하기 위한 재료는 어디에도 없었을 텐데."

그건가.

확실히 방금 그것은 조금 반칙이었을지도 모른다.

"이걸 주웠어."

그렇게 말하며 카미조가 보여 준 것은 스마트워치다. 스마트폰과 연동해 기능을 서포트하는 액세서리이기 때문에, 이것만으로는 시계나 혈압을 보는 정도일 뿐 어떤 데이터도 열람할 수 없다.

다만.

문자판을 뒤집어, 카미조는 뒷면을 다른 기구 끝으로 덧그린다. 트랜스 펜. 머리에 달린 마이크로 외국어를 알아듣고, 펜 끝으로 덧그림으로써 영어를 일본어로 번역하는 정도의 싸구려 상품이다.

그리고 문자판 뒷면의 규칙적인 흠집을 덧그린 결과, 이런 합성 음성이 흘러나왔다.

'코션, 샌드(주의, 모래).'

"소멸한 기지의 금고 안에, 여봐란듯이 스마트폰 '본체'에서 떼어내서라도 보관해 둔 스마트워치야……."

카미조는 말하며, 측면에 있는 용머리 모양의 버튼을 누른다. 잠금화면보다 먼저, 접속 에러 메시지가 겹쳐진다. 그리고 원래의 주인인 듯한 사람의 이름이 나왔다.

멜자베스 그로서리.

"……문자판, 틀, 밴드, 잠금장치, 색의 조합에 작은 흠집이나 별것 아닌 더러움까지. 틀림없이 뭔가 더 있어, 이 시계."

4

아까도 말했지만, 건물의 벽 같은 것은 방패가 되지 못한다. 그 모래의 마술사라면 사냥감이 있는 장소만 알면 벽째로 곧장 뚫어 올 것이다. 그러니 언제까지나 같은 휴대폰 매장에 있을 수는 없었다. 포착당하면 이동, 이 기본. 칸자키는 이미 떠났다고 말했지만, 그래도 조심하고 또 조심하며 카미조 일행은 뒷문을 통해 밖으로 나가 좁은 골목길을 건너 옆 건물로 이동해 간다.

설령 거리 1미터의 이동이라도, 보이지 않으면 표적이 되지 않는다.

전혀 단단한 데라곤 없는 연막도 몸을 지키는 무기가 되는 것이다. 무른 벽에도 쓸모는 있다.

"인덱스, 저 모래의 마술은 대체 뭐지? 약점 같은 게 있으면 도움이 되겠는데……."

"으—음."

카미조는 저도 모르게 다시 돌아보고 말았다.

인덱스에게서 단언이 나오지 않는다.

"대충 그거일 것 같은데, 하지만 말이지. 장미 계열만으로는 설명이 되지 않는 부분도 있을지도."

"농담이지……. 10만 3001권 이상이었던가? 그만큼 지식이 있어도 풀 수 없는 무언가를 사용하고 있다는 거야……?"

더욱더 살아남기 위한 길이 무너지고 있다. 그것이 뼈저리게 전해져 온다.

덧붙여 말하자면 도망쳐 들어간 곳은 시계 가게다. 고급 브랜드인 것 같지만 공항 근처이니 면세점일지도 모른다.

"시계, 라……."

카미조는 자신이 손에 넣은 스마트워치를 바라본다.

한 번 수상하게 여기고 보니, 모든 것에 특별한 의미가 있는 것처럼 생각된다.

문자판이 네모난 것은 어째서일까? 취향에 맞춰 바꿔 달 수 있는 밴드의 색이 빨간색과 검정색으로 나뉘어 있는 것은? 매끈한 유리의 왼쪽 위의 오른쪽 끝, 그 표면에 달라붙어 있는 지문 조각 같은 더러움. 그리고 뒷면이나 밴드에 있는 수많은 흠집은? 앞뒤로, 위아래로 뒤집으며, 숨은 그림처럼 떠오르는 것은 없는지 저도 모르게 조사하고 만다.

그러나,

"……역시, 그렇게 쉽게 떠오르지는 않나?"

카미조는 반쯤 포기하듯이 중얼거렸다.

종이 리포트나 디지털 데이터의 형태로 기록을 보존하지 않았다는 것은, 이 스마트워치의 메시지는 아무한테나 보이면 곤란하다고 소유자가 판단한 것이리라. 멜자베스 씨? 인지 뭔지는, 분명히 통상적인 방법으로는 검색 불가능한 상황을 준비하고 나서 비밀 메시지를 남겼다. 숨길 의도가 있다는 것은 그렇게 쉽게 풀 수 있도록 만들어져 있지는 않다, 고 보는 것이 정답이 아닐까. 정말로 이 자리에서 생각해서 풀려고 할 만한 의미가 있을까.

그러나 인덱스는 이렇게 말했다.

"보이지 않을 뿐이지, 메시지 자체는 간단할지도."

"어떻게 알아?"

"그림 속에 숨겨진 현자의 돌 만드는 방법도 그런 거고. 아니면 셰익스피어의 초상화에는 비밀이 있다, 거나. 그런 게 어려워 보이는 건 난해한 암호가 짜여 있기 때문이 아니야. 태양은 황금이라든가, 펠리컨은 붉은 돌이라든가, 자신의 오리지널 기호를 만들 수 있으니까 성가신 거지. 알고 나면 금방 보여. 메시지란 그런 거야."

가만히 한숨을 쉬는 소리가 들렸다. 끼어든 것은, 어깨에 올라타 있는 오티누스다.

"어이, 인간, 애당초 초조하고 당황해서 숨긴 마지막 다잉 메시지라고. 반대로, 고도의 난수표나 계산식을 준비해서 꼼꼼하게 원문을 암호문으로 컴파일할 만한 시간적·심리적 여유가 있을 거라고 생각하기라도 하는 거야?"

"……."

듣고 보니 확실히 그렇다.

그리고 마술과 사술과 전쟁의 신은 이어서 이렇게 설명해 왔다.

"덧붙여 말하자면, 복잡한 메시지가 복잡하게 보이고 만 시점에서 다잉 메시지로서는 실패야. 범인 측에서 보자면 해독 같은 건 할 수 없어도 우선 수상한 문자나 기호는 전부 없애 버리면 안심할 수 있으니까. 이 세상에 잔뜩 존재하는 '사건 현장에 남아 있는 어느 모로 보나 보는 사람의 흥미를 끌어 마지않는 미스테리어스한 기호나 문자열' 같은 건, 실은 만인의 주목을 끌어 버린 순간에 그것만으로 완전 무의미해. 즉, 정말로 곤란할 때일수록, 복잡하고 나쁜 방향으로 눈에 띄는 메시지는 있을 수 없는 거야."

그러니 가능한 한 간단하고, 평소의 풍경에 섞여 버릴 정도의 메시지로 한정한다.

해독 자체를 복잡하게 만드는 것이 아니다. 이것이 중요한 메시지라고 신경을 쓰지 않는 사람에게는 그냥 작은 흠집이나 눈에 띄지 않는 더러움 정도로밖에 생각되지 않고, 눈앞에 있어도 스쳐 가 버릴 듯한 형태로 만든다. 그런 은폐로, 흑막 측에 의해 지워져 버릴 위험을 배제한다.

색깔이나 모양의 의미.

흠집의 수. 더러움의 위치.

섣불리 꼬면 반대로 자가 생산의 혼란의 숲으로 끌려 들어간다. 별생각 없이 거기에 있는 것을 바라보다가, 카미조는 솔직한 감성으로 한 곳에 주목했다.

"여기."

소년이 가리킨 것은 손목시계의 밴드 부분이었다.

인덱스가 옆에서 들여다보았다.

"으—음, 흠집? 이건…… 알파벳의 D나 t일지도."

"그것도 있지만."

그가 주목했으면 하는 것은 두꺼운 고무밴드에 같은 간격으로 뚫려 있는 사이즈 조정용 구멍 중 하나다.

"……도중에 있는 한 개만, 구멍이 조금 늘어나 있어. 원래 이 사이즈로 억지로 채우고 있었나? 바지 벨트라면 뭐, 살쪄서 사이즈가 맞지 않게 되었다는 이야기도 있을지도 몰라. 하지만 손목시계는 딱히 무리해서 꽉꽉 조일 일이 없잖아? 이거, 잠금을 채워서 고리를 만든 상태에서, 일부러 양손으로 고무밴드를 좌우로 잡아당겨서 구멍을 늘린 게 아닐까?"

"구멍의 수는 여덟 개. 바깥쪽에서 보아 세 번째 구멍이 늘어나 있는 것 같군요……."

"메시지 자체는 단순하다고 했을 텐데."

카미조의 어깨에 올라타 있는 오티누스가, 수수께끼의 숫자라는 말을 들으면 금세 게마트리아(주2)니 노타리콘(주3)이니 하는 쓸데없이 답한 데로 달리고 싶어하는 마술사들을 견제하듯이 다시 중얼거렸다.

"표면에 떠오른 것을 그대로 솔직하게 받아들이는 거다. 단순히 숫자일지도 몰라. 예를 들어 2, 1, 5. 아니면 그 반대."

"하지만 구체적으로 무슨 숫자인데?"

오티누스는 어깨를 으쓱했다. 전부 알고 있는 것도 아닌 모양이다.

일순, 스마트워치의 잠금화면을 해제하기 위한 패스코드인가 하는 생각도 한 카미조지만, 애당초 이 액세서리는 '본체'인 스마트폰과는 근접 무선으로 연결되어 있지 않다.

주2) 게마트리아: 히브리 문자를 히브리 숫자의 법칙에 따라 수치로 변환하여, 단어나 문장을 수치로 취급하는 방법.
주3) 노타리콘: 카발라의 일종. 문장이나 단어의 머릿글자를 따서 새로운 단어를 만들거나, 단어에서 원래의 문장을 복원하는 것을 가리킨다.

"2, 1, 5⋯⋯."

"512라면 기계 같은 냄새도 나는데요."

스테일과 칸자키도 골머리를 썩이고 있는 것 같지만, 구체적인 형태는 되지 못하는 듯하다. 어떻게든 0으로 줄이라거나 몇 글자의 단어로 변환하라거나, '문제의 지시'가 없는 만큼 성가시다.

"더 단순하게⋯⋯."

안 되어도 본전이다. 아무도 없는 무인의 거리. 그물눈처럼 종횡으로 도로가 나 있는 그 한 모퉁이에서, 자신의 턱에 손을 대며 카미조는 중얼거린다.

"⋯⋯답을 알고 있다면 누구의 머리에나 쉽게 떠오르는, 순간적인 판단으로도 틀림없이 정확하게 읽어 들일 수 있는. 그 정도의 간단하고 명료한 메시지."

짝, 하고 인덱스가 가볍게 손뼉을 쳤다.

그리고 말한다.

"그 사람은 여유가 없었잖아, 실제로 쫓겨 보면 보이게 될지도 몰라. 자 토우마, 셋, 둘, 하나—!!"

"웃, 우에에?!"

소년은 당황하며 얼굴을 들었다. 물론 근거라곤 아무것도 없다. 그저 3, 2, 1의 카운트로 순간 머리에 떠오르는 레벨이라면, 이제 이런 것밖에 나오지 않는다. 그리고 실시간으로 3000만 명의 소실을 목격하고, 어쩔 도리도 없이 삼켜져 간 멜자베스 그로서리인지 뭔지는 더 시간이 없었을 터. 서두르고 있으면 답은 점점 간략화되어 간다.

"배, 밴드에 나 있는 작은 흠집이 신경 쓰여! ⋯⋯역시 D와 t?"

"다운타운?"

고개를 갸웃거린 인덱스의 천진한 목소리.

그리고 카미조 토우마는 팟 떠오른 아이디어를 그대로 입 밖에 냈다.

밴드의 구멍. 수는 전부 여덟 개. 바깥쪽에서 세 번째가 부자연스럽게 늘어나 있다. 2, 1, 5의 은유.

순간적으로, 정도의 사고(思考) 시간 만에 생각나는 것은,

"혹시, 그 다운타운인가 하는 것의…… 번지인가?"

5

흠칫흠칫, 이었다.

찾아낸 '발견'이 있다. 그렇게 되면 시계 가게에서 나와 바깥을 나갈 필요가 있었다.

카미조가 문에서 살그머니 바깥을 살펴보니, 역시 어둡다. 전기는 그대로라서 별이 흩어져 있는 듯한 야경이 기다리고 있었다. 완전한 어둠과 어중간한 불빛은 어느 쪽이 무서울까? 멀리 있는 야경은 오히려 수상한 그림자를 감추고 있을 것 같고, 표적이 되고 있는 카미조 일행은 섣불리 가로등 아래로 나갈 수 없다.

"괘, 괜찮겠지. 정말로……."

"당신이 찾아낸 발견이잖아요?"

모래의 마술을 사용한 저격수는 이제 없다, 고 장담한 것은 칸자키다. 따라서 그녀는 다른 사람에 비해 어깨의 힘을 빼고 있다. 카미조의 어깨에 올라탄 오티누스는 거만하게 팔짱을 끼며 말했다.

"우선 벽을 따라서 걸어. 길 한가운데를 걷는 것보다는 발견되기 어렵지."

"그, 그런 건 각도에 따라 다르지 않아?"

"기습에 대한 방어에 '안전지대' 같은 게 있겠어? 그러니까 항상 도망쳐 들어갈 곳, 즉 실내로 이어지는 문과 창문을 여러 개 체크하고, 연막 대신이 될 것을 저장해. 어쨌든 멀리서 노릴 수 없도록. 카메라의 플래시나 자동차의 헤드라이트 같은 것도 이용할 수 있을지도 몰라."

"차……"

"저격에 주의할 필요가 있어. 이미지와 달리 실제로는 전기 자동차도 완전히 무음은 될 수 없어, 하물며 가솔린이나 디젤 차라면 폭음으로 주목을 끌어서 저격되지."

스테일이 성의 없이 말하면서 첫 번째 한 걸음을 내디뎠다. 그렇다, 불꽃의 마술사라면 응용하기에 따라 연기나 신기루도 쓸 수 있었던 것 같은 기분이 든다. 모래의 마술과 어느 쪽이 빠를까, 상대는 정말로 시각만을 의지하고 있는 걸까. 불투명한 부분도 있지만, 적어도 비무장의 자살 행위, 는 되지 않는다.

……카미조의 이매진 브레이커(환상을 부수는 자)로 무심결에 실수로 보호 마술을 부숴 버리지 않는 한은.

"그런 불행은 싫다고. 괜찮을까, 정말로……"

'그' 스테일에게 목숨줄을 맡겨 버리는 것 자체가 불안 덩어리이기도 하지만, 달리 방법도 없다.

찾아낸 '발견'에 따라, 머뭇머뭇 로스앤젤레스의 거리를 걷는다.

그리고 새삼 아무도 없는 거리를 둘러보니, 여러 가지로 으스스한 흔적이 있었다.

고층 빌딩 한가운데에 군용 헬리콥터가 꽂힌 채 움직임을 멈추고 있었다. 콘크리트로 굳힌 한 단 낮은 얼어붙은 강에 머리부터 뛰어든 전차나 장갑차도 보인다. 물론 평범한 사고라고도 생각되지 않는다. R&C 오컬틱스 측과의, 기록에 남지 않는 전투는 확실히 있었던 것이다.

"모래였을지도 모르겠군……."

차가운 거리를 걸으면서 카미조는 문득 중얼거렸다.

"뭐야, 무슨 소리야, 토우마?"

"그 문풍지 말이야. 독가스 같은 게 아니라, 모래가 들어오는 걸 막으려고 한 게 아닐까?"

"하지만 어째서?"

인덱스의 천진한 질문에, 카미조는 아무 대답도 할 수 없었다.

다만, 현재 불길한 것이라고 한다면 모래 정도밖에 없다. 그리고 이것은 정체를 알 수 없는 마술의 이야기. 그것도 저 인덱스도 완전히는 해독하지 못할 정도의. 로스앤젤레스 시민도 전부 다, 눈앞의 괴현상을 보고도 올바른 답을 해독해 행동할 수 있었을지는 평범하게 수수께끼다. '모래는 위험하니까 어쨌든 만지지 마'라는 징크스(예측)만으로 튼튼한 실내로 대피하려고 했을지도 모른다.

스테일이 못을 박듯이 말을 밀어붙였다.

턱을 들고 어딘가 먼 곳을 바라보고 있는 것은, 당연하지만 모래의 마술에 대한 저격 대책일 것이다. 합리성이라기보다, 무언가 하지 않으면 불안해진다는 기분은 카미조도 이해가 된다.

"……선입관은 금물이야. 적이 취급하는 마술이 모래뿐이라는 보장도 없어. 어쨌든 R&C 오컬틱스는 거대 조직, 본사 빌딩 방어를 위해 배치된 마술사가 한 명뿐이라고 단언할 수는 없지."

확실히 그 말이 맞다. 아직 보이지 않는 것은 얼마든지 있을 것이다.

결과.

덕트 테이프의 문풍지는 실패였다. 적어도 뭔가 잘못 읽었기 때문에, 로스앤젤레스의 사람들은 '소실'을 피할 수 없었던 거고.

"그것보다 영하 20도야……. 공항에서 다운타운까지는 몇 킬로지? 무턱대고 행동하다가 괜히 체력을 깎아 먹는다면, 곧 위험해질 거야. 정말로 확신은 있는 거겠지?"

"스테일, 방법이 막혀서 꼼짝 못 하고 있어도 동사(凍死) 조건은 달라지지 않아요. 가 볼 곳이 있다는 건, 그것만으로 상황이 호전되고 있다는 증거입니다."

이쪽이야, 하고 스테일이 몸짓으로 나타냈다.

카미조는 눈썹을 찌푸렸다.

"……지하철 계단?"

"높은 곳에서의 저격이라면, 이것 이상의 대책도 없을 거야."

스테일은 무뚝뚝하게 말한다.

"게다가 영하 20도의 바깥공기는 물론이고, 이 도시에는 300만 명을 지운 '무언가'가 확실히 존재해. 부자연의 덩어리지. 무서운 건, 눈에 보이는 현상만이 아니야. 숨어서 나아가는 게 최선이야. 우선 걸을 수 있는 만큼 지하를 걸어가는 편이 안전하기는 하겠지?"

당연한 것처럼 계단을 내려가 역사(驛舍)로 들어가도 아무도 없었다.

"의외로…… 따뜻하네."

카미조는 이상하다는 듯이 주위를 둘러본다. 지하라고 하면 차가운 인상이 있었는데, 들어와 보니 살을 찌르는 듯한 감각이 사라져 가는 것을 알 수 있다. 칸자키는 쿡 웃으며,

"우물물과 마찬가지예요. 바깥으로부터의 영향이 없으면 공기도 물도, 온도는 일정하게 유지되는 법입니다. 그걸 따뜻한지 차가운지 판단하는 건 바깥공기에 노출된 사람이 있는 환경에 따라 다르죠."

"그런 건가……."

"그리고 자신의 귀에 주의해서 의식을 집중해 주세요. 이건, 어쩌면 마술의 초보라도 감지할 수 있을지도 모릅니다. 희미하기는 하지만…… 들려오지 않나요?"

"?"

"지하철 구내를 데우는 히터의 으르렁거리는 소리가."

"아아 젠장! 신비고 뭐고 없었어!!"

순순히 감탄하려던 카미조는 성대하게 약이 올랐다. 어깨 위의 오티누스가 어이없다는 듯이 한숨을 쉬고, 스테일은 초조한 듯 혀를 차고 있다.

그때였다.

무식하게 커다란 전자 부저 소리가 요란하게 울려 퍼진다.

"핫?! 뭐, 뭐야?!"

인덱스는 깜짝 놀란 고양이처럼 그 자리에서 뛰어올랐다. 전기는 통하는 건지, 자동 개찰 게이트만이 카미조 일행의 앞길을 막는다. 공항에서도 그랬을 텐데, 몇 번이든 신선하게 놀라 주는 모양이다.

인덱스는 흠칫거렸지만, 결국은 카미조가 등을 쓸어 주고 달래어 모두가 억지로 개찰구를 돌파한다. 두 번째라고 익숙해져 버린 자신이 슬프다.

역의 플랫폼에서는 전철 같은 것은 기다리지 않는다.

플랫폼 도어를 비틀어 열고 선로로 내려갈 때는, 역시 카미조도 위가 쪼그라드는 기분이었다.

터널 안에도 전기는 통하고 있고, 같은 간격으로 벽 가에 형광등이 있었다. 다만 그것만으로는 어둠을 씻어 낼 수 없다. 그리고 역의 플랫폼과 멀어져 가면, 조금씩 히터의 은혜도 엷어져 간다. 두꺼운 콘크리트에서 서서히 죽음의 냉기가 다시 스며들어 온다.

매우 다소곳한 칸자키가 옆에서 살며시 붙어 왔다.

"아무도 없는 지하철이라지만, 전기가 통하고 있으니까 조심하세요."

"…이제 온순한 얼굴 해도 안 속아. 사람이 없으면 전철 같은 게 다닐 리,"

"어이 인간, 피해!!!!!!"

터널 안을 풍압이 가득 메웠다.

저도 모르게 인덱스를 떠밀치려고 하지만, 실제로는 몸이 제대로 움직이지 않는다.

"kenaz(화염)."

노래하는 듯한 한마디였다.

쏴아!! 하고 잘게 자른 종잇조각처럼 크게 움직인 것은 라미네이트 가공된 룬 카드일까.

"비호(algiz), 그리고 승리(teiwaz). 죄 없는 자격이여, 하지만 방해된다."

수천, 아니, 수만 장의 카드가 벽이란 벽을 가득 메워 간, 그 직후였다.

팡!! 하고. 장신의 신부가 그 팔을 한 번 휘두른 것만으로 터널 안의 어둠이 한꺼번에 쓸려 흩어졌다. 맹렬한 속도로 이쪽으로 돌진해 온 노란색 점검 차량이 머리 위로 튕겨 올라가고, 천장을 드득드득 긁으며 카미조 일행의 머리 위를 날아 지나갔다.

까강철컹, 하는 금속이 찌그러지는 소리를, 스테일은 끝까지 들을 생각도 없는 모양이다. 불꽃의 검을 없애자마자 손끝에 남은 불똥을 사용해 새 담배에 불을 붙이고 있다.

카미조는 더 이상 따라갈 수가 없었다.

"고, 고마, 워?"

그러나 마음 깊은 곳에서 치밀어 오르는 혐오가 카미조를 기다리고 있었다.

"널 구한 게 아니야."

심장이 아프다. 혀를 차며 앞으로 나아가는 스테일에게 말도 걸 수 없다.

어깨 위의 오티누스가 반쯤 어이없다는 듯이 중얼거리고 있었다.

"…운전석과 관제, 양쪽의 인위 컨트롤이 끊긴 시점에서 긴급 자동 매뉴얼로 바뀐 거야. 일반 차량은 조차장 등의 외길 바깥에 대기시켜 두고, 독립된 배터리식의 점검 차량을 자동으로 보내서 선로, 전선, 통신 등 노선 전체를 긴급 보수 점검한다. 이상(異常)의 원인을 알 때까지. 기계는 상황을 이해할 수 없으니까, 끝도 없이 같은 행동을 되풀이하게 되지."

"……"

"어이, 인간? 뭐야, 울음을 터뜨릴 타이밍을 놓쳐서 석화된 거냐, 의외로 연약하군."

얼마나 걸었을까? 바깥의 풍경은 보이지 않는다. 긴장과 극저온의 공기도 감각을 흐트러뜨린다. 다만, 웬만한 소풍 이상의 거리는 걸었을 것이다.

스테일은 가만히 한숨을 쉬었다.

"이 정도가 한계일까."

"뭐가?"

카미조의 물음에, 장신의 신부는 입에 문 담배를 손가락 사이에 끼우고 앞으로 내밀었다. 팔의 움직임으로 공기라도 모은 건지 오렌지색 빛이 강해지고, 주위가 흐릿하게 비추어진다.

바로 거기였다. 터널이 전부, 두꺼운 소금벽 같은 군데군데 갈라진 모래 블록으로 막혀 있다. 저것은 역의 계단이나 플랫폼으로 쏟아져 들어온 것일까?

"비상구 정도는 있을 거예요. 벽을 따라가면서 찾아보죠."

칸자키의 말대로였다. 철문 끝에 올라가는 계단이 있고, 몇 번인가 층계참을 꺾자 지상에 다다랐다. 바깥으로 나가니, 에일 듯한 냉기의 레벨이 2 정도 뛰어 올랐다.

다시 지상.

모래의 마술, 그 공포가 카미조의 심장을 서서히 움켜쥐어 온다.

겨울 밤하늘 같은 차가운 야경을 멍하니 바라보고 있을 때가 아니다. 도망쳐 들어갈 곳은 여럿, 소화기든 무엇이든 좋으니 상대의 눈을 속일 방법도 체크. 머릿속으로 메모에 체크를 해 나가는 느낌으로 떠올리면서, 카미조는 인덱스의 손을 끌고 가까운 빌딩 벽으로 다가간다.

"⋯⋯여기는, 어디야?"

"대학과 박물관 사이에 있는 주요 도로니까, 익스포지션 거리겠지. 유니언 역까지는 가지 못했나⋯⋯. 하지만 다운타운은 아주 가까워. 이대로 북쪽으로 가면 돼."

오티누스의 말에, 오히려 카미조는 반대 방향을 돌아보고 있었다.

"대학에 박물관, 이라⋯⋯."

"확실히 거대한 공공시설이지만, 공항이 그렇게까지 텅 비어 있었던 걸 생각하면 생존자가 많이 숨어 있을 가능성은 전혀 없지. 박물관에 장식된 스페이스 셔틀을 보고 싶다면 나중에 해, 지금은 스마트워치다. 다운타운의 번지가 수상하다고 말한 건 네놈이라고."

로스앤젤레스라고 한마디로 말해도 장소에 따라 상당히 컬러가 다른 모양이다. 카미조 일행이 향하는 곳은 공항이 있던 부근과 비교하면 작은 건물이 빼곡하게 들어찬 인상이다. 다만 하나하나의 가게가 이상하게 세련된 느낌을 내뿜고 있어서, 현실적인 고등학생 카미조로서는 조금 다가가기 어렵다. 이곳이라면 슬림하고 멋진 아이돌 사양의 우주복이라도 팔고 있을 것 같다. 아플리케투성이의.

"그건 그렇고, 리스크를 특정하기 전에 발을 들이게 되다니."

"?"

"R&C 오컬틱스, 본사 빌딩."

카미조는 숨을 삼킨다. 스테일이 손가락 사이에 끼운 담배 끝으로 가리킨 것은, 멀리 솟아 있는 고층 빌딩들의 한쪽 모퉁이였다.

그중에서도 한층 커다란 고층 건축. 다른 건물과 똑같이 불은 켜진 채지만, 거기에는 사람이 남아 있을까. 아니면, 일반 사원 따위는 한꺼번에 같이……?

"안나 놈은 저기에 있을까……?"

"글쎄요. 건물은 보이긴 하지만, 지금은 가까이 갈 수 없어요. '소실'의 원인이나 발동 조건이 판명되지 않는 한, 눈에는 보이지 않는 지뢰밭으로 빼곡히 둘러싸여 있다, 고 생각하는 게 좋겠죠."

2에 1에 5.

애당초 정말로 그런 번지는 존재하는 걸까? 이게 실은 본사 빌딩의 주소였습니다라든가 하는 얘기라면, 아무래도 현기증을 느낄 것 같은데…….

흠칫흠칫, 또는 반신반의. 본사 빌딩 근처이니 섣불리 눈에 띄는 행동도 취하고 싶지 않다. 카미조 일행이 함께 손목시계가 가리키는 장소로 가 보니, 커다란 비밀이나 엄중 경비와는 인연이 없는 주소에 다다랐다. 정말 정크푸드 같은 이미지의 레스토랑이 기다리고 있었던 것이다. 다만 규격이 정해져 있는 체인 계열이 아니라 개인이 경영하는 점포인 듯하다.

최전선, 본사 근처라는 이야기를 들은 탓인지 약간 맥이 빠진다. 카미조는 고개를 갸웃거렸다.

"이건 패밀리 레스토랑?"

"해외에서는 다이너라고 부르는 게 주류죠."

칸자키는 작게 웃으며 술술 대답한다.

"우리 일본인의 눈으로 보면 원색투성이라 가벼운 인상이지만, 페인트가 볕에 바랜 걸 보면 그럭저럭 세월은 지난 것 같습니다. 다운타운은 로스앤젤레스의 일등지. 가혹한 생존 경쟁에 노출되어 있으면서 오늘까지 제대로 존속한 거니까, 오래된 유명 가게가 아닐까요?"

원래는 심야 영업도 하고 있었는지, 역시 문은 잠겨 있지 않다. '치프 파티'라고 부르는 듯한 가게 안에는 환한 불빛이나 점내 방송이나 난방 기구 등은 켜진 채라, 오히려 으스스하다.

다만 안으로 들어가니 단순히 신의 선물인가 싶을 정도로 따뜻한 것도 사실.

일단 난방의 은혜를 실컷 뒤집어써 버리고 나니, 혹시 덕트 테이프의 문풍지는 방한 대책이었던 거 아니야? 라는 엄청 즉물적인 생각까지 카미조의 머리에 떠오르고 만다.

하지만 싸구려 재킷의 어깨에 있는 오티누스는 더 불길한 말을 했다.

"……보일러 계열의 난방 설비에 튼튼한 테이프의 문풍지 조합이라고? 그럼 꼭 로스앤젤레스 시민들은 하나같이 연탄 자살이라도 하고 싶었던 것 같잖아."

지금까지 천국 같은 난방이었는데, 일단 듣고 나니 플라시보 효과로 머리가 어질어질해질 것 같다. 하지만 이미지만으로 창문을 전부 열어 봐야 영하 20도의 지옥으로 되돌아가게 된다.

카운터석 위의 공간에 줄줄이 늘어서 있는 상품 견본의 커다란 사진을 보고 삐죽삐죽 머리는 약간 신음했다. 그렇다고 해도, 이게 개인 영업이라니. 그렇다면 미국에서는 일본의 길거리 음식 정도의 감각으로 두툼한 햄버거나 느끼한 카르보나라가 밀려오는 모양이다. 모래와 기름으로 바닥이 이상하게 끈적거리는 것도 그 탓일까.

다만 그것보다도, 카미조는 아무도 없는 플로어가 아니라 안쪽에 있는 주방 쪽을 바라보았다.

"스위치 계열은 전부 그대로인가? 화재 같은 게 일어나지 않아서 다행이네, 정말로……."

딱 보기에, 가게 안의 플로어에서는 마스크에 선글라스를 쓴 수상한 인물이나 은색으로 반짝이는 수수께끼의 최종 빔 무기가 기다리고 있거나… 하는 것은 없다. 모두 인원을 나누어 뒤쪽까지 찾아보는 단계에서, 카미조는 흠칫흠칫 주방의 가스레인지나 핫플레이트의 손잡이를 비틀어 불을 꺼 나간다. 무슨 만두처럼 철판 위에 줄줄이 늘어선 치킨 스테이크? 는 요리에 서툰 어린 새색시라도 그렇게까지 철저하지는 않겠다 싶은 레벨로 까맣게 그을려 있다. 그냥 숯이랄까, 검고 너덜너덜한 더러운 것이 철판 표면에 달라붙어 있는 쪽에 가깝다. 혹시 화재가 일어나지 않은 것이 아니라, 한 번 천장 가까이까지 불기둥이 오르고 나서, 그것도 완전히 타 버린 것은 아닐까? 게다가 방화용수 파이프가 얼었는지, 스프링클러가 움직인 기색도 없다.

"뭐가 AI 가전이나 스마트하우스야, 빌어먹을, 정 없는 마술사 놈들. 평범하게 위험하다고….."

"이렇게 넓은 도시야, 화재가 일어난 건물도 있을지도 모르지. 우리가 눈치채지 못했을 뿐이고."

그렇게 되면, 반대로 '소실'이 있어서 다행이라고 생각하고 마는 카미조였다. 적어도 불꽃이나 연기에 휘말릴 걱정은 없다. ……물론, 소실 시점에서 사망하지 않았다면 말이지만.

사체나 혈흔이 없어서 리얼리티가 느껴지지 않는 건지도, 하고 카미조는 자기 분석을 하고 있었다.

…하지만, 소실. 계속 불이 켜져 있었다는 것은, 역시 이 공간에도 원래 누군가가 있었던 걸까? 그럼 그들은 여기에서 어디로 사라졌을까? 왜, 누가, 어떻게???

지금거리는 바닥을 밟고, 같은 공기를 마시고 있어도, 아무것도 보이지 않는다. 더욱더 혼란스러워지는 상황이지만, 여기저기 조사하다 보니 갑자기 덜컥 하는 소리가 들렸다.

뒤쪽의 탈의실에 줄줄이 늘어서 있는 금속 로커, 그중 하나에서다.

"……."

카미조는 문 앞에 선다.

얄팍한 문은 잠겨 있지 않은 것 같다. 손을 뻗어 머뭇머뭇 열어보니,

"……'비밀'이다."

발견한 소년 자신이 손목시계의 밴드 구멍에 정말로 의미가 있는지 어떤지, 사실은 지금까지 자신이 없었다. 그래서 저도 모르게 어딘가 멍한 목소리로 말하고 있었다.

"정말로 있었다고, 이봐."

눈물 어린 눈으로 웅크리고 있던 것은 열 살 정도의 여자아이.

은발 갈색 피부의 어린 소녀. 유일한 생존자야말로, 발견한 '비밀'의 정체였다.

행간 1

『R&C 오컬틱스 마술 공격 가설』

제창자, 인덱스.

로스앤젤레스 3000만 명의 소실은 스트레이트하게 R&C 오컬틱스에 의한 대규모 마술 공격이었다, 라는 가설.

실제로 모래를 사용해 저격을 하는 마술사가 확인되었다. 그 위력은 철근 콘크리트를 절단할 정도.

다만 마도서 도서관 인덱스도 구체적으로 어떤 마술이 사용되었는가 하는 완전한 해석은 하지 못했다.

『학원도시 독가스 공격 가설』

제창자, 오티누스.

로스앤젤레스 시민의 소실은 공을 세우려고 초조해진 학원도시 측이 미지의 화학 무기를 시가지에서 사용한 후 모든 흔적을 숨겼기 때문이었다, 라는 가설. 이 경우 시체는 모두 회수했고, R&C 오컬틱스도 이미 괴멸되었으며, 학원도시 세력은 오염 지역에서 안전하게 이탈한 것이 된다.

『R&C 오컬틱스 드론 무기 탈취 가설』

제창자, 오티누스.

학원도시가 준비한 무인 무기들이나 군용 데이터링크가 세계적인 거대 IT인 R&C 오컬틱스 측에 빼앗겨, 혼성 부대는 학원도시제 드론 무기에 공격당해서 전멸했다, 는 가설. 이 경우, R&C 오컬틱스는 건재하다는 것이 된다.

또한, 위의 독가스 공격 가설과의 병용도 있을 수 있다.

『문풍지 방사(防砂) 대책 가설』

제창자, 카미조 토우마.

덕트 테이프를 사용한 문이나 창문의 문풍지는 모래의 마술에 대한 대항 수단이었다, 라는 가설.

카미조 일행은 영국 청교도 이외, 즉 R&C 오컬틱스 측의 마술사? 로부터 모래를 사용한 대규모 술식 공격을 받았다. 그 위력은 건물이나 수영장을 절단할 정도지만, 그러나 한편으로 칸자키는 학원도시의 기지 부지 내에서 탄닌을 뿌리는 술식을 통해 '혈흔은 없다'고도 증언했다.

『R&C 오컬틱스 다수 마술사 가설』

제창자, 스테일 마그누스.

R&C 오컬틱스 본사 빌딩의 방어에는 모래의 마술사 이외의 인원도 다수 투입되었고, 모래 이외의 마술에 의해 3000만 명이 소실되었다, 라는 가설. 단 스테일은 현 시점에서 그것이 몇 명이고 어떤 술식을 사용하는가, 하는 구체적인 논리는 전개하지 않았다.

『문풍지 방한 대책 가설』

제창자, 카미조 토우마.

문이나 창문의 문풍지는 영하 20도의 냉기에 의해 난방 공기를 헛되이 하지 않기 위한 방한 대책이었다, 라는 가설.

로스앤젤레스 시민의 소실에 대한 언급은 없다.

『로스앤젤레스 집단 자살 가설』

제창자, 오티누스.

위의 문풍지 방한 대책 가설에서 파생. 방한을 위해 공기의 출입을 막은 로스앤젤레스 시민은 밀폐된 실내에서 난방에 데워진 공기, 일산화탄소 중독으로 스스로 목숨을 끊고 말았다, 라는 가설.

로스앤젤레스 시민의 사망 원인은 그렇다 치지만, 시체의 소실에 대한 언급은 없다.

제2장 의심스러운 것은 단 한 명
Los_Angeles

1

아침 7시. 노르스름한 이른 아침의 태양이 비추어도 영하 20도의 극한은 달라지지 않는다.

풍경이 하얀 것은, 바람이 춤출 때마다 지면에서 휘몰아치는 모래 때문일까. 아니면 공기 중의 수분이 동결된 다이아몬드 더스트일지도 모른다. 성에나 얼음 때문에 맑은데도 전부 얼어 있었다.

"우우⋯."

어딘가 칭얼거리는 듯한, 어린 목소리가 울린다. 열 살 정도의 여자아이가 옆에서 카미조 토우마의 허리 언저리에 착 달라붙어 있다. 그대로 두 눈을 감고 잠들어 있는 것이었다.

긴 은발에 밀빛 피부.

입고 있는 것은 피부색이 그대로 비칠 것 같을 정도로 얇은 하얀 캐미솔에 허벅지 위까지 드러난 데님지의 반바지와 무릎 양말. 그리고 그 위에 두꺼운 가죽 비행 재킷을 걸치고 있다. 무언가의 브랜드인지, 등에는 크게 알파벳 로고가 늘어서 있었다.

SPACE_ENGAGE.

조금 신경이 쓰여서 트랜스 펜 끝으로 글씨를 덧그려 보니, 기계는 이렇게 읽어 냈다.

『한 글자 띄고 교전, 들어갔습니다.』

"절대 그런 뜻 아니잖앗. 정말로 어떻게 할 수도 없는 고물 같으니……."

머리 좌우에는 파란색 국화를 본뜬 머리 장식. 일본에서는 국화라면 튀김에서부터 장례식까지 여러 가지 이미지가 있지만, 과연 미국에서는 어떤 꽃일까?

한편 인덱스는 반쯤 어이가 없어서 양손을 허리에 대고 어린 소녀의 착 달라붙은 모습(에 카미조)을 노려본다.

"…토우마."

"잠깐 기다려 나도 의미를 모르겠어. 내 쪽에서 대체 어떤 실수가??? 애당초 내가 영어를 못 하는 인간이라는 건 잊지 않았겠지?"

은발 갈색 피부의 수수께끼 소녀가 이런 느낌이라, 카미조는 다이너? 어쨌든 소금과 기름이 끈적끈적한 패밀리 레스토랑에서 나갈 수가 없다. 옆에서 껴안겨, 박스석에 여자아이를 눕히는 것이 고작이다.

계속 한 곳에 머물러 있는 것은 무섭다.

하지만 모래의 마술사에게 발견되었다는 확신이 없는 한, 임시 안전지대인 것도 사실이다.

숨바꼭질이나 술래잡기를 할 때 틈새에 들어간 채 움직이지 못하게 되는 것과 마찬가지. 한 번 그렇게 생각하면 발이 멈춘다. 카미조의 약한 마음이, 벽으로 에워싸인 건물을 아쉬워한다. 전기가 켜진 채 '소실'이 일어났기 때문에 조명이나 난방을 사용해도 나쁜 의미로 눈에 띄지 않는다. 섣불리 바깥을 어슬렁거리는 쪽이 오히려 발견되어 버리는 건 아닐까? 그런 변명이 멋대로 머릿속을 가득 메우고, 창가로 다가가는 것도 무서워진다.

한편. 기본적으로 다이너 '치프 파티'를 임시 거점으로 삼으면서, 새벽까지 스테일과 칸자키는 몇 번인가 밖을 탐색하고 있었던 모양이다. 태연하게 굴고 있지만, 모래의 마술을 사용한 저격의 리스크는 계속되고 있다. 한 발짝 한 발짝이 목숨을 거는 일이고, 도저히 카미조는 흉내낼 수 있을 것 같지 않다. 다만, 그렇게까지 해서 주위의 가게를 조사해도, 그다지 좋은 결과는 얻지 못한 것 같지만.

학원도시 · 영국 청교도의 혼성 부대와 적대하는 R&C 오컬틱스는 어떻게 된 것일까.

같은 무대에 있게 되어 버린 로스앤젤레스 시민 3000만 명의 행방은.

그런 것은 무엇 하나.

카미조 토우마는 조심스럽게 갈색 소녀의 목덜미에 손을 대고, 두꺼운 재킷의 옷깃 뒤를 확인한다. 거기에는 손으로 놓은 듯한 자수로 이렇게 적혀 있었다.

헤르칼리아 그로서리.

"그로서리, 라……."

"이름의 어감으로 봐서, 아마 인도 계열 영국인일 거라고 생각해."

"아니, 영국에서 이쪽으로 옮겨 왔다면 국적은 미국일지도 모르지만… 후아아, 암…."

같은 박스석의 인덱스나, 시차에 시달리는 건지 테이블 위에서 하품을 하는 15센티미터의 오티누스가 그렇게 이야기를 주고받고 있다.

스테일과 칸자키는, 몇 번째인가로 조사를 하러 나가서 다이너에는 없었다.

카미조로서는 나라가 어떻다거나 하는 것보다도 신경 쓰이는 것이 있다.

학원도시의 기지, 그 금고에서 발견한 스마트워치. 용머리와 비슷한 버튼을 누르면 화면에 나오는 이름이 '그로서리'다. 멜자베스 그로서리. 언니인지 어머니인지, 어쨌든 이 아이의 보호자일까? 적어도 이 애보다 더 어린 여동생이 이렇게 대량의 메시지를 시계 여러 곳에 새겨 숨길 수 있을 거라고는 생각할 수 없지만. 작은 흠집이나 사소한 더러움. 어디에 얼마만큼의 비밀이 숨어 있을지도 미지수인 손목시계지만, 그 안에는 확실하게 소녀의 행방이 나타나 있었다.

어떤 기분이었을까.

무시무시한 '소실'이 밀어닥치는 가운데, 이제 자신은 절대로 도망칠 수 없다는 것을 이해하고. 그래도 이를 딱딱 부딪치며 떨리는 손을 필사적으로 움직여, 누구에게 닿을지도 알 수 없는 운에 맡긴 메시지를 스마트워치에 봉인하고 금고 안에 밀어 넣은 여성의 속마음은.

(……빌린 물건에 남아 있던 메시지를 믿어 주고 있는 거야. 그렇다면 헛되이 할 수는 없지, 역시.)

"쿠울, 스으. ……, 으음."

하고 지금까지의 규칙적인 숨소리가 무너졌다.

몸을 꼼지락거린 후에, 은발 갈색의 여자아이가 작은 손으로 눈가를 박박 문질렀다.

"앗, 일어났어, 토우마!"

인덱스가 얼굴을 확 밝히며 말하자 변화가 있었다. 극적이다. 헤르칼리아 그로서리는 얼른 카미조 뒤로 숨어 방패로 삼는 몸짓을 보인 것이다. 비행 재킷 앞이 열려 있어서, 얇은 캐미솔을 통해 자고 일어난 따끈따끈한 체온이 직접 전해져 온다.

테이블 위의 오티누스는 가느다란 허리에 양손을 대고 말했다.

"미움받았군."

"이건 인덱스가 잘못한 게 아니잖아."

카미조도 어이없다는 듯이 말해 버린다.

……모든 것은 '네세사리우스(필요악의 교회)' 소속인가 하는 그 썩은 신부 때문이다. 상대는 열 살짜리 여자아이인데 갑자기 룬 카드를 꺼내고 불꽃검을 휘두른 것이다. 본인의 정체나 로스앤젤레스 소실과의 관련 등, 필요한 정보는 사체의 머리에서도 알아낼 수 있다는 둥 지껄이며.

당사자인 소녀도 전부를 알고 있을 리가 없다. 갑자기 물리 현상을 뛰어넘은 살상력을 꺼낸다면, 누구나 무서워하는 게 당연하다.

그 결과, 영어로 이루어진 격론의 내용도 전혀 알지 못한 채 어쨌든 끼어든 일본인 카미조 토우마만이 같은 편으로 인정된 모양이다. 아까부터 (아마) 열 살 (정도)의 갈색 소녀는 카미조에게 착 달라붙어 있다.

다만, 실전파인 스테일 마그누스도 아무것도 생각하지 않은 것은 아닌 모양이다. 미움받는 사람은 태연한 얼굴을 하고 이렇게 말했던 것이었다.

『내가 거절당하고 너한테 마음을 열면 정확한 증언은 얻을 수 있어. 그걸 팀 전원이 공유할 수 있다면 나는 하나도 곤란하지 않아. 자, 기뻐해라. 상대를 가리지 않는 난봉꾼한테 어울리는 역할이 왔다고.』

"…어디에서 잘라 봐도 최악의 빌어먹을 자식이야, 정말."

"I'm hungry. I want to eat vegetable meat for breakfast."

갑자기 왔다.

정면에서 밀어닥치는 악몽 같은 잉글리시 대홍수. 본고장의 영어인지 잠에 취해 대충 한 것인지도 기말시험 34점인 카미조로서는 전혀 판단이 되지 않는다. 기가 죽은 카미조가 순간 오티누스 쪽을 보니, 꾸벅꾸벅 졸고 있었다. 그리고 시차에 적응을 못 한 신은 테이블 위에서 졸 때도 거만하게 팔짱을 끼고, 가느다란 다리도 꼬고 있었다.

그리고 이런 때야말로 문명의 이기다. 트랜스 펜. 스마트폰과 무선 접속해 동시통역을 해 주는 이 물건이라면, 시험에서 낙제점인 카미조도 최첨단 L.A.걸과의 의사소통에 문제가 없다. 그렇겠지?

마이크 부분은 펜의 머리다. 그야말로 노래방 같은 감각으로 트랜스 펜을 쥐고, 카미조는 그다지 익숙하지 않은 아이템에 입을 가까이 해 본다.

"아 아─. 질문해도 괜찮을까? 아직 떠올리는 게 무서우면 무리하지 않아도…….."

그러나 말의 변환에 성공했는지 어떤지, 카미조로서는 판단이 서지 않았다.

아음아음아음, 하고 잠에 취한 채 헤르칼리아의 작은 입이 소년의 상박을 가볍게 물고 있었던 것이다. 배가 고프면 운동모자의 고무 끈을 씹는 아이일까.

2

"에엣, 정말로 이거 먹을 거야? 아침부터?!"

『콩, 건강식이에요, 먹으면 이득.』

"아니 그, 콩으로 만든 비건 고기인 건 알지만… 이런 걸로 햄버거 같은 걸 만들면 너, 빵이랑 빵의 한가운데에 두부를 끼우는 지옥의 곡물 덩어리가 되는 게…???"

『나는 헬시 희망해.』

묘하게 일본어가 뭉텅뭉텅이고 시원시원한 것은, 당연하지만 사이에 트랜스 펜이 끼어 있기 때문이다. 긴 은발을 흔드는 헤르칼리아의 입에서 나오는 것은 어디까지나 매끄러운 영어. 학원도시의 싸구려 가전, 그 실력의 정도를 알 수 있다. 통역 앱이면서 영어 단어를 그대로 내보내지 마.

(……뭐, 의미가 통한다면 뭐든지 좋지만.)

인덱스와 오티누스는 이쪽 주방에 오지 않았다. 가사는 '할 수 있지만 하지 않'느냐 '할 수 없으니까 하지 않'느냐로 평가가 크게 나뉘지만, 우리 집의 더부살이들은 조금 지나치게 어리광을 받아 주었는지도 모른다고, 새삼 카미조는 후회하기 시작하고 있었다. 먹고 자기만 하는 사람에게 학습의 기회는 없다.

지금은 헤르칼리아와 단둘이다.

먹지 않으면 죽는 건 누구나 마찬가지. 다이너인지 뭔지에 틀어

박혀 있으니 그대로 두면 썩혀 버릴 식재료를 빌려 가벼운 아침이라도, 하고 카미조는 생각한 것이었다. 하지만 아메리칸의 주방에 일본의 상식은 통하지 않았다. 도구의 형태가 다르다거나 온도 표시가 섭씨가 아니라 화씨라거나, 그런 차원이 아니라 우선 토마토와 브로콜리가 지나치게 거대해서 좀 무섭다. 무언가의 돌연변이 같아서, 잠깐 눈을 떼면 머리를 물어뜯고 뇌를 빼앗길 것 같다.

카미조는 일본에서는 본 적도 없을 정도로 커다란 은색 냉동고 안을 들여다보면서,

"…이거 또 가득 차 있군. 크리스마스 때 쓰고 남은 건가, 이건? 어이, 헤르칼리아, 연말에 감사해. 지금이라면 뭐든지 만들 수 있다고."

『싫어, 연말.』

"엇? 어째서 또."

『생일이 28일. 하지만 겨울 방학이라서 아무도 모여 주지 않아. 다들, 어차피 상관없지 않냐고. 친구, 크리스마스랑 퉁쳐지는 거 싫어.』

그런 건가.

비록 팔다 남은 파티 식재료라도, 뭐, 그만큼 충실하게 저장되어 있으니 카미조로서는 고맙다. 우선 금속 주걱으로 철판에 달라붙은 새까만 슬픈 치킨 스테이크의 흔적을 벅벅 긁어내고 자신의 공간을 확보하면서,

(……냉장고의 내용물도 나중에, 사용한 몫 정도는 돈을 계산대에 두고 가야겠네.)

머리 가득 인색한 생각을 하면서, 일부러 입 밖에 낼 필요도 없

겠지 하고 카미조는 판단한다. 하얀 캐미솔 한 장 차림으로 옆에서 소년의 허리에 달라붙은 헤르칼리아를 향해,

"잘 들어 헤르칼리아, 건강은 밸런스야. 성조기의 나라가 고기와 기름 의존증에서 벗어난 건 정말 멋진 이야기지만, 그렇다고 뭐든지 다 곡물만 먹으려고 하면 안 돼. 트랜스 지방산도 탄수화물도, 무엇에 집착하든 너희들은 여러 가지로 너무 극단적이라고."

『퍽 ㅇ, 의미를 모르겠어.』

"그러니까, 어떻게 해서 거부감 있는 채소를 술술 먹을 수 있도록 하느냐에 모든 것이 걸려 있다는 뜻. …있잖아 그 이거 오역이야? 퍽 ㅇ 같은 건 아니지?"

은발 갈색의 열 살은 이쪽을 올려다본 채 어리둥절해하고 있었다.

카미조는 저도 모르게 어려운 얼굴을 하고 트랜스 펜을 바라보았다. 진상은 어둠 속에 있다. 영어에서 일본어로, 일본어에서 영어로. 기계가 어떻게 변환했는지는 한쪽밖에 모르는 그로서는 따라갈 수가 없다.

그리고 삐죽삐죽 머리가 전문적인 주방에서 만들고 있는 것은 동그란 팬케이크였다.

애당초 가난한 학생이다. 할 줄 아는 요리에도 한계는 있었다. 만들어져 있는 가루가 아니라 밀가루와 베이킹파우더를 계량하는 데서부터 완성에 다다를 수 있었던 것만으로도 칭찬해 주었으면 좋겠다.

채소에 대해서는, 볶아도 샐러드를 해도 어차피 열 살의 소녀는 먹지 않는다. 헤르칼리아에 대해서는 아무것도 모르니, 어디에 '지

뢰'가 있는지는 알 길이 없다. 이 점에서 어린아이는 한없이 잔혹하다. 일단 '지뢰'를 스치면 끝장, 싫어하는 음식은 꼼꼼하게 포크 끝으로 옆으로 튕겨 내는 광경이 또렷하게 떠오른다. 따라서 '분류 불가능'으로 만들기 위해, 채소는 믹서로 일단 산산조각을 낸 후 마요네즈나 크림과 섞어 소스로 만든다. 이렇게까지 하면 채소를 먹는 감각은 없어질 것이다. 빨강, 노랑, 초록. 카미조도 탄산음료나 빙수 시럽 등으로 경험이 있지만, 실제의 맛보다 선명한 색깔에 정신이 팔리기도 하는 법이다.

과일 자체는 별로 먹지 않지만 잼이라면 좋아한다는 사람은 드물지 않다. 반대로 왠지 평범한 햄버거보다 치즈버거를 고르는 사람도 덩어리 치즈는 못 먹는다는 경우도 있다. 말하자면 인식의 문제인 것이다. 게다가 제로에서부터 직접 만들면 염분이나 당분은 자유롭게 조절할 수 있다.

"자, 됐다."

『DIY?』

더욱더 무슨 말을 하는 건지 뜻을 알 수 없게 되었지만, 접시의 요리에 못박힌 헤르칼리아는 두 눈을 휘둥그렇게 뜨고 마른침을 삼키고 있다. 우선 완성품을 보고 식욕은 자극된 모양이다.

"인덱스가 오면 전부 먹어 버릴 테니까, 자, 여기서 얼른 먹고 가."

『목차가 뭐야? 오늘 밤에는 널 먹어 줄까 아기고양이 베이비.』

고개를 갸웃거린 카미조 토우마는 한 번 트랜스 펜의 설정을 확인하고 소프트웨어를 리셋해 보았다. 그러고 있는 동안에도, 은발갈색의 여자아이는 빈 호박 상자를 발판으로 삼아 플라스틱 나이프와 포크를 쥐고 까치발로 서서 발돋움을 하면서 스테인리스 조리대에 놓인 접시 위의 팬케이크와 격투하고 있다. 덕분에 잘 먹겠습니다를 들을 타이밍을 놓치고 말았다.

그래서 재기동을 하고 난 첫 번째는 이랬다.

『맛있어!!』

"이거 버그는 없겠지? 아아, 뭐, 좋아해 준다니 다행이야."

『이 초록색 거가 맛있어. 이게 뭐야?』

작게 잘라 낸 팬케이크 조각을 기쁜 듯이 소스 그릇에 누르는 헤르칼리아지만, 정체는 피망. 아마 그대로 말해 주면 떫은 얼굴을 할 것이다. 애매하게 웃으며 대답하지 않는 쪽이 낫다.

마실 것은 오렌지주스. 헤르칼리아가 직접 커다란 냉장고에서 꺼냈다. 밤에 된장국인 카미조의 입장에서 보자면 달콤한 주스가 나오는 것은 이상한 기분이지만, 그래도 뭐 팬케이크에 된장 계열의 조합도 이상한가.

양손으로 컵을 쥐고 주스를 꿀꺽꿀꺽 마시고 있는 헤르칼리아를 보면서, 카미조는 가만히 생각한다.

(차게 식힌 주스겠지만, 바깥과 비교하면 냉장고 안에 들어 있는 쪽이 따뜻하지. 정말로 진짜 이세계라고, 로스앤젤레스……)

『하지만 신선, 발돋움을 하고 먹다니. 엄마는 테이블도 선반도 전부 높이 나한테 맞춰 주니까.』

"흐음."

『아래 단을 뗄 때, 엄마 쪼그리고 앉아서 조금 불편해 보여. 하지만 생글생글.』

"그래?"

그리고 그것으로 깨달았다. 정식으로 소개를 받은 것은 아니고, 서류로 확인한 것도 아니다. 다만 로스앤젤레스에 있던 '또 한 명의 그로서리'의 정체를 대충 알게 된 것이다.

사라져 버린 여성.

마지막 순간, 공포도 원망의 말도 아니라 우선 딸이 있는 곳을 새겨, 아직 보지 못한 누군가에게 맡긴 사람.

(⋯⋯어머니, 인가.)

『먹고 싶어, 더 더.』

"하하. 그럼 도구를 씻는 건 좀 더 기다릴까."

『무한으로 먹고 싶엇!』

"⋯⋯."

카미조는 웃는 얼굴을 한 채 약간 경계했다. 큰일이다. 열 살짜리 어린 소녀에게 칭찬을 받고 고등학생인 주제에 훈훈한 할아버지 모드에 들어가 있을 때가 아니다. 팬케이크는 탄수화물 덩어리, 그걸 생각 없이 와구와구 먹어도 용서되는 지옥의 위장 라이센스를 가진 생물이라곤 인덱스 정도다. 그래도 남한테 맡은 아이를 그런 팬케이크의 늪에 가라앉힐 수는 없다.

『엣헷헤―, 이 블루에 다음 거 찍어 먹어야지 넥스트. 이거 블루베리 아니야???』

"저기, 헤르칼리아."

『응?』

포크를 입에 문 채, 빈 호박 상자 위에 서 있는 갈색 소녀가 이쪽을 돌아본다.

"만일 이야기할 용기가 있다면, 지금까지의 일을 설명해 줬으면 좋겠어. 아는 범위면 돼. 네가 이 다이너에 있었던 건, 그냥 우연은 아니었지?"

스마트워치에는 다이너의 번지가 새겨져 있고, 실제로 찾아가 보니 딸 헤르칼리아가 탈의실의 로커에 숨어 있었다. 즉, 생각 없는 애드립으로 이 가게로 도망쳐 들어온 것은 아니다. 적어도 미리 여기에서 기다리고 있으라는 지시 정도는 했을 터. 그렇지 않다면 '소실' 직전의 멜자베스가 순간적으로 손목시계에 정보를 남길 수는 없는 것이다.

어머니 멜자베스는 딸 헤르칼리아와 합류해, 그 후 어떻게 할 생각이었던 걸까?

아니, 애당초 로스앤젤레스 시민인 멜자베스가 어째서 학원도시의 기지에 있었고, 엄중하게 잠겨 있을 터인 금고의 문을 열고 자신의 손목시계를 던져 넣을 기회를 잡은 것일까?

물론 스마트워치는 중요한 힌트지만, 한편으로 그것에 얽힌 경위에는 수수께끼가 많다. 멜자베스가 '소실'에 휘말린 이상, 남은 힌트는 딸 헤르칼리아뿐이다.

어쨌든 열 살짜리 소녀이니, 어머니한테 모든 것을 듣지는 못했을지도 모른다. 어른의 사정에서 자신의 아이를 멀리 떨어뜨려 지키는 마음의 움직임 정도는, 비상시가 아니어도 평범하게 있을 수 있는 흐름이라고도 생각한다.

그래도.

작은 단편이라도, 새로운 정보를 손에 넣을 수 있으면 상황이 달라진다.

『……가르쳐주면, 어떻게 돼?』

"'소실'에 휘말린 네 어머니를, 구하러 갈 수 있어."

즉시 대답했다.

의외로 고물인 트랜스 펜이다. 정말로 전하고 싶은 말이 제대로 변환되었는지 어떤지.

하지만 헤르칼리아 그로서리는 끄덕 하고 작게 끄덕여 주었다.

어쩌면 말이 아니라, 카미조의 눈동자를 들여다보고 결단해 준 것인지도 모른다.

『있지.』

작은 입이 열린다.

본인에게도 결코 떠올리고 싶지 않은, 카미조 일행으로서는 알 수도 없는, '3000만 명의 소실'. 실제로 그 자리에 있던 당사자로부터의 말이, 흘러나온다.

『살금살금 하고 있었어, 하지만 아니야. 엄마의 스마트폰에, 역의 어딘가, 하지만.』

"?"

『R&C, 하지만 사실은 아닐 거야. 엄마는 학원도시 사람들과 손을 잡고…….』

결정적인 무언가.

그것이 카미조 토우마 앞에 펼쳐지기, 바로 한순간 전의 일이었다.

탕!! 하고. 다이너의 뒷문이 기세 좋게 열렸다. 그리고 주방에 직접 들어온 것은 지금까지 바깥 탐색을 계속하고 있던, 붉게 물들인 장발의 신부였다.

"스테일? 너 대체……."

"사라졌어."

자세히 보니 스테일 마그누스는 거칠게 숨을 쉬고 있었다.

격렬한 전투가 있었던 걸까, 아니면 가까스로 도망쳐 돌아온 걸까.

"칸자키 카오리가 사라졌어‼ 당한 거야. R&C 오컬틱스에‼"

3

그 조금 전이었다.

스테일 마그누스와 칸자키 카오리는 다이너 밖으로 나가서, 빌딩 벽을 따라 천천히 나아간다. 룬 카드 모서리를 손끝으로 만지작거리며, 언제든 연막이나 신기루를 칠 수 있도록 저격 대책에 유의하면서.

몇 번째인가의 야외 탐색을 진행하고 있었다. 영하 20도라는 환경은, 프로 마술사도 결코 바보 취급할 수 있는 것이 아니다. 우선 임시라도 좋으니 거점을 정하고, 거기에서부터 조금씩 행동 범위를 넓혀 '안전지대'를 늘려 가는 것은 당연한 흐름이기는 했다.

"이런, 이런. 난방도 완벽하다고는 할 수 없군……."

스테일은 새 담배에 불을 붙이며 지겹다는 듯이 중얼거렸다.

내뱉는 숨이 하얀 것은 담배 연기 때문만은 아니다.

"저 다이너가 무사한 건 매장 내 설비만이 아니야. 주방의 열도 추가되어서 가까스로 생존 가능 온도를 유지하고 있었던 거지. …보통의 히터나 바닥 난방으로 플로어를 덥히는 정도로는 부족해. 의외로 '안전지대'를 늘리는 건 어렵다고."

"난방의 출력이 아니라, 벽이나 바닥이겠죠."

칸자키는 겉으로만 보면 서늘한 얼굴로 그렇게 지적했다.

물론 먼 곳을 바라보고, 항상 저격 가능한 위치를 시선으로 찾으면서.

순백이라기보다 약간 노란색을 띤, 이른 아침의 햇빛을 반사해 공기가 반짝반짝 빛을 내뿜고 있었다. 이쪽은 다이아몬드 더스트일까. 본래 같으면 북극권에서밖에 볼 수 없는 현상이다.

"남쪽에 있는 로스앤젤레스는 원래 엄한 한파의 도래 따위 상정하고 있지 않아요. 벽 자재에 대해서는, 오히려 효율적으로 열을 내보내는 기능성을 추구하고 있었지 않을까요. 아무리 난방으로 실온을 높인다 해도, 벽이나 바닥이 열을 내보내 버리면 쉘터로서의 기능을 할 수 없어요. 구멍이 뚫린 수조에 물을 계속 붓는 것과 같은 걸지도 몰라요."

내부에 열을 모으고, 몸을 쉴 수 있는 '안전지대'의 확보.

다만 그것은 어디까지나 2지망이다. 최우선 목표는 영국 청교도·학원도시의 혼성 부대와 R&C 오컬틱스 사이에서 무슨 일이 있었는지, 로스앤젤레스 3000만 명의 행방. 그 원인을 조사하고, 적대 기업의 본사 빌딩을 공격하기 위한 제2파를 불러들일 수 있는지를 판단하는 것이다.

"이미 보이는 위치에 있어……."

"저건 신기루의 오아시스예요. 눈에 보인다고 해서, 다다를 수 있다는 보장은 없죠. 우선은 '소실'의 원인을 특정해야 합니다."

예스나 노냐가 아니라, 불가능하면 마이너스의 원인을 찾아내어 없애서 예스라고 보고할 수 있는 형태를 만든다. 거기까지 해야 프로 마술사다.

그럼, 하며 스테일은 조용히 숨을 내쉰다. 그가 주목한 것은 정체를 알 수 없는 마술의 영적 장치가 아니라, 흔한 스마트폰이다. 오늘날, 택배 드론 정도는 전용 컨트롤러는 필요 없다.

"정말로 그런 걸로?"

"뭐. 무슨 일이든 궁합이지."

스테일 마그누스의 전문은 룬 마술이다. 특히 라미네이트 가공한 카드를 전쟁터 일대에 배치해, 자신에게 유리한 결계를 구축하고 나서 전투에 임하는 것이 최선이 된다.

그 시점에서 보자면,

"……R&C 오컬틱스 본사 빌딩까지의 사이, 어디에 덫이 있을지 확실하지 않아."

신부는 입 끝에서 담배 끝을 가볍게 흔들면서,

"그렇다면 찔러서 자극하고, 끌어내면 되지. 그게 안전한 무인기라면 좋고. 최상층의 창가에 안나 슈프렝겔인지 뭔지가 서 있으면 말할 것도 없지만."

오는 길에 노획한 택배 드론은 본사 빌딩까지 다다르지 못했다.

그보다 전에, 공중에서 갑자기 분해된 것이다.

하지만 배 부분에 안고 있던 룬 카드가 대량으로 흩뿌려진다.

팡!! 하고 공중에서 오렌지색 불꽃이 뿜어져 나와 하나의 덩어리가 되었다.

하지만 그것조차 씹어 부수어진다.

그렇다,

"뭔가가 간섭해 왔다?"

"스테일, 옵니다. 빨리 떨어지죠."

칸자키에게 등을 얻어맞고, 스테일 마그누스는 동양의 '성인'과는 다른 방향으로 달리기 시작한다. 여기까지는 어떤 의미에서 예정대로. 빈 캔을 바다에 흘려보내 기뢰를 날린 것과 같은 것이다. 덫이 낡으면, 단서로서는 아주 좋다.

(스트레이트하게 모래, 그것만으로 설명이 되나? 아니, 거기에서 완성된다면 애당초 로스앤젤레스 전체를 에워싸는 마이너스 20도의 대한파는 대체 뭐지……?)

일부러 들킨 이상, 머잖아 '모래의 마술사'는 온다. 그 이외에도 다수의 마술사가 배치되어 있을 위험성도 있지만, 우선 저격을 경계해서 손해 볼 것은 없다. 스테일은 빌딩 가에서 반투명 아케이드 아래로. 엄폐물은 방패로 쓸 수는 없어도, 상대 쪽에서 보이지 않으면 저격당할 걱정도 없다. 본래는 자외선을 막기 위한 것이지만, 하얀 성에로 빼곡해서 평범한 지붕으로밖에 보이지 않는다.

새삼 말할 것까지도 없지만, 로스앤젤레스는 넓다. 원래 가장 효율 좋게 탐색을 진행해 나가려면 우선 정보를 모아야 한다. 그러기 위해서는 섣불리 움직이지 말고 유일한 생존자인 열 살짜리 소녀에게서 이야기를 듣는 것이 제일이다. 그러나 칸자키와 스테일은 그렇게 하지 않았다. 왜일까?

"가장 큰 단서에서 적의 주의를 돌려 둔다, 인가."

적어도 R&C 오컬틱스 측에는, 모래를 조종하는 마술사가 있다.

카미조에게 매달리도록 이미지 조작은 이미 끝내 두었다. 따라서 '네세사리우스(필요악의 교회)'의 전투 요원이 그 다이너에 눌러앉아 있을 의의는 별로 없다. 어떤 상대의 턱밑이라도 거침없이 뛰어드는 카미조 토우마와, 어떤 사소한 것도 잊지 않는 완전 기억 능력의 인덱스가 있으면 탐문 작업은 맡겨 둘 수 있다. 거기에 교활한 오티누스가 섞이면 더욱 좋을 것이다.

헤르칼리아를 지킬 수만 있으면 된다. 굳이 그쪽에게 호감을 살 필요는 없다.

신부는 그런 길을 스스로 골라 나아가고 있으니까.

따라서, 스테일과 칸자키는 일부러 밖에 나가, 어디에 몇 명이 있을지도 확실하지 않은 '적'의 주의를 끄는 역할을 철저하게 수행한다. 가장 중요한 정보원인 헤르칼리아 그로서리를 지키는 것이 최우선이지만, 그 과정에서 덮쳐 오는 마술사에게 반격해 포박할 수 있다면 그보다 더 좋은 일은 없다.

자신을 미끼로 삼아, 새우로 도미를 낚는다.

이것은 일류 이상의 실력을 가진 '네세사리우스(필요악의 교회)'의 마술사이기 때문에 고를 수 있는 선택지. 이런 위치 정보 역탐지는 특히, 저주나 저격 등 상대의 허점을 좋아하는 놈들에게 효과가 있다.

"(······자아.)"

스테일과는 다른 길로 들어가 빌딩 벽에 바싹 붙으면서도 칸자키 카오리는 가만히 하얀 숨을 내쉰다.

적은 있다. 그리고 처음 격돌했을 때의 상황을 칸자키는 잊지 않았다. 빛으로 착각할 속도로 덮쳐 온, 빌딩도 절단하는 모래의 마술. 그것이 직접적으로 덮친 것은 누구였을까.

"(저, 죠.)"

R&C 오컬틱스 측이 어디까지 이쪽의 정보를 쥐고 있는지는 미지수지만, 가령 전부 들켰을 경우, 뭐, 맨 처음 습격을 당하는 것은 '성인'인 자신이나 '마도서 도서관'인 인덱스일 거라고는 생각하고 있었다. 스테일의 룬 마술은 강력하지만 방대한 카드를 흩뿌려 준비를 갖추기까지 약간의 시간이 걸리고, 카미조 토우마의 오른손에 깃든 이매진 브레이커(환상을 부수는 자)는 보통 사람의 동체 시력을 뛰어넘어 버리면 힘으로 장점을 뭉개 버릴 수 있다. 즉, 동등 이상의 속도로 움직이는 칸자키와 마술의 구조를 다이렉트로 파헤치는 인덱스를 무슨 일이 있어도 우선 뭉개 놓고, 남은 표적을 멀리에서 찬찬히 완전하게 쳐부순다, 는 것이 적에게 있어서 베스트인 것이다.

그리고 믿기 어려운 일이지만 금서목록도 모래의 마술은 해석에 애를 먹고 있다. 해독 난이도에 자신이 있는 R&C 오컬틱스 측은, 인덱스는 방치해도 당분간 위험이 되지 않는다고 생각할 것이다.

즉, 직접 전력(戰力)인 '성인' 칸자키 카오리가 표적 1위.

저격수가 활보하는 무인의 시가지에서 표적 중 한 명이 위험한 실외로 튀어나오면, 얼굴도 보이지 않는 적대자는 반드시 칸자키를 노릴 것이다.

그렇지라도 않다면, 승인할 리가 있는가.

칸자키 카오리는 적이든 아군이든, 사람의 목숨이 빼앗기는 상황을 결코 인정하지 않는 마술사다. 아무리 엄격한 척을 해도, 스테일에게 그 역할을 짊어지게 할 생각은 없다.

일부러 내디딘 한 걸음.

조용히 교차로 한가운데로 걸음을 옮겨 가.

허리의 칼 '칠천칠도'의 자루에 손을 대며, 그녀는 가만히 속삭였다.

"슬슬 나오세요. 안 그러면 제 쪽에서 갑니다, 소리를 뛰어넘는 속도로."

그것은 혼잣말이 아니었다. 듣는 사람이 확실히 있었기 때문이다.

4

"······어떻게, 된 거야?"

카미조 토우마는 꿀꺽 침을 삼키고, 그렇게만 말했다.

겨우 그렇게만 말하는 것이 고작이었다. 아직도 어깨로 거칠게 숨을 쉬고 있는 스테일 마그누스의 온몸에서, 눈에는 보이지 않는 불길한 벽이 밀어닥쳐 오는 것 같았다.

"그래서 칸자키 녀석은 대체 어떻게 된 건데?!"

"어떻게 된, 거냐고······?"

주방의 타일 벽에 등을 기대며, 스테일은 그렇게 중얼거렸다.

담배를 무는 것도 잊은 채 장신의 신부는 쉰 목소리로 띄엄띄엄 말을 이었다.

"그건 단순한 주먹다짐이 아니야. 완력이나 물리 법칙이 중요한 종류의 싸움이 아니었어. 나는 멀리서 보고 있었을 거야, 확실히 이 눈으로 봤어. 그런데도 도우러 끼어들 틈은 없었어!! 칸자키 카오리와 적의 마술사는 고속으로 몇 번 폭발을 일으키고, 분진 속으로 그림자가 뒤섞이고… 그게 끝이야. 정신이 들어 보니 양쪽 다 없었어. 칸자키는 사라져 버렸어! 신기루나 뭔가처럼!!"

싸움 끝에 사람이 사라진다. 생각할 수 있는 것은 '쓰러졌다'나 '물러갔다'지만, 칸자키가 이겼다면 이쪽의 다이너로 돌아오지 않을 이유는 없다. 즉, 낙관은 할 수 없다.

한편 스테일은 '없다'고 말했다. 피투성이로 쓰러진 칸자키는 확인하지 못했다.

즉,

"납치되었다, 는 거야……?"

"……."

"그렇다면, 더더욱 내버려둘 수 없잖아! 인덱스와 오티누스도 불러 오자. 이렇게 넓은 로스앤젤레스야, 행선지는 바보처럼 정직하게 본사 빌딩이라는 보장도 없지…. 헤르칼리아한테 이야기를 듣고, 스마트워치의 메시지도 해독하고, 어떻게든 해서 R&C 오컬틱스의 마술사가 모일 만한 장소를 특정해야 해!!"

"의미가 있을지 어떨지……."

신부는 자신의 이마를 짚으며,

"이게 로스앤젤레스 전역을 덮친 '3000만 명의 소실'과 같은 공격이라면, 칸자키만 인질로 남아 있을지 어떨지도 미지수야. 어떨까, 심문해서까지 필요한 정보가 그쪽에 있을까……? 평범하게 죽이고 시체까지 숨긴 것뿐일지도 몰라."

"스테일!!"

"알고 있는 건!!!!!!"

감정적으로 부정하려고 한 카미조를, 스테일이 더 큰 고함 소리로 봉쇄했다.

스테일은 날카롭게 이쪽을 노려보며 경솔한 결단을 꾸짖듯이 낮은 목소리로 중얼거린다.

"……R&C 오컬틱스의 마술사는, 단독으로 싸우지는 않았다는 거야."

"집단, 전?"

"기상(氣象)을 아군으로 두고 있었어."

카미조의 중얼거림은 표적에서 빗나갔다. 스테일은 확실히 그렇게 말했던 것이다.

"그리고 인공적으로 기압을 조정할 방법만 있으면, 날씨나 풍향 같은 기상 조건은 사람의 손으로 자유롭게 컨트롤할 수 있어. 재해 그 자체도! 그 모래의 마술사는, 기업의 힘을 빌리고 있었어. 어쩐지 그 애도 '완전히는' 풀지 못하더라니……. 과학을 짜 넣음으로써, 자신의 술식의 위력을 끝까지 증폭하고 있었던 거야!!"

5

두캉!! 즈바앗!!!!!! 하고.

바로 정면에서 연달아 공기를 찢으며 덮쳐드는, 모래의 레이저. 초고압으로 압축해 공업용 커터처럼 일직선으로 날리는 모래의 마술은, 하지만 칸자키 카오리의 피와 살을 잘라 내는 일은 없다.

그것보다 더 빠르게 좌우로 작게 이동을 되풀이해 피하고 있었기 때문이다.

'성인'은 순간적이라면 음속을 뛰어넘는다.

"일부러 막아 내게 해서, 이쪽의 발을 멈추는 게 목적?"

의아하게 눈썹을 찌푸릴 여유조차 있었다.

R&C 오컬틱스 본사 빌딩이 눈에 보이는 거리에 있는데도, 유탄(流彈)은 무섭지 않은 것일까. 아니면 지나치게 가까이 접근했기 때문에 더더욱 사소한 것에 신경을 쓰지 않게 된 것일까.

첫 번째 격돌로 칸자키가 '성인'이라는 것을 들켰다고 봐도 좋다. 그런 것치고는 바로 정면에서 덮쳐 온다는 것을 이해할 수 없었다. 실력에 불안이 있어서 원거리 저격에 의지한다면, 오히려 칸자키의 손이 닿지 않는 거리, 사각지대가 되는 방향을 마련하고 나서 참견해 와야 한다고 생각하는데.

그렇다면,

"(……모래의 레이저로 절단하는 것. 그게 목적이 아니야?!)"

대체 모래의 마술이란 무엇일까. R&C 오컬틱스는 일일이 말을 분해할 것까지도 없이, '로젠크로이츠(장미십자)'를 모체로 하는 마술 결사다. 그렇다면 구성원이 다루는 술식은 루비의 장미와 순금의 십자가로 표현되는 '그 전설'을 유래로 하지 않으면 이상하다.

모래. 장미 계열에서 생각나는 전설은 그렇게 많지도 않다.

"흑, 백, 황, 적. 그것은 사멸, 결합, 발효, 부활, 4공정의 순환이고."

로스앤젤레스의 3000만 명은 어디로 '사라졌을까'?

사느냐 죽느냐가 아니다. 어째서 일부러 성가신 소실이라는 수고를 들였을까?

"……즉 '치트리니타스(황색화黃色化)'."

알아 버리고 나면 한순간이었다.

예를 들어, 노르스름한 아침 해.

로스앤젤레스의 일출은 비교적 늦지만, 그렇다고 해도 아침 놀만으로는 설명이 되지 않는다. 부자연스러운 노란색이었다. 그리고 칸자키는 어떤 자연 현상을 알고 있었다. 사막의 모래폭풍은, 심할 때는 태양도 덮어 가린다. 그렇게 되었을 경우에는 마치 해 질 녘처럼 밝기나 하늘의 색깔 자체가 달라져 버린다는 것을.

예를 들어, 눈앞의 공기가 빛을 받아 반짝반짝 빛나는 현상.

공기 중의 수분이 동결된 다이아몬드 더스트가 아니라, 입자가 고운 모래가 아닐까.

"기적의 광물을 만들어 내는 공정의 세 번째. 그건 합성물을 노란 모래로 메워 적절하게 '발효'시키는 술식이었을 터. 당신들 R&C 오컬틱스는 사람을 죽인 것도 숨긴 것도 아니야. 정답은, 썩혀서 모양을 바꾸었다. 사는 것도 죽는 것도 아니고, 인간을 '형태가 없는 양분'으로 치환해서 주위의 모래에 배어들게 한 채 보존했어!! 그게 '소실'의 정체입니다!!"

모래를 뒤집어쓴 상대를 녹여서 거두어들인다. 희생자는 살아 있는 것도 죽은 것도 아니다. 언젠가 다른 형태로 꺼내는 것을 전제로 한 매립. 사람은 피도 살도 양분의 형태로 치환된 데다, 토양 속에 빨아들여져 갇혀 버린다. 마치 콜드 슬립이나 무언가처럼.

따라서 R&C 오컬틱스는 생존자의 관도 사체를 버릴 곳도 필요 없고.

따라서 R&C 오컬틱스는 필요가 없어도 사람의 소실'밖에' 할 수 없었다.

"멀리서 고압축 모래를 쏘아 오는 것도, 건물을 절단해서 대량의 물이나 얼음을 퍼부어 오는 것도, 직접적인 유혈을 바라고 있었던 게 아니었어. 스테일이 노획한 택배 드론을 이용해서 룬 카드를 운반하려다 실패한 것도 그래. 당신은!! 그저 표적에게 머리에서부터 모래를 뒤집어씌워서 덮기만 할 수 있으면 그 시점에서 승리를 얻어 낼 수 있었어!! 그런 얘기죠?!"

간신히 파악한 승패 조건.

그 모래를 진한 황산이나 마그마라고나 생각하면 된다. 로스앤젤레스 시민이 술식의 상세한 내용까지 파헤쳤다고는 생각되지 않지만, 그래도 문이나 창문의 문풍지는 추위 대책이나 깡패에 대한 대항책이 아니라 모래에 대한 두려움의 표현이다.

그리고 알아 버리면 더 이상 희롱당하지 않는다. 칸자키는 한 발짝 두 발짝 뒤로 물러나, 형태를 무너뜨리며 주위에 떠도는 고운 모래의 커튼에서 적절하게 도망쳐 간다.

딱, 딱, 딱 하고.

흐릿한 커튼 맞은편에서, 무언가 딱딱한 소리가 들리고 있었다. 시야는 나쁘지만, 분명히 누군가가 있다. 희미한 그림자와 벽 같은 압력이 확실히 칸자키의 오감에 전해져 온다.

처음에 칸자키는 어울리지 않는 이미지를 갖고 말았다. 산책을 하고 있는 사람이 머리에 떠오른 것이다. 커다란 개의 목줄을 잡고 로스앤젤레스의 거리를 산책하는, 그런 여성적인 실루엣.

이어서, 그 개가 잘 훈련된 군용견일 가능성을 고려했다.

하지만 그래도 아직 경계가 부족하다.

깨닫는 것이 2초나 늦었다.

"······사람?"

작게 입에서 새어 나오지만, 칸자키가 주시하고 있던 것은 목줄을 쥐고 직립(直立)한 그림자가 아니다.

네 다리로 얼어붙은 아스팔트를 딛고 있는, 커다란 그림자.

아니,

"혹시 그쪽이, 본체인 마술사?!"

동시에 그림자가 움직였다.

완전히 교육이 실패한 대형견과, 휘둘리는 가엾은 주인 여성. 그런 구조로, 스스로 목줄을 찬 사람 그림자가 튼튼한 목줄을 움켜쥔 다른 그림자를 억지로 질질 끌고라도 전투를 속행시킨다. 목줄을 쥔 손째로 손목이 단단히 조여진 '주인 역할'이 비명 같은 주문을 흩뿌리고, 입을 딱 크게 벌린 '개 역할'이 목구멍 안에 무언가를 모은다.

"웃???!!!"

바로 정면에서 회피할 수 있었던 것은 실로 '성인'인 덕분. 모래의 레이저가 우선 공간을 뚫고, 이어서 좌우로 휘둘러 큰길의 풍경을 절단해 무너뜨린다.

구체적으로는 100미터 이상의 철탑. 관광 명소라고 할 정도로 크지는 않다. 전파 과밀인 대도시에서 TV나 라디오의 감도를 유지하기 위해 난립하는, 서브나 서포트 같은 것일까.

저게 쓰러져 오면, 대량의 모래가 지면에서 크게 춤추며 날아오른다.

삼켜지면 끝장이다.

······반대로 말하면, 삼켜지지 않으면 회피할 수 있는 정도의 술

식. 어렵게 생각할 필요는 없다, 말하자면 사람의 몸을 녹인다고 가정하는 것만으로 대처법은 얼마든지 떠오른다.

"핫!!"

그렇다면 이야기는 빠르다.

공중에서 분해되며 쓰러져 오는 철탑을 향해, 오히려 칸자키는 자신의 다리로 도약했다. 위로. 실시간으로 기우는 철골 덩어리를 걷어차고, 발 디딜 곳을 확보하고, 더욱 위로 위로.

확실히, 대질량이 지면에 충돌하는 것만으로도 대량의 모래가 날아오를 것이다. 그야말로 해발 0미터에서 막대한 소나기구름이 퍼지듯이. 평범하게 생각하면 인간은 쉽사리 머리 위를 짓누르는 모래에 뒤덮여 '양분화'를 피할 수 없었을 것이 틀림없다.

하지만.

반대로 말하면, 이다.

"그것보다 높은 곳으로 피하면 돼."

원래부터 단시간이라면 음속 이상으로 질주하는 '성인'이다. 공중의 철골이나 아직 무사한 빌딩의 벽을 차고, 차례차례 발 디디는 곳을 바꾸며 위로 위로 향하는 그 광경은 하늘을 향해 가는 로켓 같다.

"소나기구름 같은 분진보다도 높이! 겨우 그것만으로, 당신의 필살은 의미를 잃지!!"

대략 상공 300미터.

쓰러져 온 철탑 이상의 높이다. '성인'의 다리 힘이 있으면 바람에 춤추는 나뭇잎이나 비닐봉지조차 징검돌로 삼을 수 있다.

지상에서 아무리 모래가 넘쳐도, 하늘을 춤추는 칸자키 카오리의 발목조차 붙잡을 수 없다.

그럴 터였다.

그러나 답을 냈는데도, 묘한 예감을 씻을 수가 없다.

……그 정도의 술식. 정말로 그걸로 끝이라면, '그' 마도서 도서관 인덱스가 해석하지 못한 것은 어떻게 된 일일까?

쿵!! 하고, 직후에 무언가 거대한 그림자가 태양 빛을 막았다.

더 위의 높이를, 그녀도 모르는 무언가가 천천히 가로질러 간 것이다.

"무…….."

6

"R&C 오컬틱스는 인터넷 비즈니스라는 이름이 붙는 모든 것에 손을 대고 있었어……."

스테일은 그렇게 중얼거리고 있었다.

어떤 전제의 확인. 그리고 핵심에 다가서는 말을.

"…그 핵심 중 하나로 대두되고 있던 게, 인터넷 쇼핑이야. 다만 집배소나 수송 루트를 통해 R&C 오컬틱스 본사의 장소가 들켜 버리면 본전도 못 찾으니까. 그래서 놈들은 드론을 사용한 무인 유통에 무게를 두고 있었지."

"그게……."

"전세계를 수송 드론으로 뒤덮는다. 지상에 알기 쉬운 고정 기지는 둘 수 없지만, 그래도 상품 주고받기, 충전, 기체의 유지 보수에는 역시 본거지가 필요해. 그래서 그 거대 IT는 어느 나라에도 속하지 않아도 되도록, '이동식'에 집착한 거야."

카미조 일행도 모르는 정보였다.

그런데 의문을 끼워 넣을 수가 없다. 그것은, 어쩌면 '직접 보았 기' 때문에 갖게 된 밀도일까.

"…공중식 우주기 발사대, 로지스틱스 호넷. 전체 폭 5000미터 의 전익형(全翼型) 이동식 우주 개발 기지야. 원래는 로켓이나 스페 이스 셔틀을 대신하는 우주기의 모기(母機)와 자기(子機)지. 다만 R&C 오컬틱스는 우주여행에 흥미는 없는 모양이야. 전부 해서 12 기를 세계의 하늘에 대기시키고, 담당 지역에서 다른 지역으로 서 로 자기(子機)를 사출해서 물자를 교환하고, 정확한 주소에는 별도 드론으로 운반하는 구조를 구축하고 있어. 모기(母機)가 고도 3만 미터에서 공중 대기하고, 탑재되어 있는 매스 드라이버로 자기(子 機)를 탄도 궤도에 올리는 구조라, 공기 저항도 무시할 수 있지. 지 구 반대쪽까지 컨테이너를 옮기는 데, 걸리는 시간은 20분 정도일 까."

"잠깐 잠깐,"

"지상과 로지스틱스 호넷 사이에서 화물을 주고받을 때도, 무인 글라이더를 이동식 발사 차량에서 쏘아올려. 그 왜, 탄도 미사일 같 은 걸 발사하는 그거. 가능한 한 발사 비용을 줄이면서 철저하게 고 정 시설을 피함으로써, 그 12기는 국적의 개념에서 도망치려고 하 고 있어……."

"그러니까 기다리라니까!! 어째서 이름이나 구조 같은 것까지 정 확하게 아는 거지?! 로지스틱스 어쩌고??? 이건 나만 혼자 뒤처진 건 아니겠지……? 누구한테나 처음 듣는 얘기지!!"

움찔 하고 작은 어깨가 떨렸다.

카미조의 팔에 달라붙은 헤르칼리아에게는 일본어가 통하지 않을 테지만, 그렇기 때문에 더더욱 뜻을 알 수 없는 고함 소리가 무서운 건지도 모른다. 탈선하고, 상황이 불온한 방향으로 굴러떨어지고 있는 건 아닐까, 하고.

"…칸자키와 떨어진 후에, 나는 이걸 주워 왔어."

털썩 하는 소리가 울렸다.

분한 듯한 얼굴을 하고 스테일이 조리대에 내던진 것은 두꺼운 종이 다발이다.

"사방에 방치된 학원도시 측의 기지 중 하나, 거기에 있던 종이 서류야. 그리고 룬 마술은 '새긴 문자를 염색해서 효과를 발휘하고, 문자를 파괴함으로써 의식(儀式)을 종결하는' 기술 체계야. 응용하기에 따라서는, 레코드의 골을 바늘로 읽어 내듯이 잔류 사념을 파낼 수 있지."

즉 서류의 문자를 해독한 것이 아니라, 그것을 쓴 인간의 사고를 훔쳐본 걸까.

물론 재판에서 사용할 수 있는 방법은 아니다.

하지만 마술이 있다는 전제만 인정한다면, 일정 이상의 '근거'라고 해도 좋을 것 같다.

카미조는 꿀꺽 목을 울리며,

"그럼, 그게 R&C 오컬틱스의, 돈이 열리는 나무라는 거야? 바보 같은 전쟁에 도전해서라도 안나 슈프렝겔이 이가 빠지는 걸 거부한 컬렉션 중 하나…."

"그만한 화물을 자유롭게 운반할 수 있다면, 기상 조건도 조종할 수 있을 거야. 마도서 도서관인 '그 애'도 완전히 커버할 수는 없는, 과학 측의 톱니바퀴를 술식에 짜 넣는 형태로."

스테일의 단언이 있었다.

"어쩌면 액체 질소, 어쩌면 나팜탄(彈)에도 사용하는 나프타라든가. 어쨌든 고공에서 대기를 급격하게 식히거나 데우거나 하면, 그것만으로 공기의 밀도가 달라져. 즉, 큰 기압을 조종할 수 있어. 그리고 기상 조건을 제어한다는 건 바람을 뜻대로 조종한다는 거야. 공기를 찢으며 나아가는 전투기나 미사일로는 로지스틱스 호넷에 가까이 갈 수도 없고, 결이 고운 모래를 공격 수단으로 삼고 있는 R&C 오컬틱스의 마술사와의 조합은, 너무나도 곤란해!!"

7

춤추었다.

비틀렸다, 소용돌이를 쳤다.

"무······."

마치 하나의 거대한 기둥 같았다. 그것은 지상에 도사리고 있는 하얀 모래를 단숨에 거두어들여, 실로 성층권까지 억지로 춤춰 오르게 한다.

회오리바람.

진정한 기상 재해에, 어지간한 칸자키 카오리도 대처가 늦어진다. 겨우 300미터 정도 날아올랐을 뿐인 '성인'으로서는, 고도 수만 미터에까지 달하는 거대한 기둥에서는 도망칠 수 없다!!

삼켜졌다.

의식이 깎이고, 자신의 몸이 무너져 가는 것을 느끼면서, 그래도 칸자키는 이를 악문다.

포풍, 하고 얼어붙은 하늘에 하얀 연막이 몇 개나 흩어졌다.

운동회를 알리는 데 사용하는 대낮의 불꽃놀이 같지만, 수가 많다. 그야말로 수백, 수천이나 되는 하얀 연막 불꽃놀이가 하늘 높은 곳에 있는 칸자키의 머리 위를 두꺼운 지붕처럼 메워 간다.

공중에서 일제히 해방되어, 군체 제어로 한 번도 서로에게 접촉하는 일 없이 정해진 공중 표적을 향하고, 그리고 빠르게 자폭해 간 것은 수많은 택배 드론일까.

(…액체 질소!! 공기를 식혔다는 건 기압을 조작했다는 것…. 즉 과학의 기계가 모래의 마술사를 한없이 끌어올리는, 증폭기가 되고 있는 건가요?!)

"곤란해… 이건?!"

아슬아슬하게 남은 손끝을 조종해, 눈에 보이지 않을 정도로 가느다란 일곱 개의 와이어를 정확하게 풀어낸다.

칠섬.

공기를 찢는 소리와 함께, 잠시 동안이나마 모래의 폭풍이 쓸려 날아간다. 하지만 그것은 머리카락 사이나 옷 속까지 숨어들어 오는 고운 모래 알갱이를 떨쳐 내기 위해서가 아니다.

이제 와서 늦었다.

알고 있기 때문에 다른 사람에게 맡긴다.

"스테일……!!"

이미 태양은 뜨고 밤의 어둠은 씻겼지만, 칸자키의 눈동자는 오렌지색 점을 정확하게 포착했다.

아득히 아래쪽의 거리 속에 섞여 있는, 담뱃불이다.

이거라면 헛되지는 않는다. 하나라도 한 발짝이라도, 말을 앞으로 나아가게 할 수 있다.

조금이라도, 무언가 하나라도. 발견해 줄 수 있도록. 방해가 되는 커튼을 찢어 동료의 시야를 확보하고, 다음으로 이어지는 힌트를 전달하기 위해. 이쪽에서 지상이 보인다는 것은 지상에서도 이쪽이 보이고 있다는 뜻이다. 신부와 별도 행동을 취하고 있었던 것도, 어느 한쪽에 예측하지 못한 사태가 발생했을 때 적어도 다른 한쪽이 정보를 가지고 돌아갈 수 있도록 하려고 약속했기 때문.

스테일에게는 미안한 짓을 했다며, 칸자키는 이를 갈았다.

자신은 할 수 없는 일을 떠맡겨 버렸다. 동료의 희생을 바라보며 힌트를 얻는다니, 자신이 상처를 입는 것보다도 훨씬 괴로운 일이라는 것을 알고 있었을 텐데.

그리고.

사라져 가는 칸자키 카오리는, 분명히 보았다.

누군가 한 명이라도 같은 것을 목격했기를 기도할 수밖에 없었다.

본사 빌딩을 지키는 것. 저런 과학 기술이면, 오히려 칸자키로서는 정확한 구분을 파악할 수 없다.

다만 전체적으로 보면, 기역자로 날개를 편 거대한 항공기로 보였다. 수 킬로 단위, 하나의 도시에 필적하는 사이즈. 기역자에서 뒤를 향해 본체와는 별개로 삼각형의 꼬리날개 같은 것이 있어서, 틈은 벌어져 있는데도 왠지 이등변삼각형의 실루엣으로 이미지가 끌려가고 만다.

게다가 무엇보다.

"뭐……."

공동(空洞)이었다.

뻥 뚫린 커다란 구멍이 칸자키의 의식을 꿰뚫었다. 비행기에 있을 턱이 없는데, 기역자의 중앙이 통째로 공허한 구멍으로 되어 있다. 구멍을 뚫는 것에 의미가 있는 것인지, 동그란 도넛 모양의 바깥 껍질을 만드는 것에 의미가 있는 것인지는 알 수 없지만.

거대한 비행 물체의 주날개에 새겨져 있는 문자열은 '로지스틱스 호넷06'.

그리고 또 하나.

사라져 가는 목을 떨며, '성인'은 이 말만을 중얼거리고 있었다.

"…스페이스, 인게이지사(社)……?"

8

확실하게.

두 눈이 크게 뜨이는 순간을 카미조는 목격했다.

카미조와 스테일은 일본어로 대화를 하고 있었지만, 단어 부분만은 분리되어 그녀의 머리에 날아든 것이리라. 핵심에 다가가는 영어 단어를 들은 순간, 명백한 변화가 있었던 것이다.

스페이스 인게이지사.

카미조도 들은 적이 있다. 어린 소녀의 뒤로 조금 돌아가면 된다. 하얀 캐미솔 위에 걸친 두꺼운 비행 재킷. 그 등에 어떤 글씨가 있는지 똑똑히 알 것이다.

그것은 특정 브랜드였던 것이 아니다. 회사에서 만든 사내 용품이었을까.

순간, 카미조는 경련하는 웃음을 띠고 있었다.

"노, 농담, 이지? 뭔가 잘못 본 거라거나….."

"거짓말이 아니야, 잘못 본 것도 아니고."

뚝, 하는 소리가 났다. 스테일 마그누스가 담배 필터를 씹어 부순 소리다.

분노한 채로 신부는 고함친다.

"그 칸자키가 자신의 몸이 분해되면서도 필사적으로 남긴 정보다!! …그 녀석이 내게 맡겼어, 그러니까 무슨 일이 있어도 헛되이 하진 않을 거다. R&C 오컬틱스의 마술사와 스페이스 인게이지의 신무기인지 뭔지는 확실히 연결되어 있어. 이걸 움직일 생각은 없어. 돌파구를 얻기 위해서는, 우선 여기를 시점으로 해야 해!!"

"……"

동료의 희생을 삼키면서까지 손에 넣은 '시점(始點)'을 바탕으로 정보를 늘어놓아 가면, 즉 이렇게 된다. 스테일은 가까이에서 카미조의 얼굴을 노려보며,

"3000만 명이 사정없이 사라진 가운데, 헤르칼리아만이 살아남아 있었던 이유는 뭐지? 로커에 숨은 정도로 R&C 오컬틱스가 깜박 놓쳤다? 있을 수 없어. 세탁기 안, 차의 트렁크, 지하실, 여기저기 탐색해도 그런 '예외'는 달리 한 건도 눈에 띄지 않았어. 개집이나 새장 안까지 깨끗하게, 철저하게 당했어. 이런 건, 악당의 패거리니까 봐준 거라고 생각하는 편이 당연하잖아!!"

"이, 이봐, 헤르칼리아……?"

『리 없어. 아니야, 그럴 리 없어.』

여전히 싼값에 판매되는 트랜스 펜의 통역은 엉성하다. 뭉텅뭉텅한 단어의 나열도 이상하지만, 그래도 심상치 않은 상황이라는 것 정도는 카미조도 읽어 낼 수 있었다. 통역하기 전의, 해독도 할 수 없는 영어의 중얼거림. 거기에는 두려움과 분노와, 숨길 수 없는 떨림이 깃들어 있었기 때문이다.

『엄마는 아니야!! 왜냐하면 나랑 약속했어, 이루어지는 내가 어른이 될 때까지라고. 결혼식은 우주에서 할 수 있는 시대를 만들 거라고 거렸어땅땅. 그러니까 R&C 오컬틱스 사명(社名) 몰라!!』

"그 아이의 어머니……."

천천히 숨을 내쉬고.

스테일 마그누스는 그제야 떨리는 손으로 새 담배를 한 대 꺼냈다.

"어째서 학원도시의 기지에 있었던 건지 대답할 수 있나? 멜자베스 그로서리는 우주 계열 벤처 기업의 사장이었어. 로스앤젤레스 교외나 해상에서 발사 실험을 하고 있었던 모양인데, 지금은 아니야."

끝에 불을 붙이고, 가슴 가득 담배 연기를 빨아들이며.

그래도 괴로움을 지울 수 없는 듯이 스테일은 이렇게 말을 이었다.

"그 어머니에게 학원도시가 협력을 청한 건, 우주 관련 지식이 필요해서가 아니야."

아아 그렇다, 하고 카미조는 생각한다. 학원도시 안과 밖은 기술 레벨이 2, 30년이나 벌어져 있다. 특히 과학 기술의 세계에서, 학원도시가 새삼 바깥의 인간에게 협력을 요청할 거라고는 생각할 수 없다.

그렇다면.

멜자베스 그로서리에게 말을 건 진짜 이유는……

"R&C 오컬틱스의 지원으로 활동하는 벤처이자, 중요한 산하 독립 부문의 사장. 즉, 실태가 보이지 않는 거대 IT의 정체를 아는 내통자로서 기대되고 있었던 거야. …하지만 그것도, 실제로 이렇게 로지스틱스 호넷이 '치트리니타스'의 마술사와 연계를 취하고 있는 걸 보면 상당히 수상해. 멜자베스는 안나와 손을 잡고, 이중 스파이로서 학원도시 측에 숨어들어 있었어. 일부러 오버로드 리벤지가 실패하도록 내부에서 유도하고 있었던 거야!!"

9

다이너의 테이블 위다. 15센티미터의 신, 오티누스는 절대영도였다.

자다 깨서 기분이 나쁜 사람은 말한다.

"……그래서 울며 달려가는 열 살짜리 꼬마를 보기 좋게 놓친 거냐? 어리석음 덩어리."

우뚝 서서 팔짱을 낀 사람에게 낮고 무거운 압력으로 짓눌려, 기가 죽은 카미조는 눈을 마주칠 수가 없다. 분노가 조용하다. 와구와구 물어뜯는 인덱스와는 다른 의미로 무섭다.

하지만 어쩔 수 없었다. 이것은 이미 단순한 체력이나 다리 힘의 이야기도 아니다.

어쨌거나 자신의 허리 정도까지밖에 오지 않는 여자아이의 움직임은 뛰어오르는 고무공보다도 예측할 수가 없다. 카미조는 갑자기 조리대 밑으로 들어간 것을 눈으로 좇는 게 고작. 뭐가 어떻게 되어서 뒷문에 어깨부터 몸을 부딪치고, 헤르칼리아가 밖으로 뛰쳐나간 건지는 이미 기억도 나지 않는다.

"어이, 인간, 눈치챘어?"

"뭘? 당신이 정말로 나한테 정나미가 떨어졌다는 거라든가?"

"나는 무슨 일이 있어도 '이해자'를 포기하지 않아, 그러니까 그런 데서 흠칫거리면서 겁먹지 마."

우선은 전제를 내뱉은 후, 오티누스는 어이없다는 듯이 한숨을 쉬었다.

"헤르칼리아가 궁지에 몰려서 도망친 건 말이지, 그 어른스러움 제로의 담배 냄새 나는 신부가 증오투성이의 말을 던졌기 때문이 아니야. 원래부터 싫어하는 인간에게 무슨 말을 듣든, 감정이 크게 흔들리는 일은 없잖아. 애당초 일본어 대화였던 것 같고."

"그럼……."

"인간. 네놈이 저도 모르게 숨을 삼키면서 반론하지 못했기 때문에, 헤르칼리아는 그 1초에 충격을 받고 도망친 거야. 기댔던 상대한테 거절당하는 아픔을 열 살짜리 꼬맹이한테 밀어붙인 거다, 네놈은. 그럴 생각은 없었다고? 아아 그렇겠지. 애당초 만난 지 얼마 안 된 새빨간 남이야, 성실하게 돌봐 줄 필요 따위 없어. 너한테는 사람을 버릴 정당한 권리가 있어. 그렇지?"

"……."

웃, 하고.

카미조 토우마는 조용히 입술을 깨문다.

우뚝 버티고 선 오티누스는 살며시 팔짱을 끼었던 팔을 풀었다.

"…거기에서 한심한 자신을 저주한다면, 아직 세이프야. 지금의 네놈은 0점 중의 0점이지만, 여기에서 만회해. 스스로 자신의 얼굴을 때리기 전에, 헤르칼리아를 위해 할 수 있는 일을 생각해."

말이 난 김에 주워 온 종이 자료를 자세히 조사하고 있는 스테일은, 애당초 신의 설교에 다가올 기색도 보이지 않았다. 이 녀석의 목적은 어디까지나 학원도시·영국 청교도와 R&C 오컬틱스 사이에 무슨 일이 일어나서 로스앤젤레스 시민 3000만 명의 소실이 발생한 건지, 그 위협은 앞으로도 계속해서 재발할 것인지를 조사하고 본사 빌딩을 무너뜨릴 길을 만드는 것이다.

멜자베스 그로서리는 흑(黑).

그것만 알면 딸 헤르칼리아에게 볼일은 없다고 생각하고 있기라도 한 것이리라. 아무리 예측할 수 없었다고 해도, 카미조와 달리 프로인 마술사가 작은 아이를 '놓친다'는 것은 이상하다.

"…뭐, 저쪽이 일일이 귀를 기울이지 않는다면, 그건 그것대로 기회이기는 하려나."

"오티누스?"

"어이 도서관, 네놈 잠깐 저쪽 자리에 앉아 있어."

"음! 어째서 나만?"

"(네놈이 방패가 되어 주면 담배 신부도 섣불리 손을 댈 수 없기 때문이야)."

"?"

고개를 갸웃거리면서도, 작은 신이 드링크 바에서 가까운 자리라고 말하자 인덱스는 좋아하며 그쪽의 테이블석으로 옮겨 버렸다.

그리고,

"인간, 네놈은 이제부터 어떻게 움직일 거지?"

오티누스 쪽에서 이렇게 나왔다.

카미조는 저도 모르게 눈을 깜박깜박 깜박거린 후, 머뭇머뭇 입을 연다.

"그야 뭐, 할 수 있다면 밖으로 나간 헤르칼리아를 찾아서, 엄마는 그런 사람이 아니라고 말해 주고 싶지만……."

"그게 아니야."

단호하게 가로막혔다. 오티누스는 어이없다는 듯이 코로 숨을 내쉬었다.

"진실을 조사하는 건 간단해. 하지만 잘 들어, 3000만 명이 소실된 건 네놈이 관여하기 전의 이야기라고. 네놈이 모르는 곳에서 무슨 일이 일어나고 있었는지, 거기에 걱정할 필요는 없다는 성의 없는 담보는 할 수 없잖아. 여러 가지로 조사한 결과, 역시 멜자베스 그로서리는 안나 슈프렝겔과 손을 잡은 흑막 일당이었던 것을 알게 된다. 이것도 수많은 가능성 중 하나야. 그렇달까 한없이 들어맞을 확률이 높은, 스트레이트하고 재미없는 결말이 이거잖아."

"……,"

"그러니까."

단호하게 구분 짓는 듯한 말이었다.

"거기에서, 네놈은 어떻게 움직이고 싶은 거냐고 묻고 있어. 최선에서 최악까지. 무언가의 답을 찾을 수는 있지만, 그것뿐이야. 조사 결과 나오는 사실은 네놈에게 유리할지도 모르고, 불리할지도 모르지. 과거의 결과가 두려워서 제자리걸음하지 마, 중요한 건 그 다음의 미래잖아. 자, 네놈은 어떻게 움직일래? 이 신은 그런 질문을 하고 있는 거다, 인간."

카미조 토우마는 생각했다.

그리고 대답했다.

"헤르칼리아를 쫓아가서 말하고 싶어. 아무것도 걱정할 필요는 없다고."

"가능성은 제로나 마찬가지야."

"그래도."

"감싸면 감쌀수록 바보짓이 될 확률로 거의 메워져 있다고, 그 지뢰투성이의 길. 생각 없이 감정이입한 결과, 학원도시로는 돌아갈 수 없게 될지도 몰라. 지금 잠깐이라도 머리에 스친 모든 걸 잃게 돼. 알고 있나? 정의의 대군세(大軍勢)로부터 공격을 받아서 R&C 오컬틱스와 함께 멸망당할 가능성도 있어. 범인을 감싼 악당의 동료로서, 변명의 기회도 없이."

"멜자베스가 흑막이라도 좋아!! 그렇다면 힘껏 후려쳐서, 눈을 뜨게 하고, 아무것도 모르는 딸 앞까지 끌고 가서 사과하게 하면 돼. 바깥은 영하 20도고, 3000만 명은 사라졌고, '성인'인 칸자키를 쓰러뜨릴 정도로 위험한 마술사도 돌아다니고 있어. 구하러 가야 해! 아직 본 적도 없는 누군가가 악인이라고 해서 목숨까지 단념할 거야? 외톨이가 된 헤르칼리아도, 그 인생까지 포기할 이유 같은 건 되지 않아……!!"

"그래?"

진심으로 기가 막힌 듯한 한숨이었다.

"내가 이만큼 말해도, 아직 구원의 길을 돌진할 거냐."

과연.

그것은 만족하는 답이었을까.

갑자기, 오티누스는 씩 하고 심술궂은 웃음을 띠었다.

"……그렇다면, 이 내가 가엾은 네놈을 이기게 해 주지."

"오티누스?"

"화가 치미는 건 나도 마찬가지야, 알겠어? 아무리 네놈이라도 내 감정은 부정할 수 없어. 하지만, 시작하는 이상은 어중간한 상태에서 무책임하게 헤르칼리아를 부추길 수도 없지. 멜자베스 그로서리가 백이든 흑이든, 확신을 얻을 때까지 철저하게 조사하지 않으면 불친절한 약속이 되어 버려. 구한다는 말은, 우선의 막연히로 내뱉을 수 있을 정도로 싸구려가 아니야. 그렇잖아?"

"조사하다니, 하지만 어떻게?"

"있잖아."

코웃음을 치며, 오티누스는 무언가를 가리켰다.

그것은,

"네놈이 주운, 그 손목시계 말이야."

10

"토우마—? 어디 있어—?"

다운타운의 다이너에서는 그런 느긋한 목소리가 울리고 있었다.

인덱스다. 하얀 수녀는 팔짱을 끼며,

"으—음……. 아무도 없어, 다함께 어딘가 나간 걸까?"

"……."

스테일 마그누스는 가만히 한숨을 쉬었다.

칸자키 카오리는 패배했다. 헤르칼리아 그로서리는 도망, 이번에는 카미조 토우마와 오티누스까지 다이너에서 밖으로 나갔다.

서서히 사람이 사라져 간다. 정신이 들어 보니 이제 자신과 저 아이밖에 없다.

"어딘가로 나갔다는 힌트는 없나. 맛있는 밥을 먹고 있을지도 몰라!"

말하면서 수녀는 관엽식물을 헤치거나, 드링크 바의 기재 뒤쪽을 들여다보고 있다. 그것만 보면 절로 미소가 나오는 광경이다.

그런데 박스석 테이블 아래를 들여다본 인덱스가, 거기에서 움직임을 멈추었다.

조금 전까지 헤르칼리아가 걸터앉아 졸고 있던 자리다.

떨어져 있던 것은 한 장의 메모였다. 인덱스는 거기에 적힌 글씨를 보고,

"Ust? 시크릿???"

"이쪽에도 자료가 있어."

인덱스의 어깨가 흠칫 떨렸다.

뭐, 기억이 없으면 그럴 수도 있나 하고 신부는 작게 쓴웃음을 짓는다.

스테일은 학원도시의 기지에서 찾아내 온 종이 다발을 팔락 흔들며,

"개발 코드·시크릿. 뇌신경의 연결을 참고로 해서 만들어지는 광(光) 뉴로 컴퓨터의 샘플기인 것 같더군. 이게 있으면 전세계의 언어를 통한 주문 주고받기에서부터 개인 광고의 분석과 관리, 세일 기획과 실행, 대상 분석과 구매층이나 지역의 매핑, 위법성이 높은 계정의 특정, 사재기나 전매의 방지까지 전부 기계에 맡겨 버릴 수 있어. …말하자면, 그냥 의자에 걸터앉아 있는 것만으로 주인에게 세계적인 부호급(級)의 부를 영속적으로 가져다주는, 진정한 돈이 열리는 나무야. 하긴, 사람의 뇌 자체와 비교하면 구조는 꽤 엉성한 것 같지만."

"그러니까 그게 뭐야?"

"12기를 컨트롤하고 있는 드론 관리 서버는, 지금은 본사 빌딩에 있어. 종래처럼 사람의 손으로 돌보아야 하는 대형 기재야. 즉 고정 시설을 하나 부수기만 하면 전세계에 만연해 있는 물류 인프라는 한꺼번에 정지하는 셈인데."

일부러 약점을 설치하는 건 여차할 때에 수동 정지할 수 있다고 생각하면 이점이라고도 할 수 있다.

다만,

"하지만 시크릿의 복잡한 배선이 연결되면 관리 서버는 12기 내부의 컴퓨터로 바뀌고, 상호 감시를 시작해. 즉, 하늘을 나는 기계가 스스로 자신을 관리하게 되지. 이렇게 되면, 본사 빌딩을 부숴도 막을 수 없어. 기상을 조종하는 재해 무기야, 전세계가 둘러싸여 있는. 지구상의 전 지역이 조준된다고 생각해도 무방해."

"???"

인덱스는 고개를 갸웃거릴 뿐이었다.

광 뉴로는 이미 기내에 탑재되어 있다. 하지만 256기의 연산 장치를 병렬로 연결하는 실뜨기 같은 배선은 아직 부설되지 않아서, 가동은 하지 않는 모양이다. 광 뉴로 계열 자체가 독자 규격이라 외부 업자의 손으로 할 수 있는 작업도 아니다. 실제로 벤처 시절에는 사원들 사이에서도 상당히 흔들렸던 모양이다. 결론은 나오지 않아, 우선 기재 본체는 탑재할 만큼 탑재하고 배선은 방치해 둔 것 같다.

위험하다는 것을 알고 있는 것이라도 발명은 발명. 만들고 등록하고, 자신의 것이라고 주장하기 위해서는 실제 기계가 있는 편이 좋다. 어느 모로 보나 벤처 냄새가 나는 실수다.

"한때는 벤처 사원의 5분의 4의 찬성이 없으면 배선은 연결하지 않는다는 규칙이 있었던 모양이야."

스테일은 가만히 한숨을 쉬며,

"다만 지금은 효과가 없는 얘기지. 벤처의 사장이자, R&C 오컬틱스의 강력한 지원을 받는 멜자베스 그로서리. 이제는 그녀를 따르는 놈들뿐이고, 기개가 있는 기술자는 모두 회사를 떠났어. 아무리 복잡한 실뜨기라도, 결국 그 여자가 상세한 배선도를 제출해 버리면 그걸로 끝이야. 로지스틱스 호넷은 자유를 손에 넣지. 모든 나라의 모든 지역이, 거대 IT에 경제부터 기상까지 모든 것을 조종당해 바싹 말라 가는 시대의 시작이야."

11

문자판의 모양, 밴드의 종류나 색깔, 여기저기에 난 작은 흠집이나 사소한 더러움.

어디에 얼마나 정보가 남아 있는지 전모는 보이지 않지만, 이번에는 그런 이야기가 아니다.

"저격 대책이라는 건 뭐부터 시작하면 되는 거야, 젠장."

"벽을 따라 걷는 건 좋지만, 직접 만지지는 마. 추위 때문에 달라붙으면 피부째 떼어 내는 꼴이 될 거다."

인덱스에게는 스테일의 발목을 붙들어 달라고 하고, 할 수 있는 일을 해 버리자.

카미조는 다이너에서 영하 20도의 실외로 나와 있었다. R&C 오컬틱스 본사 빌딩 근처이고, 정체를 알 수 없는 마술사나 거대 무기까지 확인되었다. 방심은 할 수 있을 리도 없다.

싸구려 재킷의 어깨에 올라탄 오티누스는 이렇게 말했다.

"그 스마트워치는 단품으로는 제대로 기능하지 않아. 네놈의 트랜스 펜? 이었나. 그것과 마찬가지로, '본체'인 스마트폰과 무선으로 연결해야만 기능하는 액세서리지."

"그래서?"

"접속 방식에도 여러 가지가 있지만, 그건 기지국을 경유하지 않는 근접 무선이야. 즉 모기(母機)인 스마트폰과의 접속이 끊기면 자기 쪽에서 전파를 흩뿌려서 자동 탐색을 되풀이하게 돼. 배터리가 이상하게 빨리 줄어드는 패턴이지."

"앗, 그럼 이걸 든 채 여기저기 돌아다니면, '본체'인 스마트폰이 있는 곳을 알 수 있을지도 모른다는 거야?! 발신기라도 찾는 것처럼!!"

"현재, 스테일 마그누스가 가져온 종이 자료 이상으로 멜자베스 그로서리와 관련된 상세한 정보는 없어. 반론하고 싶으면 놈 이상으로 풍부한 정보를 찾아다닐 수밖에 없지. 가령 스마트폰이 오도카니 남겨져 있다면, 그건 개인적인 공간이야. 기지에 있는 종이 다발 따위보다, 훨씬 생생한 멜자베스 그로서리의 생활 공간이 나올 거라고."

"……."

다만 물론, 상황이 전부 카미조의 편을 들 거라는 보장은 없다.

오티누스가 말한 대로, 카미조가 관여하기 전에 사건은 발생한 것이다. 정체를 알 수 없는 연구소나 혈흔투성이의 범행 현장, 더러워진 지폐 다발이나 호신용을 훨씬 뛰어넘은 무기라도 발견해 버린다면? 그것 자체는, 카미조의 노력으로 좌우되게 할 수 있는 것이 아니다. 이미 일어나 버린 결과. 파내 보니 카미조 토우마의 마음이 부러질 듯한 답이 기다리고 있을 가능성도 물론 있다.

사람의 마음에 발을 들여놓을 용기를 가져.

최악인지 아닌지로 제자리걸음하지 마. 그래도 더 맞설 만한, 진짜 용기를.

카미조는 손목시계의 작은 액정을 쳐다보았다.

"엇, 약하지만 안테나가 섰어. 숫자로도 표시할 수 있나 본데……."

"가깝군. 뭐, 마지막으로 사라진 기지에서 그렇게 떨어져 있지는 않을 거라고 생각하고 있었지만."

"그건 또 어째서?"

"그 텐트 기지는 화장실, 욕실, 침대 같은 걸 남녀가 제대로 나누어 쓰게 되어 있지 않았어. 이건 잠수함 같은 데서도 볼 수 있는 군

관련에 흔히 있는 사회 문제인데, 그런 섬세함이 없는 땀 냄새 나는 기지에서, 바깥에서 온 일반 여성 협력자가 안심하고 잘 수 있을 거라고는 생각되지 않아. 상관의 명령이니까 어쩔 수 없이, 라는 강제력도 없는 셈이고. 그러니까, 멜자베스는 '통근'하는 부인이었던 거야. 멜자베스 그로서리가 선의의 협력자인지 이중 스파이였는지는 몰라. 하지만 어느 쪽이든, 가까운 곳에 자신만의 침상을 확보하고 있었을 거라고 생각하는 건 그렇게 어려운 얘기가 아니지."

그런 건가, 하고 카미조는 적당히 납득하면서, 스마트워치를 움켜쥔 손을 앞으로 뻗고 그대로 천천히 돈다. 조금이라도 수신 상황이 좋아진 방향을 특정해서, 그쪽으로 발길을 향한다. 조금씩이지만, 안테나의 수가 늘어 간다.

어깨 위의 오티누스는 지루한 듯한 느낌으로,

"흐음, 500미터라. 하지만 이건 길을 따라서는 아니겠지."

"뭐야 무슨 뜻?"

도착한 곳은 올려다보아야 할 정도로 거대한 관광호텔이었다.

카미조는 저도 모르게 시선을 들며,

"거짓말이지 어이, 크다고……. 차, 창문은? 방의 수는 수백 개야……???"

"우선 8층 이상은 무시해도 돼."

"???"

"거리의 문제는 전후좌우 외에 상하도 있잖아. 너무 높은 장소에 있는 스마트폰의 전파는, 지상에서 잡을 수는 없어."

아직 이해하지 못하는 카미조에게, 오티누스는 조금 어이없다는 듯이 코로 한숨을 쉬었다.

"전파가 들어오는 방식에 단계가 있었잖아. 호텔로 가까이 갈수록 안테나의 개수는 늘어 갔어. 그건, 땅바닥의 거리만으로 생각하는 게 아니야. 높이도 포함한 대각선으로 생각해 보면 돼. 가까이 갈수록 간격이 좁아져 가는 것도 그것 때문이야."

안에 들어가 보니, 역시 아무도 없다.

대신 명랑한 목소리가 들렸다.

『어서 오세요. 의류 브랜드 검색으로 사용 언어를 추정, 일본어로 오케이? 체크인하시겠습니까?』

"파파 군?! 너, 일본에서 잘 안 보이게 됐다 했더니 바다를 건너서 메이저 데뷔를 했었어??!!"

『그 질문은 알아들을 수 없습니다. 정확한 발음으로 말씀해 주세요.』

수수하게 타이어로 움직이는 커뮤니케이션용 로봇은 의외로 인정사정이 없었다.

1층은 프런트, 2층 이상도 쇼핑몰이나 카지노, 레스토랑이 들어와 있는 것 같았다. 의외로 객실이 눈에 띄지 않는다. 제일 아래인 객실 층이 벌써 7층이었다. 직선 통로에 서서 좌우로 줄줄이 늘어선 문을 보며 한숨을 쉰다. 이제 이 잡듯이 샅샅이 뒤진다. 로스앤젤레스의 공기를 전부 거절하듯이 굳게 닫힌 하나하나의 문에 카미조가 스마트워치를 향해 나가다 보니.

"나왔다, 0709호실. 여기가 제일 전파가 강해, 벌써 잠금화면이 직접 나왔어!!"

"이제 와서 조심할 필요는 없겠지. 문은 걷어차서 부숴."

그런 짓을 할 수는 없다. 카미조는 일단 통로를 안쪽의 막다른 곳까지 걸어가 업무용 엘리베이터가 있는 곳 주변을 뒤진다. 종업원 공간에 AED와 함께 있던 긴급용 마스터키를 주웠다.

"흐흠, 이게 문명인의 행동이야 오티누스 군."

"어차피 말 안 하고 방에 들어가면 그냥 범죄 행위인데."

열쇠를 꽂아 전자와 아날로그 양쪽의 잠금을 해제하고, 문을 열고 나서 주의를 주지 말아 주었으면 좋겠다. 이미 저질러 버린 후다. 수분을 뺀 미역보다도 작아진 울먹울먹 카미조는 방 안쪽으로 향한다.

"뭐야, 살풍경하군. 밖에서 봤을 때는 커다란 빌딩이었는데."

"아무튼 호텔 전체에서도 제일 아래의 객실 층에 있는, 그것도 싱글룸이니까. 지금은 아무도 없어서 실감이 나지 않을지도 모르지만, 가장 잡음이 시끄러운 층이라고, 여기. 바로 아래에 있는 바(bar)나 레스토랑의 야단법석이 그대로 울릴 거야. 벽의 튀어나온 부분은 배수관을 숨긴 걸 테고."

어깨 위에 올라탄 오티누스는 가만히 한숨을 쉬었다.

"……다만 뭐, 이미 이 시점에서 어느 정도의 인물상이 짜여 가고는 있지만."

"?"

카미조는 의아하게 생각하면서도 안쪽까지 가 본다.

깨끗하게 정돈된 침대 하나와, 방구석에 슈트케이스. 스마트워치와 반응하던 스마트폰은 전원 케이블로 콘센트에 연결된 채 침대 옆 테이블에 놓여 있었다. 우선 집어 들어 보지만, 어차피 잠금화면은 해제할 수 없을 것이다.

어깨 위의 오티누스는 작게 웃었다.

"그래플의 밀리폰, 스펙을 떨어뜨린 염가판인가. 열어 봐."

"어떻게?"

불평을 하면서도 소년이 스마트폰을 들어올려 보니, 기울기 센서가 반응해 멋대로 화면이 밝아졌다. 당연히 패스 록은 풀 수 없지만, 거기에서 카미조의 움직임이 멈추었다.

"……알림 팝업이 몇 개 떠 있어."

"머지않은 예정이로군. 28일, Ust5AA시크릿."

"유 에스 티?"

"바보처럼 정직하게 미합중국의 무언가이거나, 뭔가 다른 약칭일까? 애당초 어디에서 끊어 읽는 말인지도 판단할 수 없어. Ust 5AA가 한 단어이거나, 아니면 AA시크릿이 한 개의 덩어리일지도 몰라."

28일. 이 바쁜 연말에 뭔가 있었던 걸까? 부활절이니 뭐니 하는 서양의 행사에는 그다지 밝지 않은 카미조로서는 뭐라고도 말할 수 없지만…….

어쨌든, 여기에 스마트폰이 남아 있는 걸 보면 '소실'의 순간에 멜자베스는 스마트폰을 가지고 있지 않았던 모양이다. 케이블이 꽂혀 있으니, 충전을 해 둔 채 잊어버린 것일지도 모른다. 건망증이 심한 사람이었던 걸까? 바보 같은 망상이지만, 그래도 그걸로 아주 조금 인간으로서의 생생함이 두껍게 칠해진 기분이 든다.

벽장에는 실내복인 듯한 셔츠와 블라우스가 몇 벌.

"여기는 아무것도 없나."

오티누스가 중얼거리고 있는 것은 벽장 아래에 있는 서랍이다. 아니, 전화기 같은 숫자 버튼이 달려 있었다. 귀중품용 금고다. 그러나 잠겨 있지 않은 건지, 카미조의 손에 아무렇지도 않게 두꺼운 서랍이 덜컹덜컹 열리고 만다. 당연히, 안에는 아무것도 없었다.

"뭐가 들어 있기를 바랐어?"

"로지스틱스 호넷 관련. 뭐, 역시 부재중인 방에 놔둘 정도로 멍청하지는 않나."

의외의 대답이었다. 좀 더 뭐랄까, 모래의 마술이라든가 오컬트적인 비밀을 노리는 건가 했는데.

그러자 오티누스는 한숨을 쉬며 한참 느린 카미조에게 이렇게 보충 설명을 더해 주었다.

"……어쨌든 5000미터의 공중요새라고. 어설픈 마술보다도 훨씬 신비야, 실현까지 대체 얼마만 한 허들이 기다리고 있을 거라고 생각하지? 종이비행기를 거대화한다고 해서 그대로의 궤도로 하늘을 날아 주는 건 아니야."

"그렇게 굉장한 건가?"

"내가 과거에 지휘했던 '그렘린'도 라디오존데 요새를 날린 적은 있지만, 그건 어디까지나 거대한 풍선이야. 순수하게 날개로 양력(揚力)을 얻는 항공기로 저런 사이즈를 실현할 수 있을 리가 없어. 있을 수 없는 게 실제로 떠 있는 거라고. …멜자베스 그로서리. 이 녀석은 틀림없이 항공 공학의 한계를 뛰어넘은 천재야. 가볍게 어림잡아서, 최소라 해도 '부정(否定)의 이론'을 세 개나 돌파했어. R&C 오컬틱스가 탐내는 것도 무리는 아니야."

그러고 나서 오티누스가 주목한 것은 방의 책상이었다.

카미조가 서랍을 열자, 비치되어 있는 편지지 세트나 이용 규약 책자 외에 카드 사이즈의 종이가 몇 개 있었다. 크게 적힌 20% 할인이라는 글씨. 트랜스 펜으로 글씨를 더듬어 볼 것까지도 없는, 슈퍼마켓 할인권이다. 성실하게 모으고 있는 모양이다.

"뭔가 글씨라도 있으면 좋겠는데."

"……뭐야 오티누스, 노트나 메모장을 연필로 막 문지르면 글씨가 떠오른다거나?"

"그래서야 가방끈에 치마가 말려 들어가서 팬티가 훤히 보이는 채로 외출하는 덜렁이지. 멜자베스는 일단 어른 여자잖아, 그렇게까지 무방비한 인간은 아닐 거라고 믿고 싶은데."

오티누스 자신도 코웃음을 치고 나서,

"그런데 인간, 책상 상판에도 희미하게 흔적이 남는다는 얘기는 알고 있나? 가령 샤프펜슬로 빼곡하게 글씨를 쓴 루스리프를 뒤집어서 뒷면에 글씨를 쓰기 시작하면, 책상 상판에 글씨가 희미하게 옮겨지고 말지. 그 왜, 택배 송장에 있는 카본지(紙)랑 마찬가지야."

"……."

"팬티가 훤히 보이는 덜렁이였군, 이 부인."

카미조가 스탠드 조명을 켜서 상판 가까이에 눈높이를 맞춰 보니… 있다. 몇 개의 알파벳 조각 같은 것이, 희미하게. 뭔가 이제 새로운 힌트라기보다, 남의 쓰레기봉투를 뒤지고 있는 것 같은 미안함이 치밀어 올랐다.

마찬가지로 테이블에 엎드려 상판에 뺨을 대고 관찰하고 있는 스토커 기질의 (치켜든 엉덩이가 위태위태한) 신이 이렇게 속삭였다.

"SiO_2."

"그게 뭐야?"

"이산화규소. 하지만 이렇게까지 순도가 높은 증류 방식은 꽤 드물어. 이건 일반적인 광섬유용보다 꽤 순도가 높아. 99.9998% 이상이라니, 광신호(光信號)라도 사용한 초고속 뉴로 컴퓨터 정도밖에 사용할 곳은 없을 거라고…….”

“……저기, 신 님. 이제 전부 맡겨도 돼?”

“바보는 일을 땡땡이칠 구실이 안 돼, 스스로 노력해.”

카미조는 내선 전화를 움켜쥐고 명세를 확인해 보았지만, 자동 음성의 시원시원한 영어 리스트를 트랜스 펜에 읽혀 본 바로는 특별히 룸서비스 같은 것은 시키지 않은 모양이다. 세탁 항목에서 속옷이 몇 장이라는 것까지 정확하게 숫자가 줄줄이 나와, 카미조는 허둥지둥 수화기를 내려놓는다.

욕실은 역시 작다. 비치되어 있는 비누나 샴푸가 아주 조금 줄어 있었다. 드라이어도 아마 바깥에서 가지고 들어온 개인 물건은 아닐 것이다. 원래부터 방에 있는 것으로, 플라스틱 몸체의 색깔이 바래 있다.

남의 어깨를 의자 대신으로 쓰는 신이 팔짱을 끼고, 옆에서 카미조의 얼굴 쪽으로 체중을 실으며 물었다.

“눈치챘어?”

“아아.”

슈트케이스는 잠겨 있었다. 하지만 일부러 개인 물건을 망가뜨려 비틀어 열 필요도 없다.

“있지 오티누스. 이 방은…… 남에게 보여 줄 것을 상정하고 있지 않, 지?”

“그런 무의미한 덫을 칠 이유가 없어. 그러니까 여기에 있는 건 솔직한 멜자베스의 모습이야.”

천천히 심호흡하고, 카미조는 일단 마음을 평평하게 하려고 노력한다. 모르는 사이에 바이러스가 걸려 있을지도 모른다. 헤르칼리아에게 기쁜 뉴스를 전하고 싶다. 그 일념으로, 받는 인상에 자신 쪽에서 치우침을 만들고 있는 건 아닐까. 그렇게 경계한 것이다.

하지만 무슨 일에나 엄격한 오티누스가 이렇게 보증해 주었다.

"그게 틀림없어."

"……그래?"

"무엇에 사용될지 제대로 생각도 하지 않고 자신이 만든 물류 네트워크를 큰 회사에 내주고, 알기 쉬운 거대한 부를 얻고, 지금은 R&C 오컬틱스로부터 두터운 지원을 받는 모럴 없는 성공자잖아? 그 전제에서 방을 바라보면 돼. 어떻게 생각해도 위화감 덩어리야."

그래? 하고 카미조 토우마는 다시 한번 입 속으로 중얼거렸다.

곱씹듯이.

"헤르칼리아를 찾자."

이윽고 카미조는 그렇게 말했다.

"어중간하게 둘 수는 없어. 어떤 사실이 나오든 그 애한테 이렇게 말해 주기로 결정했어, 걱정할 것 없다고. 실제로 '사실'은 나왔어. 나는 직접 발견한 답을 부정하지 않을 거야. 바깥은 영하 20도의 지옥이고, 게다가 3000만 명을 '소실'시킨 원흉이 아직 남아 있어. 언제까지나 그대로 둘 수는 없어."

로스앤젤레스를 덮친 것은 완전히 최악의 사건이었다.

3000만 명의 소실은 물론이고, 그게 없더라도 헤르칼리아에게는 어떤 하루가 기다리고 있었을까. 학원도시와 영국 청교도의 혼성 부대가 시가지에서 대규모 전투를 시작한 시점에서, 이미 그것은 재난이라고 부를 수 있었을지도 모른다. 거기에 또, 설상가상이었다.

어머니는 사라지고.

네 부모는 구할 수 없다는 말을 다른 사람한테 듣고.

좁은 로커 안에 몸을 숨기고, 가만히 혼자서 떨다가, 간신히 구하러 와 준 2진으로부터도 거절당한 열 살짜리 소녀를 떠올린다.

젠장맞을이다, 하나도 남김없이.

"슬슬 반격을 시작해도 좋을 때잖아, 그렇지 헤르칼리아?"

12

물론 행선지 같은 것은 헤르칼리아에게 듣지 못했다. 연락처도 모른다.

그래서 좌우간 카미조 토우마는 얼어붙은 거리를 뛰어다녔다. 본사 빌딩 바로 가까이다. 이 한 발짝 한 발짝으로 목숨을 조금씩 잘라 팔면서 행동하고 있다고 생각하는 게 좋다.

(······빌어먹을, 로지스틱스 어쩌고? 커다란 탈것이 나와 있는 걸 보면 적도 집단인가??? 부탁이니까 이런 곳에서 불행한 마주침 같은 건 일어나지 말아 줘!)

다행이었던 것은 상대가 열 살짜리 소녀였던 점이다. 차나 오토바이는 사용할 수 없다. 버스나 전철도 다니지 않는다. 노면이 이렇게 모래나 동결로 미끄러우면 자전거도 무서울 것이다.

다이너를 중심점으로 생각해서, 작은 아이가 도보로 움직일 수 있는 이동 반경은 한정되어 있다.

거기에서,

"어이 인간, 여기라는 근거는?!"

"28일, Ust5AA시크릿."

"?"

"호텔에서 발견한 스마트폰에 있었잖아. 하지만 멜자베스는 다운타운도 줄여서 Dt라고 흠집으로 표시하고 있었어. 그런 버릇이 있는 거야. 즉 알파벳 대문자 소문자의 조합은 정체를 알 수 없는 신무기 같은 게 아니야. 장소의 이름이야, 유니언 스테이션!!"

유니언역.

오티누스의 이야기로는 거대한 일본인 거리 리틀 도쿄에서도 가까운, 다운타운의 대표적인 대형 역이라나. 28일이나 5AA 등 보류 부분도 많기 때문에 아직 의도는 읽을 수 없다. 어쩌면 다이너가 못 쓰게 되었을 경우의 두 번째 합류 후보라든가 하는 거였을지도, 하고 대강 추측해 본다.

(하지만 잠깐, 분명히 28일은……)

"있다!!"

아무도 없는 역의 플랫폼에서, 삐죽삐죽 머리의 소년은 작은 소녀를 발견했다. 전철이 오지 않는 것은 헤르칼리아도 알 것이다. 그렇다면 왜?

다만, 적어도 고층 빌딩의 옥상이나 차갑게 언 강은 아니다.

게다가 R&C 오컬틱스 측에 발견되어 붙잡힌 것도 아니다.

그래서 솔직하게, 삐죽삐죽 머리는 이렇게 중얼거리고 있었다.

"다행이다……."

숨을 헐떡이지만, 얼어붙은 공기는 가슴 속에까지 둔한 아픔을 준다.

피도 눈물도 남김없이 얼어붙는 세계에서 트랜스 펜을 꺼내, 카미조는 가만히 말을 건다.

"적어도 이 도시에는 우리들 이외의 누군가가 있어. 저 모래는 위험해. 이제 돌아가자, 헤르칼리아. 다 함께 한곳에 모여 있는 편이 좋아."

그러나 대답은 없었다.

가로막고, 잘라 내는 듯한 말은 전혀 다른 것이었다.

『역시.』

낮고, 불안정한 신음.

그것은 얼굴을 드는 것과 동시에, 뭉그러진 고함에 튕겨 날아간다.

트랜스 펜이 날뛴다.

『역시 엄마 나쁜 사람이었어!! 속였어 모두, 나한테도 비밀 있어, 뒤에서 하고 있었어 나쁜 짓. 모든 일의 원인 엄마였어, 로스앤젤레스가 이렇게 되어 버린 것도! 전부, 전부, 전부, 전부!!!!!!』

열 살짜리 소녀였다.

은발 갈색의 사랑스러운 얼굴은 뭉친 티슈처럼 주름투성이. 악마 같은 표정은, 오히려 악문 이와 이 틈새에서 붉은 피가 넘치지 않는 편이 이상할 정도로 잔뜩 일그러져 있었다.

『시크릿, 로지스틱스 호넷, R&C 오컬틱스!! 알고 있었어, 사실은 뒤에서 몰래 뭔가 하고 있는 걸 난 봤어! 하늘을 나는 마왕, 아직 진심이 아니야. 엄마가 여기에서 뭔가를 주고받으면 배선, SILTEU-

GI, 정말로 돌이킬 수 없게 돼!!」

친부모를 향해 쏟아지는, 저주 같은 욕지거리.

저도 모르게 세계 전부를 포기해 버릴 것 같을 정도로, 절대로 보고 싶지 않은 얼굴.

틀림없이, 그중 하나.

"……있지, 헤르칼리아."

하지만, 이다.

카미조 토우마는 살며시 말을 실었다. 트랜스 펜. 아무리 바보 같은 통역을 해도 상관없으니까, 제발 지금은 '마음'만이라도 정확하게 전해 줘. 그렇게 빌면서.

"너는 정말로, 네 어머니가 나쁜 사람이라고 생각해? R&C 오컬틱스와 웃으며 손을 잡고, 도시를 엉망진창으로 만들고, 조금 전에도 칸자키를 쓰러뜨렸다. 그렇게 생각해?"

「그치만, 전부가 눈앞 보여 주고 있어! 증거로 보고 싶지도 않은 넘치고 있어!!!!!!」

귀신.

이라는 말을 헤르칼리아는 알고 있을까. 하지만 카미조를 정면에서 노려보는 열 살짜리 소녀는 실로 그런 얼굴을 하고 있었다.

「엄마 했어 거짓말. 속였어, 비밀로 했어, 숨겼어, 나쁜 짓을 했어!! 다우트! 그거 진짜 얘기였지?! 빌어먹을, 나는 믿고 있었어. 가족 믿고 있었어 내. 그런데……!!」

"아니야."

그렇기 때문에, 다.

소녀의 성난 얼굴에, 카미조가 여기에서 기가 꺾이는 것은 아니다. 여기에서 혐오하는 것도, 거절하는 것도, 부정하는 것도, 전부 다 해결을 향하지는 못한다!!

왜 그런 얼굴을 하는 건지, 어째서 그런 말을 하는지까지 제대로 생각해.

헤르칼리아는 불안하게 생각하고 있을 것이다.

무섭다고 생각해 버릴 것이다.

배신당하는 게 무섭다. 확정된 정보를 타인이 들이대는 것이 무서워서, 최소한 자신 쪽에서 숨통을 끊는다. 어린 소녀는 그렇게 해서 부드러운 자신의 마음을 지키려고 한다. 하지만 그것은 지키고 있다고는 말할 수 없다. 진정한 바람에서 눈을 피하고, 자신 쪽에서 불행으로 돌진하는 것에 지나지 않는다.

엄마는 테이블도 선반도 전부 높이 나한테 맞춰 주니까.

그렇게 말하던 그녀의 마음을 믿어. 가슴을 펴고 웃고 있던 소녀의 본심을 응시해.

설령, 말한 본인이 흔들리고 뭉개지고 있다고 해도.

카미조 토우마만은 관철해.

"……잘 들어, 헤르칼리아."

그래서, 다.

이렇게 말해 주어야 한다.

"네 어머니는, 자기 쪽에서 웃으면서 이런 짓을 하고 있었던 게 아니야."

소녀의 두 눈이 한계 이상으로 크게 떠진다.

그래도 작은 입술을 꼭 깨물고 견디는 듯한 소녀에게, 쉽게 달려들는 것을 두려워하고 만 한 여자아이를 향해, 또 말한다.

"네 어머니는, R&C 오컬틱스의 이중 스파이 같은 게 아니야."

자.

너덜너덜하게 때려눕혀진 고독한 소녀가, 정말로 바라고 있던 말을 해 줘!!

"그러니까 헤르칼리아, 우선은 결론부터 말할게. 멜자베스 그로서리는 나쁜 사람이 아니야!!!!!!"

마주한다.

시선과 시선을 충돌시킨다.

카미조 토우마와 헤르칼리아 그로서리.

이런 곳에서는 오른손의 이매진 브레이커(환상을 부수는 자) 따위는 도움이 되지 않는다. 애당초 움켜쥔 주먹이 나설 자리는 어디에도 없다.

그녀의 웃는 얼굴을 되찾고, 그 머리를 쓰다듬고, 걱정은 필요 없다고 말한다.

반드시 그렇게 한다.

이 오른손은, 그걸 위해 존재하는 거라고 맹세해.

『거짓말이야……』

훌쩍훌쩍 코를 울리며, 그래도 은발 갈색의 소녀는 들이밀었다.

말의 전쟁이 시작되었다.

『그치면 실제로 스페이스 인게이지사의 대형기가 하늘을 날고 있어! 모두 곤란해져 알면서도 건넨 거야 엄마, 굉장한 무언가를. R&C 오컬틱스에 사람을 죽이는 무기를 넘겼어!!』

"로지스틱스 호넷은 원래 무기로 만들어진 게 아니었어. 네가 스스로 말했잖아, 헤르칼리아. 엄마는 내 결혼식을 우주에서 올리고 싶어서, 그걸 위해서 씩씩대고 있었다고. 멜자베스 그로서리는 처음부터 사람을 죽이는 도구를 만들고 있었던 게 아니야!!"

『하지만 결국 줘 버렸어!!』

"그게 쌍수를 들고 환영한 거라고, 누가 말했지?"

즉시 대답했다.

그렇게 할 수 있었던 것은 자신이 발로 뛰어 번 확실한 정보가 있기 때문이다.

"멜자베스 그로서리의 호텔은 철저할 정도로 소박했어!! 가장 불편한 싸구려 싱글룸이고, 룸서비스도 시키지 않고, 벽장의 옷도 싸구려. 몸을 씻는 비누나 샴푸조차 비치된 걸 그대로 사용하고 있었을 정도야! 자신의 의지로 거대 IT와 결탁하고 사장의 의자에 매달리고 있었던 거라면, 성공한 사람인 척하면서 좀 더 돈도 펑펑 썼을 거야. 멜자베스는, 마치 사치를 거부하고 있는 것 같았어. R&C 오컬틱스가 떠넘긴 돈을, 더러운 걸로 보고 있는 것처럼 말이야!!"

『웃.』

"스마트폰은 그래플의 밀리폰, 역시 사용하기 불편한 염가판이야. 이것도 조금만 생각하면 이상하다는 걸 알 수 있잖아. 어째서 무엇이든 취급하는 거대 IT인 R&C 오컬틱스 제품을 사용하지 않고, 일부러 라이벌 기업의 휴대폰을 골랐지? 그건 다시 말해서, 멜자베스는 R&C 오컬틱스를 믿고 있지 않았다는 뜻 아닐까?!"

열 살짜리 소녀에게 전부 전해질 거라고는 단언할 수 없다. 애당초 고등학생인 카미조도 로지스틱스 호넷인지 뭔지가 만들어 내는 영향이나 이해(利害)까지, 사건의 전체 모습을 정말로 이해할 수 있는지 어떤지는 모른다.

하지만 중요한 것은 그게 아니다.

헤르칼리아를 구한다. 그러기 위해서는 우선 진지해야 한다. 괜히 내놓기를 아까워하지 말고, 진심으로 부딪쳐야 한다.

난해해도 잔혹해도, 우선 나아가.

그걸 분해하고 자신 나름의 속도로 받아들이는 것은 헤르칼리아의 권리다. 카미조 토우마가 멋대로 상한을 정해도 되는 것이 아니다.

따라서, 같은 눈높이에서 그저 말한다.

"벤처째 산하에 들어감으로써 무엇이 손에 들어오고, 거절하면 무엇을 잃었을지. 멜자베스는 어떤 형태가 되든 로지스틱스 호넷을 남기고 싶어했어. 그래서 R&C 오컬틱스의 제안에 응했어! 그건 돈 때문이 아니야. 딸인 너와의 약속을 지키기 위해서가 아닐까?!"

딸의 결혼식은 우주에서.

처음에는 어느 정도나 진심이었을까. 어쩌면 별것 아닌 농담이었을지도 모른다. 하지만 손을 움직이고, 기술을 쌓고, 앞으로 조금만 더 하면 실용화에 다다른다는 단계에서, 집착이 멜자베스 자신을 옭아매기에 이르렀다. 전부 뭉쳐서 백지로 되돌리는 것을, 저도 모르게 아까워하고 말았다.

후회하고 있었을 것이다.

자신의 선택이 정말로 옳았는지, 끝난 후에도 계속 생각하고 고민했을 것이다.

그래서 실제로 멜자베스가 학원도시의 기지를 드나들고 있었다는 것을 알고 있다. R&C 오컬틱스의 큰돈을 거부하고, 다시 거대 IT를 없애기 위한 활동에 힘을 빌려주기 위해.

도중에는 어땠는지 모른다.

하지만 마지막에는 정신을 차리고 있었다.

이중 스파이일 가능성은 이 시점에서 한없이 낮다.

『엄마는, 하지만 아니야. 3000만 사라졌어. 그런데도 엄마는 아직 이 도시에 보이고 있어 얼핏얼핏!! R&C 오컬틱스에 관련되어 있으니까 엄마 봐준 거야, 심한 상황 엄마가 이걸 전부 만든 거야 스스로!!』

"마술의 세계에 한정하면, 당사자의 의지를 무시하고 몸을 움직이는 방법은 얼마든지 있다고."

이것에 대답한 것은 카미조의 어깨에 올라탄 오티누스였다.

"가령, 생제르맹의 환약. 경구 섭취함으로써 인체를 직접 좀먹고 가공의 인격을 임시로 짜 내는 영적 장치야. 장미십자가 얽혀 있다면 특별히 드물지도 않아. 실제로 R&C 오컬틱스의 CEO인 안나 슈프렝겔은 여기 있는 '이해자'를 감염시켰고."

『불명 그런 병, 들은 적도 없어! 사용되었다는 엄마한테도 보장은 없어!!』

"그럼 조금만 더 근거가 있는 이야기를 하자, 헤르칼리아."

카미조는 가만히 한숨을 쉬고는 말했다.

생제르맹이라는 무기보다도 훨씬 견실하고 강력한 인간 컨트롤러는 존재한다. 단순한 억측도 아니고, 헤르칼리아가 모르는 고도의 전문적인 무언가도 아니다. 이 로스앤젤레스에서 카미조는 실제로 '그것'을 똑똑히 보았다.

"……계속 자신의 행동을 후회해 온 멜자베스가, 그래도 반드시 R&C 오컬틱스를 따르지 않으면 안 되었던 약점은 뭐라고 생각해?"

『몰라. 더러운 말, 약점 따위. 꺼림칙한 과거 그런 걸 가진 더러운 어른 정도밖에,』

"R&C 오컬틱스는 어떻게 그걸 알 수 있었다고 생각해? 답은 처음부터 눈앞에 놓여 있다고. 로지스틱스 호넷을 '이용할 수 있겠다'고 생각한 거대 IT라면, 그 제작 경위에서 구체적인 스펙까지 전부 철저하게 조사했겠지. 그 과정에서 반드시 보이게 되었을 거야, 멜자베스가 고뇌의 결단을 할 수밖에 없는 '약점'의 존재가."

『그런 거!!』

반사적으로 외치려다가, 헤르칼리아의 숨이 막혔다.

깨달은 모양이다.

멍하니, 떨면서. 힘없이 고개를 가로젓고,

『설마, 아니 부정, 거짓말이야…….』

"딸의 결혼식은 우주에서."

게다가, 스페이스 인게이지사(社)라는 회사 이름 그 자체.

어쩌면 멜자베스 그로서리는 인간의 악의를 잘 모르는 사람이었을지도 모른다. 누구나 자유롭게 볼 수 있는 장소에 본심을 놔두고 말다니, 너무나도 속이 투명하다. 바람은 그대로 약점이 될 리스크가 있다. 가령 넓디넓은 사막에서 숨까지 헐떡이며 한 잔의 물을 달라고 부탁한다면, 비웃음과 함께 얼마든지 값이 치솟아 오를 것이 뻔한데도.

결국은,

"그 말은, 누구를 위해서? 잘 알고 있지. 헤르칼리아 그로서리. 세계를 주름잡는 악당의 입에서 아직 열 살인 딸의 이름이 나오면, 어머니는 이제 어떤 협박이든 따를 수밖에 없었던 거야!! 어쩌면 너는 자신이 인질이 되었다는 자각이 없었을지도 몰라. 하지만 R&C 오컬틱스는 언제든 너를 덮칠 수 있는 곳에 들러붙어 있었어. 그런 최악이 계속되는 상황을 어떻게든 하고 싶어서, 지푸라기라도 잡는 마음으로 멜자베스는 학원도시에 의지한 거야! 로스앤젤레스에서 3000만 명이 사라져 가는 가운데, 어째서 너는 유일하게 살 수 있었다고 생각해? 우연한 럭키? 기지를 살려서 R&C 오컬틱스의 허를 찔렀다? 아니, 아니야. 계약에 근거해서, 딸의 목숨만은 봐달라고 한 거야!!"

애당초, 최종적으로는 멜자베스는 R&C 오컬틱스를 배신했다.

배신해서라도 정의를 관철하려고 했다.

약속은 깨졌다. 막상 소실의 단계까지 들어가서, R&C 오컬틱스 측이 성실하게 인질을 지켜 줄 필요 따위는 없다. 태연하게 모두 죽여 버려도 좋았을지도 모른다.

하지만 R&C 오컬틱스의 장(長)인 안나 슈프렝겔은 그렇게 하지 않았다. 왜일까?

안나 슈프렝겔을 이해해 봐. 그쪽이 더 악랄하고, 재미있다고 생각했기 때문이야. 옳은 일을 하려고 한 어머니의 존엄과 긍지를 짓밟는 것에, 마음 깊은 곳에서 희열을 느끼는 거야.

카미조 토우마와 생제르맹. 원하지 않는 마술사에게 소년의 몸을 좀먹으라고 강요한, 최악의 귀족의 놀이. 악몽의 25일을 벌레장의 곤충이라도 관찰하듯이 즐기고 있던 그 여자.

그런 안나라면 어떻게 할까?

자신을 배신한 멜자베스를, 그냥 그대로 해방할까? 아니면 다른 3000만 명과 똑같이 모래 속에 녹이고 양분화해서 가두고, 그 정도로 만족해 버릴까?

작고 작은 보물이.

헤르칼리아라는 기쁨의 트리거가 아직 남아 있다. 그걸 어금니로 씹어 부수지 않고?

있을 수 없다, 특히 그 여자에 한해서는.

"……멜자베스 그로서리에게 나쁜 짓을 하게 한다."

그렇지 않다면.

더, 더, 멜자베스의 삶의 보람을 더럽히고 싶다고 생각한다면.

"무슨 일이 있어도 반드시 지키고 싶었던, 단 하나뿐인 딸에게 미움받을 만한 일을 시킨다. 마지막에는 어머니의 그 손으로 딸을 죽이게 한다. 이건 R&C 오컬틱스를 통솔하는 안나 슈프렝겔의, 악취미의 극치인 '보복 작전'이야. 어머니와 딸이 서로 대립하고 서로에게 상처를 입히게 되면, 그때야말로 놈의 생각대로라고!! …알겠어 헤르칼리아? 그러니까 잘 들어, 후회하지 않기 위해서!! 확실히, 겉보기에는 멜자베스가 뭔가 한 것처럼 비칠지도 몰라. 하지만 거기에서 의심하고 미워하고 체념하고, 그런 건 어머니가 아니라고 생각해 버린 시점에서 네가 지는 거야!! 지금 여기에서 멜자베스 그로서리를 진정한 의미로 구할 수 있는 건 우리가 아니야!! 세상에서 단 한 사람, 같은 피를 나눈 딸인 너밖에 없어!!!!!!"

내던진다.

답을.

오티누스는 실컷 경고했었다. 멜자베스나 헤르칼리아를 구하기 위해 어둠에 도전해도, 그 결과 더 잔인한 답이 얼굴을 내밀 가능성도 물론 있다고.

그리고 카미조는 이렇게 대답했다.

어떤 답이 보여도, 헤르칼리아에게 아무것도 걱정할 필요는 없다고 말해 주고 싶다고.

그렇다면 마지막의 마지막까지 관철해. 외톨이 소녀를 돕기 위해서.

『……속지 않아, 더 이상. 이제 두 번 다시.』

훌쩍훌쩍 코를 울리며.

그래도 모든 것을 거절하듯이, 헤르칼리아는 힘껏 외친다.

몇 번이나 몇 번이나 부정을 겹쳐 간다.

『거짓말을 하고 있었어. 나한테 말 안 했어, 엄마는! 누가 뭐라고 해도, 그 사실은 달라지지 않아! 꺼림칙한 일을 하고 있었던 거잖아. 비밀이 있다는 건. 해야만 했어, 비밀을! 그러니까 그건 나쁜 일을 하고 있었던 거야 증거!!』

하지만 아니다.

카미조 토우마는 알고 있다.

『왜냐하면 시크릿 이야기가 있어, 마왕의 날개를 진심으로 만드는 열쇠. 뉴로? 빛, 무언가의 기계를 잔뜩 연결하는 배선도, 그걸 여기에서 넘겨줄 생각이었던 거야, R&C와!! 그러니까 반드시 멈춰야 해, 나쁜 짓을 파헤쳐서 로스앤젤레스의 모두를 구해야 해. 나는, 엄마와 싸울 수밖에 없어어!!!!!!!』

헤르칼리아가 고집스러울 정도로 악의 있는 결말을 계속해서 주장하는 것은, 무섭기 때문이다. 믿고 믿고 계속 믿고, 그래도 소중한 어머니에게 배신당하고 마는 전개를 진심으로 두려워하고 있기 때문이다. 그런 충격을 받아들일 수 없기 때문에, 도전하기 전에 스스로 희망을 버리고 만다. 사실은 누구보다도 큰 소리로 외치고 싶을 답으로부터 멀어져 간다.

그러니까 쳐부수자.

흔적도 없이.

엄마는 나쁜 사람이 아니야. 한 소녀가 그런 당연한 말을 할 수 있는 세계를, 되찾아 줄 것이다. 그런 이유가 있으면 카미조 토우마는 국가를 넘을 정도로 부푼 무언가에 주먹을 향할 수 있다.

"…비밀이 있었던 건 당연해. 하지만 그건, 멜자베스 그로서리가 나쁜 사람이라는 증거는 되지 않아."

『인정하는 거야. 엄마, 비밀을 안고 있었던 거.』

"그게 어쨌는데?"

멜자베스 그로서리는 딸 헤르칼리아에게 무언가를 숨기고 있었다.

그것은 무엇일까? 그리고 왜? 답은 정해져 있었다. 이미 재료는 갖추어져 있었다. 카미조 토우마는 스스로 손에 넣은 답을, 그저 그저 자신있게 들이대어 주면 된다.

시크릿, 마지막 비밀. 그 답을 말한다.

"앞으로 이틀 후."

『뭐?』

"12월 28일은!!"

그 말에, 헤르칼리아도 무언가를 깨달은 것인지도 모른다.

눈물투성이가 된 눈동자를 깜짝 놀란 듯이 휘둥그렇게 뜬 어린 소녀에게, 그 말을 때려 박는다.

즉, 결정적인 사실을.

"네 생일이잖아, 헤르칼리아?"

의심의 벽 따위, 깨부숴.

모녀 사이에 그런 건 필요 없으니까.

13

유니언역의 구내는 세련된 쇼핑몰처럼 보인다. 위층까지 뚫려 있는 넓은 천장에 긴 에스컬레이터와 나선 계단. 만일 이곳이 활기에 넘치고 있다면, 그것만으로 영화의 세계로 들어왔다고 생각했을지도 모른다.

그리고 미국에는 코인 로커는 별로 없는 모양이다.

대신, 호텔의 물품 보관소 같은 짐 맡기는 곳이 있었다. 평소 같으면 담당 직원이 기다리고 있겠지만, 지금은 카운터에는 아무도 없다.

카미조 토우마는 카운터를 뛰어넘어 안쪽으로 향했다.

어디를 찾으면 될지는 이미 알고 있다. 28일, Ust5AA시크릿. 철제 랙에 붙어 있는 라벨을 보면, 짐은 역시 세 개의 영어와 숫자로 관리되고 있다.

"이거다……."

카미조가 5AA에서 빼내어 바깥의 카운터까지 가져온 것을 보고, 열 살 소녀의 얼굴이 구깃구깃하게 일그러진다. 그것은 실수로 가족에게 들키면 곤란하기 때문에 집에는 놔둘 수 없는 물건이었다.

그렇다면 무엇일까?

그것이 꺼림칙한 것이 분명하다고, 누가 정했을까?

『우,』

예쁘게 포장된, 작은 상자가 있었다.

크리스마스와 함께 퉁쳐지면 싫다는 소녀를 위해, 제대로 따로 준비해 두었다.

『아아…….』

십자로 감은 리본에는 한 장의 카드가 끼워져 있었다. 거기에 늘 어놓아져 있는 손으로 쓴 글씨는, 트랜스 펜으로 덧그리지 않아도 카미조도 읽을 수 있었다.

해피 버스데이, 헤르칼리아.

애매한 상황 증거가 아니다.

유일무이한, 행복의 물증이었다.

『아아

아아아아아아아아아아아아아아아아아아아아아아아아아아아
아아아아아아아!!!!!!』

웅크리고.

그 상자에 양손으로 매달려, 체면을 생각할 겨를도 없이 헤르칼
리아는 눈물을 뚝뚝 흘리고 있었다.

정체를 알 수 없는 신무기나 초(超)기술과는 상관없다.

어떤 가정에나 당연하게 있는, 상냥한 시크릿.

『미안해!! 미안해 미안해 미안해! 의심해서, 나, 엄마를, 아앗, 믿
지 못해서. 어째서, 어째서 어째서 이런……!! 잘 알고 있었는데!!
알아 주어야 했을 텐데!!!!!!』

트랜스 펜의 변환은 엉망진창이다.

아니, 이번만은 어린 소녀의 말 자체가 흐트러질 대로 흐트러져
있는 건지도 모른다.

"알겠어, 헤르칼리아?"

무릎을 굽히고.

몸을 구부리며, 소녀와 같은 높이에서 눈을 맞추고 카미조는 말
했다.

"…사람은 거짓말을 해. 말을 안 할 때도 많아. 이건 분명, 전세
계의 어떤 인간이든 그래. 몇 살이 되면, 어른이 되면 모두 성인군
자가 된다는 것도 아니겠지, 분명히."

하지만, 하고 카미조는 말을 더했다.

부정을 위한 한 마디를. 여기에서 시작될 반격의 말로 연결해 가
기 위해.

"그래도 네 어머니는, 누군가를 상처 입히거나 함정에 빠뜨릴 목적

으로 비밀을 만드는 인간이 아니야."

『아아…….』

"이것만은, 정답이야. 이 답은 내가 알아냈어. 그러니까 누구에게
도 불평은 하지 못하게 할 거야."

『아아웃!! 우우에아우아아아앗!!!!!!』

더 이상 말이 되지 못했다.

잔인한 정답은 발견되었다. 어머니와 딸은 엇갈리고, 세계적으로
이름난 거대 IT는 최악의 악취미를 되풀이하고, 멜자베스 그로서리
는 파헤쳐지고 싶지 않은 비밀을 남의 손으로 백일하에 드러내게
되고 말았다. 딸 헤르칼리아는, 생일을 맞이하기 전에 그 상자를 보
고 말았다.

하지만.

포기하지 않고, 도전해서 파헤쳤기 때문에 더더욱.

다음으로 이어나갈 기회를 붙잡을 수 있었다. 수상하니까, 의심
스러우니까, 믿을 수 없으니까. 그것만으로 사람의 선한 마음을 부
정하고 지옥 밑바닥으로 떨어뜨려 버리는, 최악의 선택지만은 아슬
아슬하게 피할 수 있었다. 어둠에 빛을 비추면, 당치도 않은 것이
떠오른다. 하지만 대미지를 입더라도 몸을 내밀어 그 손을 한계까
지 뻗은 자만이, 마지막 기회를 얻을 수 있다.

아직 구할 수 있다.

멜자베스 그로서리.

선과 악 사이에서 흔들리고, 하지만 최후의 최후에는 딸을 지키
기로 결심한 한 명의 어머니. 자신의 선택이 정말로 옳았는지, 계속
해서 고민해 온 누군가. 카미조는 여기까지 왔다. 구하는 쪽이 꺾이

지 않으면, 물에 빠진 사람의 손을 붙잡는 순간은 반드시 온다.

누구의 오른손에나, 그런 힘은 깃들어 있다.

"……여기에 있었나."

갑자기였다. 그런 목소리가 났다.

털썩 하고.

그것만으로 어린 헤르칼리아가 무언가에 짓눌린 것처럼 의식을 잃었다.

작은 몸을 부축해 바닥에 눕히면서, 다. 카미조가 돌아보니, 역에 온 것은 스테일 마그누스. 마술로 서치라도 한 것인지, 단순히 헤르칼리아의 울음소리가 아무도 없는 거리에 울린 탓인지.

스테일은 아직 멜자베스가 악인이라고 생각하고 있을 것이다.

그는 자신의 눈으로 본 것밖에 믿지 않는다.

"'성인' 칸자키까지 소실되는 비상사태야. 흑막 측의 가족, 헤르칼리아 그로서리도 엄중하게 경계할 필요가 있다고 나는 생각해. 그 애를, 이쪽으로 넘겨라. 이건 네가 감당할 수 없는 안건이야."

"거절한다."

분명하게 거부했다. 삐죽삐죽 머리의 소년은, 눕혀진 은발 갈색의 소녀의 배 위에 포장된 선물을 살며시 놓고 조용히 감싼다.

스테일 마그누스가 사용하는 것은 마술이다.

그 힘은 강대하지만, 동시에 오컬트라면 이매진 브레이커(환상을 부수는 자)가 통한다.

오른쪽 주먹이 있으면.

궁지에 몰린 소녀를 구할 수 있다. 그걸 위해서라면 초현실을 사용하는 자와 싸울 수 있다.

"…그리고 헤르칼리아, 나는 약속할게. 네 어머니는, 무슨 일이 있어도 반드시 내가 구할 거야. 어디의 누가 멜자베스를 의심해도, 이 내가 전부 밝히겠어. 원래의 생활로 돌아가게 해 줄게."

들리지 않는다. 의식을 잃었으니 당연하다.

하지만 무의미한 것은 아니라고, 카미조는 강하게 생각한다.

"그러니까 이렇게 말해 줄게. 아무것도 걱정할 필요는 없다고."

어이없다는 듯한, 담배 연기 섞인 한숨이 있었다. 룬의 마술사에게서는 그것뿐이었다.

그것만으로 스위치가 켜졌다.

"상황을."

쏴아!! 하고, 잘게 자른 색종이처럼 라미네이트 가공된 카드가 춤춘다. 벽에, 바닥에, 원래의 색을 알 수 없게 될 정도로 빼곡하게 룬 카드가 붙여져 간다.

"알고 있는 거냐?"

"이런, 이런. 그러는 네놈이야말로 괜찮은 거야?"

비웃듯이 대꾸한 것은 카미조의 어깨에 올라탄 오티누스다.

"성실함 덩어리였던 아마쿠사식(式)의 '성인'은 사라지고, 이제 마술 측의 선성(善性)은 끊긴 것 같군. 하지만 네놈에게 카미조 토우마를 죽이지 않을 이유는 없어도, 마도서 도서관에게 알려질 각오까지 있나? 완전 기억 능력은 어쩔 거야. 단 한 번의 잘못이라도, 그 여자가 잊는 일은 결코 없을 거다."

쓴웃음이 있었다. 자조를 머금은 신부의 웃음이다.

"······확실히, 룬을 사용해서 널 죽여 버린다면 원한이 달라붙으려나."

그로부터 1초도 없었다.

지나치게 매끄러워서, 오히려 카미조는 그 순간을 지켜보고 말았을 정도다.

팡!! 팡파팡!! 하고.

"나는 깨달았어."

달콤한 담배 연기에, 다른 연기 냄새가 섞였다.

그것은 마치 불꽃놀이의 냄새.

알기 쉬운 카드들은 허세. 스테일 마그누스의 오른손에 쥐어져 있었던 것은,

(스마트, 폰???)

"······학원도시의 기지에서 발견한 '이놈'을 사용하면, 시체를 만들어도 나 때문이라고는 의심받지 않을 거야. 과학 측의 누군가의 짓이라고 판단되겠지?"

(그, 래. 모래의 마술사는 확실히 있어. 그런데 그 스테일이 인덱스를 혼자 두고 어슬렁어슬렁 이 얼굴을 내미는 건 이상해. 억지로 이유를 생각한다면, 완전 기억 능력을 가진 인덱스에게 싫은 기분을 남기고 싶지 않기 때문에. 즉 처음부터, 나 따위 죽일 생각으로,)

"드로, 바브아?! 커헉······ 너······ 콜록! 드론을,"

"슬픈 사고지, 아니 정말로. 파이브오버였나? 어쨌든 아무도 타지 않고 방치되어 있던 무인화 대응 하이브리드 무기가 폭주하다

니."

뭔가 대꾸할 여유는 없었다.

카미조는 그대로 내려가는 에스컬레이터를 굴러떨어져 간다.

                              14

유니언역의 넓은 에스컬레이터를, 대략 3층 높이 정도는 한꺼번에 굴러떨어졌다.

격렬하게 기침한다.

카미조의 가슴 부근에 무언가가 걸려 있었다. 그 탓에 핏덩어리도 토할 수 없었다.

덜컹덜컹덜컹!! 하고, 소년의 의식과 상관없이 바닥에 뻗은 두 다리가 부자연스럽게 경련한다.

그것도 오래 계속되지는 않는다.

죽음의 가장자리에 의식의 손끝을 걸친다.

이를 악물고, 삼켜질 것만 같은 자아를 현실 세계로 끌어올린다.

"가악, 커헉!!"

억지로라도 기침을 한다.

입가에서 붉은 액체가 흩어졌지만, 아직 살아 있다.

호흡 곤란으로 얼굴이 파랗게 변색되면서도, 카미조는 쓰러진 채 기다시피 나아간다. 에스컬레이터 아래에서 우선 멀어져, 행방을 숨기는 방향으로 키를 꺾는다.

비명을 지른다고 무슨 소용이 있나.

몸부림치며 뒹군다고 누구의 미래를 열 수 있나.

그렇다면 조금이라도 앞으로. 유니언역을 떠나, 다음 기회를 연결할 수 있도록.

멜자베스 그로서리는 악인이 아니다. 그런 그녀를 구하겠다고 스스로 결정하지 않았나.

그렇다면.

옷깃에 매달린 오티누스는 걱정 반 어이없음 반 같은 한숨을 쉬고 있었다.

"이런, 이런. 인간, 그러고 보니 뭔가 대비하고 있었군?"

"…다이너에, 그만큼이나, 종이 다발이 있어. 커헉, 아마 슬쩍해서 낡은 잡지 대신 옷 속에 넣어 봐도 벌은 받지 않겠지…."

가슴에 몇 발이나.

그러나 납탄으로 기습해 온 그것은 정말로 파이브오버, 즉 파워드 슈트(구동갑옷)일까? 제3위의 사마귀와 달리, 제4위는 상당히 이형(異形)의 실루엣이다. 투명한 거대 해파리에 가깝다. 돔 모양의 본체 안에서 전자(電子)를 가속시켜 가득 펼쳐진 촉수로 쏘아 내는 … 건가? 무인(無人)이라면 모를까, 대체 어떻게 인간이 입는 건지 상상이 잘 되지 않는다.

"불행에 익숙하다는 건 정말 무시무시하군. 록 설정이 끝나지 않은 예비기(豫備機)인가. 그런데 어느 시점에서 준비했지? 판단 재료는 특별히 없었던 것 같은데."

"칸자키가 사라졌단 말이지…. '그' 까다로운 스테일 마그누스가, 그저 사이좋게 언제까지나 나와 계속 손을 잡을 거라고는 도저히 상상할 수 없어. 지금까지 줄곧 그랬고. 게다가 여기는… 세계 최대의 총의 대국이라고 하고 말이야. 컥, 미국에서 옥신각신하게 되면 반드시 어딘가의 타이밍에서 그게 얼굴을 내밀 거라고 생각하고 있었어, 우엑 커헉! 서, 설마, 미국까지 와서 메이드 인 저팬의 납탄에 맞을 거라고는, 나도 거기까지 예상하지는 못했지만,"

그래도 납탄이었으니 그나마 낫다.

파이브오버. 유인(有人)과 원격을 전환할 수 있는 하이브리드 무기. 실제로 얼굴을 내민 것은 제4위인 것 같지만, 옵션인 기관총이 아니라 진짜 전자 빔이라도 처넣어 왔다면 카미조 따위는 한 발에 증발했을 것이다. 물론 적당히 봐준 게 아니라, 아마 인덱스가 보기에 '알기 쉽게 과학적인' 상처 자국을 시체에 남기고 싶었기 때문이겠지만.

특히 제4위는 레벨 5(초능력자) 중에서도 꽤 종잡을 수 없는 위치에 있다.

"……파형도 입자도 아닌, 중간인 채로 다룬다, 라. 이건 가속기가 아니라 양자 컴퓨터쯤에서 파생된 기술이겠군. '굳이 관측하지 않는' 기계를 만들어서 활용하는 시대가 오다니."

"?"

"바보가 가져온 게 우연히 제4위라서 운이 좋았다는 얘기야. 이게 알기 쉬운 제3위였다면 두 개의 커다란 낫, 개틀링 레일건으로 평범하게 산산조각나고 끝났을 거야."

"그렇다면 다행이다……."

오티누스가 혀를 찬 것은 냉혹한 스테일의 계산일까, 아니면 같은 편으로부터 가슴에 몇 발이나 맞은 상황에서 기구함도 깨닫지 못하고 안도의 한숨을 쉬며 불행 중 다행이라고 생각하는 카미조의 사고(思考)에 대해서일까.

"흥. 끈질기게 추격해 오지 않는 건, 빌어먹을 놈 자신이 드론 관련 취급에 익숙하지 않아서인가. 학원도시의 뒷골목 구석구석까지 들어가는 드럼통들을 그렇게 광범위하게 사용하고 있다고. 매뉴얼 조작 바보 같으니, 본래 같으면 오토로 수백 단위의 군체 제어 정도는 맡길 수 있었을 텐데."

"조작감 같은 건 금방 배워……. 아마, 커헉, 프린터로 룬 카드를 만들 정도로는 기계 사용에 익숙할 테니까."

적은 제3위, 제4위의 모조품만이 아니다. 공항 근처의 텐트 기지 안에 있던 금속 컨테이너, 그곳의 라벨을 카미조 토우마는 분명히 기억하고 있다.

파이브오버 OS, 모델케이스 '액셀러레이터'.

상세 내용조차 보이지 않는 신무기도 언제 튀어나올지 알 수 없다. 그렇게 되기 전에 행방을 숨기고 안전을 확보하지 않으면, 역전의 계기조차 잃고 만다.

어머니도 딸도, 아무도 구할 수 없게 된다.

"……웃."

헤르칼리아 그로서리는 스테일 측의 손에 떨어지고 말았다.

이 경우, 인덱스가 저쪽에 남아 있는 것은 불행 중 다행일까. 오티누스가 말한 대로, 스테일은 인덱스 앞에서만은 극악무도한 짓은 하지 못한다. 이것은 이미 논리나 이해(利害)를 뛰어넘은 확정 사항, 개인적인 신앙의 영역에 다다라 있다고 할 수 있다.

딸 쪽은 인덱스에게 지켜 달라고 하자.

하지만 그것만으로는 부족하다. 한쪽을 지키는 것만으로는, 진정한 의미로 그 모녀를 구할 수는 없다.

어머니 쪽은 이쪽이 할 일이다.

"헷⋯⋯. 마침 잘됐어, 모처럼 날 죽여 줬으니까. 우리는 순순히 뒤로 숨어들자고, 오티누스. 안나나 스테일한테서 숨어서 멜자베스 그로서리를 찾아낸다면 그편이 사정은 더 좋아⋯⋯."

"의기양양한 얼굴은 두 다리로 설 수 있게 되고 나서 해. 영하 20도라고. 그대로 있다간 싸늘하게 식은 바닥에 얼굴이 달라붙어서 떼어 낼 수 없게 될 거다. 그렇게까지 하면서, 네놈은 뭘 바라지?"

본래 카미조에게 기대되고 있었던 것은 인덱스의 '감시역'일 뿐이었다.

자신의 방침을 따르지 않는 카미조 토우마는, 이미 스테일에게 있어서는 방해꾼일 뿐이겠지. 카미조도 딱히 무리해서 영국 청교도를 위해 일할 필요는 없다.

하지만, 이다.

"내가 지금 해야 할 일은, '왠지 모르게'라든가 '우선'으로 남의 인생을 멋대로 체념하고 불행의 구렁텅이로 떠미는 게 아니야⋯⋯."

말했다.

분명하게.

느리게라도, 떨리는 다리를 움직여서. 다시 한번 두 다리로 일어서면서.

다행히, 정말로 불행 중 다행이다. 멜자베스의 스마트워치도 스마트폰도 소년의 손에 있다. 가장 큰 정보원 헤르칼리아로부터 이야기를 들을 수 없는 것은 난점이지만, 힌트가 없는 것은 아니다.

아직, 할 수 있다.

아무것도 끊기지는 않았다. 그렇다면 이제는, 이 몸을 움직일 뿐이다.

"자신에게는 아무런 잘못도 없는데, 언제까지나 훌쩍훌쩍 울고 있는 헤르칼리아 녀석과 약속했어……. 내가 이 손으로 멜자베스를 반드시 구하겠다고. 그러니까 불만도 원망의 말도 아무래도 좋아, 스테일 따위는 나중으로 돌려 둬. 내가 지금 해야 하는 건 하나뿐이야. 멜자베스가 피해자든, 가해자든, 모래 속에 묻혀 있든, 어쨌거나 어머니의 목덜미를 붙잡고 딸 앞까지 끌어내서 지금까지 걱정 끼쳐서 미안하다고 머리를 숙이게 만드는 거야. 이것만은, 무슨 일이 있어도. ……내 말에 뭔가 틀린 데가 있어, 오티누스?"

"아니?"

어깨 위의 오티누스는 어딘가 즐거운 듯이 웃고 있었다.

상대가 선인이든 악인이든, 구할 가치가 있다고 생각하면 망설이지 않고 세계에 싸움을 걸 수 있다.

그런 카미조 토우마라는 인간을 이해하고 있는 신은, 손끝으로 마녀의 모자를 가볍게 만지작거리며 말했다.

"나는 마술과 사술과 전쟁의 신이야. 그러니까 충분히 이용해, 오티누스(내 힘)를. 사기꾼이라는 건 사기를 파헤치는 것도 잘하거든. 마술사의 빌어 처먹을 잔재주는 우선 전부 나한테 던져 버려. 넌 네가 잘 아는 과학 측에서 세계를 바라보면 돼. 선인의 얼굴을 하고 반쯤 재미로 세계를 일그러뜨려 가는 R&C 오컬틱스에 이쯤에서 울상을 짓게 해 줄 생각이라면 얼마든지 돕지."

"……이봐, 목적은 어디까지나 그 모녀라고."

"됐어, 됐어. 전쟁의 사용법은 그쪽에서 정해라, 인간."

천천히, 숨을 내쉰다.

넓디넓은 유니언역에서 무자비하게 얼어붙은 바깥으로 나가면서, 두 사람은 도전하듯이 말했다.

""자, 반격 개시다. 이런 환상은 전부 부숴 주지!!""

믿어라.

이 세계에 확실히 있는, 작디작은 선성(善性)을.

빌어먹을 '어둠' 따위가 사람을 떠밀치게 둘까 보냐 하며, 다시 한 번 일어서라.

행간 2

『멜자베스 그로서리 범인 가설』

제창자, 스테일 마그누스.

학원도시의 기지에 남아 있는 종이 자료, 거기에서 룬 마술을 구사해 꺼낸 잔류 사념에 기초한 가설. 멜자베스는 우주 벤처 기업의 사장이었지만, 연구 성과를 R&C 오컬틱스에 넘기고 매스 드라이버를 이용한 공중식 우주기 발사대·로지스틱스 호넷을 이용해 기상 조건을 인공적으로 조종하고, 모래의 마술사의 힘을 증폭하기 위해 도움을 주었다.

멜자베스는 R&C 오컬틱스 산하의 독립 부문으로서 스페이스 인게이지사 사장 자리에 매달리며, 학원도시의 기지에는 이중 스파이로서 잠입해 있었던 것으로 생각된다.

이 가설이 맞다면, 내부에서의 잘못된 유도에 의해 과학과 마술의 혼성 부대의 R&C 오컬틱스 본사 빌딩 공략 작전 '오버로드 리벤지'는 실패했고, 칸자키 격파에도 적극적으로 관여한 것이 된다.

△ 카미조 토우마, 오티누스 두 사람에 의해 대부분은 부정적으로 볼 수 있지만, 현 시점에서는 일부 결정적인 부정 재료를 찾아내

지 못하고 있다. 계속해서 조사 중.

『멜자베스 그로서리 악인 가설』

제창자, 헤르칼리아 그로서리.

멜자베스는 막대한 돈에 눈이 멀어, 남에게 피해를 끼칠 것을 알면서도 R&C 오컬틱스에 물류 네트워크를 넘겼다. 차례차례 기술자는 빠지고 벤처가 텅 비어 가는 가운데, 멜자베스 등 뜻이 낮은 자들만이 더러운 돈을 움켜쥐고 유유자적한 생활을 보내고 있다. 로스앤젤레스 시민 소실의 실행범은 멜자베스이며, 그녀는 쌍수를 들고 자신의 이익을 위해 R&C 오컬틱스를 지키려고 흉악한 범행을 저질렀다, 는 가설.

어머니 멜자베스는 분명히 같은 집에서 사는 가족에게 '시크릿'이라고 불리는 기술 관련의 무언가를 숨기고 있고, 이것이 틀림없는 악인이라는 증거라고 헤르칼리아는 주장하고 있다.

× 카미조 토우마, 오티누스 두 사람에 의해 완전히 부정된다. 멜자베스는 R&C 오컬틱스로부터 받는 보수를 기뻐하지는 않았다. 숨기고 있던 '시크릿'에도 다른 의미가 있다.

『멜자베스 그로서리 선인 가설』

제창자, 카미조 토우마 및 오티누스.

멜자베스는 딸을 인질로 잡혀 마지못해 거대 IT의 산하에 벤처를 넣었지만, 죄의식에 시달리며 막대한 돈을 더러운 것으로서 멀리하고 있었다… 는 가설. 호텔 숙박 상황이나 스마트폰 메이커를 보면 악덕 기업을 신용하지 않고, 보수도 긍정적으로는 받아들이지 않으며, 소박한 금전 감각을 유지하고 있다는 것도 증명되었다.

이 경우, 최종적으로 멜자베스는 R&C 오컬틱스의 협박 같은 명령을 물리치고 학원도시 · 영국 청교도의 혼성 부대를 도왔을 것으로 생각되지만, 무언가 다른 방법으로 원격 조작되어 본인의 의지와는 별개로 일련의 흉악한 범행을 저지를 수밖에 없었을 우려가 있다.

진정한 적은 R&C 오컬틱스 및 CEO인 안나 슈프렝겔이고, 자신을 배신한 산하의 독립 회사에 대한 보복 작전으로서 '가장 소중한 것을 배신자 스스로 짓밟게 하기' 위해 어머니와 딸의 대립을 부추기고 있었을 가능성에 언급. 그 악취미의 도달점으로서, 한 번은 3000만 명의 소실에서 일부러 제외했던 딸 헤르칼리아를 다시 어머니의 손으로 직접 살해하게 할 생각을 하고 있었을 가능성마저 있다.

카미조 토우마는 딸 헤르칼리아는 물론이고 어머니인 멜자베스에 대해서도 틀림없이 구제가 필요한 대상이라고 단언한다.

또한 멜자베스가 딸 헤르칼리아에게 무언가 숨기고 있는 듯한 기색을 보였던 것은, 생일 선물을 준비하기 위해서였다. 이 수상한 행동은 이 일과는 아무런 관계가 없다는 것이, 명확한 물적 증거에 의해 증명되었다.

카미조 토우마는 열 살 소녀에게 증명했다.

어떤 인간이든 거짓말을 하거나 무언가를 숨기기는 한다. 하지만

멜자베스 그로서리는 남에게 상처를 입히거나 곤경에 빠뜨리기 위
해 비밀을 만드는 인간이 아니라고.

이것만은, 설령 무슨 일이 있어도.

제3장 반격 개시 Boy_not_"DARK."

1

『밤의 토너먼트 기획, 인기 없는 놈들과 우쭐대는 돼지들이 모이는 매우 후텁지근한 신데렐라 스토리라 죄송합니다! 코미디언의 정점을 결정하는 O·1 그랑프리의 시간이 찾아왔습니다. 올해의 사회자는 우리 더블 마그넷!』

『뭐 이 일을 맡은 시점에서 우리는 참가할 수 없지만요?』

『오히려 명예로운 일이에요. 심사를 받는 쪽의 정점을 결정하는 일에서 심사하는 쪽으로 선택된 거고, 이미 연예인으로서의 랭크는 결정된 거니까.』

『그럼 이런 대회를 열 필요 없는 거 아닌가? 상금 천만 엔은 우리가 받아 가면,』

『ᴘ이봐 사회자가 진행을 무시하고 멋대로 욕심 부리지 마, 너희들의 토크로 두 시간을 다 쓰면 곤란하다고!!』

쿵!! 왓핫핫하!! 고정 패널들이 합세하여 지르는 고함 소리나 스태프라는 느낌이 그대로 드러나는 웃음소리를 들으면서, 베이비 돌 쇼쿠호 미사키는 벌꿀색의 긴 금발을 흔들다시피 하며 살짝 고개를 갸웃거리고 있었다. 눈썹을 찌푸리며 같은 방의 미사카 미코토에게 말을 건다.

일본의 학원도시, 심야, 그 병원에서의 일이었다.

"……이거어, 대체 뭐가 재미있는 걸까요오?"

"개그를 즐기는 데는 협조성과 공감력이 필요해. 넌 그게 한없이 결핍되어 있다고."

침대 위로 뛰어올라 와당탕퉁탕이 시작되었으나, 순수한 물리 공격이라면 학원도시 제3위, 밤색 쇼트헤어의 불곰을 당해 낼 리 없다. 쇼쿠호 미사키, 맨손으로 순양함을 통째로 써는 여자에게 접근전을 시도한 것이 애당초 잘못이다.

"내가 입원 비용에 추가해서 보고 있는 케이블 방송의 개그 전문 채널이얏. 멋대로 새치기하면서 불평하지 마!!"

"그렇다면 이어폰 정도는 하세요 매너적으로오! 아얏, 아야야야야?!"

"매너라고 하려면 그 속이 다 비치는 베이비 돌은 어떻게 좀 안 되는 거냐?! 보고 있으면 창피해! 우왓 보인다 보인다, 전부 비쳐 보여 말려 올라가 있어!!"

"나는 평소에 입는 잠옷이 바뀌면 잠을 못 자게 되는 아주 섬세한 여자라고!!"

침대 위에서 벌렁 쓰러져 양쪽 손목을 단단히 구속당하면서 쇼쿠호 미사키는 얼굴을 돌리고 어린애처럼 입술을 삐죽거리고 있었다. 여자만 여섯 명인 큰 병실에서 소란을 피워도 다른 환자들로부터 불평이 나오지 않는 것은, 크리스마스 파티 후유증(?)이 계속되어 밤에도 잠을 자지 못하는 사람이 많기 때문일 것이다.

자막 '설령 이 몸을 빼앗기더라도, 마음까지는 당신에게 굴복하지 않아웃'이 아니라,

"(……게다가, 뭐. 수술복은 불편력이지. 옛날의 프로젝트가 뇌리를 스치니까.)"

"앙?"

"의외라고 생각했을 뿐이에요오☆"

이럴 때, 능력이 통하지 않는 상대라도 세 치 혀로 주도권을 쥐는 것이 정신계 최강의 학원도시 제5위다. 하기야 이쪽은 어디까지나 여차할 때의 사이드 암(side arm)일 뿐, '순수한 화술만으로 인간의 모든 것을 조종하는' 그 여자의 영역까지는 다다르지 못했지만.

"이 상황에서 졸린 듯이 개그 프로그램을 보고 있다니, 말이죠? 당신이라면 부상력을 누르고라도 반드시 방청하러 갈 거라고 생각했는데에, 그 재판."

"……, 뭐, 같은 방에서 노려본다고 해서 판결이 달라지는 것도 아니고."

이번에는 미코토 쪽이 눈을 피할 차례였다.

"내가 마음졸여 봐야 어쩔 수 없는 문제야. 게다가 그 주목도라면, 어느 채널을 봐도 판결이 나온 순간에 임시 뉴스 정도는 나올 거잖아?"

"일부러 이쪽에서 검색 같은 걸 하지 않아도 멋대로 인터넷 뉴스니 랭킹이니 추천 동영상이니 하는 게 우르르 쏟아져 들어오는 이 시대에, TV 임시 속보라니…. 그렇달까, 요즘의 재판은 컴퓨터를 도입해서 반쯤 자동화되었잖아요?"

"……너야말로, 설마 배심원을 멋대로 조종하지는 않았겠지."

"아무리 뭐래도, 그렇게까지는 안 해요오."

"그렇게, 까지?"

"글 · 쎄 · 요☆"

그때 후배 시라이 쿠로코가 왔다. 통상, 이런 시간에 재활실은 열려 있지 않다. 어쩌면 '전의 사건'과 관련된 카운슬링이라도 몰래 받고 있는 것인지도 모른다.

겉모습만 보면 트윈테일의 후배는 밝은 웃는 얼굴로 양손을 벌리며,

"언니—이, 뭘 하고 계시부보르페???!!! 가, 같은 침대 위에서 샌드위치 초달달 마카롱 상태, 그것도 언니가 위?! 공격하는 쪽! 대체 어떤 농후 페로몬을 흩뿌리면 저 언니가 그렇게 되는 건가요오 쇼쿠호 미사키!!"

"······쇼쿠호, 너 쿠로코의 가슴에 무슨 짓을 했어?"

"논리로 가득 차 있는 세뇌에서 이 움직임은 오히려 불가능하죠오. 인체는 아직 신비력의 보고(寶庫)예요······."

바로 그때였다.

사이드테이블에 놓아둔 미사카 미코토의 스마트폰이 단조로운 멜로디를 냈다.

세 소녀는 그쪽을 바라본다.

2

타닷!! 하고.

카미조 토우마는 영하 20도의 로스앤젤레스 거리를 걷는다.

목적은 하나. R&C 오컬틱스의 음모에 휘말려 3000만 명 소실의 범인이 되어 가고 있는 멜자베스 그로서리를 붙잡아 무사히 딸인 헤르칼리아의 곁으로 데려가고, 지금까지 걱정 끼쳐서 미안하다고 머리를 숙이게 하는 것.

그걸 위해서라면, 무엇하고든 싸워 주마.

결의를 다지던 삐죽삐죽 머리의 소년은, 하얀 숨과 함께 이렇게 중얼거리고 있었다.

"······저기이, 결국 멜자베스 그로서리는 어디에 있는 거야아???"

이미 반쯤 울상이었다. 바깥은 평범하게 영하 20도. 슬슬 아침이라기보다 낮에 가까운 시간대지만, 기온이 올라갈 기미는 전혀 없다. 우선 간신히 유니언역은 탈출했지만, 생각 없이 걷고 있다간 그대로 냉동식품이 되어 버릴 것 같다.

소년의 어깨 위에 걸터앉아 있는 오티누스가 어이없다는 듯이 한숨을 쉬고, 가느다란 다리를 바꿔 꼬았다. 양팔을 팔짱 끼고 몸을 뒤로 젖힌 채, 그녀는 말한다.

"큰 의미에서의 로스앤젤레스는 무수한 대도시를 연결시킨 '권(圈)'이라고 해도 좋아. 그 안에서 도보로 조사하며 돌아다니며 단 한 명의 인간을 찾아낸다는 건, 무모하기 짝이 없는 일이지. 뭔가 하고 싶다면 우선 L.A.의 스케일을 이해해. 여기는 수원지에서 사막을 뛰어넘어 중심지까지 끌어온 파이프의 길이만 해도 35킬로미터나 돼. 즉 그렇게까지 해서라도 발전시키고 싶다는 경제적 가치를 가진 미국 제2의 대도시권이라고."

"그, 그러니까 걸어서 횡단할 수 있는 넓이가 아니라는 거?"

"일부러 신에게 부탁하면서까지 멋진 답을 손에 넣었군, 인간."

이대로는 인도계 유부녀를 찾아내기 전에 수빙(樹氷)이 되어 동사할 것 같다. 평범하게 걷고 있는 것만으로 수명이 깎여 나가는 세계, 힌트 없이는 아무리 뭐라 해도 난이도가 너무 높다.

그렇게 되면, 이다.

"여기에, 뭔가 숨겨져 있을 거라고 생각해?"

하얀 숨을 토하며 카미조가 주머니에서 꺼낸 것은, 그 스마트워치다. 네모난 문자판, 빨간색과 검은색의 벨트, 미세한 흠집과 사소한 더러움. 이제 어떤 것이든 중대한 의미가 숨어 있을 것 같기는 하지만, 한편으로 무엇=무엇무엇, 과 같은 대응표가 없어서 언제 무엇에 도움이 되는 '답'인지 판단하기 어려운 것이 문제였다.

OMR 시험에서 모든 답을 망라한 퍼펙트한 해답지를 손에 넣었는데도 대체 무슨 시험에 사용하는 것인지 판단 재료가 없다. 그런 느낌일까?

오티누스는 가만히 숨을 내쉬며,

"멜자베스 그로서리를 쫓고 싶다면, 몇 가지 키워드가 존재해. 첫째, 딸 헤르칼리아. 둘째, R&C 오컬틱스. 셋째, 산하에 들어가 예속 상태가 된 우주 벤처 스페이스 인게이지사. 그런 것과 대조해서 조사를 진행하는 게 현실적이겠지."

카미조 토우마는 다시 한번 스마트워치를 바라보았다.

"…전혀 아무것도 힌트로 연결되어서 길이 열린 느낌이 안 드는데요오?"

"너 설마 자신의 바보같음이 귀엽다는 말로 호의적으로 주위에 받아들여진다거나 하는 편리한 꿈에 잠겨서 취해 있는 건 아니겠지 인간…?"

그러나 스마트워치를 보아도 확실하지 않다면 다른 것에 의지하는 게 좋을지도 모른다. 또 하나, 카미조의 손에는 손목시계와 연동한 스마트폰의 존재가 있다.

말할 것까지도 없이, 그래플의 밀리폰은 개인 정보 덩어리일 것이다. 다만 이쪽은 이쪽대로, 평범한 고등학생 카미조 토우마로서는 첫 번째 잠금화면을 뛰어넘어 안을 들여다볼 수는 없다.

"그렇게 되면, 으—음, 역시 놈을 의지할 수밖에 없게 되는 건가 아……."

"완전히 유아퇴행했군……. 너 역시 자신의 바보가 플러스로 작용한다고 착각하고 있는 거지?"

진심으로 어이없다는 듯이 말하는 오티누스를 본체만체하고, 카미조 토우마는 모바일 기기를 손끝으로 조작한다. 다만 전리품인 유부녀 스마트폰은 아니다.

자기 자신의 학원도시 스마트폰을 조작해, 등록되어 있던 번호를 불러낸 것이다.

통화인데도 세계 제일의 못생긴 얼굴로 아양을 떠는 목소리를 냈다.

"밋, 미사카 씨이? 찌릿찌릿 아가씨의 힘을 좀 빌리고 싶은데요
……."

정말이지 이런 남자를 믿고 진심으로 운 헤르칼리아 그로서리가

본다면 반사적으로 동경의 대상을 걷어차고 있었을지도 모를 정도로 한심했다.

그러나 명탐정도 아니고 베테랑 형사도 아닌 고등학생이 할 수 있는 일 따위는 한정되어 있다.

그래도 결심한 것이다.

무슨 일이 있어도, 반드시, 그 모녀를 어둠에 떨어뜨리지는 않겠다고. 따라서 기술이나 지식의 과부족(過不足)은 메운다. 아끼는 것은 없다. 쓸 수 있는 것, 머리에 떠오른 패는 전부 다 쓴다. 그리고 카미조 토우마는 그냥 낙오자 레벨 0(무능력자)이지만, 주위의 인간까지 그렇다는 보장은 없다.

전화 맞은편의 학원도시 제3위는 뼛속까지 얼어붙을 것 같은 목소리를 내고 있었다.

『……어느새 병원에서 사라져 놓고, 불리해지면 파티 멤버 취급으로 사람을 어렵지 않게 사건에 끌어들여 가는 거야? 헤에 호오 흐—음.』

까아 아니 카미조 씨 어째서 갑자기 지금 어디에 있는 건가요 꺄아꺄아!! 하는 수수께끼의 새된 목소리에 신경을 쓰고 있을 때가 아니어서,

"부탁이야 찌릿찌릿, 이거 국제 전화라고!! 공짜 통화 앱 같은 게 아니야. 화내는 건 당연하지만 지금은 어쨌든 빠르게 움직여 줘!!"

『앗, 불만이 있다면 남아프리카 근처의 수수께끼의 콜센터로 연결할까? 아무리 통화 종료 버튼을 연타해도 왠지 끊기지 않는 신기한 초(超)고회선에 할 말을 잃으면서 실컷 전화 앞에서 정좌하고 있도록 해.』

"그게 뭐야!! 서비스 종료한 다이얼 Q(주4)가 성불하지 못하고 귀신으로 진화해서 통화료 블랙홀로 둔갑하기라도 한 거야?!"

『그리고 쇼쿠호 아까부터 꺄아꺄아 시끄러워! 너 그런 캐릭터가 아니잖아?!』

『이건 타고난 거예요오.』

『그리고 쇼쿠호 눈에 하트 마크 같은 게 있었던가?』

『전—부 전부 타고난 거예요오.』

『그 소녀 모드를 용서할 수가 없어 그냥 죽인다.』

전화 맞은편에서 와당탕퉁탕이 들려왔지만, 이러다가 영원히 보류되면 진짜로 곤란하다. 평화로운 나라의 소녀들은 지옥의 국제 요금을 뭐라고 생각하는 걸까.

그때, 오티누스는 오티누스대로 팔짱을 낀 채 가만히 한숨을 쉬며,

"(…호출음 세 번에 달려드는 주제에 불평이 많은 여자야. 정좌하고 대기하는 게 어느 쪽인데.)"

『이봐 지금 작게 말한 여자 좀 바꿔 줘. 나는 그 녀석이랑 할 얘기가 있어, 대답에 따라서는 귓가에서 리튬을 날려 버린다?』

"?"

카미조는 의아한 얼굴을 하고, 어깨의 오티누스는 느긋하게 휘파람을 불 뿐이다.

어쨌거나,

"어떻게 해도 열리지 않는 스마트폰의 잠금화면, 네 능력으로 어떻게든 억지로 열 수 없을까?"

『스마트폰이라…… 그거 기종은? 알카로이드 계열?』

주4) 다이얼 Q: 전화를 통한 정보 서비스의 일종. 정보 제공자를 대신해서 전화 회사가 전화 요금과 함께 정보 요금을 징수함. NTT의 서비스였으나, 이용자 감소로 2014년 서비스를 종료했다.

"그래플의 밀리폰인데, 뭐야, 대답이 시원찮네."

『물건이 눈앞에 있으면 간단하지만, 인터넷 회선 너머로는 어떨지……. 괜히 기능이 많은 소형 기계는 '실수로 그만'이 발생하기 쉽지. 안 그래도 밀리폰 계열은 수수께끼의 텔로미어(수명 기능)가 붙어 있다는 '전설'도 많고……. 그거, 백업은? 시트 모양의 반도체가 불타 끊어져서 영원히 내용물은 들여다볼 수 없습니다, 라면 곤란하잖아.』

"멜자베스의 행방을 확실히 하지 않으면 곤란하단 말이야……. 생활 반경이라든가, 들를 만한 곳이라든가, 은신처라든가, 뭐 어쨌든 여러 가지……."

『두엣하앗―!!!!!!』

갑자기 전화 맞은편에서 이상한 괴성이 작렬했다.

사고의 한계를 넘은 미사카 미코토가 갑자기 정신 착란을 일으켜 버렸다. 라는 것은 아니고,

『언닛!! 아직 내 얘기는 끝나지 않았어요, 이번에는 대체 침대 위에서 누구와 이야기를 하고 있는 거죠? 병원에서 스마트폰 같은 걸 사용하면, 안·된·다·구·요? 좋았어 대의명분은 얻었다, 이걸로 확률 변동 아가씨의 시공 비밀의 지하실에서 사랑과 용기의 벌칙 코스로 레일이 바뀌었어어! 마른풀―, 지금 당장 황새와 고뇌의 배를 주문햇!!』

『전문적인 기재도 없는 평범한 병실이라면 그렇게까지 과민해지지 않아도 괜찮아, 쿠로코 더워!!』

『하아하아!! 그리고 전화 너머에 있는 절대 이쪽에는 손이 닿지 않을 거기 당신!! 지금 언니가 어떻게 되어 있다고 생각하세요? 대

체 어떤 망측한 꼴이?! 우후후 상상력을 풀로 구사해서 필사적으로 덤벼들어 오는 게 좋을 거예요. 우엣헷헤, 이이게에 밀통의 참맛이 다아아앗―!!!!!!』

어수선하신 것 같으니 슬슬 밥이라도 먹고 헤어지는 게 좋을지도 모른다. 그렇달까 진심으로 통화료가 무서워지기 시작했다.

저도 모르게 아득한 눈이 된 카미조의 귀에, 난입자의 목소리가 이어서 이렇게 말했다.

『그리고, 멜자베스 그로서리가 대체 어떻게 되었나요???』

"웃?"

일순.

카미조는 진심으로 숨이 막히는 기분이었다.

왜 질문하기도 전에 답이 날아오지? 전화 목소리를 옆에서 들었나? 하지만 카미조는 그로서리라고 풀 네임을 말한 기억은 없다. 멀리 떨어진 학원도시 측에서, 어떻게 멜자베스 그로서리가 이미 알려진 존재로 인식되고 있는 거지?!

"아니, 그, 어떻게, 멜자베스는, 으음."

『하아. 스페이스 인게이지사의 사장 맞죠? 지금은 거대 IT의 노예 기업이지만요.』

더더욱 카미조와 오티누스는 서로의 얼굴을 마주 보았다.

어째서 지구 반대편, 학원도시의 중학교 1학년생이 그런 이야기를 알고 있는 걸까?

의문을 입 밖에 내기 전에, 자못 당연하다는 듯이 시라이 쿠로코는 이렇게 대답했다.

명문 토키와다이 중학교의, 속세와 동떨어진 순수한 아가씨가.

『저어, 놀랄 만한 이야기인가요? 가만히 있어도 은행이나 투자 회사에서 연락은 많이 와요. 장래가 유망한 벤처의 미공개 주식을 소개받으면 한차례 체크하지 않을 리 없잖아요.』

"……투자 회사, 미공개, 한차례 체크……???"

카미조는 잠시 트랜스 펜을 쳐다보았다.

아니, 포기해, 이건 아직 일본어 대화일 것이다.

『아아, 진짜 트레이더나 마케터는 아니에요. 순수한 돈벌이가 아니라, 돈을 움직이는 데 피부 감각으로 익숙해져 두기 위한, 사회 공부의 일환에 지나지 않는답니다. 일단 프로의 눈을 거치고 나서 소개받고 있는 이상, 그들도 자신의 체면이 걸려 있으니까요. 말하자면 특별 고객용 유료 낚시터일까요. 목숨을 걸고 산을 올라가서 위험한 계곡 낚시를 하는 진짜 수학자나 금융공학자가 들으면 코웃음을 치고 말 정도의, 입문이죠.』

시라이 쿠로코는 진심으로 어이없다는 듯이 말한다. 아무래도 아가씨의 세계에서는 돈의 소중함을 알기 위해 겨울 방학 동안만 자전거를 밟아 신문 배달 아르바이트에 도전해 본다, 라는 시공으로는 날아가지 않는 모양이다.

그러나 그렇다고 해도, 다.

『민간 우주여행에 관한 기조 강연이라도 괜찮으시다면, 동영상 사이트에 아직 남아 있지 않을까요? 미국의 벤처답게, 러프한 셔츠나 청바지 차림으로 단상에 올라가서 자신만만하게 계획 발표회를 하는 그거요. 뭐, 그 거대 IT에 신기술을 팔고 산하로 들어간 단계에서 회사의 방침이나 주의도 망가진 것 같아서, 저는 순순히 주식을 포기했지만요. 그렇달까 R&C 오컬틱스 측도 손에 넣은 회사를 살릴 생각은 없는 것 같고요. 원하는 건 벤처가 가지고 있는 물류 인프라 기재나 그 설계도의 사용 권리지, 신상품을 만드는 건 기대하지 않으니까요. 회사는 사탕 껍질 같은 걸까요.」

주주.

적이라든가 아군이라든가, 가족이라든가 타인이라든가.

그런, 지금까지의 관계와는 전혀 다른 조력자가 나타났다.

"자, 잠깐 기다려!! 그럼 그, 스페이스 인게이지사에 대해서 자세한 이야기는 알고 있어? 그 왜, 지금은 완전히 예속되어 있다고 하지만, 그래도 말이지, 으음, 벤처 초기의 사무실이라든가 연구소라든가 하는 장소랄까……!!"

『당연하잖아요? 그 회사의 자산과 설비 조사는 투자하는 사람에게 있어서 기본 중의 기본, 주주가 될 사람이 맨 처음 경영자에게 개시를 요구하는 데이터예요. 이걸 모르면, 자신만만한 프레젠테이션이 정말로 실현될 수 있는 건지 단순한 허세인지도 판단이 되지 않는걸요.」

3

일본이라면 도쿄, 영국이라면 런던. 대개의 나라에서는 가장 발달한 도시와 수도는 이퀄로 연결되지만, 의외로 그것이 들어맞지 않는 케이스도 있다. 예를 들어 브라질의 수도는? 리우데자네이루라고 대답하는 사람도 있을지도 모르지만, 이것은 틀렸다. 정답은 브라질리아다.

로스앤젤레스나 뉴욕과 비교해 약간 마이너한 도시에, 세계에서 가장 유명한 남자가 자리잡고 있었다.

그 도시는 워싱턴 D.C., 집의 통칭은 화이트하우스다.

역사와 전통이 응축되어 있는 관저에서, 이지적인 여성의 새된 목소리가 작렬한다. 로즈라인 클락하르트. 국방 분야에 지극히 강한 대통령 보좌관이랄까, 커다란 아기의 보모 역할이랄까.

"바깥에서 졸린 듯이 기다리고 있는 콜걸은 또 당신 짓이야?! 틈만 나면 스마트폰으로 부담 없이 빵빵 불러 대고……!!"

"어이어이, 말없이 돌려보내 버린 거야? 여기는 내 집이라고, 전화로 뭘 시키든 내 마음일 텐데. 그리고 4종의 치즈와 반숙란 카르보 피자는? 거짓말, 그쪽도 돌려보내 버렸어?! 우어―이 내 연료는 어디에에―?!"

칩 정도는 건네주면 좋을 텐데, 라는 히스패닉계 거구의 남자의 말에 로즈라인은 말없이 방 한쪽 구석에 있던 밸런스 볼을 양손의 주먹으로 퍽퍽 후려치기 시작했다. 이 화이트하우스는 대통령 관저인데도 자신의 개인 물건보다 부하들의 스트레스 해소 굿즈가 훨씬 더 많다.

로베르토 캇체.

수염을 기른 거구의 남자는, 대통령이 되지 않았다면 분명 해적으로서 일곱 개의 바다라도 휩쓸고 다녔을 것이다. 오히려 그쪽이 더 옳은 세계이고, 이 녀석이 대통령의 의자를 독점하고 호사스러운 책상에 가죽구두를 신은 발을 올려놓고 있는 쪽이 정체를 알 수 없는 평행 세계의 산물로 생각되지 않는 것도 아니다.

"이래 봬도 자유의 나라의 독신 대통령이니까 도가 좀 지나쳐도 딱히 바람을 피운 게 되지는 않고요오?"

"통째로 야당 측이 단련시킨 허니 트랩 요원이면 어쩔 셈이야……. 애당초 만남 계열 SNS를 악용하는 창녀의 프로필은 전부 자기 신고니까 믿을 수 없을 텐데. 아아, 무서워라. 만일 다른 나라의 첩보 창구에서 쓸데없는 의혹이 부풀어 오른다면. 어떤 변명을 해도 정치 생명은 일격필살이잖아……."

"그렇게 걱정하지 않아도, 요전에 만난 제인은 불평만 하는 어린애 같은 너보다 훨씬 어른스러운 사회인이니까 완전 괜찮아."

"언제 이곳을 빠져나가서 어디에서 누구랑 밀회하고 있었어??!!"

일단 화이트하우스 안팎은 시크릿 서비스나 해병대가 최대급으로 경계하고 있을 테지만, 이럴 때만 닌자 액션급으로 탈주 스킬이 단련되어 있다. 정의나 성욕이 관련된 순간에 한해, 이 남자는 상반신 나체로 개틀링총을 끌고 다니며 정면에서 우주인과 싸울 수 있는 규격 외의 괴물로 둔갑하는 것이다.

그리고 성욕이 아닌 쪽의 원동력으로 전환한 대통령은 질문했다.

"로스앤젤레스는 어때?"

"뭔가 진전이 있기라도 했을까 봐? 주지사나 의회와의 연락도 여전히 안 되는데……."

질문에 질문이 돌아왔다.

로즈라인은 밸런스 볼 위에 모양 좋은 엉덩이를 올려놓으며 말했다.

"……불행 중 다행인 건, '오버로드 리벤지'인지 뭔지를 전개하고 있었던 것은 영국·학원 도시의 혼성 부대고, 우리 미국은 직접 관여하지 않은 점 정도겠지."

이것은 생각해 보면 당연한 것이, 세계 최강의 미군은 기지에 대한 무단 침입 등 일부의 예외를 제외하고는 자국에서 국민을 쏘는 행위는 금지되어 있다. 즉, '국내를 향한 선제공격'에 미군을 이용할 수는 없다. 실제로 3000만 명이 사라진 결과가 나온 후에는, 너무나도 바보 같은 속박이지만.

한 기업의 행동은 내란이나 혁명이라고까지 말할 수 있을까.

그 판단을 하기 위해서는 R&C 오컬틱스가 무엇을 사용하고 있는지를 특정해야 한다. 여기에서 핵무기나 화학무기가 나온다면 그나마 군을 움직일 계기를 만들 수 있을지도 모르지만, 있는 것은 그저 공허한 '소실'. 3000만 명이 사라졌다, 라는 바보 같은 결과는 보이는데, 왜 그렇게 되었는지 한 마디로 나타내지 못하면 법적인 수속은 취할 수 없다. 단순한 실종으로는 집단 가출일 가능성도 일일이 진지하게 고려해야 하는 것이다. '법적'으로는.

즉, 군을 움직이기 위한 '인정'을 내리지 못해서 영원히 어중간한 상태가 되고 만다.

그런가 하면 최근에는 경찰 계열의 특수부대도 중장비화가 진행되고 있지만, 그들을 보내도 진짜 '전쟁'에는 버틸 수 없을 것이다.

보좌관은 무거운 한숨을 쉬었다.

"그래도 우호국이라고는 하지만 외부인에게 행동 허가를 내린 건 틀림없이 공적인 자리에서 지적을 당할 거야. 질의 응답의 가상 플로차트를 지금 당장 구축하고, 최소라도 256종의 전개에는 버틸 수 있도록 정치적 방어를 다져 둬야 해. 부통령도 가상의 적으로서 협력해 준다더군."

"그 정도라면 불행도 다행도 아니야. 그냥 하찮은 일이지."

일격이었다.

책상 위에 구두를 신은 채인 발을 올려놓은 대통령은, 이어서 낮은 목소리로 말했던 것이다.

"……중요한 건 사라진 로스앤젤레스 주민 3000만 명의 행방이야. 그 생사를 확실하게 확정시키고, 할 수 있다면 생존자로서 전원 어둠 속에서 끌어내 주고 싶어. 거기까지 해야 비로소 불행 중 다행이지. 결과를 알기 전부터 행복의 한도에 선을 긋는 게 아니라고."

이지적인 여성 보좌관은 누구에게도 눈치채이지 않도록 살며시 한숨을 쉬었다.

특히 이 대통령에게는 절대 들키지 않도록 세심한 주의를 기울여서.

여기에서 이만큼 큰소리를 칠 수 있으니, 아무리 미친 짓을 해도 절대적인 표를 모으는 부동의 지위를 확보하고 있는 것이리라. 최선을 다하겠습니다, 힘껏 노력하겠습니다, 여러분의 행복이 목표입니다.

입으로는 씩씩하게 여러 가지 말을 하면서 결국은 말꼬리를 잡힐 감점법이 두려워서 예스라고도 노라고도 단언하지 못하는 다른 정치가와는 인간으로서의 종류가 전혀 다르다.

대통령의 한마디는, 그것 자체가 커다란 발자국처럼 대지에 새겨져 간다.

그 연속이 나라나 세계가 향하는 곳을 그려 간다. 따라서 성별, 세대, 인종, 종교와 같은 시시한 벽을 넘어, 합중국의 모두가 생각하는 것이다.

이 남자가 다다르는 곳을 함께 보고 싶다고.

나라를 건 선거가 즐거워지고, 표를 가진 국민이 자신은 행복한 사람이라고 생각하게 하는 거구의 남자.

로베르토 캇체가 또 한 발짝 앞으로 발을 내디딘다.

"NSA는?"

"로스앤젤레스 바깥에서 대기 중."

"CIA."

"빨리 돌격하게 해 달라는 목소리를 누르는 게 힘들어. 무턱대고 돌진하게 했다간 같은 실패를 되풀이하게 되잖아."

"그렇다면 정보를 갖고 있는 놈을 끌어내면 돼."

아무것도 할 수 없다, 라는 결론이 나왔는데도 로베르토의 이야기는 멈추지 않는다.

바깥에는 내보낼 수 없다.

하지만 수면 아래에서 움직이게 하는 공을 숨겨 가지고 있는 것은, 꼭 정체를 알 수 없는 오컬트 놈들만은 아니다.

"'오버로드 리벤지'의 창구는 입을 다물고 있나? 책임자와 접촉할 필요가 있어."

"학원도시는 '그 상태'라고. 재판 관련으로 바깥 세계와 격리되어 있는 피고인과 말을 나눌 기회는 없을 것 같은데."

"영국 측은?"

"…핫라인은 연결되어 있지만, 그 나라의 톱은 대체 누구지? 선거로 뽑힌 수상이라면, 지금 당장 전화를 연결해 달라고 우리 교환수에게 울고불고 매달리고 있는데."

"'오버로드 리벤지'를 지휘하고 그 전말을 직접 아는 입장에 있는 사람, 이지."

"그렇다면 셋 중에서는 종교 관계자가 되려나."

로즈라인은 담백하게 말했다.

"영국 청교도."

4

"롱비치?"

자신의 휴대폰을 보면서 카미조 토우마는 고개를 갸웃거리고 있었다.

어깨 위의 오티누스는 어이없다는 듯이 한숨을 쉬었다.

"…애너하임이든 차이나타운이든 딱 와닿지는 않겠지, 네 경우는."

시라이 쿠로코가 전송해 준 것은 어느 자료 파일이었다. 그것 자체에는 특별히 패스워드는 없는 듯하지만, 그 이전의 문제로 전혀본 적도 없는 확장자였기 때문에 우선 가지고 있는 전화로 여느라악전고투한다. 덕분에 외국어투성이의 수상한 사이트에서 벌벌 떨며 무료 압축 해제 툴을 다운로드해야 하는 처지가 되었다. 어째서앱을 모아 둔 스토어를 통하지 않는 걸까?

"앗."

"잠깐 오티누스 이거 괜찮은 거겠지?! 앞장서 가는 네가 미아가되면 나는 이제 인터넷의 세계에서 조난할 수밖에 없는데!!"

지금은 무엇이든 페이퍼리스인 모양이다. 표시된 것은 회사 안내팸플릿 같은 것이다. 다만 몇 개의 숫자나 이름이 전문적이고, 일반에 공개하기 어려운 데이터까지 포함되어 있는 듯하다.

익숙하지 않은 것은 읽는 것만으로도 시간이 걸린다.

정신이 들어 보니 점심때는 지나 있었다.

"롱비치는 그 이름대로 바닷가의 도시야. 항공이나 철도 등 공업 관련에 강한 것 외에, 해수욕장으로는 꽤 고급스러운 느낌이지."

"고급스러운, 선택된 자만의……"

"누디스트 비치는 아니라고."

"바닥을 기는 벌레를 보는 것 같은 여자아이의 눈!!!!!!"

거의 알몸에 망토만 걸친 신은 (스스로 보여 주는 주제에) 탐욕스럽게 다가오는 사람이 싫은 모양이었다.

진심으로 낮은 목소리로, 최저한의 의무라는 느낌으로 설명을 계속해 준다.

"하지만 고급지(高級地)라서 과밀한 느낌이고, 어느 정도 규모의 땅을 취득하기는 상당히 어려울 거야. 그렇게 되면 넓은 땅에서 발사한다기보다는 바다에서 실험을 하고 있을지도 모르겠군. 스페이스 인게이지사는 우주 계열이잖아? 초기 실험은 시뮬레이터상으로 끝내겠지만 언젠가는 실제 기계가 필요해질 거야. 규모를 축소한 모형이라고 해도."

아무래도 상관없지만 다운타운 주변에서 롱비치까지는 직선거리로 2, 30킬로미터는 되는 모양이다. 뭔가 탈것을 찾지 않으면 영하 20도의 세계에서 마라톤 대회가 시작되고 만다.

"하지만 마침 잘된 건지도 모르겠군."

"뭐가?"

"알고 있잖아."

오티누스는 남의 어깨 위에서 팔짱을 끼고 거만하게 몸을 젖혔다.

"멜자베스 그로서리는 실패했어. 말하자면 네놈은 이미 깔려 있는 패배의 레일을 따라가고 있는 거야. 확실히 스마트워치는 편리한 힌트집이기는 하지만, 끝까지 믿고 나아가면 그대로 사라진 인간과 같은 말로를 더듬어가게 된다고. 손목시계의 가장 영리한 사용법은 최대한으로 이용하면서 때를 보아 아슬아슬하게 도중하차하는 치킨 레이스야. 적어도, 최후의 최후까지 계속 꾸물거리다가 절벽 아래로 떨어지기 전에 말이지."

그런 의미에서는, 정보원을 바꿀 수 있었던 것은 확실히 다행이라고 할 수 있을지도 모른다.

이걸로 외길 레일의 바깥에 있는 영역을 바라볼 수 있게 된 셈이다.

글자 그대로, 세계가 넓어진다.

얼어붙은 도시는 여기저기 모래로 더러워져 있었다. 마치 번성하고 있는 해변의 식당처럼 모래로 꺼끌거리지만, 실제로는 그 모든 것이 R&C 오컬틱스로부터의 명확한 공격의 흔적이다.

모래의 마술. 이것 때문에 로스앤젤레스에서 사람이 사라졌다.

카미조는 저도 모르게 자신의 오른손을 의식했다.

황색화(黃色化)? 로젠크로이츠(장미십자)의 마술인 모양인데, 어쨌거나 사라진 3000만 명은 양분이라는 형태로 치환되어 모래 속에 갇혀 있다……고 했다.

상대가 오컬트라면, 오른손으로 만지면 없앨 수 있을지도 모른다.

그 결과, 붙잡힌 사람들을 구해 낼 수 있을 가능성도 있다.

"그만둬."

가로막은 것은 오티누스였다.

"마술은 무효화할 수 있겠지. 하지만 그 결과, 무슨 일이 일어날지 예측할 수 없어. 깨끗하게 한 사람을 통째로 끌어낼 수 있다면 다행이지만, 형태가 없는 양분 상태로 살아 있는 인간에게서 생명 유지의 특수 효과만 사라지는 형태라면? 그 경우는 양분을 흡수한 모래는 그대로야. 영원히 돌아오지 않게 된다고."

"그렇, 군……."

없앨 수는 있다. 하지만 어떻게 오컬트를 죽일지 카미조 쪽에서 설정할 수는 없다.

이 치트리니타스라는 마술은 마치 콜드 슬립 장치 같은 것일까. 바깥에서 때려 부숴 장치의 작동을 멈춘 정도로 안전하게 희생자를 꺼낼 수 있을지 어떨지는 미지수. 그렇다면 확실해질 때까지 섣불리 건드려서는 안 된다. 사람의 목숨이 걸려 있으니까.

"그렇다면 황색화? 어쨌든 모래의 마술을 다루는 흑막을 직접 쳐부수는 편이 그나마 확실한가? 지팡이나 수정구나, 마술의 코어가 되는 도구를 부수는 편이 제대로 구할 수 있을 것 같은 기분이 들고."

"……그것도 100%라고는 말하기 어렵지만, 뭐, 쓰러뜨린 마술사한테서 이야기를 듣는 게 제일이야. 이야기를 듣는다고 해도 우호적일 필요는 특별히 없지. 승자로서, 어떤 방법을 써서라도 말이지."

그렇게 되면 역시 사람을 찾을 필요가 있다.

모래의 마술사, 안나 슈프렝겔, 멜자베스 그로서리.

알고 있는 것은 누구일까? 어디에서부터 조사하면 실마리를 찾을 수 있을까???

"이건 뭐야. 렌탈 스틱보드?"

"스쿠터 대신이겠지. 그 어쩌고 펜으로 안내판의 영어를 읽어 봐, 인간. 커다란 모터가 달려 있고 시속 50킬로미터 정도는 나오는 모양이니까."

"……이거 도로를 달릴 수 있는 거야? 무슨 면허로???"

"오늘은 답답한 일본의 룰은 잊어, 미국 기준이라는 건 여러모로 느슨해서 무섭군."

아무래도 휴대폰이나 스마트폰을 대면 즉시 입금되는 모양이다. 카미조가 자신의 휴대폰을 판독기에 대자, 오티누스가 어이없다는 듯이 한숨을 쉬었다.

"어차피 아무도 보고 있지 않으니까 멜자베스의 스마트폰을 사용하면 될 텐데……."

"괜찮아."

보도를 따라 줄줄이 늘어서 있는, 모터가 달린 스케이트보드에 T자 핸들을 DIY로 합체시킨 것 같은 장난감을 지면의 스토퍼에서 떼어 양손으로 끌어낸다.

"어라? ……뭔가 오티누스 즐거워 보이는데???"

"……, 실은 이런 미국발(發) 장난감은 싫지 않아. 전동 자전거라든가."

카미조는 헬멧도 쓰지 않고 냅다 차도를 달렸다.

정말이지 일본에서는 생각할 수 없는 행위지만, 오티누스의 이야기로는 아무래도 미국은 일본과 달리 우측통행인 모양이다. 희미하게 남아 있던 일본 감각 때문에 하마터면 하늘나라로 갈 뻔했다. 로스앤젤레스의 거리가 무인이 아니었다면 지금 한순간에 평범하게 죽었을지도 모른다.

그리고 영하 20도의 도시는 바람이 엄청 아팠다. 싸구려 재킷은 아무 도움도 되지 않는다.

스테일이 어두운 지하철 터널을 나아가고 싶어했던 이유를 새삼 깨닫게 되었다.

"귀가 떨어질 것 같아???!!!"

"뭐야, 이 정도에 연약하군. 한 번은 이 신과 극한(極寒)의 덴마크를 여행하고 다녔던 몸일 텐데."

오티누스가 건포 마찰을 더없이 사랑하는 할머니 같은 말을 하기 시작했다.

"뭐든 좋앗, 뭔가 이 찢어질 것 같은 아픔을 잊을 수 있을 만한 얘기를 해 줘!"

"아아, 말이 난 김에 말하자면 미국에서도 이걸 차도에서 사용하는 경우에는 헬멧과 면허증은 필수야. 또 하나 룰을 깼군, 인간. 이 탈것은 18금이라고."

"듣지 말걸!!"

탈것으로 탁 트인 차도를 달리는 것은 위험한 기분도 들지만, 그래도 저격당한 장소에서 빠른 속도로 멀어져 가니 왠지 안심이 되고 만다.

멀리서, 무언가가 넓은 하늘을 천천히 가로질러 가는 것이 보였다.

"뭐야, 저건……?"

"로지스틱스 호넷. 12기로 세계를 에워싸고 있는 거대 IT의 이동식 수송 거점인가."

"저건, 그, 마술 같은 건 사용하지 않는 거야? 정말로 물리 법칙만으로 떠 있는 건가???"

"네놈의 눈에는 저게 하늘을 나는 빗자루로 보이기라도 하나?"

"과, 과학이라는 건 학원도시만이 아니구나……."

멀리서 보면 기역자의 부메랑과 비슷하지만, 기역자에서 뒤를 향해 본체와는 별개로 삼각형의 꼬리날개 같은 것이 달려 있고, 무엇보다 기역자의 중앙 부분에 거대한 구멍이 뚫려 있었다. 중심이 없는 항공기. 더없이 이상한 비행기의 그림자가 낮게 으르렁거리는 소리를 낸다.

구체적으로는, 오렌지색의 불꽃이 흩어졌다.

뻥 뚫린 커다란 구멍의 바깥쪽, 도넛 같은 부분이 번쩍번쩍 빛나고, 그 깜박임이 뒤쪽의 꼬리날개? 로 옮겨 간다. 위쪽으로 꺾인 오렌지색 섬광이 비스듬히 그대로 발사되었다.

쿠궁!!!!!! 하고.

낙뢰처럼, 약간 늦게 폭음이 카미조의 귀뿐만 아니라 배까지 뒤흔든다.

"뭐, 뭐야아?!"

"대기권 바깥까지 물자를 운반하는 매스 드라이버로군. 리니어 모터의 원형 가속과 뒤쪽의 사출구로 흘려보내서 위쪽으로 발사. 오렌지색 빛은, 아마 엄청난 전력(電力)으로 열을 띤 전자석을 바깥공기로 식히기 위한 장치겠지. 뭐, 말하자면 분리식 제트코스터일까. …다만 그런 것치고는 탄도가 꽤 느슨한데. 저러면 고층 대기속을 야구의 원투(遠投)처럼 흘러갈 거야."

액체 질소나 나프타 등을 고공에 흩뿌려 한난(寒暖)의 차를 조종함으로써 기상 조건을 자유롭게 컨트롤한다. 모래폭풍 등을 만들어 내 '황색화'의 마술을 향상시킬 수도 있다. 였던가.

"……지, 지평선 너머까지 사라져 갔어."

"일기도(日氣圖) 스케일의 얘기야. 일기 예보 때 나오잖아, 지도상에 겹쳐지는 나무의 나이테 같은 것. 그걸 인공적으로 만들어서 일그러뜨리는 거야, 낙서장은 50킬로미터나 100킬로미터 정도는 쉽게 펼쳐지지."

부와악!! 하고 남쪽 하늘에서 부자연스러운 일출이 있었다. 아니, 저게 전부 '공기를 데우는' 나프타의 불꽃일까. 그것은 10초 정도 빛나다가, 다시 천천히 사라져 간다.

어깨의 오티누스도 파격적인 아메리칸 사이즈에 기가 막힌 모양이었다.

"……대단한 운반 능력이야. 고공에서 파열한 저게 전부 나팜이라면, 베트남 전쟁이 3일 만에 끝날 엄청난 화력이로군. 그건 그렇고, 바람을 조종해 사막에서 마술에 사용할 대량의 모래를 반입하기 위해서라지만 저렇게까지 하다니."

"바보 같아……. 날씨를 조종해? 그냥 저 대폭발로 직접 우리를 노리면 되잖아……."

"제약이기도 하겠지. 어쨌거나 원래는 평화로운 발사용이야. 같은 지역의 지상을 직접 노리기에는 좌표 설정이나 매스 드라이버 본체의 각도를 맞출 수 없다거나."

"비행기는, 뭔가 이렇게, 빙글 뒤집히거나 휘어지거나 하지 않던가?"

"소형 전투기의 움직임으로 대형 수송기나 전략 폭격기를 날리면 어떻게 되겠냐, 어리석은 놈. 하물며 저건 5000미터나 되는 거구야. 떠 있는 것만으로도 기적이지. 정말로 테크놀로지적으로는 예전에 '그렘린'에서 사용했던 라디오존데 요새 이상이라고……."

그렇게 자랑스러운 빅 사이즈라면, 조금 기체를 기울여 바람을 받아 낸 것만으로도 빌딩 숲 바람처럼 커다란 공기의 흐름을 바꿀 수 있지 않을까, 라는 생각도 안 드는 건 아니지만.

"전부 저걸로 와당탕퉁탕 쏘아올리고 있는 거야?"

"그렇게 불편하지는 않겠지. 어쨌거나 전체 폭 5000미터 이상이라고. 기역자의 날개는 평범하게 활주로로 쓸 수 있어. 바로 아래에 수송기나 드론을 매달아서 모노레일처럼 가속시켜도 되지."

다만 오티누스는 다른 시점에서도 바라보고 있는 모양이다.

"……벌은 상징 중 하나야."

"?"

"장미는 조직, 꽃 속에 숨어 있는 꿀이 예지, 그 주위에 모여드는 벌은 심오한 비밀을 추구하는 유식자(有識者)라고 할까. 흠, 거대 IT를 위해 세계를 날아다니는 주구(走狗)들에게는 딱 들어맞는 비아냥 같은 이름이로군."

어깨 위의 오티누스는 어이없음 반 감탄 반 같은 느낌으로,

"비행 항모에 가까운 역할을 가진 것 외에, 겉으로는 매스 드라이버로 고공에서 비상체를 자유롭게 탄도 궤도에 실을 수 있어. 빌어먹을 신부의 이야기가 진실이라면, 발사 비용은 다단식 로켓의 1% 이하라고."

"어느 정도로 굉장한 거야?"

"영원히 마르지 않는 유전보다 굉장해. 탄도 비행으로 한정된다고는 하지만, 우주 공간을 고속도로보다 가깝게 만드는 발명이야. 멜자베스 그로서리. 복권에 당첨되어 불행해지는 종류의 인간인가."

애초에 유전도 고속도로도 전혀 모르는 고등학생 카미조에게는 어차피 와닿지 않았다.

그것보다도,

"저런 무식하게 커다란 게, 어떻게 이착륙하는 거야…… 평범한 공항으로는 안 될 것 같은 기분이 드는데."

"바다나 사막일 거라고 생각하고 있었는데, 행선지가 롱비치라면 역시 바다겠지. 아니면 공중 보급에 의존해서 항상 날아다니고 있을 가능성도 있지만."

"공중 급유기 같은 걸로?"

"그것만으로는 무국적 이동 기지를 마련해도, 결국 각지의 공항 보유국에 보급의 멱살을 잡히게 돼. ……어쩌면 커다란 풍선에 탱크를 달아서 공중에서 줍게 하고 있는 건지도 모르겠군. 고정된 공항에 의지하지 않고, 육지든 바다든 어디에서나 게릴라적으로 보급을 되풀이할 수 있고."

그러고 보니 다이너에서는 스테일이 이런 말을 했었다. 공중에 있는 로지스틱스 호넷과 화물을 주고받기 위해, 글라이더나 미사일 발사 차량을 사용한다나 뭐라나. 상품을 주고받는 것과는 별도로, 연료나 정비 기재를 주고받는 수송 라인이 있는 것인지도 모른다.

어쨌거나 지금은 R&C 오컬틱스의 장난감이다.

그리고 연료 보급의 생명선은 그렇게 간단히 끊어서 무력화할 수 있는 것도 아닌 모양이다.

지나치게 큰 것인지, 지상을 어떻게 나아가도 로지스틱스 호넷의 거대한 몸은 사라지지 않는다. 마치 달이나 태양 같은 취급이다.

오토바이급의 속도라고 해도, 애초에 거리가 거리다. 이런 일을 하고 있는 것만으로도 시간은 지나간다. 원래도 이상 기후지만, 시간의 경과로 더욱 체감 온도가 내려가는 것 같다.

소년은 스쿠터보다 빠른 스틱보드의 핸들을 조종하면서 지긋지긋한 목소리로 중얼거린다.

"……그럼 지금부터 저런 거랑 싸우게 되는 거야? 스테일의 이야기로는 스케일이 너무 커서 날씨? 재해? 어쨌든 통째로 조종할 수 있다고 했나. 말하자면 이 영하 20도의 어쩌고저쩌고라는 게 전부 '그런' 거겠지. 안 그래도 바다를 가르거나 창의 비를 내리거나 자유자재. 게다가 모래의 마술사랑 조합하면 성인인 칸자키도 이길 수 없다고 하잖아."

"그럼 포기할 건가?"

"할 건데."

한 마디. 즉결이었다.

어딘가로 사라져 버린 어머니 멜자베스 그로서리를 찾아서 구해낸다. 딸인 헤르칼리아 그로서리 곁으로 데려간다. 그리고 반드시 해피엔딩으로 끝낸다.

그것을 위해 필요한 일이라면 무엇이든 한다.

이것은 이미. 카미조 토우마의 확정 사항이다.

그런 그들의 바로 옆을 영어투성이의 안내판이 지나갔다. 카미조는 간단한 영어도 읽지 못하지만, 거기에는 분명히 이렇게 적혀 있었다.

롱비치.

5

『……그럼 피고인에게 확인하겠습니다. 당신은 어른들에게 무력이나 권력으로 범행을 강요받고 어쩔 수 없이 그런 행위들을 실행한 게 아니라, 자신의 의지로 사람을 죽일 각오를 한 겁니까? 클론 인간이라고는 하지만, 2만 명이나 되는 죄 없는 사람들을.』

『재판장님, 그 질문은 한쪽 진영에 대해 너무나도 작위적이고, 유도 심문의 우려가!』

『인간을 이용한 클론 실험 자체에 명확한 근거가 없고, 이걸 전제로 살인 행위의 유무를 논하는 건 부적격합니다. 학원도시는 그런 실험이 있었던 것을 일관되게 인정하지 않고 있습니다.』

『많은 증언이나 인물 조사 등을 보면 피고인은 정신적으로 불안정할 가능성이 지극히 높고, 지금 이 상황에서 계속해서 질문을 하는 것은 너무나도 어른스럽지 못한 일이 아닐까요.』

『휴정을 요청합니다. 우리 검찰 측은 공평한 재판에 의해 승리하기를 바랍니다. 이 법정에서 진실을 밝히기 위해서도, 지금은 피고인에게 유리해지더라도 일단 휴정해야 합니다!!』

코웃음을 치고 말았다.

학원도시 제1위의 레벨 5(초능력자), 그리고 새로운 총괄이사장. 누구에게나 눈엣가시였던 그 '인간'은, 피고 측의 휴게실 소파에 걸터앉아 힘없이 웃고 있었다.

『히히, 이히히. 니히, 앗힛히..』

목소리가 들린다.

방구석에서 종이 다발이나 관엽식물의 마른 잎이 혼자서 소용돌이를 치고 안에서부터 튕겨 날아가더니, 거기에는 영자 신문의 볼품없는 드레스로 몸을 감싼 반투명한 소녀가 서 있었다.

어쩌면, 진짜 악마.

이 녀석도 이 녀석대로 아침 댓바람부터 고생이 많다.

『…그렇다고 해도, 이상한 상황이네요요. 확실히 인간의 재판은 원고 측에 서는 검찰과 피고 측에 서는 변호사 측이 싸우는 자리라고 생각하고 있었는데요. 어째서 또, 검찰 측이 정신적으로 어쩌고저쩌고 하면서 주인님을 감싸고 있는 걸까요?』

정신적으로 불안정. 이것은 본래 증거를 모아 증인을 찾아내고, 어떻게 해서라도 유죄 판결로 피고인을 처벌하고 싶은 검찰 측에 있어서는 가장 성가신 카드일 것이다. 반드시 필요한 제도지만, 켕기는 데가 있는 사람이 '우선, 반드시' 주장하고 나오는 패도 되어 버린다.

"흥. 살인이 있었는지 어떤지보다, 애당초 클론 실험의 존재를 인정해 버리는 게 더 성가신 거겠지. 물증은 아무것도 없어. 내가 내놓은 증언이나 리포트라는 건 전부 그냥 망상이고, 그런 사건은 아무것도 없었다. 그런 식으로 수습해 버리는 게 이득인 놈들이 이 도시에는 너무 많아."

변호사 측은 (피고 본인의 의사를 무시하면서까지) 당연히 자신의 직무로서 무죄 판결을 바라고 있지만, 본래 같으면 추궁하는 쪽인 검찰 측까지 유죄로 확정되면 곤란하다고 생각하고 있다.

정말이지 이상한 재판이다. 도마 위에 올려진 피고인 액셀러레이터(일방통행)만이, 징역 만 년을 넘는 유죄 판결을 바라고 있다니.

이대로 유야무야되어, 정신 감정이니 증거 재검사니 하는 이야기로 흘러가서는 당해 낼 수 없다. 애당초 제1위가 자신의 유죄 판결을 바라는 데에는 제대로 된 이유가 있는 것이다.

『그쪽도 그쪽대로 힘들겠네. 당신, 자신이 미처 죽이지 못한 클론 소녀들을 세간의 눈에서 숨기기 위해 자신의 악행을 드러내고 다니는 거라면서???』

갑작스러운, 비웃는 듯한 목소리였다.

액셀러레이터(일방통행)는 혀를 찬다.

목소리의 주인은 클리파 퍼즐 545. 다만 어깨의 힘은 빼고 가느다란 팔은 축 늘어뜨리고, 고개를 숙인 얼굴은 눈동자에 빛이 남아 있지 않았다.

초승달처럼 찢어진 입가에서 뭔가 잘못된 것처럼 다른 사람의 목소리가 넘치고 있다.

"……무슨 짓을 했지?"

『잊었어? 클리파 퍼즐 545는 악마라고 칭하고 있지만, 본래는 영국에서 만들어진 마도서 같은 존재. 그건 나, 78장으로 만들어진 위대한 마술사 다이언 포춘 님도 비슷한 존재야. 클리포트(사악의 나무)를 파헤치고 간섭하는 것만큼 어려운 얘기는 아니지.』

다이언 포춘.

전설적인 마술 결사 '황금'의 오리지널 마술사이자, 지금은 영국 청교도의 정점, 아크비숍(최대 주교)으로서 군림하고 있던가.

『미국의 대통령이 곤란한 목소리를 내던데. 다리스 휴레인이었나? 일본은 미국이라는 보조 바퀴가 없으면 균형이 무너져 버리는 나라니까, 조금 더 다정한 얼굴을 해 두지 그래? 학원도시가, 가 아니라 아시아의 작—은 열도 자체가 곤란해져 버리잖아.』

"다리스는 부통령이야."

『실례, 그쪽이 더 상식인이고 자주 연락을 해 오니까 그만 먼저 머리에 떠올라 버려서. …그렇다고 해도 의외야. 당신 같은 괴물이, 의외로 사람의 얼굴과 이름을 기억하고 있네. 뭐, 위에 서는 자로서의 자각과 절도를 배웠습니다라는 건가?』

"흠……."

『스마트폰으로 액세스할 수 있는 상황은 아닌 것 같아서, 내가 다른 길을 열었어.』

작은 마술의 속임수라도 밝히는 듯한 다이언 포춘의 말이었다.

실제로 영국 청교도의 톱에게는 그 정도의 이야기일 것이다.

힘없이 양손을 늘어뜨리고 해양 생물 같은 꼬리를 바닥에 꿈틀거리며, 악마의 입으로 다른 누군가가 말한다.

『확실히, 휴정 중이라고는 해도 재판이 한창 중인데 외부인과 접촉을 할 수 있다는 건 좋지 않은 일일지도. 쓸데없는 못된 꾀를 알려줘서 재판의 증언이 뒤집힐 위험이 있고, 애당초 경우에 따라서는 바깥에 있는 별동대의 손으로 현장의 증거가 인멸될 가능성도 부정할 수 없게 돼.』

쿡쿡, 하고 상대는 웃고 있는 것 같았다.

분명히, 스스로 뒤집기 위해 늘어놓고 있는 전제의 확인이다.

『하지만 그건 그쪽 과학 측의 룰. 우리 마술사들은 아무런 거리낌도 필요 없어. 오버로드 리벤지는 아직 살아 있어. 당신의 제멋대로인 프라이빗으로 영미일의 핫라인을 무시해 버리면 곤란해.』

영국 입장에서 보자면, 제1위의 재판의 행방 따위는 아무래도 좋다.

그것보다도 R&C 오컬틱스의 섬멸이 먼저다.

그렇기 때문에 더더욱, 학원도시와 영국 청교도가 진행하는 '오퍼레이션 · 오버로드 리벤지'의 전말이 신경 쓰이는 걸까. 자각과 절도. 정말이지 어느 쪽이 둥글어졌는지 모르겠다.

『알겠어, 액셀러레이터(일방통행)? 전에도 윈저성 부근에서 대면했으니까, 당신과 나는 이게 첫 접촉은 아니야. 아마 당신은 내 실력을 낮게 평가하고, 만만하게 보고 덤벼들었겠지. 특별히 부정하지 않겠어. 나는 설령 국경을 넘은 새빨간 남이라도, 끝없는 사랑과 관대한 자비로 그 작—은 언론과 이상의 자유를 보장할 거야. ……예로부터 전통적으로, 만만하게 보인 쪽이 발을 걸기는 편하기는 하고.』

"그쪽은?"

『성인이 격파 1, 이걸 계기로 잠입팀은 뿔뿔이 흩어졌어. 재미없는 상황이지. 실제로 L.A.에서 발견한 본사 빌딩 같은 건 아무래도 좋아. 유리와 콘크리트 덩어리보다 드론 관리 서버인 'R로즈'거든. 상대가 그걸 분해해서 도시에서 가지고 도망친다면 얼마든지 재건할 수 있으니까. 어쨌든 전세계의 하늘을 둘러싸고 있는 인터넷 쇼핑의 요새이자 지구 규모의 기상 무기, 12기의 로지스틱스 호넷을 어떻게든 하지 않는 한 R&C 오컬틱스의 약체화는 기대할 수 없는데, 뭘 하고 있는 건지.」

"……만만하게 보고 말고 할 것도 없이 그냥 원래 그런 거잖아."

『그러니까 실컷 깔보지 그래? 그편이 나는 그냥 빈손이라 이득이고.』

다이언 포춘은 그다지 신경 쓰는 기색도 없다.

좌우의 어깨 높이가 맞지 않는 악마 소녀의 입술이 느릿느릿 꿈틀거린다.

『그리고 기억해 둬. 나는 '전대(前代)'와 달리, 딱히 음모는 특기가 아니고 좋아하지도 않아. 그러니까 이 다이언 포춘에게는 표리(表裏)가 없어. 말해 두겠는데, 이건 굉장히 무서운 일이다? 왜냐하면 어른의 사정으로 양보나 무마, 내용의 상의나 배려 같은 건 아무것도 하지 않겠다는 얘기니까. 그렇지. 한 번 여기에서 확실하게, 알기 쉽게, 세계의 룰을 딱 설명해 줄까?』

어쩌면.

현재진행형으로 나아가는 세계의 종말보다도, 더욱 심각한 의미를 가진 말을.

『그쪽에서 무슨 일이 있었는가 하는 우는소리는 몰라. 여기에서 튜브니 코드니 하는 걸로 ICU에 연결되어 있는 하마즈라 시아게가 죽는다면 당신, 영국과의 전면 전쟁이 될 거야.』

모든 전제를 무시.

세계를 나쁜 방향으로 기울여 가는 R&C 오컬틱스와의 전투 따위는 이차 문제.

만일 여기에서 학원도시와 영국이 서로의 발목을 잡아당긴다면, 정말의 정말로 안나 슈프렝겔이 이끄는 R&C 오컬틱스를 아무도 막을 수 없게 된다. 이해도 하지 않고 발언하는 것이 아니다. 전부 알고 있으면서도, 망설이지 않고 그렇게 하겠다고 '황금'의 마술사는 말하고 있다.

오히려, 이것이야말로 '황금'인 증거.

예전에 메이더스가 이끌었고, 그 크로울리까지도 합류했던 세계 최대의 마술 결사란 이래야 한다, 라는 사인. 세계의 사정이라는 시시한 것에 사람이 협력하는 게 아니다. 사람의 행동이 세계를 염려하다니 있을 수 없다는, 극대의 '개인 의사'다.

설령 이 지휘 미스 하나, 쓸데없는 우회로 인류가 남김없이 절멸해 버린다고 해도 전혀 아랑곳하지 않는다. 공사 혼동의 극치라고도 할 수 있는, 그렇기 때문에 더더욱 교섭의 여지가 없는 선고였다.

『인류도 한때의 지배자야. 늦든 빠르든, 어디에선가 반드시 멸망하지.』

"……."

『따라서 나한테 부과된 역할은 전 인구의 영구적인 행복이 아니야. 별의 자원은 유한하고, 가만히 있어도 태양은 부풀고, 인류라는 종의 수명에도 한계가 있는 이상은 영원이라는 말에 의미는 없고. 내 일은, 그저 사람의 멸망을 조금 늦추고, 또 가능한 한 뒷맛을 좋게 하는 거야. 그러니까 확실히 해 두지. 다이언 포춘은 인류의 파멸 자체를 특별히 두려워하고 있지는 않아. 엄밀하게 말하면, 나(타

롯)는 인간의 틀 속에 있지도 않고.」

오만하고 제멋대로.

자신의 설을 증명함으로써 세계가 얼마나 일그러져 버릴지는 생각도 하지 않는다. 어느 모로 보나 '황금'의 마술사다운 말이 여기에 전개된다.

소녀의 초승달 모양 입가에서, 투명한 실이 늘어진다.

『……그러니까 나는, 아크비숍(최대 주교)으로서의 자신의 의무를 다하는 대신 주어진 권리도 최대한으로 사용하겠어. 하마즈라 시아게는 내 친구고, 은인이고, 지금 있는 시대의 뒷맛을 좋게 하려면 빼놓을 수 없는 인재야. 따라서, 그가 사망한 시점에서 나는 뒷맛이 좋은 시대의 계속을 포기하겠어. 이건 그냥 덧셈과 뺄셈이야. 할 수 없는 일은 하지 않는다, 라는 명확한 업무 규약의 표명. 얄팍한 종말론에 들어가고 싶지 않다면, 천국의 열쇠는 제대로 보관해 둬. 확실히 말해서, 오늘 이런 이유로 인류가 멸망하는 건 수많은 시나리오 중에서도 상당히 재미없는 결말이야.』

그 딱딱한 공기는, 상대가 제1위가 아니라면 사람을 질식시킬 힘을 가지고 있음에 틀림없다.

거기까지였다.

가볍게 공기를 이완시키며.

다이언 포춘은 다시, 대화라는 톱니바퀴를 돌린다.

『그런 셈이니까, 다시 부탁할게? 하마즈라 시아게를 잘 부탁해. 이 조건이 지켜지는 한, 나는 얼마든지 당신에게 협력해 주겠어. 이별의 반수, 마술의 세계. 그중에서도 대(對)마술사 전투의 최고봉인 영국 청교도의 힘을 전부 당신에게 빌려줄게.』

액셀러레이터(일방통행)는 시시하다는 듯이 한숨을 쉬었다.

그리고 망설이지 않고 말한다.

"그럼 너는 뭘 할 수 있지?"

『말했잖아? 내 일은 인간들의 멸망을 아주 조금 늦추고, 또 뒷맛을 좋게 하는 거라고. 예를 들어, 지금 그쪽에서 하고 있는 재판의 쟁점 같은 것도.』

"……."

다이언 포춘도 즉시 대답했다.

제1위를 앞에 두고 그것을 장담하는 게, 얼마만 한 리스크를 갖는지 이해하면서도, 다.

『…그렇지. 당신의 귀여운 잔재주로 커다란 오버로드 리벤지의 보강을 위해, 이런 건 어떨까. 전세계에 남아 있는 만여 명의 클론 소녀. ○○○○○호인지 20001호인지 돌리인지 워스트인지, 정말의 정말로 정확한 수까지는 모르겠지만, 그녀들이 있을 곳을 만들고, 정말로 커다란 의미에서 세계에 완전히 인정하게 하고…… 그러니까, 제대로 돕고 싶지는 않아?』

6

로스앤젤레스는 어쨌거나 넓지만, 그래도 철저한 무인(無人)의 환경이다. 소리나 빛 등 오감을 자극하는 정보는 의외일 정도로 눈에 띈다. 그것이 총성이나 화약 연기라면 눈치챈 상대가 경계하지 않을 리가 없다. 하물며 같은 공간에는 R&C 오컬틱스의 본사 빌딩이 있는 것이다.

따라서 스테일 마그누스는 신속하게 장소를 바꾸었다.

설령 거리 1미터라도, 들키지 않으면 저격은 없다.

장신의 신부가 기절한 '흑막의 관계자' 소녀를 안고 마도서 도서관과 합류해 몸을 숨긴 곳은 작은 가게였다. 유리 쇼케이스만으로는 공간이 부족했는지 벽에는 울타리가 있고, 거기에 굵은 행거 같은 쇠장식을 달아 상품 견본을 늘어놓았다.

풀 오토 기능을 없앤 돌격 소총이나 서브머신건들. 시판되는 권총에 롱 배럴이나 스톡, 그리고 연사 기능을 추가하는 기관부 개조 키트 한 세트. 총알도 몸 속에서 부드럽게 뭉개지는 것에서부터 탄두 표면을 인공 다이아몬드 분말로 태워 굳힌 철갑탄까지 줄줄이 갖추어져 있다.

미국이라면 어디에나 있는 총포점이었다. 이곳은 담배의 수보다 납탄의 수가 더 많은 건강한 총 대국(大國)이다.

(이런, 이런.)

짧아진 담배 끝을 재떨이에 누르며, 스테일은 깨닫는다.

벌써 연달아 세 대나 피웠다. 즉 그만한 시간이 경과해 있었다. 즉단즉결하지 못하는 걸 보면, 스스로 생각하고 있는 이상으로 망설임이라도 있는 것일까.

필요하다면 어린아이라 해도 봐주지 않는다.

어렵지도 않게 그렇게 생각하고 있는 줄 알았는데, 역시 하기 힘든 것인지도 모른다.

작은 아이는 그 아이의 과거와 겹쳐 보이니까.

"후우……."

재떨이에 담배를 누르며 결심했다.

유일한 생존자인 헤르칼리아 그로서리는 무언가를 숨기고 있다. 그리고 그것을 지금 당장 스테일 일행에게 이야기할 생각은 없는 듯하다. 적당한 수순을 밟으면 정보는 개시될지도 모르지만, 이쪽에게는 느긋하게 굴 시간은 없다.

본래 그런 배역이었던 카미조 토우마는 스테일과의 정보 공유를 거부하고 결렬되었다. 지금부터 위압하는 역할의 신부가 노선을 변경해도, 겁먹은 헤르칼리아가 단기간에 마음을 여는 전개는 거의 없을 것이다.

그렇게 되면,

(맥주의 룬 정도인가⋯⋯.)

그가 다루는 룬 마술은, 목표의 물자에 힘이 있는 문자를 새기고 그 문자를 염색해 효과를 발휘하는 일련의 술식들이다. 마술의 효과를 파기할 때는, 반대로 문자를 긁어내어 소멸시키면 된다.

예로부터 룬 마술은 물품에 특수 효과를 부여할 때도 사용되어 왔다. 예를 들어 검에 승리의 룬을 새기거나, 금화에 마를 쫓는 룬을 각인하거나 하는 경우에.

마찬가지로.

만일 사람의 몸에 칼질을 하고 색소로 물들인다면?

수다쟁이가 되는 룬을 새긴다면, 어떤 효과가 발휘될까.

"안 돼."

꿰뚫어본 듯이, 였다.

아니, 열 살의 용의자의 방패가 되기 위해 버티고 선 은발의 수녀는, 마술에 목숨을 맡기는 스테일 이상으로 룬 마술을 깊이 이해하고 있음이 틀림없다.

그는 상대가 작은 어린아이라 해도 봐주지는 않는다.

이렇게 무기로 넘쳐나는 환경에서 일부러 눈을 떼 두면 어린 손으로 권총 정도는 움켜쥘지도 모른다. 헤르칼리아에게 켕기는 데가 있다면, 반드시 상황을 부정적으로 관찰하고 행동을 결정할 터. 그렇게 생각하고 있던 신부였지만, 아무래도 짐작이 빗나간 듯하다.

(이상한 희망이 잔류하고 있군……. 놈이 총에 맞는 '순간'을 보지 못했기 때문인가?)

패인은 고립화의 실패인가. 어린 헤르칼리아는 눈물을 참으면서 인덱스의 뒤에 숨어 있다. 대체 어디에서 신뢰 관계를 구축한 걸까. 마치 꼼꼼하게 빚은 와인 통 안에 잡균이 들어가, 전부 못쓰게 된 것을 본 것 같은 실수다.

스테일은 가만히 한숨을 쉬고.

모드를 바꾼다.

"아직 아무 말도 안 했어."

"게르만 공통 푸타르크(주5)의 열 번째, 나우디즈. 음가는 n, 그 의미는 고통. 그리고 '맥주의 룬'의 술식을 이루는 데도 사용되는 한 문자. 이르기를, 당신이 나쁜 여자한테 속지 않기를. 실제의 효과는 그릇에 독이 있는 경우에는 둘로 깨짐으로써 사용자의 목숨을 구하는 술식. 맞지?"

역시, 즉시 파헤쳐진다.

하지만 스테일이 저도 모르게 손을 멈춘 것은 다른 이유에서다.

주5) 푸타르크: 룬 문자의 알파벳.

이 소녀만은 절대로 배신할 수 없다. 먼 옛날에 그렇게 약속했다. 눈앞에서 스테일을 마주 노려보는 소녀 자신이 이미 잊어버렸다고 해도.

"그런 걸 사람의 몸을 중심으로 설치하면, 거짓말을 한 것만으로도 몸이 둘로 찢어질지도 몰라. 애초에 사람의 몸에 칼로 지워지지 않는 상처를 내다니 절대로 허락할 수 없어. 영국 청교도는 마술의 위협으로부터 사람을 지키기 위한 조직이었을 텐데. 그 마술로 괴롭히는 사람을 보호하는 쪽이 더 상처를 입히다니, 어떻게 생각해도 잘못되었어."

"헤르칼리아가 죄 없는 피해자라고, 누가 결정했지?"

스테일은 작게 혀를 찼다.

"그래 봐야 고작해야 몇 시간 동안 같이 있었을 뿐이야. 우리가 알게 되기 전에 무슨 짓을 했는지 아무도 파악할 수 없어."

"하지만 토우마는 도와줬어."

웃, 하며 스테일은 표정 변화를 필사적으로 억눌렀다.

완전 기억 능력을 가진 이 소녀에게, 과연 어디까지 통했을까.

"토우마라면 반드시 그렇게 할 거야. 그럼 나도 그렇게 할 거야."

되풀이한다.

인덱스라는 소녀에게는 완전 기억 능력이 있다. 한 번이라도 본 것은 결코 잊지 않는다. 그래서 그녀 앞에서는 어떤 사소한 실수에도 의미가 생긴다. 죽을 때까지 기억과 함께 있으니까.

그래도 스테일의 입술이 떨렸다.

저도 모르게 그는, 입 속으로 이렇게 중얼거리고 있었다.

"……정말로, 지금 당장 그놈의 시체에 한 발 더 쏴 주고 싶군
……."

7

공업 지대와 고급 해수욕장, 롱비치라고 한마디로 말해도 상당히
넓은 땅을 가리키는 말인 듯하다. 빨강, 파랑, 핑크. 요란한 한입 크
기 초콜릿 같은 네모난 주택인지 별장인지가 모래사장 바로 옆까지
닥쳐와 있다. 바다에서는 퇴역한 전함이 박물관으로 되어 있는 모
양이다. 미리 주소를 알고 있지 않았다면, 이 거리에서만 해도 평범
하게 조난당해 수빙(樹氷)이 될 수 있는 영하 20도의 오픈 월드였
다.

카미조는 저녁놀 따위는 의식하지 않았다.

주위가 부쩍 어두워져 간다. 이제 곧 두 번째 밤이 찾아오는 것이
다.

"이봐, 벌써 그런 시간이야?"

"겨울의 로스앤젤레스는 일몰도 빨라. 5시 뉴스를 기다리고 있다
보면 캄캄하다고."

모래사장을 따라 달리며, 카미조 일행은 콘크리트가 쳐진 요트항
으로 향한다.

도중에 파도 소리는 들리지 않았다. 이상하게 생각하고 그쪽을
보지만, 움직임이 없다. 해변은 냉동고 안에 달라붙어 있는 성에 같
은 것으로 빼곡하게 덮여 있고, 바닷물은 완전히 하얗게 얼어붙어
있었다.

"진짜야? 올해도 유빙이 흘러왔습니다, 라는 느낌도 아니라고. 스케이트장 같은 한 장의 판이 되어 있잖아…….."

"로스앤젤레스 전 인구의 소실이라고 듣기는 했지만, 오차가 크군. 수평선 너머까지 새하얘. 스카이버스 550이던가, 공중 대기하고 있는 정부 전용기는 무사한가?"

축제 날의 군옥수수가 그대로 얼어붙어 있는 것을 보는 듯한 기분이었다.

물리 현상으로서는 가능할지도 모르지만, 굳이 그렇게 하지 않는다.

있을 수 없는 광경은 맹렬한 낭비를 목격한 듯한, 불성실한 기분으로 만든다.

삐죽삐죽 머리의 소년은 그대로 전동 스틱보드를 더욱 몰아 갔다.

"롱비치. 여기인가……. 앗, 저건가?!"

전동 스틱보드에서 신발 밑창 한쪽을 지면에 힘주어 문지르며, 카미조는 저도 모르게 머리 꼭대기에서 새된 고함을 지르고 있었다.

스페이스 인게이지사.

미국에서 민간 우주여행을 목표로 하는 하이테크 벤처 기업… 이라고 해서, 전면에 유리가 쳐져 있는 매우 번듯한 스마트 빌딩이나, 정체를 알 수 없는 지하 연구소를 상상하고 있었던 것이다.

그러나 실제로는 하얗게 언 바다.

그리고 고급 요트나 크루저가 콘크리트 지면에 줄줄이 늘어서 있는 항구 한쪽 구석에, 딱 하나 부자연스러운 것이 놓여 있었다.

애당초 바다에 띄우는 것이 아니다.

캠핑카 치고는 큰 정도의, 바퀴가 달린 좁고 긴 오두막 같은 것이었다. 완전한 네모난 컨테이너라기보다는 모서리가 둥근 캡슐 모양이라고 하는 편이 가까울지도 모른다. 아마 트레일러 하우스, 라고 하는 것이었나.

끌어서 옮기기 위한 차 부분은 없다. 정말로 뒤쪽의 생활 공간만 잘라 내어 놓아둔 것이었다. 그곳이 회사 주소라는 것을 미리 듣지 못했다면, 필요 없게 된 고철을 멋대로 버리고 간 것이 아닐까 착각했을지도 모른다.

이것 하나만 주위와 달라서 위화감이 또렷하게 떠돈다. 백화점의 수영복 매장에 왠지 스키 판이 놓여 있다, 라고나 할까…….

"주주라면 아는 정보, 라."

"뭐야 인간, 이제 와서 R&C 오컬틱스라도 경계하는 거냐?"

글쎄, 하고 카미조는 중얼거렸다.

주식인지 뭔지 하는 것의 구조는 전혀 모르지만, 벤처를 산하에 넣어 죽을 때까지 키우며 장난감을 빼앗은 거대 IT도 무관하지는 않을 것이다. 카미조가 알고 있는 정보는 저쪽도 알고 있다. 뭔가 중요한 힌트가 있었다면, 이미 옛날에 특정되어 회수되었을지도 모른다. 그렇다면 이곳에 남겨진 정보는 통째로 고쳐 쓰인 거짓, 이라는 가능성마저 있을 수 있다.

그러나 어깨 위의 오티누스는 고개를 가로저었다.

"아마 그건 아닐 거야."

"어째서?"

"반대로 묻겠는데, 무엇을 위한 트레일러 하우스지? 공적인 자료에 등기되는 건 건물의 좌표, 즉 '토지'. R&C 오컬틱스가 시찰이나 조사를 하러 왔을 때만 연구소를 멀리 보내고 꼭 닮은 다른 차량이라도 놔두면 돼. 그걸로 비밀은 지켜지지. 하지 않을 이유를 찾을 수가 없어."

"……."

"필요 없는 거라면 처분하면 돼. 항구의 계약금도 싸지 않다고. 그런데도 멜자베스는 초기의 트레일러 하우스를 일부러 남겨뒀어. 즉, 버리기에는 아까운 무언가를 느낀 거야. 그렇다면 경계하겠지. 머릿속에 있는 가상의 적에게 짓밟히도록 하지는 않았을 거야."

카미조는 얼어붙은 트레일러 하우스를 바라보지만, 안쪽에서 커튼이 쳐져 있어 안의 모습은 보이지 않는다. 슬라이드식 철문에는 열쇠 구멍 같은 것은 없었다. 대신 문 옆에 계산기만 한 크기의 네모난 패널이 붙어 있다. 다만 무언가 치우침이 있달까, 공백이 많다.

"패널의 색깔은…… 빨강과 검정?"

"그 시계 밴드의 색깔이로군. 미끼 차량은 다른 색의 조합인 건지도 몰라."

가까이 가 보니 갑자기 눈부신 조명에 시야가 뒤덮였다.

그리고 부드러운 여성의 목소리가 주위에 울린다.

『한 글자 띄고 결혼, 에헴, 회사 어서 오세요.』

"우와 뭐야 무서워?! 엣, 뭐야 웰컴당했다???"

카미조는 처음에는 놀라고, 그리고 트랜스 펜을 쳐다보았다. 신은 어이없다는 듯이 한숨을 쉬며,

"전형적인 도둑 방지 센서야. 출입구에 가까이 가면 반응해서 빛

과 소리를 내지. 하지만 이상한 호흡이 섞여 있는데, 이거 멜자베스 본인이 녹음한 건가?"

"그, 그러니까 아무도 없다는 뜻?"

"그 판단은 경솔하지만. 어쨌든 유부녀의 스마트폰이다, 그걸 대봐."

어깨 위에 올라탄 오티누스의 말에 따라 보니, 놀랄 만큼 쉽게 철문이 멋대로 열려 간다. 장기 체재용이라 전원은 바깥에서 케이블로 접속할 수 있는 건지도 모른다.

안도 싸늘하게 식어 있었지만, 얼어붙을 정도는 아니었다.

그리고 한 발짝 들여놓은 순간부터 다른 차원이 펼쳐져 있었다.

"굉장하네, 이거……."

상황을 무시하고 카미조는 저도 모르게 중얼거렸다. 본래는 캠핑카에서 파생된 것이리라. 관광버스만 한 공간은 부엌, 화장실, 욕실 등 몇 개의 공간으로 나뉘어 있고, 접어서 벽에 수납할 수 있는 테이블이나 소파베드 등이 설치되어 있다. 공간을 생략하기 위해서인지 TV, 스마트폰, 컴퓨터 등은 전부 똑같은 슬림형 모니터에 표시되는 구조인 듯하다는 것도 알 수 있다.

하지만,

"……벽뿐만 아니라 천장까지 빼곡해. 이 컬러풀한 거, 역시 전부 우주선 관련일까?"

삐죽삐죽 머리가 말하는 대로였다. 그야말로 원래의 벽지 색을 알 수 없게 될 정도로, 다. 전문적인 자료의 스크랩이 여기저기에 붙어 있는 계산식의 포스트잇. 나아가서는 그것들 사이를 컬러풀한 마스킹테이프가 연결하여 기술의 관련성이나 응용 가능성을 가시

화하고 있다.

테이블의 대부분을 차지하고 있는 것은 음식이 아니라 2.5미터는 되는 거대한 모형이었다. 웬만한 서핑 보드 정도는 될 것 같다.

로지스틱스 호넷이었다.

벽과 천장을 바라보며, 오티누스는 어딘가 어이없다는 듯이 한숨을 쉬고 있었다.

"멜자베스 메소드. 과연 그렇군, 그런 건가……."

"?"

"전에, 5킬로미터나 되는 거대한 몸체가 날개를 사용해 하늘을 나는 건 어렵다고 얘기했지?"

테이블 위에 선 오티누스는 상판의 대부분을 메운 정교한 모형을 엄지로 가리켰다.

"5킬로미터라고 하면 전철로 한 정거장, 거리의 이름이 바뀔 정도의 거리야. 즉 기온이나 습도, 풍향, 나아가서는 맑은지 비가 오는지 등의 날씨까지 차이가 나고 말지. 그러니까 최대의 원흉은 기체의 부분부분에서 받는 바람의 세기나 공기의 저항이 달라지기 때문에, '비틀림'에 져서 스스로 공중분해되고 말기 때문인데… 여기에 멜자베스는 재미있는 장치를 했어. 사람의 피부야."

"피부라니, 어? 혹시 기계만이 아닌 건가, 바이오 계열의 소재도 사용한 거야?!"

"그렇게까지 할 필요는 없어. 이건 뇌의 구조에서 발상을 얻은 뉴로 컴퓨터쯤에서 파생된 것이려나. 즉, 인공적인 방법으로 척수를 만들어서 로지스틱스 호넷 자신에게 미세한 피부 감각을 주고, 사고(思考) 이전의 '반사 행동'으로 미조정을 하고 있는 거야. 손가락 끝으로 등을 슥 더듬으면 소름이 돋는, 그 감각을 5000미터의 거대한 몸체 구석구석까지 보냄으로써 공력(空力) 조정용 비늘형 장갑(裝甲)을 능숙하게 움직이고 있어. 이건 굉장한 거라고. 전체 수로 말하면 백만을 넘어. 머리로 생각하고 지시를 내린다면 오히려 때가 늦어 버리는 계산량이야. 그래서 멜자베스는 생각하지 말라고 명령하고 있어. 흔한 멍청한 AI와는 발상의 단계에서부터 완전히 다르다고."

"……."

"공중에서의 자세 제어 자체에도 멜자베스 자신의 데이터가 사용되고 있는 모양이야. 행글라이더를 사용해서 얻은 '무의식적인 근육의 긴장이나 중심의 제어'의 수치를 그 거대한 발사대에 짜 넣어 컨트롤에 참고하게 하고 있어. 즉 몸의 중심에서부터 솜털 하나까지, 멜자베스 그로서리의 무의식을 전부 짜 넣은 비행 기계야. 하핫, 이렇게까지 정신 나간 공중요새를 만든 인간이 있을까? 전자로 제어되는 스텔스기 정도가 아니야. 감도가 좋은 유부녀의 민감한 보디만으로 그런 거대한 몸체를 제어하고 매끄럽게 날게 하는 거라고. 이런 건 학원도시의 '키하라'들도 생각해 내지 못하지 않았을까?!"

더 이상 말도 없었다.

천재.

과연 그런 단어로 정리해 버려도 되는 것일까.

아마 카미조는, 눈앞에 펼쳐진 위업의 절반도 이해하지 못했을 것이다. 천재라는 조잡한 말을 던지는 것은 이해할 수 없는 것에 보류 팻말을 거는 것과 다르지 않을 것이다.

상세한 숫자의 산에 머리가 어질어질해질 것 같지만, 압도되고만 있을 수도 없다.

카미조로서는 어딘가로 사라진 멜자베스 그로서리의 발자취를 알 '무언가'가 필요하다. 품에서 자신의 스마트폰과 링크한 트랜스펜을 꺼낸다. 이렇게까지 난폭한 포스트잇의 휘갈겨 쓴 글씨에 통용될지는 확실하지 않지만, 해 보지 않을 수는 없다.

이제 미지의 진실 따위는 두려워하지 않는다.

멜자베스 그로서리는 딸을 인질로 잡혀, 자신이 만든 신기술을 내주고 거대 IT에 죽을 때까지 키워지는 길을 선택했다. 그 후에도 R&C 오컬틱스의 지원을 받는 산하의 독립 회사로서 여러 가지 일을 명령받아 왔지만, 예속을 견딜 수 없게 되어 반기를 들었다.

그 결과, 무언가 일어나 지금의 로스앤젤레스가 있다.

오티누스는 생제르맹의 환약 같은 '사람을 조종하는 마술'이 사용되었을지도 모른다고 시사했었다. 아니면 딸인 헤르칼리아 이외에 다른 협박 재료가 있었을 가능성도.

어쨌거나, 다.

안나 슈프렝겔은 배신자의 숙청으로서 멜자베스가 가장 소중히 여기는 것을 짓밟게 할 생각이었다. 미리 어머니와 딸이 대립하도록 계획하고, 행동을 일으켰다. 따라서 설령 행위만 보면 멜자베스가 로스앤젤레스 소실에 관련되어 있는 악행에 손을 담그고 말았다고 해도, 아랑곳하지 않고 한 어머니를 구한다. 카미조 토우마는 이미 그렇게 결정하고 행동을 개시했다. 이제 와서 '불편한 진실'이 발견된 정도로, 소년의 손이 멈추는 일은 있을 수 없다.

"이건……?"

카미조 토우마는 디지털에 대해 그렇게 잘 아는 것은 아니다. 그래서 아무래도, 그대로 보이는 아날로그 매체에 의식이 향하고 만다.

수많은 메모와는 별개로, 부엌 공간의 조리대에는 작은 액자가 있었다.

한가운데에는 지금보다 더 어린 헤르칼리아. 얼핏 보아서는 남녀의 성별도 판단하기 어려운 느낌이다. 그 옆에서 미소 짓는 것은 공통된 모습을 가진, 은발 갈색의 여성. 멜자베스 그로서리, 일까.

그럼 딸을 사이에 두고 반대쪽에 있는 남성은 누구일까.

(일반적인 흐름이라면, 남편이려나…….)

사진 상단에는 손으로 쓴 글씨가 뭔가 적혀 있었다.

한 글자 한 글자 또렷한 대문자. 그것은 생일 선물에 있던 메시지 카드와는 글씨의 느낌이 다르다. 그렇다면 남편의 글씨일지도 모른다.

유리 보호판 위에서 트랜스 펜으로 덧그려 보니 인공 음성이 일본어로 변환했다.

『내 딸, 결혼식에는 월석(月石)의 티아라를.』

카미조는 다시 한번 액자를 보며 작게 웃었다. 아직 헤르칼리아의 성별을 읽을 수 없을 정도로 어릴 때부터 이랬던 것이다. 아무래도 남편 쪽도 상당한 딸 바보였던 모양이다.

(하지만 월석이라니, 어디에서 어떻게 손에 넣는 거지? 달에도 중력이 있으니까 그렇게 쉽게 지구로 쏟아져 내리지는 않을 테고…….)

액자를 뒤집어 보지만 코르크판 이외에는 특별히 아무것도 없다.

그러나 잠금쇠를 풀고 안의 사진을 꺼내 보니, 종이의 하얀 뒷면에 휘갈겨 쓰여 있는 것을 알 수 있다. 이쪽은 메시지 카드에도 있던, 흐르는 듯한 필기체다.

과연 이런 필적이 무너진 필기체까지 싸구려 기계로 인식할 수 있을지는 완전한 미지수지만, 어쨌거나 카미조는 손에 든 트랜스 펜으로 덧그려 보았다.

바보 번역은 이렇게 해석했다.

향년 29세. 다단식 로켓 '우라노스Ⅲ', 대기권 이탈에 실패

"……,"

카미조는 가만히 어금니를 악물었다.

어쩌면 섣불리 열어서는 안 되는 원점을 건드린 건지도 모른다. 그런 기분이 들었다.

딸의 결혼식에 집착하는 것은 자신 한 사람의 기분만은 아니었던 건가, 하고.

"……있잖아, 오티누스."

"뭐지?"

조금 떨어진 곳에 있는 접을 수 있는 테이블 위를 왔다 갔다 하고 있던 자그마한 오티누스가 부엌 공간 쪽을 돌아봐 주었다.

"그…… 스페이스 인게이지사였나? 거기에서는, 그 무식하게 커다란 로지스틱스 어쩌고 이외에도 평범한 로켓 발사 같은 것도 하고 있었어?"

"설마. 기존의 방식이라면 경험의 축적과 안심 가격의 독무대야.

신흥 벤처가 제로베이스로 우주 개발 사업에 도전한다면, NASA가 시도한 적도 없는 수법에 전념하는 게 당연하지."

(……그럼 이건, 멜자베스와는 상관없는 발사 실험인가.)

국가가 주도하는 로켓 사업으로 소중한 사람을 잃었다.

손에 넣지 못한 월석. 웃으며 맞이하지 못한 미래의 결혼식. 하지만 비행사로서 우주를 목표로 했던 남편을 최후의 최후까지 이해하고 있었기 때문에, 그 아내는 자신의 사정으로 길을 끊어 낼 정도로 우주를 미워할 수는 없었다.

그래서 좀 더 다른 방법은 없을까 하고 생각하게 되어 갔다.

안전하고, 누구나 할 수 있는.

그런 우주의 꿈을.

"오티누스. 우주는 멀잖아, 뜬구름을 잡는 것 같은 이야기보다도 훨씬 훨씬 더 높은 곳에 있는 터무니없는 꿈이야. 그런데 어째서 벤처는 국가에 의존하지 않고 자기들끼리 이루려고 하는 거지?"

"돈 때문이야."

오티누스는 냉혹하게 일도양단한 후에,

"어쨌든 국책으로서의 우주 사업에 공평한 경쟁 같은 건 없으니까. 공무원에게 신용받은 기업만이 집중적으로 참가하니까, 실은 말하는 것만큼 기술의 발전은 높지 않아. 한 번 '신앙'이 생기면 그쪽으로만 연구를 진행해서 과민해지는 걸 멈출 수 없게 되지. 예를 들어 스페이스 셔틀이 있으면 안전하고 발사 비용도 낮출 수 있다든가, 철보다 가볍고 튼튼한 비금속 소재가 이렇게 넘쳐나는 시대가 되어도 아직 달 표면 탐사기는 알루미늄으로 만들어야 한다든가."

"……."

"이웃인 러시아는 더 심해. 핵 에너지는 클린한 동력 기관입니다, 라고 주장하면서 진심으로 가동 상태인 원자로를 무중력의 우주 공간에 내던졌거든. 결국 컨트롤에 실패해서 위성째 지구에 낙하했지만. 그래도 아직 부지런히 연구하고 있어, 클린한 우주용 원자로인지 뭔지를. 여러 기업이 맹렬하게 싸우면서 공평하게 경쟁하고 서로의 데이터를 조회하게 했다면, 이런 '신앙'은 오래갈 리도 없었어."

꼭 우주에 한정된 이야기는 아닌 모양이다. 골프 클럽은 카본이다, 권총은 45구경으로 해라. 이런 종류의 '신앙'은 셰어가 좁은 분야일수록 만연하는 법이라고 오티누스는 말한다.

즉, 거기가 스타트 지점이었던 것이다.

잘못된 논리가 잘못된 채 돌진하는, 아무도 이의를 제기할 수 없는 일극화된 국책 우주 개발의 흐름을 바꾼다. 누구나 자유롭게 참가할 수 있는 시대를 만들고, 절차탁마 끝에 정말로 가깝고 쾌적한 우주여행을 제공할 수 있는 회사만 살아남으면 '불행한 사고'는 더 줄일 수 있을 거라고 믿으며.

딸의 결혼식은 우주에서.

그런 농담 같은 꿈에 진심으로 도면을 그리고, 철저한 안심을 확보하기 위해.

그것을.

안나 슈프렝겔은 대체 어떤 형태로 일그러뜨려 갔을까……?

"이봐."

테이블 위를 왔다 갔다 하고 있던 오티누스는 작은 양손으로 무언가를 안고 있었다. 그녀의 사이즈로는 바디필로우처럼 보이지만, 실제로는 립스틱보다도 콤팩트한 USB 메모리다.

"그게 뭐야?"

"모형 속에 들어 있었어. 그것도 가장 중요한 디지털 척수의 보관실에."

오티누스의 키는 15센티미터. 그렇다면 2.5미터를 넘는 모형은 대모험이다.

상징적이었다.

USB 메모리의 측면에는 유성펜으로 표시가 되어 있었다.

빨간색으로 크게, 엑스 표시를.

"아마 의미가 있는 걸 거야."

스트레이트한 첫인상으로는 '안을 보지 마'라는 메시지 같지만, 그렇다면 USB 메모리에 저장해 두는 의미는? 필요 없는 데이터 따위는 지워 버리면 되고, 뭣하면 메모리 본체째 둘로 부러뜨려 버리면 누구의 눈에도 닿지 않는다. 영원히.

그런데 일부러 남겨 두었다. 접근할 수 있는 형태로.

사람은 왜 무언가를 숨기고 싶어하는 걸까. 그런 것은 심리 상태에 따라 천차만별이겠지만, 카미조 일행에게는 멜자베스의 사고를 읽기 위한 사전 샘플이 있었다.

그렇다, 스마트워치를 금고에 숨김으로써 반대로 중요하다는 것을 가르쳐주려고 한 구석이 있는 것이다.

돌이켜 생각해 보면, 로커에 숨어 있으라는 지시를 받았던 헤르칼리아도 그랬을지도 모른다. 자신이 실패했을 경우라도, 다른 누군가가 주워 줄 수 있는 가능성을 남겼다, 라고.

멜자베스 그로서리는, 소중한 것을 누군가가 발견해 주기를 바랄 때일수록 굳이 눈에 띄는 곳에 숨기려고 한다. 그런 버릇을 가진 여성인 것이다.

"이 데이터, 어떻게든 해서 볼 수 없을까? 주운 스마트폰으로는 안 돼???"

"밀리폰이면 직접은 꽂을 수 없어, 변환 커넥터가 없군. 그렇다면 컴퓨터로 보는 게 간단해. 어딘가에 없나?"

"그럼 내 건?"

"건강 관리 앱 때문에 병원에서 권한 거잖아, 네 싸구려 시니어 스마트폰은 논외 중의 논외다."

"엣?! ……이거 할아버지 모델이야……???"

찾아보니 냉장고 뒤쪽에 커다란 노트북이 숨겨져 있었다. 화판 같은 사이즈라, 일부러 노트북으로 만들 이유가 별로 없을 것 같다. 나중에 바닥에 붙인 추가 냉각 장치 때문에, 두께도 웬만한 백과사전보다도 두꺼워졌다. 이미 컴퓨터 본체는 물론이고 어댑터 한 개만으로도 크고 부피가 큰 문제작이다. 카미조가 양손으로 테이블 위에 놓았다. 40인치는 될 것 같은 무식하게 커다란 노트북의 화면을 오티누스는 뚫어져라 바라보았다.

"……베이스는 e스포츠용 게이밍 컴퓨터인 것 같지만, 이것 자체는 단순한 단말이로군. 우주 주변의 시뮬레이터라면 이걸로 확실하게 부족해, 아마 '본체'는 인터넷 회선 너머에라도 자리잡고 있겠지. 로스앤젤레스 시내에 있을지 어떨지도 알 수 없어."

"컴퓨터잖아. 아무래도 좋지만, 스위치를 누른 정도로 제대로 열릴까? 그 왜, 처음에 있잖아. 패스워드라든가 지문 인증이라든가."

"글쎄, 지문 인증이라면 얘기는 간단하지만, 그렇게까지 편리하게 진행되어 줄까."

"?"

뭐, 옛날 스파이 영화처럼 자폭 기능이 딸려 있는 것은 아닐 것이다. 시험 삼아 게이밍 컴퓨터? 의 전원을 켜 보니, 커다란 TV와 연동되었다. 갑자기 작은 창에 카미조의 얼굴이 비친다. 뭔가 입가에 네모난 커서가 겹쳐지고, 창 밑에 파도선이 표시되었다. 아무래도 컴퓨터 쪽의 화면 위에 있는 카메라가 기동한 모양이다. 그리고 오티누스는 배를 끌어안고 있었다.

"하하핫! 하필이면 음성 인증인가. 이거 허점도 이런 허점이 없군. 차라리 일부러 이러는 디지털 노출 마니아인가 멜자베스 그로서리?!"

"으응?"

목소리를 사용한 인증이라면, 그야말로 갈색 엄마 본인이 여기에 없으면 어떻게도 되지 않는 것은 아닐까. 전설에 따라 신이었다 사람이었다 이리저리 달라지는 것 같고, 오래 묵은 금발 소녀는 얼굴이나 목소리 정도는 자유자재로 바꿀 수 있다고 생각하기라도 하는 걸까.

"……뭔가 실례되는 생각을 하고 있지 않나 인간?"

"아니 그 으음, 죄송합니다."

"흥, 그 정직함을 봐서 용서해 줄 수도 있지만."

오티누스가 테이블 위에서 도시락의 미트볼에 곁들이는 것 같은 플라스틱 핀을 던져 왔다. 관대한 것치고 질척질척 오래 끄는, 무책임으로 유명한 신은 이렇게 말을 잇는다.

"모든 생체 인증 중에서도 가장 멍청한 게 지문, 다음이 목소리야. 왜냐하면 지문은 매일 생활하는 것만으로도 주위에 온통 덕지덕지 남기고 마는 스탬프 상태고, 목소리에 대해서는 최근의 녹음기로 녹음한 거라면 평범하게 '개성'이 보존되어 버리거든. 즉, 멜자베스 그로서리의 녹음 파일이 하나 있으면 돼."

"파일······."

"안성맞춤으로, 네놈은 아까 출입구 앞에서 벌벌 떨고 있었잖아. 도둑 방지 센서에 사용된 건 아마 멜자베스 본인의 육성일 거야, 해봐."

다시 한번 문 앞을 왔다 갔다 하고 나니, 바보처럼 쉽게 로그인 화면을 돌파하고 말았다. 오히려 카미조 쪽이 엉거주춤한 태도가 되고 만다.

"······괘, 괜찮은 거야, 이거? 도둑 방지 아이디어 상품으로 오히려 록이 열리다니."

"뭐, 테크놀로지는 '수비'보다 '공격' 쪽이 진보는 빨라지는 게 보통이니까. 이런 건 최소한 손바닥의 정맥이나 뼈의 나열 같은 걸로 인증해야 해. 귓구멍이든 치열이든 상관없어, 어쨌든 '자신에게서 밖으로 내보내지 않는 인증 재료'로 말이야."

이제 USB 메모리의 내용물을 들여다볼 수 있다.

다만 그 전에 신경 쓰이는 것이 있었다. 연동된 TV에 비치는 데스크톱 화면에는 아이콘이 하나밖에 없었던 것이다. 분명히 그것만을 남기고 나머지를 전부 삭제했다. 왼쪽 상단에 있는 아이콘은 동영상 파일이었다.

파일명은 '메시지'.

찾아내 주기를 바라는 때일수록 숨기고 싶어한다, 였던가.

"……뭐, 스팸 메일은 아니야. 그런 이름의 멀웨어라는 가능성은 별로 없겠지."

팔짱을 낀 오티누스는 노트북의 터치패드를 뒤꿈치로 두 번 가볍게 두드려 더블클릭하고 있었다. 그런 취향인 걸까, 미국에서는 이게 일반적인 걸까. 카미조가 본 적도 없는 플레이어가 기동하고, 네모난 창에 과거의 영상이 표시된다.

장소는…… 이곳과 같은 트레일러 하우스인 것 같다.

아마 이 컴퓨터의 카메라로 그대로 촬영한 것이리라. 학생증의 사진과 비슷한, 바로 정면에서 찍은 펀펀한 화각(畫角)으로 어떤 여성의 얼굴이 표시된다.

어깨 부근에서 가지런히 자른 은색 쇼트헤어에, 밀빛 피부.

나이는 30대거나, 더 젊을지도 모른다. 헐렁헐렁한 하얀 티셔츠와 타이트스커트, 다리를 덮고 있는 것은 팬티스타킹이나 무언가일까. 목에 두른 파란 스카프에는 국화 장식이 있다. 러프하지만 기품이 있고, 하지만 보통의 사무실에서는 아마 이런 조합은 있을 수 없을 것이다. 스마트폰의 신작 발표회에 나오는 사장 같은 이미지다.

카미조 토우마는 저도 모르게 중얼거리고 있었다.

본인이 아니라, 그 딸과 함께 찍은 가족사진을 떠올리면서.

"멜자베스……."

카미조는 저도 모르게 중얼거렸지만, 당연히 대답하는 목소리는 없다.

은발 갈색의 미인은 정면의 카메라와 마주하면서도 가끔 안구만 좌우로 움직이고 있었다. 무언가를 신경 쓰며 바깥의 작은 소리에도 흠칫거리는 듯한 기색으로 보인다.

『……강력한 지원, 아니, 침략을 막을 수 없었어요, 저는.』

고뇌, 굴욕.

그리고 그것 이상으로 그 얼굴에 떠오르는 것은, 후회.

염가 판매 상태인 트랜스 펜으로는 해독할 수 있는 정보에 한계가 있다. 그래도 통역하기 전의 육성이나 화면에 비치는 표정에서는 생생한 감정이 배어 나오고 있었다.

『처음에는, 꿈에 공감해 주는 거라고 생각하고 있었습니다. 상관없어 비즈니스 이익이라도. 하지만 발언권을 모으고 회사를 컨트롤 지배하고, 사람을 비극하기로 결정한다면 이야기는 다릅니다.』

미공개 주식인가, 패턴을 일원화한 것은 틀림없었군, 하고 오티누스가 작게 중얼거린다.

카미조는 그 의미까지는 이해할 수 없지만, 뭔가 방심하고 있다가 속은 뉘앙스는 전해진다.

『……산하에서 묶일 수밖에 없잖아요, 회사. 하지만 여기, 첫 시작만은 모회사에 전하지 않았습니다. 우연히 이곳을 발견한 당신 새빨간 남일지도 모르고, 동료 같은 꿈을 꾸었을지도 모르겠네요. 떠난 한 번은 기술자라도 좋습니다. R&C 오컬틱스의 조사반 당신이었을 경우에는, 완전한 패배 저예요. 그렇게 되지 않기를 기도하고 있어요.』

말하면서, 화면 속의 갈색 미인은 가느다란 손가락으로 움켜쥔 무언가를 작게 흔들었다.

그, 빨간 엑스 표시를 한 USB 메모리다.

『이건 일종의 프로그램입니다.』

"……,"

『12기, 로지스틱스 호넷 중심의 드론 네트워크의 상호 인증 신호를 흉내 내서 잠입하고 스스로, 명령 계통을 파괴하는 안쪽에서 프로그램. 쉽게 말하자면, 이거 하나로 불가역적으로 로지스틱스 호넷 체제는 할 수 있습니다 파괴. …세상에서는 일반적으로, 정확한 이름 멀웨어나 웜이라고 할지도 모릅니다. 취급을 받아야겠죠, 올바른 목적으로 사용하지 않는 한.』

왜 이것을 얼굴도 이름도 모르는 타인에게 맡기는 것일까.

그런 대단한 패가 있다면, 자신의 손으로 하려고 하지 않는 걸까.

그렇게 생각해서는 안 된다.

정말로 중요한 패라면 오리지널 데이터 하나로 해 둘 리가 없다. 일반적으로, 모든 디지털 데이터는 카피할 수 있을 테니까.

카미조 토우마는 이를 갈았다.

"그 녀석, 그럼 이걸 처넣기 위해서……. 그 기회를 얻기 위해 일부러 R&C 오컬틱스 측에 머무르고, 협력자로서 본사 빌딩에 숨어들려고 한 건가!"

"자살 행위로군."

"웃."

남편의 비극을 되풀이하게 하지 않기 위해, 그리고 딸의 행복을 위해 완성시키려고 했던, 민간 우주여행의 거대한 장치를 악덕 기업이 이용하려 하고 있다.

큰 흐름을 막을 수 없으니, 적어도 자신의 손으로 결판을 내리려고 했다.

그 마음은 고귀하다.

단순히 악인에게 큰돈을 건네면 어떤 일에 사용될까. 게다가 로지스틱스 호넷에는 전세계에서 자유자재로 천재지변을 만들어 내는 힘까지 있다. 무슨 일이 있어도 막고 싶었을 것이다.

멜자베스는 처음부터 목숨을 걸었다. 그렇게 생각하면, 헤르칼리아와 합류하지 못한 것에 다른 의미가 생겨나게 된다. 직접 회수하려고 하면 오히려 딸을 위험에 노출시킬지도 모른다. 그래서 할 수 없었다. 입술을 깨물고, 피눈물을 흘리더라도 최후의 도전에 집중하려고 했다.

하지만 결과는 보이고 만다. 불을 보는 것보다도 뻔하게. R&C 오컬틱스는 글자 그대로 단순한 기업이 아닌 것이다. 사람의 마음을 몰래 읽거나 앞질러 봉쇄하는 정도는, 프로 마술사라면 식은 죽 먹기일 것이다.

평범한 총으로 몸을 지키는 정도로 어떻게든 되는 리스크라면, 오버로드 리벤지로 상륙한 학원도시 세력은 이런 참패는 하지 않았다.

도전하고, 실패했다.

스마트워치 자체는 바깥 기지의 금고에 있었다. 실제로는 아마 본사 빌딩에 들어가기 전에 모래의 공격을 받고, 금고의 손목시계를 숨기고 나서 죽을 각오로 적진을 향했을 것이다. 스테일과 칸자키도 섣불리 공격하지 못하는 본사 빌딩에, 마술의 마 자도 모르는 채.

지금 여기에 남아 있는 것은 그렇게 되어 버렸을 경우의 '보험'인 것이다.

『……당신이 판단해도 상관없어요. 선택에 맡기겠습니다 당신의.

만일 로지스틱스 호넷이 날아다니는 전세계가 되었다 해도. 어떤 작은 점이라도 좋아요, 거기에 세상을 좋지 않은 방향으로 이끄는 데인저 무언가를 발견했을 때는…….」

그것은 어떤 기분으로 남긴 희망일까?

딸의 결혼식은 우주에서.

소박하고 작은 꿈에 공감하며 자신을 신뢰해 준 동료나 부하가 한 사람 또 한 사람 떠나가는 상황. 그것도 스스로 이를 드러내기 위해서였다. 하지만 피가 배어 나오는 결단은 누구에게도 이해받지 못한다.

우주 개발을 국가에서 강제로 빼앗고, 누구나 자유롭게 경쟁할 수 있는 사회를 만듦으로써 비행사였던 남편 같은 사고를 조금이라도 줄인다. 그런 꿈을 포기하게 되더라도. 기술자가 빠져 공동화(空同化)되어 가는 회사를 끌어안고, 자신의 딸이 의심의 눈길을 향해도.

그래도.

소중한 동료와 남은 가족, 그리고 이 세계를 오로지 지키기 위해, 멜자베스 그로서리는 누구에게도 상의하지 않고 오직 혼자 고독 속에서 사는 길을 선택했다.

그런 마음마저 짓밟히고 실패로 끝난다.

최악의 결과를 상정하고 남기는, 그 유언에 얼마만 한 힘을 담고 있었던 것일까.

앞을 보며.

그 여성은 자신의 인생을 전부 부정하는 듯한 말을 하고 있었다.

『부탁드립니다. 제발, 부숴 주세요 우리가 시작한 어리석은 꿈을. 흔적도 없이.』

쾅!! 하고.

정신이 들어 보니 카미조 토우마는 움켜쥔 주먹으로 테이블 상판을 힘껏 후려치고 있었다.

이게, 진상인가?

정말로 이 앞에는 아무것도 없는 건가. 이런 걸로 끝나 버리는 건가. 하나라도, 단 한 조각이라도 좋으니까 이 어머니에게 구원의 말은 가져다줄 수 없는 건가?!

"안나…… 슈프렝게에에에엘!!!!!!"

목이 찢어질 정도로 소년이 외쳐도, 과거는 바뀌지 않는다.

동영상은 거기에서 끝나고, 있을까 말까 한 용기도 결의도 끊기고 만다.

유언이 끝난다.

역사 뒤에 숨어 있던 신비의 마술 결사 · 로젠 크로이츠(장미십자). 이 세상의 누구도 실태를 파악하지 못하고, 그러면서도 전세계에 일방적으로 강대한 영향을 발휘하는 형태로서 고른 거대 IT · R&C 오컬틱스. 그 모든 것을 좌지우지하는 것은 사람이 아닌 시크릿 치프 · 에이와스를 짓밟고, 신도 뛰어넘는 힘을 마음대로 휘두르는 안나 슈프렝겔.

그래서 어쨌다는 거냐.

그게 뭐라는 거냐.

이렇게까지 사람의 꿈을 짓밟을 권리가 있나? 딸의 결혼식은 우주에서. 오직 그것만을 바라고 천재들이 아이디어를 가지고 모여들어, 간신히 형태가 되어 가고 있던 하나의 꿈을, 돈벌이에 이용할 수 있다는 이유만으로 옆에서 움켜쥐고 가져가 버린 빌어먹을 놈이 있다. 전쟁의 도구로서, 자유롭게 재해를 일으키는 방아쇠로서, 만인을 불행하게 만드는 재료로서 바꾸어 간!!

결과적으로, 꿈을 좇던 누군가는 절실하게 애원하게 된 것이다.

제발.

부탁이니까, 자신이 이룬 꿈을 흔적도 없어질 때까지 산산이 부숴 주세요, 라고.

다시 한번 말한다.

몇 번이나 카미조 토우마는 묻는다.

인생을 건 꿈, 삶의 보람 자체를 비웃고, 침을 뱉고, 하필이면 꿈을 이룬 당사자의 손으로 시궁창에 버리게 하는 행위. 그런 웃기는 짓을 강요할 자격이, 이 세상의 누구에게 있지?!

노력을 하면 모든 꿈이 이루어지다니, 카미조는 그렇게까지 형편 좋은 생각은 하지 않는다.

고등학생에게는 고등학생 나름의 차가운 시선이라는 것이 분명히 있다.

하지만, 그래도다.

가만히 있으면 자연스럽게 이루어질 터였던 꿈을, 제멋대로의 사정으로 비틀어 **빼앗고** 남몰래 웃은 녀석이 있다. 그 녀석은 세계의 정점을 자기 것으로 삼고, 이 별에서 살아가는 모든 사람에 대해 같은 일을 강요한다. 빅데이터니 AI니 하는 것을 구사해 전세계에서 이루어질 꿈과 이루어지지 않을 꿈을 정확하게 구분하고, 이루어질 꿈은 잘라 내어 수확하고, 이루어지지 않을 꿈은 포기하라며 내던지고, 양쪽 다 짓밟는다.

그것은, 역시.

최대 효율이든 뭐든, 어떻게 생각해도 잘못되었다.

스포츠 선수도 우주비행사도, 요리사도 의사 선생님도, 꿈이라는 것은 이룰 수 있었던 사람이야말로 남몰래 웃어야 한다. 노력한 만큼 행복이나 성공을 얻지 못하면 이상하다. 하물며, 아무런 노력도 하지 않고 꿈과 세트로 되어 있는 보수만 잘라 내어 가로챌 권리는 누구에게도 없다. 그렇게 반사적으로 단언해 버릴 정도로는, 카미조 토우마도 아직 '꿈'이라는 말을 믿고 있다.

그런데.

꿈은 이루어지지 않는다, 정도가 아니다.

안나 슈프렝겔이 세계의 천장을 막는 한, 설령 꿈을 이루어도 누구 한 사람 행복해질 수 없다. 그저 더러운 손에 의해 피기 시작한 봉오리를 모조리 가지에서 뜯고, 꽃이 피기 전에 남김없이 꿀을 빨리고, 무참하게 버려진다. 만일이라든가, 언젠가 먼 미래에라든가, 이것은 그런 가정의 이야기가 아니다. 아무도 모르는 사이에, 이미 그런 시대로 바뀌어 있다.

"……필사적인 노력 끝에 꿈을 이뤄도 리턴을 가로채이고 아무것도 받지 못하는 세계, 라. 과연, 그렇게 부자연스럽기 짝이 없던 '핸드커프스'의 전말도 여기로 귀결되는 셈이로군. 하얀 괴물은 '어두운 부분'을 없앤다는 꿈 자체에는 손이 닿았을 거야. 그걸 옆에서 비틀어 빼앗은 빌어먹을 녀석이 있어."

"오티누스?"

"아니, 아무것도 아니야. 이쪽의 얘기지."

작은 신은 흐름을 가로막는다.

그러고 나서 오티누스는 의도적으로 화제를 바꾸었다.

"……다만, 안나 슈프렝겔의 목적은 이 부분에 있었을지도 모르겠군."

"?"

"이상하다고 생각하지 않았나?"

오티누스는 전제의 확인에 들어갔다.

"안나 슈프렝겔. 무녀에 가까운 입장임에도 불구하고 실제로는 초월 존재인 에이와스를 자유자재로 부리고, 적 앞에 직접 나타나지. 왜? 최강이니까, 변덕스러우니까, 직접 즐기고 싶으니까. 그것도 있을지도 모르지만, 좀 더 간단한 가설을 세울 수도 있어."

"안나 슈프렝겔에게는, 의지할 수 있는 동료가 없다……?"

깜짝 놀라며, 카미조는 중얼거리고 있었다.

직접 간접을 따지지 않는다면, 이미 여러 차례 격돌했다. 그럼에도 불구하고 방금 전까지 발상조차 없었다. 안나는 처음 나타난 그 순간부터 세계의 중심에 있었다. 무엇이든 갖고 있었다. 모든 것을 비웃고, 부정해 왔다. 그런 말과는 인연이 없는 존재라고 생각하고 있었던 것이다.

오티누스는 작게 고개를 끄덕였다.

"'그래서' 원하게 되었어. 지금까지 전혀 신경 쓰이지 않았는데 일단 깨달아 버리고 나니 신경 쓰여 견딜 수가 없어. …생각해 봐, 어느 모로 보나 그 제멋대로인 아가씨다운 맥락 없는 로직이잖아?"

그걸로 세계를 통째로 휘두른다.

로스앤젤레스를 괴멸시키고, 3000만 명을 소실시킨다.

차라리 착실하게 면밀한 계획을 세우는 악의 대마왕보다 훨씬 더 처리하기 어려운 괴물이다.

"황색화, 치트리니타스. '로젠크로이츠(장미십자)'와 관련된 세 개의 성전(聖典) 중 한 권에 적혀 있는 말이야. 흑, 백, 황, 적의 변화를 거쳐, 세속의 욕심에 물들지 않은 달인만이 최종적으로 지고의 결정(結晶)을 획득한다. 이 황색이라는 건, 모래에 묻어서 '발효'시키는 걸 가리키지."

오티누스는 가만히 한숨을 쉬며,

"한 번은 사멸해서 썩은 물체에 땅속에서 이로운 변화를 가져와, 새로운 가치를 부가하는 작업. 흠, 안나 녀석, 상당히 집착했던 것 같잖아. 자신을 배신하고 등을 돌린 멜자베스에게 '황색화'를 부딪쳐서 다시 시작하려고 한 거야. 손바닥을 뒤집어서 자신을 돌아보라고."

"하지만 어째서……. 그 녀석은 거대 IT의 꼭대기고, 그야말로 사원이라면 수십만 명은 있잖아. 그렇다면, 이렇게 말하면 뭐하지만 멜자베스 한 명에게 집착할 이유는……."

"마찬가지야. ……'그래서'겠지."

코웃음을 치며, 오티누스는 즉시 대답했다.

"전세계 수십만 명의 순종적인 부하들 중에서, 유일하게 완전히 지배하지 못하고 최후의 최후까지 깨끗한 정의를 들이댄 누군가. 어떤 달콤한 말도 협박도 전혀 통하지 않고, 이미 질 거라는 걸 알고 있어도 그래도 자신의 가슴속에 깃들어 있는 선한 마음을 버리려고 하지 않은, 무서운 개인. 당연히 진홍색 보석처럼 빛나 보이지 않았을까, 안나의 입장에서 보자면. 기르는 개에게 손을 물리든 불장난을 하다가 화상을 입든 웃고 있었을 거야. 어떻게 해서라도 굴복시켜서 자신의 것으로 만들고 싶다. 그렇게 생각하기에 어울리는 인물이라는 거지, 멜자베스 그로서리라는 천재는."

"……그런……."

"단 한 사람을 궁지에 몰아넣기 위해 전쟁까지 일으키는 건 이상한가? 아인슈타인의 뇌는 잘린 채로 보존되어 있고, 성자 토마스 베켓이 네 사람의 검으로 암살당했을 때는 주위 놈들이 깨진 두개골에서 튄 피와 뇌수를 긁어모아 만병통치약이라고 믿고 가지고 돌아갔어. ……이번에 한해서 말하자면, 단순히 안나가 미친 것만도 아니야. 인간은 신비를 느낀 존재에 대해서는 그렇게까지 하는 생물이거든. 멜자베스라는 여성은, 이미 그런 영역까지 들어가 버렸다고 생각하는 게 좋아."

가만히.

무거운 숨을 내쉬며, 오티누스가 내뱉었다.

"……이런 방법으로 진정한 '이해자'를 얻을 수 있다면 고생도 안하지. 세뇌로 얻은 자기승인 따위에 안락한 시간은 없어. 뭐, 이 부분은 어딘가의 제5위 정도가 죽을 만큼 잘 이해하고 있겠지만."

멜자베스 그로서리.

카미조도 생각한다. 만일 이 사람과 더 일찍 이야기를 할 수 있었다면. 이런 사람과 지인이 되고, 조금이라도 도울 수 있었다면, 하고.

하지만 그것은 자신의 사정으로 강요해 봐야 아무런 의미도 생겨나지 않는다.

멜자베스에게는 멜자베스의 꿈이 있었다.

존엄이, 긍지가, 자신의 목숨보다도 소중하게 지켜 나가고 싶은 꿈이 산더미처럼 있었다.

그것들을 전부 완전히 새것으로 만들고 존재 자체를 **빼앗는다** 해도, 거기에 서 있는 것은 더 이상 멜자베스 그로서리라고는 부를 수 없다.

그런 것도 깨닫지 못하는 건가, 고독하고 외로운 안나 슈프렝겔.

"그리고 인간. 상황은 최악 중의 최악이지만, 아직 막다른 곳에 부딪힌 건 아니라고. USB 메모리가 오리지널인지 카피인지는 모르지만, 멀웨어는 확실히 존재해. 지금이라면 아직 12기의 로지스틱스 호넷을 축으로 세계를 감싸고 있는 거대 물류망, 또는 심각한 기상 무기를, 본사 빌딩 안쪽에 있는 관리 서버에 USB 메모리를 밀어넣는 것만으로 깨끗이 없앨 수 있어."

"아아……."

곱씹었다.

부조리한 패배. 그 너머에 있는 세계에서밖에 살아갈 수 없는 소년이, 이를 악문다.

"아아! 분명히 나를 의지해 왔어. 자신의 손으로 이루었을 꿈을 부숴 달라는 최악의 부탁을, 그래도 한 번도 만난 적도 없는 사람한테 확실히 받았어!! ……그럼 해 주지. 더 이상 진짜 천재들이 자유롭게 그려 나가던, 맨 처음의 꿈을 마음대로 더럽히는 꼴은 못 참는다고!!!!!!"

달칵 하는 작은 소리가 났다.

다만, 트레일러 하우스의 얇은 벽 너머에서다. 그런데 도둑 방지 센서가 반응하지 않는 것은 어떻게 된 것일까.

카미조 토우마도, 오티누스도 충분히 이해하고 있다.

지금은 3000만 명이 모조리 소실되었고, 로스앤젤레스에는 소리를 낼 수 있는 인간은 남아 있지 않다는 것을.

그리고. 타인의 꿈을 빼앗는 데는 아무것도 망설이지 않는 안나 슈프렝겔은 자기 자신의 행동에는 작은 방해도 허락하지 않는 성질머리의 어린애 같은 인격의 소유자라는 것도.

"인간!!"

"알고 있, 어!!!!!!"

외치며, 오른손의 손바닥을 벽을 향해 들이댔을 때였다.

그것은 왔다.

쿵!!!!!! 하고.

그 순간, 알루미늄과 스테인리스로 만들어진 관광버스 사이즈의 트레일러 하우스는 휴지처럼 찢기고, 날려갔다.

하지만 카미조 토우마는 논점을 틀리지 않는다.

두려워해야 하는 것은 '모래'다. 그것에 휩싸여서는 안 된다. 초고

압력으로 날아온 레이저 무기 같은 모래의 분류(奔流)를 오른손으로 날려 보내면서도, 거기에서 만족하지 않고 부서진 트레일러 하우스의 찢어진 틈을 통해 바깥으로 굴러나갔다. 바람이 불어오는 방향을 의식해, 소나기구름과 비슷한 모래 먼지에 삼켜지지 않도록 충분히 배려한다.

당연한 일이지만, 마술사만은 자신이 흩뿌린 모래의 영역에 신경을 쓰지 않는다.

황색화.

치트리니타스, 였나.

익숙하지 않은 조사를 하느라 시간을 잡아먹었는지, 바깥은 이미 캄캄했다. 그런 가운데, 타닥타닥 하는 딱딱한 소리가 있었다. 마치 대형견이 한껏 체중을 실어, 딱딱한 아스팔트에 굵고 날카로운 발톱을 짓누르며 걷고 있는 듯한.

육지에 올려진 고급 요트와 크루저들을 가르듯이.

탁한 커튼 안쪽에, 그림자가 두 개.

다만, 저것은…… 뭐지?

한쪽은 늘씬하게 선 채, 개의 목줄을 잡고 있었다.

그리고 다른 한쪽은 목줄이 매어진 채, 그 발치에 엎드려 있었다.

개.

라고 부르기에는 묘하게 그림자가 농염하다. 앞다리와 뒷다리로 지면을 딛는다, 는 것과도 다르다.

저것은 손과 발이다. 즉 인간이 엎드려 있다.

멜자베스 그로서리는 무언가의 마술로 조종당하고 있을 위험이 있다.

3000만 명을 상대로 이렇게까지 한 R&C 오컬틱스가, 일일이 인권 따위를 고려할 리도 없다. 그러니 붙잡은 인간을 '저런 식'으로 관리하고 있을 우려조차 있다.

카미조 토우마는 그렇게 생각하고 있었다.

하지만 아니다.

"읏……?!"

모래의 커튼이 차가운 바람에 쓸려 날아간다.

상대는 특별히 숨기지도 않았다.

요트항에 서 있는 마술사의 정체를 본 순간, 카미조 토우마는 신음하고 있었다.

굵은 목줄 끝, 커다란 목걸이가 채워진 그림자. 자신의 사지로 힘 있게 지면을 딛고 있는 거대한 몸은, 중량 50킬로그램나 또는 그 이상? 한 번 달려들면, 평범한 고등학생 따위는 짓눌려 쓰러진 채 아무것도 하지 못하고 목줄기를 물어뜯기고 말 것이다.

그렇게 경계하고 있었다.

"해석 전의 모래의 마술에, 로지스틱스 호넷을 이용한 대규모 기상 조작……."

하지만 아니었다.

그것은 두 개의 앞발이 아니라, 다섯 손가락을 가진 양손이었다.

카미조의 어깨에서, 양손으로 바디필로우처럼 USB 메모리를 끌어안은 오티누스가 혀를 찬다.

"……그래도 이상하다고는 생각하고 있었어. 칸자키 카오리. 그래도 세계에서 스무 명도 안 되는, '하느님의 아들'의 힘을 부분적으로 끌어낼 수 있는 '성인'이라고. 그대로라면 스트레이트하게 이길

수 있었을 거야. 어디에서 무심코 손이 멈추었나 했더니, 그런 거였나……!!"

개처럼 엎드려 있던 것은, 옷도 피부도 없는 단단한 무언가. 구체 관절을 드러낸, 여성적인 인형. 그 얼굴에는 껌만 한 크기의 검은 철판을 구부려 만든 바구니 같은 것이 달려 있었다. 커피 캔만 한 돌기가 입에서 앞으로 뻗어 있어서, 마치 개의 턱 같다. 그것은 세로로 둘로 갈라진 대롱이나 컵처럼, 뻐끔뻐끔 여닫힌다.

그럼 움켜쥔 목줄째 힘없이 휘둘리고 있는 그림자는 무엇일까.

"……농담, 이지……?"

어깨까지 오는 은발, 밀빛 피부.

헐렁헐렁한 티셔츠에 타이트스커트와 팬티스타킹의 조합. 목 주변의 파란 스카프. 동영상에서 본 그 여성, 멜자베스 그로서리가 틀림없다. 틀림없나? 상태가 이상하다. 좌우의 어깨의 높이는 맞지 않고, 얼굴은 옆으로 축 기울어져 있고, 눈동자에도 이지적인 빛이 없다. 입가에서는 침이 흐르고 있었다.

목줄과 목걸이의 관계 따위는 성립하지 않는다. 오히려 훈련이 되지 않은 맹수처럼, 엎드린 인형 쪽이 갈색 미인을 끌고 다니고 있다.

주종 관계는 불명.

…동영상과 똑같은 이목구비라고 해서, 스트레이트하게 구체 관절 인형을 때려 부수고 목줄을 움켜쥔 미녀를 구해 내면 정답, 일까? 정말로??? 그런 것치고는 개처럼 엎드린 인형이 너무나도 자학적이다. 얼굴보다 높은 위치로 엉덩이를 들고, 뒷발로 모래를 탁탁 차는 듯한 몸짓을 하고 있는 딱딱하디딱딱한 구체 관절 인형.

그러고 보니 멜자베스보다 한층 더 커다란 것 같은데, 예를 들어, 저 안에 인간이 통째로 한 명 억지로 집어넣어져 있다, 라는 가능성은?

스트레이트, 이외.

이면의 이면.

그 R&C 오컬틱스의, 안나 슈프렝겔의 악의는 어디에 있을까? 이면의 이면도 있을 수 있는, 망설이고 망설이다가 처음부터 보이는 답에서 멀어지게 하는 덫이란. 어쩌면 더 근본적인 거대 IT다운 집단의 대규모 장치일 가능성은? 생각하면 생각할수록, 카미조 안에서 검은 불안이 빙글빙글 소용돌이를 친다.

목줄을 쥐고 비틀거리는 미녀일까, 목걸이를 차고 끌고 다니는 인형일까. 어느 쪽이든 개인으로부터 존엄을 빼앗는 무언가가 붙어 있는 것도 사실.

조종하고 있는 것은 누구? 휘둘리고 있는 것은 어느 쪽?

대체 문제의 핵은 어디에 있을까.

쓰러뜨려야 하는 것은 누구일까.

"어느 쪽이지……?"

카미조가 중얼거린다. 여기에 와서, 또 불쾌한 문제가 머리를 들기 시작했다.

아무도 죽일 수 없는 칸자키 카오리가 '성인'으로서의 자신의 파괴력을 자각하고 있기 때문에, 저도 모르게 공격을 망설이고 만 이유다.

명확한 답을 내지 못하고, 만에 하나를 두려워해서.

그런 한순간의 틈을 찔려 쓰러지고 만 것이다.

얼어붙은 밤에 카미조 토우마는 오른쪽 주먹을 움켜쥔 채, 저도 모르게 이렇게 중얼거리고 있었던 것이다.

모래의 마술은 카미조도 보아 왔다. 정면에서도 오른손의 반응은 따라잡을 수 있을까. 하물며 잘못된 쪽에 대비하고 있다간 치명적이다.

그로테스크하게 한껏 벌어진 장미꽃이 풍경을 모조리 삼켜 가듯이.

줄다리기가 시작되었다.

"…주인 역할과 개 역할. 어느 쪽이 진짜 멜자베스 그로서리지?!"

8

"세상에에, 이런 곳에까지 R&C 오컬틱스야? 여기는 내 집이라고."

"정면에서의 로비 활동은 막을 수 없습니다. 과연 거대 IT, 움직이는 액수가 다르군요. 덕분에 야당뿐만 아니라 여당 내에서도 이번 지휘에 대한 의문의 목소리가 일어나고 있습니다. 역풍으로 시작될 겁니다, 오늘의 온라인 토론회는."

"(……겉으로 기록에 남는 돈의 움직임만, 이라고 할 정도로 어린애는 아니겠지. 정말이지, 모처럼의 연휴에 미국 전국의 주목을 독점하는 건데 흠집을 내고)."

화이트하우스의 통로를 걷는 대통령 로베르토 캇체와 부통령 다리스 휴레인에게, 보좌관 로즈라인 클락하르트가 뒤에서 슬쩍 따라붙어 왔다.

"실례합니다, 부통령 각하. 여기에서부터 휴대 전화 반입은 금지입니다, 제가 맡아 두지요."

"엇차? 판다 OS는 아니라고."

"애국자법이 또 세세하게 개정되었습니다. 그래플이든 베이글이든 전부 안 됩니다. 이건 개발 기업의 문제가 아닙니다. 전원을 끄고 있어도 보통 스파이로 취급됩니다."

"전세계에 생중계되는 논전의 정보를 어떻게 빼돌리면 타국의 이익으로 연결된다는 건지……."

이 통로는 최후의 발악 회의의 장소이기도 하다.

화이트하우스는 대통령 관저이기는 하지만, 어디나 가운 한 장 차림으로 어슬렁거릴 수 있는 것은 아니다. 특히 많은 기자들이 밀어닥치는 프레스실이라면.

맡은 스마트폰을 품에 넣고, 그대로 미인 보좌관이 대통령에게 귓속말을 한다.

"…온라인 기부 토론회야. 하지만 야당은 초장부터 풀 액셀로 나올걸."

"원래는 동영상 사이트에서 PV 광고료를 모아서 자선에 쓰는 흐뭇한 이벤트인데 말이지."

로베르토는 글러브 같은 손으로 자신의 머리를 난폭하게 벅벅 긁으며,

"그렇달까 나도 혼날 거라면 늙어빠진 야당 놈들이 아니라, 차분하게 경어를 쓰는 로즈라인이 좋은데. 보여 주면 질투할걸."

"안심해 나는 예의범절을 중시하지 않는 성희롱 권력자한테는

달콤한 얼굴을 하지 않기로 했어."

대체 어디에서 적대 정당의 원고나 플로차트를 입수했는지는 묻지 않는 편이 좋을 것이다.

"당신은 어쨌든 기본이 빠져 있어서 걱정이야. 넥타이는? 양말은? 알코올은 안 마셨겠지?"

"괜찮아 나도 제대로 생각하고 있어."

"……성서에 손을 얹고 선서하는 건 어느 쪽 손이지?"

"나를 바보 취급하는 거야? 봐, 이렇게 하는 거잖아 엄마."

"말해 두겠는데, 태블릿 단말의 성서도 찬반은 갈린다고. 이것도 몰수야."

스마트폰 정도라면 품에 넣으면 될 일이지만, 로즈라인은 노트 사이즈의 태블릿 단말을 주체하기가 힘든 모양이다.

"……아까도 말했지만, 놈들은 이번에는 진심이야. 빈틈이 있으면 책임 추궁에서부터 당신의 정치 생명까지 공격해 들어올 생각인 것 같아. 작은 계기도 주지 마. 잠버릇 하나로 목숨이 위험해."

보좌관의 날카로운 말에 로베르토는 가만히 한숨을 쉬었다.

"뭐—야, 또 돈 싸움?"

"그것만이 아니야. 야당 대표의 아들 부부가 로스앤젤레스에 살고 있어. 첫 손자까지 그 '소실'에 휘말렸어. 정치가나 갱이나 끓는 점은 똑같아. 가족 중에서도 아직 자신의 직업을 모르는 세대를 노리는 게 제일 효과가 있지. 틀림없이 일의 영역을 넘어서 덤벼들어 올 거야. 그래도 그녀가 자신의 감정에 휘둘리고 만다면, 오히려 기회일지도 모르지만."

"말도 안 돼, 그런 위험한 두뇌 플레이는 잘 못한다고."

"걱정하지 마. 상식인을 화나게 하는 데 있어서 당신을 능가할 사람은 없어."

실제로 그대로 되었다.

많은 기자들이 몰려온 프레스실에서 기다리고 있는 것은 최대 야당의 대표였다. 과연 의원을 수백 명이나 들일 수는 없지만, 그들은 온라인의 SNS 계정을 이용해 발언할 수 있도록 대기하고 있다. 슬쩍 들은 이야기로는, 어떻게든 계정을 빼앗을 수 없을까 하고 얼굴이 보이지 않는 해커들도 이것저것 암약하고 있는 모양이다. 정치가의 눈앞에 원고를 표시하는 투명한 판, 프롬프터의 관리자 권한도 마찬가지다. 정말 즐거운 나라라고 로베르토는 생각한다.

그리고 대통령이 성서에 손을 얹고 선서한 후, 자리를 중립파 TV 방송국에 양보할 때까지, 미처 여제가 되지 못한 천재가 엄지손톱을 깨물려는 것을 억지로 누르는 장면을 로베르토는 세 번이나 목격했다.

"대통령님. 그러니까 당신은 합중국 전군의 최고사령관이라는 입장과 자각을 포기하고, 외국 부대에 국내의 치안을 일임했다고 생각해도 되겠습니까?"

"이건 중대한 직무 유기이고, 동시에 변명할 수 없는 외환(外患) 유치죄에 해당한다고?"

로베르토는 코웃음을 치며,

"국내의 사건 해결에 4군을 움직일 수는 없어. 특히나 '있을지도 모르는 공격'에 대한 선제 공격은. 기본 중의 기본이야."

"그럼 당신의 자택은 대체 누가 지키고 있습니까? 꼭대기에 있는 대통령의 목숨은 시크릿 서비스나 SWAT은 물론이고 부분적으로는 해병대까지 동원해서 확실하게 지키면서, 당신을 믿고 혈세를 내고 있는 국민은 버려두다니. 로스앤젤레스 시민이 전멸할 때까지는 무슨 일이 있어도 움직이지 않는다. 그게 당신의 방침이라고 생각해도 되겠습니까?"

(지금은 어쨌거나 대통령의 실언을 끌어내고 싶은 거겠지만, 그렇다고 해도 위험한 줄타기를 하는군……!)

떨어진 장소에서 듣고 있는 로즈라인 쪽이 이를 갈고 말 것 같다.

미국 정부는 '로스앤젤레스 시민의 소실'에 대해서, 오전 단계에서 각 보도사를 통해 냉정하게 사실만을 공표했다. 하지만 인터넷의 반응은 멍청한 것이었다. 원인불명, 3000만 명의 소실. 너무나도 리얼리티가 없어서, 정부 발표까지 포함해서 영화나 드라마의 프로모션이 아닌가 하는 SNS의 글도 상당히 많았던 모양이다.

그런 어리석은 낙관도 여기에서 명확하게 끊긴다.

최대 야당의 대표가 대통령을 공격하는 패로 꺼낸 것이다. 전세계가 보고 있는 인터넷 중계 한창 중에. '확정'에서 오는 충격과 혼란은, 얼마나 나라를 뒤덮어 갈까.

이것은 계기에 지나지 않는다.

야당 측에서 차례차례 소리 없는 목소리가 문자의 형태로 올라간다. 생중계의 댓글란에 즐거운 메시지가 연달아 올라왔다. 그것은 좌우에 서 있는 대통령과 야당 대표의 틈을 메우듯이 벽 가득 늘어선다.

『애당초 R&C 오컬틱스라는 기업의 본사 빌딩이 L.A.에 있다는 확실한 근거는?』

『그 거대 IT가 법에 저촉된다 치면, 경제 사건인 건 아닌가?』

『로스앤젤레스 주민과 그 재산의 피난과 안전 확인을 마치기 전부터 작전 행동을 허락한 건 명확한 잘못이고, 언컨트롤러블에 빠진 건 아닌가?』

여기에서의 질문은, 실은 명확한 의미를 갖지 않는다.

우선 문제를 줄줄이 늘어놓아 대통령 측의 사고에 제동을 걸기 위한 엄포일 뿐이다. 말하자면 몇 개나 되는 실을 얽어서 새집처럼 만들어 버리는 것이다.

그리고 다시 발언권은 야당 대표에게 돌아간다.

교회나 복지 시설에 많은 헌금을 하며 카메라 앞에서 생긋 미소 지을 때와는 전혀 다른 얼굴로.

"대통령님. 왜 당신은 그렇게까지 해서 자국인지 타국인지에 상관없이 군(軍)이라는 형태에 집착하는 겁니까? 국내에서 위법 행위가 의심되고 그 수사 활동을 하는 것이라면, 경찰 조직의 손에 맡기는 게 적법하지 않나요? 그랬다면 학원도시나 영국의 개입은 필요 없었을 겁니다."

"……이봐, 이봐, 또 손바닥을 뒤집는군. 나는 국가의 지도자임과 동시에 합중국 전군의 최고사령관이기도 하다고. 군에는 집착하지 말라는 건 말꼬리를 잡는다고 해도 노골적인 거 아닌가? 고개를 끄덕이면 끄덕인 대로 당장 공격해 올 비전이 보인다고."

"당신이 손을 잡은 학원도시에서는 국제법을 위반하는 인간 클론까지 제조되었다고 들었습니다. 그것도 군사 행동을 견디는 퀄리티로 고도로 조직화된 집단. 이 얘기는 단순한 악의적인 소문이 아니라, 실제로 새 총관이사장의 재판으로 공적으로 기록된 증언 속에 나옵니다. 당신은, 그런 야만적인 조직을 이 미국 본토에 불러들여 자유롭게 전투할 수 있도록 허가했어요! ⋯⋯여기에서 오른손을 들고 선서할 수 있습니까? 합중국 전군 최고사령관으로서, 자신의 선택에 잘못은 없었다고. 그 결단에 단 하나의 실수도 없었다고!!"

"⋯⋯,"

"이런, 움직임이 멈추었네요. 대체 어떤 저울이 머리에 떠올랐는지까지는 모르겠지만, 그 1초는 정치가로서 치명적이 될 겁니다. 지금의 당신은 무언가의 이유 때문에 단언은 할 수 없다고, 암묵적으로 보여 주고 말았어요. 전세계와 연결되어 있는 카메라 앞에서는 이야기할 수 없는 사정이라도 있나요?"

보좌관은 어디까지나 보좌관. 부통령 다리스가 로베르토 옆에 서 있는 이상, 그를 밀어 내고 조언을 할 정도의 권한 따위 로즈라인에게는 없다.

기자들에게 방해가 되지 않는 벽 쪽에 가만히 서면서, 미인 보좌관이 슬쩍 한숨을 쉬었다.

정말이지, 허와 실을 동시에 사용하니 야당 대표는 어렵다.

우선, 화이트하우스를 군이 지키는 것은 당연하다. 대통령은 합중국 전군의 최고사령관이고, 관저 자체가 셸터를 포함해 군사 기밀 덩어리다. 즉 '자신의 기지를 지키고 있다'고 해석한다면 해병대가 상주하고 있어도 이상한 이야기는 아니다. 로스앤젤레스에 파견하는 것과는 사정이 다른 것이다.

다만, 이런 부분에서 가만히 가슴을 쓸어내리고 있으면 옆구리를 찔린다.

영국과 학원도시의 개입을 허락한 것은 잘못이 아닌가. 3000만 명이 사라지고, 제대로 된 보고 하나 없는 상황에서는 섣불리 대답할 수 있을 리도 없다. 올바른 정보가 모이지 않으면.

(……뭐, '제대로 된' 전력(戰力)은 아무리 부딪쳐도 인명 낭비에 빠질 뿐이지만.)

그러나 이것을 아는 것은 실제로 마술인지 뭔지를 경험한 자뿐일 것이다. 로베르토와 로즈라인은 예전에 하와이 제도에서 그렘린의 마술사가 활보하는 요란한 사건에 휘말렸다. 하지만 당연히, '아는 사람만 안다'는 말은 공개적인 공무에서는 통하지 않는다.

만인이 저도 모르게 인정하지 않을 수 없을 정도의, 제대로 해설해서 알기 쉽게 노력한 명쾌한 이론만으로 설명을 끝내지 못한다면, 그저 독재 정치로 보일 것이다.

그것이 진실인지 아닌지 따위 상관없이, 일괄로 부정당한다.

국민은 둘도 없는 천재를 가려내어 투표했다고 생각하고 있는데, 의회는 누구나 생각하고 공감할 수 있는 평범한 해답을 기대하고 있는 것이다.

(…애당초 군을 움직이고 싶다고 의원들에게 상의했다간 그대로 R&C 오컬틱스 측에 줄줄 새어나갈 위험도 있는 거고. 지폐 다발로 뺨을 맞고 굴복한 수전노가 몇 명 있을지는 알 수 없어. 기습이 사전에 들켰다면, 안 그래도 심한 희생이 더 심해졌을지도 몰라.)

이런 것을 무심코 말해 버리면, 3000만 명이 소실된 지금보다 더 심한 상황이 어디 있냐며 야당이 모두 나서서 물어뜯어 올 것이다.

그러나 영웅 기분에 취해 있는 그들은 눈치채고 있을까.

그 '소실'로, 워싱턴 D.C.를 직접 공격해 올지도 모르는 가능성을. 세세한 발동 조건이나 사정거리가 미지수인 이상, 이쪽에는 막을 방법이 없다. 로스앤젤레스에서 멀리 떨어진 동해안에 있으면 괜찮다는 보장은 어디에도 없다. 같은 미국에서 일어나고 있는 사태인데, 자신만은 안전한 TV 너머로 불평을 하고 있는 듯한 그 말투에는 역시 기가 막히지 않을 수 없다.

밖에서 보고 있을 수밖에 없는 것은 답답하지만, 이익이 없다는 것은 아니다.

추정이지만, R&C 오컬틱스는 압도적인 거대 기업답게 정치가에게도 대량의 돈을 뿌리고 있다. 허니 트랩이나 모바일을 통한 정보 흡수 등, 다루는 방법도 하나는 아닐 것이다. 만일 의논에 강제적인 궤도 수정이 있다면, 그것을 유발한 의원이 수상해진다. 온라인 발언은 간단히 기록을 남길 수 있는 게 좋다. 그놈을 자세히 조사해 교우·상하관계를 선으로 연결해 나가면 그 거대 IT의 영향력이 보이게 될지도 모른다.

이것만 알면 대통령도 혼자서 결단해야 하는 상황에서 빠져나올 수 있다.

"다만……."

(지금은 참고 견딜 장면이라고, 이런 단계에서 공격적인 토론을 해서는 안 돼. 저 빌어먹을 바보 대통령이 유인이랍시고 돼먹지도 못한 폭탄 발언을 던지지 않으면 좋겠는데.)

미인 보좌관은 힐끗 대통령 옆으로 시선을 던진다.

왠지 차분하지 못한 것은 부통령 다리스 휴레인이다.

대통령의 일거수일투족이 신경 쓰여 견딜 수 없다는 눈치였다. 아마 건강 지향이라 채소와 생선을 먹고 싶어하는 일식을 좋아하는 위장이 꾹꾹 조여들고 있을 무렵일 것이다.

(……나는 틀림없이 그의 기분을 안다고 할까, 사람으로서 어느

쪽 사이드가 좋냐고 묻는다면 대통령과 같은 상자에는 절대 넣지 말아 줬으면 좋겠다는 파(派)지만……. 상식인이기 때문에 부통령도 걱정이야. 긴장 때문에 이상한 실수를 하지 않으면 좋겠는데.)

9

고문해서 이야기를 듣는 것은 쉽다.

하지만 문제는 인덱스다. 완전 기억 능력을 가지고 있고, 잠깐이라도 본 것은 절대로 잊지 못한다는 그녀 앞에서, 너무 난폭한 장면은 보이고 싶지 않다.

바깥은 이미 캄캄했다. 총포점에서 영국식 펍으로 장소를 옮겨, 스테일 마그누스는 가만히 한숨을 쉬고 있었다.

(뭘 생각하고 있는 걸까, 나는……. 자신의 스탠스는 이미 정했을 텐데.)

"와앗!"

헤르칼리아가 비명을 질렀다. 인덱스와 놀던 피의자가 컵을 쓰러뜨린 모양이다. 작은 상자를 양손으로 높이 들어 감싸고 있는 사이에도 테이블에 퍼지는 물의 막이 상판 가장자리에 다다르고, 중력에 이끌려 갈색 소녀의 허벅지며 하복부를 적셔 간다.

"이, 이거 어떡하지……? 옷이 젖어 있으면 금방 딱딱하게 얼어붙지 않을까."

"그럼 이쪽으로 와."

"갈아입을 옷 같은 거 없어……."

"없어도 말리는 방법을 난 알고 있을지도. 필요한 건 배짱!"

인덱스는 헤르칼리아의 작은 손을 끌고 가게 안쪽으로 들어가 버렸다. 생일 선물의 포장을 칭찬받았기 때문인지, 아니면 스테일이라는 위협과 상대적으로 보고 있는 건지. 그렇게 겁먹고 있던 것치고 인덱스는 금세 잘 따른다.

아무 생각 없이 지켜보고, 그러고 나서 가장 소중한 인덱스와 용의자인 헤르칼리아를 자신의 눈이 닿지 않는 곳에 두고 있다는 것을, 스테일은 뒤늦게 깨닫는다.

(……의외로군. 나 자신도 마음 깊은 곳에서는 그렇게까지 경계하고 있지 않은, 건가?)

잠시 후 부—웅, 하는 모터 소리가 들려왔다.

『꺄악?! 여, 역시 폭발할지도!!』

『드라이어는 폭발하지 않아. 하지만 입은 채로 하면 피부가 아플 것 같네. 정말로 드라이어로 옷을 말릴 거면, 일단 잠깐 벗어 볼게.』

『옷?! 어, 어른 팬티…….』

『엄마 속옷이 속이 다 비치는 걸 난 알고 있어.』

"……뭘 하고 있는 건지."

그러나 이쪽저쪽으로 이리저리 스탠스를 바꿔 버리는 것도 좋지 않다. 어중간한 채로는 도주가 충분하지 못하고, 도중에 속도를 잃고 계곡으로 떨어져 갈 뿐이다.

자신의 의지로 카미조 토우마를 쏘고, 저 아이에게 그것을 말하지 않고 있다.

지금부터 단짝이 될 수 있다고 생각하기라도 했을까.

자신의 실패는 자신의 안이함에 의한 것이어도 상관없다. 다만 그걸로 저 아이가 쓰러지는 것은 다르다.

(어차피, 한 점에 집중하는 게 기본. 그럼 남은 건 어느 쪽 방향으로 힘을 전부 쏟느냐야.)

우선 전제로, 로스앤젤레스의 거리를 덮친 모래 마술의 정체는 '황색화'. 장미계의 전설로 네 개의 공정을 거쳐 붉은 결정을 완성시킬 때까지 중에서, 세 번째인 '발효'를 가리킨다.

R&C 오컬틱스는 다크웹을 이용해 전세계의 누구라도 볼 수 있는 형태로 마술의 구체적 수순을 공개해 버렸다. 그러나 그쪽 사이트를 들여다보아도 그 '황색화'의 항목은 없다. 즉 범인은 사이트를 본 로스앤젤레스 시민의 폭주가 아니라, 거대 IT가 준비한 병대(兵隊)다.

그렇게 되면,

(……이것에 대해서는 응용을 뺀 원전주의인가. 뭐, 로지스틱스 호넷을 도입해서 요란하게 어레인지하는 게 전제인 셈이니까, 칵테일(조합)의 소재는 가능한 한 순수한 오리지널에 가깝게 하는 편이 취향의 맛을 내기 쉽다, 라는 얘기겠지만.)

오리지널(원전). 즉 독일어로 된 책자다.

"아니, 설마……?"

방금 전까지와는 상황이 다르다.

저 두 사람이 플로어로 돌아오면 또 꽥꽥거리며 시끄러워질 것이다. 그러니 그 전에 헤르칼리아의 짐을 조사해 볼 필요가 있다.

카미조 토우마가 발굴해 냈다나 하는, 생일선물.

내용물에는 볼일이 없다. 필요한 것은 함께 곁들여져 있던 한 장의 카드다.

해피 버스데이, 헤르칼리아.

아무런 특징도 없는, 흐르는 듯한 손으로 쓴 필기체. 그것뿐이었을 것이다.

그러나 스테일은 꿀꺽 목을 울렸다.

(……이 필적. 독일어적인 특징이 섞여 있지 않다……고?)

글씨의 꺾임이나 삐침에서 그런 언어 학습 이력까지 알 수 있는 것일까. 필적 감정은 고작해야 본인인지 아닌지만 확인할 수 있으면 흡족한 것이 아닌가? 동양인이라면 그런 의문을 가져도 이상하지는 않다. 그러나 도장이라는 문화가 그다지 발달하지 않아, 그야말로 결혼에서부터 국가와 국가의 전쟁까지 당사자의 사인 하나로 모든 것을 결정하는 서구권에서는 필적에 대한 집착이 엄청나다.

실제로 마술 측에서도 유명한 이야기가 있다. 세계 최대의 마술 결사 '황금' 창설에 관한 그 서한이다. 웨스트코트는 독일의 뉘른베르크에 사는 슈프렝겔 양과의 편지 왕래로 지시를 받았다고 주장했지만, 회의적인 쪽인 엘릭 하우 등의 필적 감정 결과, 편지의 글씨는 독일인이 아니라 영국인이 흉내 내어 쓴 것이라는 사실이 나중에 분명하게 선언되는 결과가 되었다.

네이티브한 발음과 마찬가지다. 영국인이 나중에 독일어를 배우는 경우와 태어났을 때부터 독일어를 사용하는 케이스는, 역시 미세한 오차가 생긴다.

"……."

스테일 마그누스는 눈에는 보이지 않는 염료를 꺼냈다.

학원도시에서 프린트된 종이 묶음에서도 어느 정도의 잔류 사념은 읽어낼 수 있었다. 손으로 쓴 글씨라면 그야말로 레코드의 고랑처럼 생생한 육성을 들을 수 있을 것이다.

가볍게 숨을 들이쉬고, 내쉬고, 체내를 순환하는 생명력에서 마력을 정제.

그리고 메시지 카드의 필적에 보이지 않는 무언가를 통과시켜 간다. 레코드에 살며시 바늘을 놓듯이, 들은 적도 없는 여성의 목소리가 생생하게 스테일의 머릿속에서 튀었다.

『으음―, 이, 샤츠, 사체? 아아 정말, 어쨌든 이 초콜릿케이크로 주세요. 아니, 아니에요, 초코 플레이트는 크리스마스가 아니라 생일용! 둘이서 먹으려면 몇 인치가 좋을까……. 엇, 자허토르테? 그건 이렇게 쓰는 건가요???』

탁, 하고.

하마터면 의식의 종결을 잊고 그대로 넋을 놓을 뻔했다.

"하하,"

그것은 가족을 축하하기 위한 준비를 진행하는, 별것 아닌 대화였을 것이다.

하지만 스테일 마그누스에게는 치명적이다.

'황색화'의 술식은 독일어의 오리진(원전)을 해독하지 않으면 습득할 수 없다. 그것은 직접 마술을 사용하든, 로지스틱스 호넷으로 간접적으로 지원하든, 필수 기술이 된다. 마술과 과학의 연계, 라고 말하면 간단한 것처럼 들릴지도 모르지만, 실제로는 종이 한 겹의 아크로바트. 상대가 어떻게 움직일지 정확하게 파악하지 못하면, 도저히 실행할 수 있는 것이 아닐 것이다.

그럼에도 불구하고, 다.

자허토르테는 카이저와 마찬가지로, 독일어로서는 기본 중의 기본이다. 애당초 알파벳을 에이비 씨로 읽는 시점에서, 독일어의 기초가 결정적으로 되어 있지 않다. 그래서는 함부르크를 햄버그라고 읽어 버리는 것과 마찬가지니까.

잔류 사념은 거짓말을 하지 않는다.

자신이 찾은 답에서는 아무도 도망칠 수 없다.

"멜자베스 그로서리……."

잘못을 인정하는 것도 강함. 오기 때문에 진실을 구부릴 때야말로. 진짜 폭주가 시작된다.

패배한 칸자키가 자신을 희생해서라도 맡긴 것.

하지만 거기에서 끓어오르지 마.

그런 의미로는, 신부는 아직 신부일 수 있었다. 그는 미간에 주름을 짓고 담배 필터를 씹어 부수고, 그리고 자신의 입 밖에 내어 말했던 것이다.

"젠장, 이래서는 어떻게 해도 그녀는 '황색화'에 관여할 수 없어. 100%의 무고죄인가, 그렇다면 일반인은 죽게 할 수 없다고……!!"

10

카미조 토우마는 알고 있다.

안나 슈프렝겔이라는 여자를 알고 있다.

개의 턱 같은 구속구를 하고 개처럼 엎드린 구체 관절 인형과, 목걸이에 단 목줄로 힘없이 끌려다니는 농염한 갈색 미인. 스트레이트하게 아름다운 얼굴의 소유자가 본인일 가능성도 있고, 한층 더 커다란 구체 관절 인형 속에 통째로 갇혀 있을 위험도 부정할 수 없다. 마치 트럼프 놀이인 도둑잡기에서 한 장만 약간 위로 카드를 내민 것과 같은 도발이다. 지나치게 노골적이라서 반대로 무섭다. 하지만 지나치게 깊이 생각하는 것이 치명상이 될지도 모른다.

아름다운 여성은, 그렇다고 해서 그것만으로 100% 믿을 수 있을까? 기분 나쁜 구체 관절 인형은, 하지만 안에 진짜 인간이 통째로 갇혀 있을 가능성은 제로라고까지 말할 수 있을까?

선택을 틀리면 로스앤젤레스도 멜자베스도 구할 수 없다. 생각지 못한 각도로부터의 일격으로 카미조도 죽고 만다.

그래서, 다. 그렇기 때문에 더더욱 R&C 오컬틱스의 악의를 완전히 읽어 내야 한다.

그렇게 생각해 갈수록, 어떤 가능성도 있을 수 있는 게 아닌가 하는 생각이 들고 만다. 미녀든 인형이든 미끼는 거리 전체에 있는 게 아닐까, 라든가 많은 마술사가 합세하여 멜자베스 한 사람의 팔다리를 조종하고 있는 게 아닐까, 라든가 하는 전제 없는 가능성까지.

당연한 일이지만, 현혹되면 카미조의 주먹은 엉뚱한 방향으로 날아가고 필요 없는 피까지 흘리게 될지도 모른다. 그런 상황을 만들었다면, 안나는 제대로 장치를 발동시켜 이쪽의 정의나 선성(善性)을 짓밟고 어떻게 해서라도 바보처럼 웃고 싶을 것이 분명하다.

즉.

"주인 역할도, 개 역할도, 어느 쪽도 상관없었어……."

만일 지뢰를 마음껏 묻을 수 있는 입장이라면, 적이 100% 밟게 하기 위해서는 무엇을 하면 좋을까. 넓은 싸움터에 하나만 딱 놓아서는 지형이나 심리학을 구사해도 어렵고, 일부러 수를 줄일 필요도 특별히 없다.

지뢰밭, 이라는 말의 뜻을 떠올려라.

답은 이렇다.

"너희들은 양쪽 다 시시한 가짜였어! 처음부터 멜자베스 그로서리는 어디에도 없었어, 이러고 있는 지금도 3000만 명과 함께 모래 속에 갇혀 있는 거야!!"

개 같은 구속구의 인형이든 끌려다니는 인간이든, 어느 쪽이든 좋다.

빼곡하게, 어른스럽지 못하게, 전부 막는다.

카미조 토우마가 공격한 쪽이 아파하며 괴로워하는 척을 하면, 실수로 진짜를 공격했다고 믿고 동요할 것이다. 이것은 그 틈을 찌르면 반드시 이길 수 있다.

아니면 다른 가능성은? 미녀든 인형이든 미끼는 있으니 도시 전체에 적이 숨어 있을지도 모른다. R&C 오컬틱스는 큰 회사이니 실을 하나하나 조종하듯이 많은 인원이 멜자베스를 컨트롤하는 술법이라도 되는 것은 아닐까?

하지만 아니다. 애당초 멜자베스를 조종하는 마술이 있다면, 화살을 정면으로 받게 하여 인질로 삼으면 된다. 여러 개의 선택지를 늘어놓아 망설이게 하려고 한 시점에서, 적어도 이 두 사람은 전부 때려눕혀도 상관없을 것이다.

『기히.』

그리고.

그렇게, 다.

『이히하!! 아하하하하하하하하하하하하하하하하하하하히하하하하아하하하하하하하기비기히아하하하하하하하하하하하하하하하하하하하하하하하하하하하하하하하하하하하하하하히히하(■음성을 올바르게 인식하지 못했습니다. 다시 한번, 천천히 말씀해 주시기 바랍니다)!!!!!!』

찢을 듯한 차가운 밤에, 커다란 웃음소리가 있었다.

주인 역할과 개 역할. 어느 쪽이, 라는 이야기도 아니다.

비틀거리는 은발 미인과 엎드린 인형이 기묘하게 목소리를 합해, 괴물들이 야비한 웃음을 계속하고 있었다. 마치 그것 자체가 이곳에는 없는 진짜의 존엄을 빼앗아 가는 것처럼.

이것만은, 틀림없이 트랜스 펜의 스펙은 상관없다.

구체 관절 인형이 하울링 같은 몸짓으로 비뚤어지고 일그러진 소리를 지르며 크게 과시한다.

『아아, 아아. 긍정, 이고말고. 참혹한, 이곳에 있는, 만들어 낸 것이고말고!!』

휘웅!! 하는 무시무시한 날개 소리가 울려 퍼졌다.

하지만 그것은 마술을 이용한 초현실 현상이 아니다. 각다귀를 거대화시킨 것 같은 수많은 드론. 배 부분에 카메라를 단 기재는 TV 영상에도 쓸 수 있는 고해상도를 자랑할 것이다.

올려다보니, 그야말로 넓은 하늘을 가득 메울 기세로 날아다니고 있었다.

"······로지스틱스 호넷의 원군인가."

카미조의 어깨 위에서 오티누스가 그렇게 중얼거렸다.

그렇게 되면 R&C 오컬틱스는 자신의 손으로 범죄 행위를 송신하려고 하는 것이 된다.

다만 물론, 자멸적인 범죄 자백이라는 것은 아닐 것이다.

그릉!! 하고.

마치 돌고래의 점프처럼 땅바닥의 구체 관절 인형이 세로로 크게 호를 그렸다. 은발 갈색의 실루엣도 지면을 구른다.

목걸이와 목줄이 풀리고, 주인과 종이 변화한다.

구체 관절 인형이 목줄을 잡고, 목걸이를 한 은발의 여성이 개처럼 엎드린다. 어느 쪽이 어느 쪽이든 상관없다. 애당초 위나 아래, 오른쪽이나 왼쪽이라는 사고방식 자체가 존재하지 않는지도 모른다.

두 개의 입이 동시에 고함친다.

『왜 그래, 그래서 그건 뭐지? 실제로, 지금 서 있는 여기는 멜자베스 그로서리와 다르지 않아 전혀, 얼굴입니다―. 내가 저지른 죄는 전부 범죄 멜자베스의, 라는 것이 되는 거다. 사실은 이지 왜곡할 수 있어, 룰로 그렇게 정해져 있다!!』

그릉그릉, 하고. 공중에서 원을 그리고, 미녀와 인형은 서로 목줄과 목걸이를 교환해 간다.

치트리니타스.

R&C 오컬틱스 본사 빌딩의 비장의 카드, 진정한 호위.

『분하겠지이? 원통하겠지요? 녹은, 모래 속 선인(善人) 님은 물고 손수건 있을까. 예를 드는, 이 코트 그대로 내보내는 전세계라고 해도, 이렇게 전부 세계가 판단하는 거다. 아아, 멜자베스 그로서리가 착란을 일으켜 이상한 소리를 하고 있다, 하고 말이야!』

다시 은발 갈색의 미인이 엎드린다. 얼굴보다 높은 위치에 타이트스커트를 입은 엉덩이를 들고, 헐렁헐렁한 티셔츠가 말려 올라가 세로로 긴 배꼽이 보여 버려도 아랑곳하지 않는다. 애당초 사회적으로 죽인다, 라는 역할을 맡고 있는 것이다. 그런 점에 신경을 쓸리도 없다.

"하고 싶은 말은 그것뿐이야……?"

소리도 없이, 강하게.

소년의 주먹이 무엇보다도 단단하게 움켜쥐어져 간다.

"밑천이 다 드러났어. 이 주먹은, 너 같은 걸 일격에 죽이는 힘을 갖고 있어. 이제 망설이거나 하지는 않을 거야. ……왜냐하면, 나는 알고 있으니까. 인간이 아닌 마술사를. 사람의 머리를 빼앗기 위한 것에만 날카로워진 그 백작을. 하지만, 그건 그런 성질을 갖고 있으니까 반드시 악인이 된다는 건 아니야."

그렇다.

검은 환약의 형태로 카미조 토우마의 몸속에 숨어들어 그 전신을 빼앗으려고 한 그 마술사는, 하지만 안나 슈프렝겔의 횡포에 저항하기 위해 힘을 빌려주었고, 최후의 최후에는 카미조를 구하기 위해 스스로 소멸하는 길까지 선택해 주었다.

다른 생제르맹이 어떤가, 하는 이야기는 모른다.

하지만 적어도, 그 생제르맹은 최악이고 최저의 존재 같은 것은 아니었다.

진심으로 존경할 수 있는, 한 사람의 인간이었다.

"그러니까 변명 같은 건 하게 두지 않겠어."

평범한 고등학생은 분명하게 말했다.

인간이 아니니까, 악랄한 마술을 쓰니까. 그럼 이제 어쩔 수 없다. 그런 식으로 전부 한데 묶이는 건 견딜 수 없다고.

예전에 생제르맹 덕분에 목숨을 구한 소년이, 지금이야말로 정면에서 도전한다.

"……네놈이 최악인 건 그런 존재이기 때문이라든가, 그런 마술밖에 쓰지 못하기 때문이라든가, 그런 얘기가 아니야. 아무리 최악의 성질을 가진 놈이라도 최저의 길에서 저항할 수는 있어. 다시 말해서 넌, 그냥 저항하지 않은 진짜 빌어먹을 놈이야. 그러니까 이제 용서 같은 건 하지 않아. 오른쪽도 왼쪽도 어느 쪽도 적이라는 걸 알았으면 무섭지는 않지. 네놈을 지킬 건 아무것도 없어."

『듣고 있었냐—, 이야기를 사람의?』

엎드린 갈색의 미녀가 타이트스커트로 감싸인 엉덩이를 얼굴보다 높이 들고, 침이라도 흘릴 것 같을 정도로 찢어질 듯한 웃음을 지으며 노래한다.

『내가 저지른 죄는 전부 멜자베스의 범죄라는 게 돼. 확실히 그렇게 말했을 나 텐데? 다시 말해서! 이제부터어! 나는 일반 소설에서도 취급되는 확실히 범죄 행위를 실행하겠습니다라고 말하고 있습니다 셈인데요오오오???!!!』

딱, 하는 단단한 금속음이 있었다.

하나가 아니다. 큰길에서, 공원의 잔디밭에서, 얼어붙은 나무 뒤에서, 빌딩 옥상에서, 어쨌거나 사방팔방을 둥글게 에워싼다. 거대한 사마귀와 해파리. 제3위와 제4위의 능력을 기계적으로 재현한

이형의 파워드 슈트(구동갑옷)가, 100이나 200으로는 셀 수 없는 물량으로 한 소년을 조준한다.

무인화 대응 무기.

유인(有人)과 원격을 전환할 수 있는 하이브리드형이라면, 무인(無人)의 거리에서도 전개할 수 있다.

오티누스가 말하지 않았던가. 학원도시는 빼앗긴 자신의 무기로 괴멸당했을 위험이 있다, 고. 실제로는 모래의 마술을 사용했겠지만 기계를 조종하지 못한다는 보장은 없다.

『밑천이 다 드러났어.』

까부는 듯한, 말의 반복이 있었다. 그릉, 하고. 은발의 미녀가 목줄을 쥐고, 구체 관절 인형이 목걸이를 차고 엎드린다. 동전의 앞뒤처럼 배역을 바꾸면서 매끈한 얼굴로 인형이 고함친다. 낄낄, 여성의 목소리로 야비한 웃음을 흩뿌리면서.

『그리고 이 납탄은, 너 같은 걸 일격에 죽이는 힘을 갖고 있다!! 기기이히힛, 범죄 흔해빠진 죽어. 멜자베스 그로서리 이걸로 더 이상 돌아오지 못하고 어디에도 없게 되는 거다 계획입니다—앗!!』

기분 나쁘다.

정말로 구제할 길이 없을 정도로 추악하다.

틀림없는 죽음의 가장자리에 서서, 체감 시간조차 일그러져 보이는 상황에 내몰려, 그래도 트랜스 펜에서 기계적으로 들어오는 정보를 들은 카미조가 우선 생각한 것은 그것이었다.

있지도 않은 죄를 밀어붙여, 사회적인 입장을 갈기갈기 찢고.

가족의 정도 친구의 고리도 끊어 내고, 일을 빼앗고 삶의 보람을 짓밟고.

R&C 오컬틱스 이외의, 아니, 세계의 뒤쪽과 이어져 있는 '로젠 크로이츠(장미십자)' 이외의 모든 자리를 철저하게 **빼앗는다**. 그렇게 해서 한 사람의 인간을 철저하게 에워싼다. 이것이, 이런 것이. 인간의 선성(善性)이나 정의에 반해 동료로 끌어들이고 싶다고 바라는 사람이 할 짓인가?!

"인간!! 어차피 네트워크로 연결된 기계제품이야. 통신이나 전자 기판을 파괴하면 활로는 열 수 있어. 전자 펄스든 고출력 마이크로파든 좋아, 어쨌거나 대전력(大電力)의 전기 제품을 파괴해서 대규모 노이즈를 흩뿌려!!!!!!"

오티누스의 외침에 카미조의 몸이 거의 튀어오르듯이 움직였다.

트레일러 하우스는 이미 찢기고 파괴되었다. 하지만 이 항구에는 아직 설비가 있다. 가로등 정도로는 부족하다. 자동판매기나 ATM으로도 부족하다. 하지만, 가령. 가로등보다 높은 스테인리스 기둥 위에 음향 기재를 단, 재해방송용의 거대한 스피커라면? 업무용 전원을 대규모 앰프로 더욱 증폭해 지평선 너머까지 강력하게 음성을 전달하는 방재 설비라면, 파괴와 동시에 눈에는 보이지 않는 전자파를 대량으로 흩뿌려 줄 것이다!

『소용없어, 소용없어.』

다시 두 개의 그림자가 공중에서 세로로 돈다. 직립한 구체 관절 인형이 작게 검지를 흔들고, 엎드린 미녀가 부르르 고개를 좌우로 흔든다.

『어떻게 그 작은 손으로 스테인리스 기둥을 부러뜨릴 거냐?! 오른손 거기 불꽃 나오면 이해합니다, 튀어 나가는 진공의 라면 만 배나 실행하는 거다 경계를. 하지만 네 오른손은 환상밖에 죽이지 못할

302 |

텐데에!!』

"웃???!!!"

『해 봐 부탁합니다, 현실에서 확실하게 오른손으로 브레이크 실행 가능하다면! 사람의 선의가 가득 찬 물리 법칙 따위 뒤집을 수 있어? 그렇다면 기적 또는 유의어 보여 봐라, 할 수 있다면 말이야아!!』

닿는지 어떤지는 문제가 아니다.

상대가 재해방송용 스피커까지 도달한다 한들, 아무것도 할 수 없다.

그렇게 생각하고 있기 때문에, 이미 마술을 사용한 방해조차 하지 않는다. 그저 그저, 치트리니타스는 예정대로 모든 주위를 에워싸는 사마귀나 해파리들에게 무자비한 명령을 날릴 뿐이다.

슬로 모션의 세계에서.

카미조의 급소를 노리는 것은 기관총 정도가 아니다. 제3위에 제4위. 1초 후에 덮쳐 오는 것은 진짜 죽음이다. 소년이 어떻게 몸을 움직여도 회피 불능. 이번에는 옷 밑에 종이 다발을 장치하는 정도로는 살 수 없다.

죽음을 회피할 방법이 없다.

그리고 약속의 1초가 소비되었다.

땅 끼잉!!!!!! 하고.

둔한 소리가 울려 퍼졌다.

『무.』

그러나.

그 순간 경악의 목소리를 낸 것은 카미조 토우마가 아니라 치트 리니타스 쪽이었다.

인간의 팔보다 굵은 은색 스테인리스 기둥이, 밑동에서부터 똑 부러져 있었던 것이다.

안을 달리는 도선이 끊어지고, 대전력의 불꽃이 부차적 효과로서 대량의 전자파를 모든 방향으로 흩뿌렸다. 충분히 대책이 되어 있던 파이브오버들을 모조리 다운시켜 간다.

역기보다 무거운 기둥은 근처의 고급스러운 요트 위로 쓰러져, 배 전체를 눌러 부순다.

틀림없는 진짜.

부서지는 소리가 어딘가 가벼운 것은, 배 쪽이 금속이 아니라 섬 유 강화 플라스틱이기 때문일까.

결과를 보고.

그래도 믿을 수 없는 얼굴로, '황색화'의 구체 관절 인형과 엎드린 미녀는 동시에 중얼거린다.

『……섭씨 마이너스 20 환경이 피로의 금속 끝? 모래폭풍이 표 면을 깎아 내기라도 한 건가? 아니, 아니야!! 질문 무엇 지금의, 그 런 것으로는 설명이 안 돼!! 히힛. 뭐, 뭐야 그 반칙은? 평범한 인간 주먹으로 스테인리스제를 부러뜨릴 수 있을 리가 없잖아아아아아 아!!!!!!』

알고 있다.

이것이 반칙이라는 것 정도는 카미조 토우마도 알고 있다.

그도 설명할 수가 없다. 이것은 주먹을 쥔 소년이 일으킨 초현실

현상이 아니었기 때문이다!

"이제 그만."

또각, 하고.
얼어붙은 세계에, 발소리가 하나.

"닥쳐 빌어먹을 자식. 하고 미사카는 가슴의 울컥거림을 억누르면서 냉정하게 충고합니다."

어안이 벙벙해 있었던 것은 카미조도 마찬가지였다.

왜, 이 녀석이 여기에 있지?

밤색 쇼트헤어. 자그마한 체구. 명문 중학교의 교복 위에 두꺼운 코트를 껴입고, 이마에 특수한 고글을 쓰고, 무엇보다 그 손에 강인한 대물(對物) 라이플을 움켜쥔 클론 인간 소녀.

제3위의 군용 양산 클론, 통칭 '시스터즈(동생들)'.

대체 무엇이 구체적으로 스테인리스 기둥을 부러뜨렸는지는 명백하다. 맨손으로 안 된다면 무기를 사용하면 된다.

카미조는 멍하니 중얼거리고 있었다.

"어, 째서……?"

"미사카는 원래 전세계에 있었어요, 하고 미사카는 결론부터 설명합니다. 학원도시 안뿐만 아니라, 각지의 협력 기관에. 당연히, 미국계 연구소의 도움도 받고 있었습니다."

어디까지나 감정을 읽을 수 없는 눈동자를 한 채.

하지만 확실히 무언가가 깃든 소녀는, 그렇게 말했다.

"그리고 미사카 네트워크를 통해 서로 신호하면, 한 곳에 집결하는 것도 충분히 가능합니다. 영국 정부로부터의 정보에 따라, 당신의 위기에 즉시 응답했습니다. 그 후에는 뭐 대충, 현장에서 적당한 거리를 유지하면서 당신들을 관찰하고 입수한 정보를 서로 조정해 나간 거긴 한데요."

"……"

"미국에서 익힌 개성이 나와 버렸다면 죄송해요, 퍽 ㅇ. 슬슬, 저 빌어먹을 놈이 좋을 대로 하게 두는 건 지긋지긋해요, 하고 미사카는 전투 참가 의사를 표명합니다. 그리고 그 이상으로, 당신이 좋을 대로 당해 가는 걸 보는 건 견딜 수 없어요."

『히힛.』

비잉!! 하는 전기면도기 같은 소리가 울려 퍼졌다.

치트리니타스, 오른쪽도 왼쪽도 가짜인 사기 마술사의 머리 위를 날아가는 각다귀를 닮은 드론이다.

『잡았다, 다잉적인 순간 붙잡았습니다 대(大) 풀 녀석!! 공중 촬영 드론은 지금 이러고 있는 영상을 송신 세계에 날갯짓하고 있다고. 얼버무리는 건 이제 와서 용량 용법 잘못. 정말로 네놈이 클론 인간이라면, 이미 싸우기도 전에 가게 될 곳은, ?!』

구체 관절 인형의 일그러진 커다란 웃음이 사람의 인생을 부정하려고 했다.

하지만 직후에, 치트리니타스는 거기에서 경직했다.

움찔거리고 있었다.

드론으로 촬영되어 전세계에 송신되고 있다고 공언되었는데도,

다.

그 소녀는 한 발짝도 물러나지 않았다.

아니, 한 명이 아니었다. 또각, 뚜벅, 하고. 사락, 사륵, 하고. 사사사, 사사사사사사사사사사사사사사사사사사사사사사사!! 하고. 마치 풀잎이 바람에 흔들리는 소리처럼, 이미 수를 세는 것도 귀찮아질 정도의 발소리가 이 공원으로 다가온다.

똑같은 얼굴에 똑같은 몸.

이미 누가 봐도 변명할 수 없는, 존재 자체가 국제법에 저촉되는 클론 소녀들이.

악당의 짓에 분노하고, 짓밟히는 존엄을 위해 일어서고, 그리고 지금 필사적으로 저항하고 있는 소녀의 목숨을 구하기 위해.

그렇다. 틀림없는 인간의 마음을 가진 누군가로서, 망설임 없이 전쟁터로 모여든다!!

"……이곳에서 일어난 죄는 전부 멜자베스 그로서리의 범죄가 된다고, 당신은 그렇게 말했죠. 사실 따위는 얼마든지 왜곡할 수 있다, 룰로 그렇게 정해져 있다고."

군체로서의 소녀들이 일제히 총기를 들이대 간다.

한 치의 흔들림도 없이, 시스터즈(동생들)는 내뱉는다.

"그렇다면, 왜곡할 수 있다면 왜곡해 봐, 하고 미사카는 여기에 선언합니다. 미사카 무리, 똑같은 얼굴을 한 클론 인간, 그 군세. 키스 마이 ○스 괴물, 미사카들과 당신이 휘두르는 그 자랑스러운 시시한 룰(고쳐쓴 기술) 중 어느 쪽이 화제를 독차지할지, 결판을 내드리죠."

『히, 기히.』

"이 미사카가 파헤치겠어요, 숨길 수 없는 답을. 멜자베스 그로서리는 아무것도 잘못하지 않았다. 거기에 도움이 된다면, 세계의 정보를 마음대로 조종하는 거대 IT · R&C 오컬틱스의 처리 능력을 오버플로시키기 위해, 클론의 진실 따위는 팔아 치워도 상관없어요."

이미 보고 있지도 않았다.

하고 싶은 말만 할 수 있으면 된다. 빌어먹을 녀석의 반론 따위는 일일이 듣지 않는다.

떨면서 한 발짝 뒤로 물러나려고 하다가, 굵은 목줄이 손목을 잡아당기며 파고든 구체 관절 인형을 정면에 두고도, 똑같은 얼굴을 한 소녀들은 다른 소년을 곁눈질로 보고 있었던 것이다.

"군(軍)이라면 군으로, 테크놀로지에는 테크놀로지를. 납탄을 쓰는 송사리들은 미사카들이 맡을게요. 당신은 당신밖에 할 수 없는 결판을 부탁해요, 하고 미사카는 친구(전우)에게 등을 맡깁니다."

기기기.

덜컹덜컹덜컹, 하고. 사방에서 울려 퍼지는 기계음은, 완전히 파괴되지 않은 파이브오버들이 재기동이라도 하고 있는 소리일까.

그래도 아랑곳하지 않고, 클론 소녀들은 말한다.

맞서 싸우듯이, 각자의 손으로 돌격 소총, 샷건, 대물 라이플 등을 일제히, 고슴도치처럼 들고 들이대어 간다.

"그리고 진짜 멜자베스 그로서리를 구해 내고, 부디 최고의 해피엔딩을, 하고 미사카는 말할 것까지도 없는 주문을 합니다. 그게 당연하고, 무엇보다도 간단한 답이고, 이 세계에 존재하는 자연스러운 법칙이어야 해요. 그걸 위해서라면, 미사카는 함께 싸울 수 있어."

『히하하!! 웃기지 맛, 밟아 쓰러뜨리겠다 전부, 이참에 클론 살해도 옵션으로 해 주겠습니다 네! 이힛하, ××××(■특수 성벽에 관련된 미국 남부 지방의 슬랭?) 그 여자를 밑바닥 지옥까지 몰아넣겠어 '멜자베스 그로서리의 범죄'로서 말이야아!!!!!!』

11

심각한 얼굴을 숨기지 못하는 보좌관으로부터 슬쩍 귓속말을 듣고, 그러나 로베르토는 대담하게 웃는다.

"……갸름하고 단정한 얼굴의 겁쟁이인 줄 알았는데, 하면 할 수 있잖아."

클론 살해죄를 자백하여 여론의 역풍을 일부러 뒤집어쓴다.

만 명을 죽인 악당에게 가해자의 의자를 독점하게 한다.

그러고 있는 사이에 '클론 인간 자체에 대한 혐오나 증오'를 피한다. 똑같은 얼굴을 한 소녀들은 어디까지나 피해자라는 틀에 넣고, 안이하게 두들길 수 없는 의자에 냉큼 앉힌다.

……그렇게 방비를 굳히고 처음부터 끝까지 얼버무리기만 한다면 감쌀 만한 매력을 느끼지 않는다. 여기서 단념해도 좋았지만, 학원도시의 미숙한 통치자는 한 가지 손을 더 썼다.

위험한 것을 알면서, 드러낸다.

사람과 똑같이 생각하고, 짓밟히는 마음을 생각하며 분노하고, 올바른 목적을 위해 무기를 든다.

드러난 '인간'의 부분으로, 소녀들이 이 세계에 존재하는 것이 옳은지 그른지를 세상에 묻는다.

대단한 도박이다.

그 결과, 마음이 세상에 닿지 않는다면 '클론 따위 수만 명이 있어도 국제법 위반이니까 처분해 버려라'로 의논이 깨끗이 끝나 버릴지도 모르니까.

그리고 자신의 목숨보다도 소중한 것을 망설임 없이 건 일생일대의 대(大)도박을 보면, 이 남자는 그만 이렇게 생각하고 마는 것이다.

백 배 이상이 되는 마권을 노려라.

견실하게 이기려고 하다가 하고 싶은 일에서 도망쳐 봐야 점점 가난해져서 망하잖아, 하고.

"제군!!"

힘차게 마이크를 쥐고, 대통령의 연설이라기보다 프로레슬링의 마이크 퍼포먼스 쪽이 어울릴 것 같은 목소리로 로베르토는 말하고 있었다.

"학원도시라고? 클론 기술이라고? 거기 있는 야당 대표님은 시시한 옆길로 새서 이 나의 말꼬리를 잡으려는 모양이지만, 굳이 정면에서 전력을 다해 군것질을 해 주지. 왜냐하면 곧장 집으로 돌아가는 것보다, 그쪽이 재미있으니까!! 알겠나, USN 방송, 그리고 TV AMB도! 이 대통령이 댁들을 위해 시청률을 끌어올려 주마!!"

찡긋—, 하고 전국 방송 카메라를 향해 한쪽 눈을 감으며,

"나는 외지에서 온 인간이야. 그것도 멕시코 국경을 남에게는 말할 수 없는 수단으로 종단한 불법 이민으로 시작했어. 그때부터 글씨를 배우고 숫자 계산을 배우고, 선거 제도 자체의 수정에 성공하고, 마침내는 국민에게 뽑혀 히스패닉으로는 세 번째 대통령의 자

리까지 기어올랐지!! 고등학교를 중퇴한 내가 뽑힌 이상, 합중국은 만인에게 평등한 기회가 주어져야 하는 땅이라는 기대를 짊어졌다고 나는 판단한다. 인종, 민족, 종교, 남녀, 언어, 학력, 빈부, 전부 엿먹으라고 해. 그런 시시한 벽을 모조리 부수며 돌아가는, 세계에서 최고로 근사한 이 나라가, 사람을 출생으로 비난할 도리는 없어!! 성조기를 크게 펼치는 이 나라는, 모든 사정을 안고 찾아오는 사람들을 웃는 얼굴로 맞아들여야 해. 하물며 그게 합중국에서 사는 3000만 명을 구하고! 로스앤젤레스를 되찾고!! 이유 없는 죄에서 일반인을 지키기 위해, 단 하나의 목숨을 걸고 총을 들기로 결심한 소녀들이라면 더욱 그렇지!!!!!!"

뎅—, 하고 로즈라인 보좌관이 몹시 시고 짠 것이라도 먹은 것 같은 잔뜩 찡그린 얼굴을 하고 있었다. 완전히 본래의 원고를 내던지고 갑자기 밀려온 애드립의 대홍수에 어지간한 엘리트도 머리의 처리 능력이 한계를 맞이하고 있는 것이다. 늘 있는 일이라고도 한다.

대신해서 귓속말을 한 것은 부통령이었다. 대통령을 첫째로 지탱해야 하는 그로서는 기세와 용기 때문에 엉망진창이 되면 곤란할 것이다.

"대통령님! 아직 사실 확인이 끝나지 않았습니다. 그 클론의 목적은? 정말로 합중국을 위해 싸우고 있는지는 미지수입니다. 단순한 폭도가 되었을 가능성도 있지 않습니까!"

"아니!! 나는 틀림없이 믿고 있어!! 왜냐하면 남에게는 말할 수 없는 안쪽의 안쪽에서 정자와 난자가 안녕하세요를 하든, 체세포에서 추출한 DNA 구조를 이용하든, 태어나는 인간에게는 모두 똑같은 마음이 깃드니까! L.A.의 소녀들은 착한 마음의 소유자야. 위험해 일어서서 여러 가지를 외치고 있었더니 조금 서 버렸지만 이건 소녀라는 키워드에 걸린 건 아니니까?!"

"근거가 너무 어설픕니다!!"

"정자와 난자 쪽이니까! 그것도 아직 완전하지 않은, 살짝 선 거라면 완전 세이프고!"

"딴소리하지 마 빌어먹을 대통령!! 멜자베스 그로서리? 대체 클론 인간과 어떤 관계가 있는 겁니까, 새빨간 남을 위해 거기까지 할 가능성은 지극히 낮을 텐데요!!"

"그런가, 다리스!! 자네도 백발이 눈에 띄기 시작했군, 하지만 동양의 장어를 먹으면 불끈불끈 전설은 좀 신용할 수 없어. 미국인이라면 밤생활이 곤란할 때는 고기지, 소고기 등심 1파운드와 마늘을 두려워하지 마!!!!!! ……그런데 자네, 스스로 깨닫고 있나—?"

네? 하며 눈을 깜박거리는 부통령.

이야기를 따라올 수가 없게 된 것 같아서, 마이크에 확실하게 입을 대고 로베르토는 다시 말했다. 물론 노인에게도 추천하는 강장제 이야기는 아니다.

"자네, 어떻게 무고죄 피해자의 이름이 멜자베스 그로서리라는 걸 알고 있는 거지?"

일순, 이다.

다리스 휴레인은 들은 말에 의식의 핀트가 맞지 않았던 모양이다.

하지만 직후에 깨닫는다. 로베르토 캇체의 감정에 맡긴 연설을 흘려들어서는 안 된다. 그는 일부러 기나긴 독무대를 열어 주의력을 흐트러뜨리려고 했다. 그렇다, 그 알맹이 없는 연설 속에서 '이유 없는 죄에서 일반인을 지키기 위해'라고밖에 말하지 않았다?!

"……누군가가 낚일 거라고 생각했지만, 자네인가 다리스. 귀여운 클론들과는 달리, 실은 L.A.에서 몰래 정보를 모으고 있었습니다—라는 곡예는 할 수 없겠지? 어쨌거나 여기는 완전히 정반대의 동해안이고, 자네 몸은 하나밖에 없고."

"아……."

"그리고 사라진 로스앤젤레스 시민은 공적 기록에 없는 불법 이민을 포함해서 약 3000만 명. 거기에서 핀포인트로 한 개의 이름이 나왔는데 우연히 답과 들어맞을 가능성은, 그렇게 높지는 않지. 대충 키보드를 쳐서 핵 발사 코드를 한 방에 맞히는 것과 어느 쪽이 더 확률이 낮을까—?"

태연했다.

하지만 사실, 합중국 대통령의 위압은 짓눌러 찌부러뜨리는 것 같기도 했다.

여당이, 야당이, 가 아니다. 그가 여러 가지 작전을 짜는 것은 이 나라를 좋게 만들기 위해서다. 같은 여당 안에서 의원이 벌레를 씹는 얼굴을 할 결정을 내리는 것도, 자신의 집에 야당 대표를 초대해서로 고함을 치는 것도, 싸움에서 멋진 아이디어가 나온다고 믿고 있기 때문이다.

즉 궁극적으로는, 합중국을 생각해서 일하는 사람들 사이에 적과 아군 따위는 없다.

하지만 그 반대는 절대로 있을 수 없다.

그 남자는 항상 합중국의 동료를 응시하며 악수를 하고, 그리고 동시에 사정없이 적을 잘라 낸다.

"죄송합니다 대통령님, 공공장소에서 직무 중에 스마트폰으로,"

"일본의 시시한 밀실 재판도 아니고, 토론회에는 평범하게 전국 방송 카메라가 들어와 있거든? 카메라의 수는 100, 아니면 200 정도인가? 360도 빙글빙글 돌려서 얼마든지 영상을 자세히 조사할 수 있을 텐데, 더 할래? 이 토론회를 열고 나서 지금 이 순간에 이르기까지, 자네가 한 번도 모바일 기기를 만지지 않은 게 판명되면 거기에서 디 엔드인데."

"……."

확실히 지금 이 토론회는 동영상 사이트로 세계에 공개되고 있다. 하지만 한편으로 참가하는 사람들은 모바일 기기를 가지고 들어오는 것이 금지되어 있다. 인터넷 너머의 정보는 벽에 표시되는 여당 야당의 의원들의 코멘트가 전부. 무엇이든 자유롭게 검색하고, 마음껏 인터넷 뉴스를 볼 수는 없다.

아무리 세계가 들끓고 있어도, 그것을 알 수는 없다.

솔직히 '사태를 안' 것은 보좌관으로부터 직접 귓속말을 들은 대통령 정도다.

"그렇달까, 자네의 스마트폰은 바로 저기 통로에서 **빼앗겼잖아**―. 우리 귀여운 보좌관한테. 아니면 여고생과 어깨를 나란히 하고 두 대를 갖고 있나? 젊네, 감성이. 그럼 화면을 보고 있었다고 한다면 지금 내놔 봐, 자네의 휴대 전화를. 할 수 있다면. 자."

"………………………………………………………………"

....
....
....
.........................."

　R&C 오컬틱스는 막대한 돈을 뿌리고 허니 트랩, 모바일을 통한 정보 흡수, 홍보 관련 상담 등 여러 가지 수단을 구사해서 전국에 깊이 뿌리를 내리고 있다. 어디에 거짓말이 숨어 있는지는 아무도 파악하지 못했다.

　답이 나왔다.

　로베르토 캇체는 어깨를 으쓱하고, 다리스 휴레인은 가만히 한숨을 쉬고.

　철컹철컹!! 하고.

　두 사람이 동시에 질 좋은 슈트 안쪽에서 반자동식 숏건을 뽑는다.

　접어 둔 지팡이나 행거 같은 스톡이 단숨에 전개되어 간다.

　지근거리 중의 지근거리. 서로가 서로의 급소를 노리고, 주로 사용하는 손만으로 억지로 총을 유지하고, 긴 총신을 교차시키는 그 광경은, 이미 서부극의 결투라기보다 펜싱이나 뭐 그런 것처럼 보였다.

　"대체 무슨 생각으로 악덕 기업 따위에 꼬리를 흔들었는지는 모르겠지만……."

　정점 중의 정점.

합중국 대통령 관저에서, 싱긋 웃으며 대통령은 말한다.

"어린애 싸움에 어른이 머리를 들이미는 정도가 아니라, 평화로운 가정에 더러운 손을 넣고 마음대로 휘젓는 미친 짓. 그게 화이트 하우스의 일원이 할 일인가, 다리스. 합중국의 국민과 세계의 행방을 지키는 전군 최고사령관인 나도 역시 열받는다고. 잠깐 결투할까?"

그리고 미인 보좌관 로즈라인 클락하르트는 머리를 끌어안고 있었다.

국가 반역죄감인 부통령이 여차할 때를 대비해 화이트하우스에 몰래 총을 가지고 들어온다면, 그나마 이해할 수 있다. 물론 상식을 벗어난 흉악범이라면 있을 수 있다, 는 의미로다.

하지만 문제는 오히려 이쪽이다.

저도 모르게 상황을 잊고 금발 미녀는 고함치고 있었다.

"왜 당신이 자선 토론회에 총을 가지고 들어왔어, 빌어먹을 멍청이 대통령???!!!"

"잊었나? 여기는 세계의 중심인 카 체이스와 섹스와 건(gun) 액션의 나라라고."

행간 3

『R&C 오컬틱스 진범 가설』

제창자, 카미조 토우마.

개 역할과 주인 역할이 교대로 바뀌는 구체 관절 인형과 은발 갈색의 미녀. 그들은 모두 R&C 오컬틱스가 준비한 가짜고, 무엇을 고르고 어떻게 행동해도 확정으로 파멸이 기다리고 있다. 진짜 멜자베스는 다른 3000만 명과 마찬가지로 모래 속에 숨겨져 있다, 라는 가설.

이 경우, 진짜 멜자베스는 3000만 명의 소실과는 전혀 관련되어 있지 않고, 완전한 무고죄라는 뜻이 된다.

또한 R&C 오컬틱스의 목적은 진짜 멜자베스에게 차례차례 무고죄를 밀어붙임으로써 전세계에서 있을 곳을 없애고, CEO 안나 슈프렝겔의 편리한 꼭두각시 인형이 될 때까지 철저하게 몰아붙이는 데 있었다, 라는 이야기로 결말이 난다.

멜자베스 그로서리는 자신이 개발한 로지스틱스 호넷이 악용되는 것이 싫어서, 순종적으로 따르는 척을 하며 R&C 오컬틱스 본사 빌딩에 잠입을 계획하고, 자신의 멀웨어를 이용해 거대한 물류 네트워크를 파괴하려고 했다. 이 도전은 미연에 저지되지만, 거대 IT

에 속하는 다른 모든 사원과 임원들과는 달리 최후의 최후까지 저항을 포기하지 않은 멜자베스의 자세에 안나가 흥미를 보였다, 라는 추측을 할 수 있다.

고결하고 청렴결백하기 때문에 더더욱 원하게 된다.

악당으로서 결정적으로 모순되면서도 버릴 수 없는 갈망인지도 모른다.

오티누스, 시스터즈(동생들), 대통령 로베르토 캇체 등이 지지.

또한 다른 경로로, 스테일 마그누스가 멜자베스는 독일어를 읽지 못한다는 것을 확인.

마술사 치트리니타스, 부통령 다리스 휴레인 등의 흑막을 끌어내는 데 성공.

흐느껴 우는 소녀와의 약속을 지킬 때가 왔다.

이제는 난적을 쓰러뜨리기만 하면 된다. 오직 그것만으로 두말할 필요 없는 해피엔딩이 기다리고 있다.

제4장 양자택일의 바깥쪽
Duel_Against_R∴C∴O∴(for_Save_Mother)

1

두팡!! 가가가가각!! 하고.

로스앤젤레스, 롱비치. 영하 20도로 바닷물까지 얼어붙은 밤의 요트항에, 연속적인 사격음이 울려 퍼지고 있었다. 군용 양산 클론과 원격 파이브오버가 본격적인 충돌을 시작한 대음향. '순수한 기계제품만으로 오리지널의 레벨 5(초능력자)를 뛰어넘는' 파이브오버와, '오리지널에는 다다르지 못한 시스터즈(동생들)'의 싸움이라면 상당히 힘들어질 것이다.

하지만 그들 두 사람은 그쪽에 시선도 주지 않았다.

카미조 토우마와 치트리니타스.

굵은 목줄을 쥔 구체 관절 인형과, 목걸이로 연결된 채 지면에 네발을 딛고 엎드린 묘령의 미녀. 딱딱한 인형과 은색 쇼트헤어에 밀빛 피부를 가진 여성은, 양쪽 다 가짜. 어느 쪽을 구해도 헛물을 켜게 되는 R&C 오컬틱스의 덫일 뿐이다.

『기키이히히.』

트랜스 펜의 바보 통역만으로 설명할 수 없는, 일그러진 목소리가 내던져진다.

『쌓았군? 너는 자신들 이외가 쌓아 올린 거다 뭔가 많이. 마치 기적처럼도 보이나, 이긴 거야 이미 그걸로? 오히려 힘은 빌리면 빌리는 만큼 잃어 간다고 밸런스. 피라미드의 트럼프처럼! 왜냐하면 너 여기에서 패배 꺾이면, 두 번 다시 기어올라갈 수 없을 테고 확정입니다!!』

"지껄이게 놔둬."

작열하는 악의를 서늘한 얼굴로 튕겨 낸 것은 카미조의 어깨 위에서 가느다란 다리를 꼬는 오티누스다.

"보면 알잖아. 동료의 ㄷ자도 모르는 고독하고 외로운 마술사가 멋대로 이것저것 상상하면서, 이웃에서 하고 있는 생일 파티에 시끄럽다느니 뭐라느니 불평을 하고 있을 뿐이야. 걱정하지 마, 그럴듯한 말의 어디를 잘라도 함축 따위는 없어. ……이 '이해자'가 보증해 주지, 인간. 네가 손에 넣은 '힘'은, 세계의 파멸을 부정할 정도의 강함을 갖고 있다고."

『그러니까 그 심지가 그러니까 부러진 뽀각 순간의 페이스 보고 싶다는 거잖아아아아아아아아아아(■음성이 일부 가청역(可聽域)을 넘었습니다)!!』

빠캉, 하는 차의 시프트 레버를 움직이는 것 같은 둔한 소리가 울렸다.

개처럼 엎드린 은발 갈색의 여성, 그 턱관절에서. 한계 이상으로 벌어진 입 안, 목구멍 안쪽에서 무언가가 번쩍 빛났다.

궁!!!!!! 하고.

직후에 작렬한 대음향은, 개 역할의 입에서 레이저포처럼 대량의 모래가 토해져 나오는 소리일까, 아니면 한 소년이 그 일격을 오른쪽 주먹으로 후려쳐 흩어 놓은 소리일까.

너무나도 빨라서, 이미 둘에 차이 따위 없었다. '치트리니타스는 철근 콘크리트를 절단할 정도의 술식을 사용하는 듯하다'는 정보가 없었다면 경계하기 전에 목이 떨어졌을 것이다.

그리고 후려쳐 흩어 놓으면 거기에서 끝나는 것도 아니다.

"바람이 불어오는 쪽!!"

"알고 있어!!"

어깨의 오티누스의 외침에 호응해, 카미조는 정면으로 돌진하는 것이 아니라 오른쪽으로 크게 슬라이드. 한 번은 흩어졌던 모래 먼지가 솜사탕처럼 부푸는 것에 휘말리는 것을 막는다. 마술사가 항구 가장자리에서 바다를 등지면 위험하지만, 뭣하면 얼어붙은 하얀 바다에 발을 올려놓아도 상관없다.

황색화, 치트리니타스가 관장하는 것은 '발효'.

인간을 포함한 생물을 전부 양분이라는 형태로 치환하고, 산 채로 모래에 흡수시켜 가두는 마술사. 즉 놈의 본질은 칼로 찌르고 주먹으로 치는 것이 아니라 땅따먹기 게임이다.

포위되고, 뒤덮이고, 통째로 삼켜진 시점에서 회피 불능의 즉사 공격이 기다린다.

반대로 말하자면,

"표면에 닿는 것만이라면 문제없어. 공간만 주의하면, 네 마술은 무섭지 않아!!"

『그럴까!!』

바람이 불어오는 방향으로 돌아 들어가, 거기에서 단숨에 카미조는 거리를 좁힌다.

노리는 것은 굵은 목줄을 쥐고 목걸이의 장착자에게 휘둘리는 가련한 구체 관절 인형. 매끈한 안면. 거기에 강하게 강하게 움켜쥔 오른쪽 주먹을 사정없이 처넣어 간다. 주인 역할도 개 역할도, 어느 쪽도 분명히 부자연스럽다. 마술도 만들어진 것이라면 카미조의 오른손에는 견디지 못한다.

즉, 한 방 직격하기만 하면, 치트리니타스는 쓰러뜨릴 수 있다.

부드러운 감촉이 있었다.

빙글, 하고 구체 관절 인형이 뒤로 크게 돈다.

하지만 사람의 살이나 뼈의 느낌은 아니다. 구체 관절 인형인데 부드러운 감촉이 돌아오는 것도 이상하다. 그 직전에 카미조의 몸통보다도 굵은 모래 기둥이 지면에서 치솟았다. 그걸로 충격이 분산된 것이다.

정신이 들어 보니 공중에서 1회전한 구체 관절 인형이 개처럼 엎드리고, 회전문이라도 돌린 것처럼 은발 갈색의 미녀가 목줄을 쥐고 카미조와 마주하고 있다.

모드가 바뀐, 건가?

"샌드, 백?!"

『히히, 마술은 내 거 무섭지 않다, 잖아? 한 말을 부정하지 말아 주십시오!!』

이매진 브레이커(환상을 부수는 자)에 의한 효과일까.

직후에 모래의 기둥이 결합력을 잃고 사방팔방으로 튕겨 날아간다.

"웃."

그것만으로도 카미조는 구르다시피 해서 일단 뒤로 물러날 수밖에 없다. 그 잠깐 사이에 다시 인형이 목줄을 쥐고 미녀가 목걸이를 차고 있었다. 엎드려서, 헐렁헐렁한 티셔츠의 목둘레에서부터 가슴 부근이 터널화하고 마는 것도 신경 쓰지 않고, 한계 이상으로 턱을 크게 벌려 간다.

궁!! 하고 풍경을 콘크리트째 도려내는 고위력(高威力)이 있었다. 옅은 모래 커튼을 찢고, 초고압으로 압축된 레이저 무기 같은 모래 무기가 덮쳐 온다.

땅에 올려진 크루저의 그늘에 몸을 숨기면서, 카미조는 조용히 혀를 찼다.

"젠장, 닥치는 대로 마구 배를 잘라 날려 보내다니……. 역시 요트 정도로는 안 되나!"

"정도, 라. 네놈이 지금 몸을 기대고 있는 이거, 대략 3000만 정도 한다고."

"……"

하나도 남김없이 부서져 버려라, 하고 예금 잔고 5800엔인 아이(*주, 이제부터 ATM이 작동하지 않는 연말연시)는 마음속으로 저주하지만, 실제로 그렇게 되면 곤란해지는 것은 방패를 잃는 카미조 쪽이 될 것이다.

"수수하지만 성가시군. 이매진 브레이커(환상을 부수는 자)로 없애도 살상력이 끊기지 않는다는 건……!"

"하지만 그런 것치고, 치트리니타스는 항상 모래폭풍으로 자기 자신의 몸을 완전히 덮는 것도 아니야."

어깨의 오티누스가 무서운 말을 한다.

확실히, 즉사 존(zone)인 '모래'로 360도 둘러싸여 버리면 근거리 공격밖에 사용할 수 없는 카미조는 목줄로 연결된 두 사람(?), 치트리니타스에게 가까이 갈 수도 없게 되고 만다.

다만,

"이매진 브레이커(환상을 부수는 자)를 사용하는 사람은 무기를 사용해서는 안 된다는 금지 룰은 딱히 없어. 특히 총의 대국인 미국에서는, 스스로 자신의 시야를 막는 것에 망설임이라도 있는 걸까? 아니면, 결이 고운 모래에 자신의 폐라도 망가질까 봐 두려워하고 있는 건가……. 무엇이든 기회이기는 한가."

"……우선 최악은 없다는 걸 알았을 뿐이고, 역전의 힌트라는 느낌이 안 들어."

"당연하지, 그렇게 금방 뭐든지 다 대답이 나오겠어? 상대는 '로젠크로이츠(장미십자)'의 정예라고."

궁!! 하고 크루저가 가로 일직선으로 절단되어 간다.

몸을 낮춘 채 카미조는 행동을 시작한다. 확실히 공기 중에 흩어지는 모래는 무섭지만, 철탑도 잘라 쓰러뜨리는 위력이면 방패로 쓸 수 있는 것을 마련할 수가 없다. 섣불리 거리를 두어도 일방적으로 저격당할 뿐. 가까이 가도 리스크가 달라지는 것은 아니지만, 적어도 이쪽의 주먹도 닿는다.

통, 하는 작은 소리가 있었다. 무나 당근에 식칼이라도 통과시키는 듯한 울림과 비슷했지만, 보니 항구의 얼어붙은 콘크리트 지면에 투명한 칼날이 꽂혀 있었다.

뭔가 반짝반짝했다.

카미조의 머리 위에서 날카로운 유리 조각이 대량으로 쏟아져 내려온다.

이곳은 얼어붙은 바다로 튀어나온 요트항. 고층 빌딩의 창이 깨진다는 사태도 없을 텐데. 그렇다면,

"모래……?! 가공도 할 수 있는 건가!!"

『하나만이 아니야, 모래밭놀이 공원 데뷔라고 생각했나 끝날 거라고라도오?!』

허둥지둥 몸을 비틀어, 카미조는 가까운 도로에 세워져 있던 견인 차량의 조인트 레버를 쓰러뜨린다. 옆으로 쓰러진 요트, 그 튼튼한 돛 아래로 굴러 들어간다.

텐트보다도 두꺼운 튼튼한 방수천의 지붕.

덮쳐드는 소리의 홍수는 빗소리보다도 꽤 높다. 기잉!! 하는 고막을 직접 상처 입힐지도 모를 정도의 고음 덩어리가 콘크리트 지면에서 작렬한다.

"익?!"

허벅지 부근에서 작렬하는 아픔이 있었다.

(시트를, 관통했어?!)

비명을 질러도 치트리니타스에게 대미지가 있음을 전할 뿐이다. 얼굴을 찌푸리며 이를 악물고, 다리에 꽂힌 날카로운 파편을 건드린다. 까끌거리는 감촉과 함께, 투명한 칼날은 모래로 돌아간다.

일일이 지혈하고 있을 새도 없었다.

『그것 봐.』

지면을 기는 여성이 크게 턱을 벌리고, 입가에서 부슬부슬 주룩주룩 가느다란 모래가 넘친다. 그것들은 바람의 힘으로 완만하게

날아 올라가더니, 공중에서 한 변이 2미터 정도인 거대한 상자로 압축된다.

물개의 공놀이 같았다.

『굳어지는 도망쳐 숨어 계속할 뿐이냐? 끝은 없다는 거지이?!』

머리에 올려놓은 정육면체를 수직으로 들다시피 하며 땅을 기는 미녀가 날아오르고, 구체 관절 인형이 땅을 긴다. 직립한 은발 갈색의 여성이, 떨어져 내린 정육면체를 힘껏 손바닥으로 후려친다.

마치 거대한 주사위라도 던지는 것 같았다. 하지만 실제로는 중량 5톤 이상의 거대한 사암. 그것은 물어뜯듯이 옆으로 쓰러진 요트를 흐물흐물하게 파괴한다.

카미조는 이제 굴러나갈 수밖에 없었다.

생각한 것보다도 거리가 길어진 것은, 폭발한 요트의 기세에 눌려 허공을 춤추었기 때문이다.

"그악?!"

『칫. 구르는 쪽이 유리투성이 즐거웠을 텐데에 반짝반짝.』

개 역할과 주인 역할, 세로로 빙글빙글 도는 두 치트리니타스가 똑같이 말하며 웃는다.

(젠장. 요트라는 건 바람의 힘으로 나아가는 에코 탈것이 아니었어?!)

등이 뜨겁다.

허둥지둥 싸구려 상의를 벗어 던지려고 했지만, 무언가가 걸려서 방해한다. 그리고 화상이 아니라는 것을 깨달았다. 무언가의 파편이──그야말로 새끼손톱만 한 유리나 쇳조각일까── 재킷의 천을 물고, 등의 피부에 파고드는 형태로 꽂혀 있는 것이다. 전부 몇 개일지 상상도 할 수 없다.

아무래도 저 두 사람은 엎드린 여성을 사냥개처럼 풀어 사냥감을 몰고, 구체 관절 인형이 사냥감의 숨통을 끊는다는 방식의 싸움은 하지 않는 것 같다. 굳이 말하자면 마녀의 빗자루나 수정구 같은 것과 마찬가지로, 무기나 도구 등의 장비품으로 인식되고 있는 것인지도 모른다.

하기야, 물론 어느 쪽이 주인이고 종인지를 논하는 것에 의미 따위 없겠지만.

『실패였어 역시가 아닌가아—?』

실실.

직립한 인형과 엎드린 인간이, 기묘할 정도로 싱크로하면서 비웃는다.

『엠프티 승산 따위. 보장은 아무것도 없어 연습 없이 바로 하는 게 아니었어! 그게 진실이잖아?! 그렇다면 끌어들이는 클론 그만둬야 했어. 협력하겠습니다라는 말을 듣고 네 그렇습니까 하며 끄덕인 시점에서, 진흙탕 넌 그녀들을 끌어들인 거다!!』

"아니."

그것을, 끊는다.

주먹을 쥐고, 자신 쪽에서 앞으로 나가서. 모든 망설임을 여기에서 끊는다.

"…난 믿고 있어. 시스터즈(동생들)의 선의나 호의는 엉뚱한 결과를 만들지 않아. 평범한 고등학생인 나 따위보다 훨씬 강한 '사람'들이야. 아무런 망설임도 없이, 안심하고 등을 맡길 수 있는, 의지할 수 있는 동료라고!! 그러니까 걱정 같은 건 안 해!! 잘못되었을

리가 없지. 로스앤젤레스의, 멜자베스 모녀의, 모두의 행복을 바라며 일어서 준 이 기적이! 엉뚱한 결과를 만들 것 같냐!!!!!!"

2

같은 시각, 같은 장소에서 짧은 연사음이 이어지고 있었다.

아무도 없는 도시 안에서 롱비치만은 불꽃놀이 대회보다도 요란한 대음향에 휩싸여 있었다. 제3위나 제4위를 뛰어넘는 것과 거기에 닿지 못한 클론 소녀들이 격렬하게 서로 쏘고 있기 때문이다.

그래서 어쨌다는 거냐.

단순히 출력이 높은 레일건을 쏠 수만 있으면 모든 것에 이기는 것은 아니다. 포신을 묶어 개틀링화하면 능력자를 압도할 수 있다는 보장도 없다. 전선에 참가한 개체도 세계 각지에서 대기하는 개체도, 총 만여 개체에 이르는 시스터즈(동생들)는 서로의 뇌를 전자파로 연결해 미사카 네트워크(거대한 병렬연산장치)로서 자기를 정의한다. 그 압도적인 계산 능력이 있으면 이끌어 낼 수 있다.

종이 한 장 차이로 피하고.

바늘구멍을 꿰듯이 관절이나 센서에 저격하는 길을.

그런 가운데, 다.

"왜 그래요? 벌써 휴식인가요, 하고 미사카 19559호는 질문해 봅니다."

통째로 썰린 크루저 뒤쪽에 등을 기대고 앉아 있는 그림자에게, 완전히 똑같은 얼굴의 소녀가 말을 걸었다.

주저앉은 소녀는 머리와 어깨 사이에 돌격 소총을 끼워 지탱한 채 잠시 침묵했다.

그러고 나서,

"죄송해요⋯⋯."

그녀는 낮게 중얼거렸다.

"⋯귀를 기울여 버려서, 하고 미사카 10089호는 밤하늘을 올려다보며 정직하게 토로합니다."

뭐, 이해한다.

설령 보이지 않는 네트워크로 이어져 있지 않다고 해도.

궁지에 몰린 소년이 등을 맡겨 주었다. 말로 하면 그것뿐이지만, 거기에 얼마나 무거운 가치가 있는 일인지.

그래서 곱씹고, 맛보고, 삼키며, 소녀들은 가만히 이렇게 속삭이는 것이다.

""너무 늦었어, 베이비.""

휴식은 끝이다.

다시 한번 일어서서 총을 들고, 소녀들은 죽음과 파괴의 맞바람에 정면에서 맞선다. 차가운 밤에 머즐 플래시(주6)의 꽃이 흐드러지게 핀다. 똑같은 얼굴을 한 소녀들 사이에서 교체용 탄창을 던지고, 다시 장전할 시간을 벌고, 서로가 서로를 지탱하면서 표적을 파괴해 간다.

"미사카에게는 소중한 사람이 있어요."

너덜너덜해진 고급 요트나 크루저의 잔해를 밟고 넘어.

발치에 굴러다니는 사마귀의 머리에 지근거리에서 최후의 일격

주6) 머즐 플래시: 총을 쏠 때 발사 화약이 총구 부근에서 연소함으로써 발생하는 섬광.

을 가하며,

""그에게 도움이 된다면. 그걸로 로스앤젤레스 사람들을 구할 수
있다면.""

여러 명의 클론으로 두꺼운 방패를 만들고, 뒤쪽에서 몸을 내밀
어 대물 라이플을 들이대고.

필살의 일격을 가하고 앞으로 나아가면서, 소녀들은 그저 세계에
선언한다.

""""이 정도의 위기 따위, 공포 축에도 들지 않아!! 하고 미사카는
분명하게 단언합니다."""

끼익끼익 까악까악까악…… 하는 기계의 낮은 작동음이 귀에 닿
은 것은 그때였다.

예를 들자면, 정밀한 컴퓨터의 작동음과도 비슷한…….

파악!!!!!! 하고.

바로 가까이에 있던 크루저가 유리 세공처럼 부서져 흩어진다.

순간적으로, 다.

똑같은 얼굴을 한 소녀들이 미사카 네트워크를 통해 연계하고 일
제히 몸을 숙이지 않았다면, 대량의 날카로운 파편을 뒤집어쓰고
피투성이가 되어 있었을 것이다.

그리고 이런 옆으로 쏟아지는 비 같은 둔기의 폭풍은 기억에 있
다.

벡터 조작.

"……아뇨, 그건 아닌 것 같아요, 하고 미사카 16360호는 냉정하

게 분석합니다."

끼익끼익 철컥철컥, 하는 딱딱한 소리가 몇 개나 연속되었다. 자신의 손으로 엄폐물인 크루저를 날려 보냈기 때문에, 이제 그 몸을 숨길 것은 아무것도 없다.

왜건 자동차보다도 커다란 게 괴물, 로 보인다.

옆쪽으로 자세를 잡는 기계 무기는 거대한 방패를 갖추고 정면으로부터의 실루엣을 거의 숨기고 있다. 그리고 그 방패야말로 진짜. 표면에서 CD와 비슷한 일곱 색깔의 광택이 미끄러지듯이 이동해 가는 것은, 눈에 보이지 않을 정도로 작은 말미잘 비슷한 무언가로 빽곡하게 덮여 있기 때문이다.

Five_Over OS.

Modelcase "Accelerator".

"마지막에 버티고 서는 벽이 '당신'의 이름을 쓰다니. 이것도 운명의 장난일까요, 하고 미사카 19559호는 조용히 중얼거립니다. ……하지만 진짜라면, 절대로 그를 방해하지는 않을 거예요."

"사람의 손이 개입한 시점에서 그건 이미 운명이라고는 부를 수 없어요, 하고 미사카 10089호는 냉정하게 지적하며 자신의 반응 속도를 테스트합니다."

파이브오버 그 자체는, 순수한 기계제품만으로 레벨 5(초능력자)와 같은 방식으로 재현해 동등하거나 그 이상의 파괴력을 만들어 낸 무기를 가리킨다. 이것은 제3위로 떠올려 보면 이해하기 쉬운데, 보다 강대한 레일건을 탑재하면 파이브오버 달성, 이라는 것이 된다.

그러나 OS, 아웃사이더는 다르다.

"레벨 5(초능력자)와는 다른 방식을 채용하면서, 겉보기상으로는 레벨 5(초능력자)와 비슷한 결과를 출력할 수 있는 무기."

"머리카락보다도 가느다란 10억 개 이상의 군체 제어 실린더나, 또는 분산형 전기 수축 젤이라도 사용하고 있는 건가. 대체 어떻게 벡터를 조종하고 있는 '것처럼 보이게 하는 건지', 자세한 방식이 공략의 열쇠가 되겠지만요."

"어차피 진짜를 재현할 방법을 찾지 못하고 멀리 돌아서 겉모양을 갖춘, 타협의 산물. 다만 미사카는 실패작이든 뭐는 봐주지는 않겠어요. 같은 결함품으로서, 얕잡아 보는 태도로 적당히 봐주는 건 의외로 상처 입는다는 것도 알고 있으니까요, 하고 미사카 16360호는 판단합니다."

철커컹!! 하고 일제히 소녀들은 총기를 들이댄다.

정말로 벡터 조작을 하고 있는 것이 아니라면, 활로는 있다. 방패를 든 방향밖에 지킬 수 없는 것이라면, 역시 그 제1위 정도의 위압을 느끼지 않는다.

"진짜가 아니라면 무섭지 않아. 등을 맡겨 준 사람을 버릴 이유는 되지 않아요, 하고 미사카 10089호는 저 손가락을 세우며 반대로 선전 포고합니다. 퍽 ㅇ."

멀리 떨어진 평화주의의 북유럽 국가에서는 인터넷 일대에서 비난의 응수가 시작되고 있었다. 총을 들다니 야만이다, 그것도 일부러 외국까지 와서 하이킹 감각으로 난사라도 하고 있는 거냐, 하고.

하지만 문득 그중 한 사람이 이렇게 썼다.

그건 교과서대로의 이상론에 심취한 사람들을 한껏 침묵하게 하기에는 충분했다고 한다.

『하지만 까놓고 말해서 부러운 건 사실이잖아? 얼굴도 이름도 보이지 않는 안전지대에서 돌을 던지고 있는 것보다, 훨씬 정의의 히어로 같고. 인간답다는 건 그런 거야.』

프랑스의 고급 호텔에서는, 자존심 높은 학자들이 인간의 클론 기술을 비난하는 성명을 발표하려고 한 기자회견장에 플래카드를 든 많은 젊은이들이 몰려드는 참이었다. 인파에 몹시 시달리면서도, 어딘가 즐거운 듯이 카메라 앞에서 젊은이가 외친다.

『서류로 가리키고 확인해서 만 명이나 되는 여자애들을 처형해 나가는 게 정말로 인도적인 행위냐?! L.A.의 위기를 알고도 포기하지 않고, 그래도 인간을 위해 싸우는 소녀들을 벽 앞에 늘어놓고 총살하려는 게!』

『강 건너 불구경이라면 뭘 해도 좋은 건가요, 부끄러운 줄 아세요!! 당신들의 이름을 세상에 알리려는 행위로 학살을 허락한다면, 그때야말로 인간은 가슴을 펴고 앞을 볼 수 없게 돼 버려요……. 우리는 클론에게 규범이라는 걸 보여 줘야 합니다!!』

『확실히 룰은 필요해. 하지만 그건, 만든 놈들을 처벌해야 하는 거지 만들어진 소녀들을 더 궁지로 몰기 위한 게 아니야. 이 세상에 온 걸 환영해, 소녀들. 멋진 사회를 보여 줄게.』

같은 미국의 민가에서는 무슨 일인지 차고가 철컹철컹 소란스러웠다.

『엄마 왜 그래애, 이런 시간에 샷건 같은 걸 꺼내고?』

『오오, 나의 요정님, 인터넷 동영상은 못 봤니? 클론인지 뭔지 모르겠지만 결국 나이도 몇 살 안 된 여자애들의 모임이잖아. 나는 싫어, 아직 가능성이 있는 십대들이 납탄을 뒤집어쓰고 피바다에 가라앉아 가는 라이브 동영상 따위 그저 손가락을 물고 보고 있는 건! 그런 건 전혀 미국적이지 않아!!』

『……로스앤젤레스까지 300킬로미터는 되는데요?』

『겨우 300. 뭘 위한 할리니, 무식하게 커다란 오토바이로 고속도로를 냅다 달리면 아직 늦지 않아! 구체적으로 뭔지는 모르겠지만, 뭔가는 할 수 있어. 모노에타 스프링을 우습게 보지 마. 정의를 위해서라면 지구의 무엇에든 머리를 들이미는, 그게 미국식이라는 거야!!』

『아―, 아빠의 오토바이를 멋대로 구사해서 고철로 만들 마음이 가득하다면 이참에 소유자도 좀 찾아 줘. 그렇달까 아빠보다 밀리폰! 내 알카로이드 계열로는 손에 넣을 수 없는 앱이 있던데에?』

일본에서는 두꺼운 종이와 프린터가 있으면 간단히 만들 수 있는 3D 입체 마스크 도면이 인터넷을 경유해서 흩뿌려지고, 시부야나 롯폰기의 거리를 완전히 똑같은 얼굴을 한 소년소녀들이 행렬하고 있었다.

남미에서는 클럽 이벤트가 게릴라적으로 개최되고, SF 작가나 영화감독들이 맥주병을 한 손에 든 채 인류 평등을 되풀이해서 외치고 있었다.

바티칸에서는 체세포 클론은 낙태를 한 것은 아니니 문제 없다, 라는 로마 교황의 견해가 엄숙하게 설명되고 있었다.

중국에서는 우리나라는 13억 명이나 데리고 있으니 이제 와서 만 명 정도 지구의 인구가 늘어도 신경 쓰지 않는다는 게시글이 작은 유행어가 되었다.

그리고.

하나의 스마트폰을 옆으로 눕히고, 서로의 **뺨**을 붙이다시피 하며 바라보고 있는 소녀들이 있었다.

미사카 미코토와 쇼쿠호 미사키다.

"어떡하지. 어떡하지 어떡하지 이거 어떡해 쿠로코한테 뭐라고 설명하지?!"

"당신은 그나마 나아요. 나, 진짜로 코우자쿠 씨한테 죽을지도오……???"

삐로삐로 뽀로뽀로, 착신음이 멈추지 않는다. 부모님이나 친구들의 메시지 폭풍. 아이콘 구석에서 읽지 않은 메시지의 건수는 본 적이 없는 숫자가 되어 있다. 당연히 대체 어떻게 된 거냐는 것이리라.

하지만, 이다.

누군가의 명령이 아니다. 자신의 의지로 지켜야 할 사람들을 위해 무기를 드는 소녀들을 바라보며, 토키와다이의 에이스와 여왕은 저도 모르게 부드럽게 눈을 가늘게 뜨고 마는 것이었다.

어느 쪽이랄 것도 없이, 둥지를 떠나는 순간을 보며 레벨 5(초능력자) 두 사람은 가만히 입을 연다.

눈부신 것이라도 보듯이, 그녀들은 속삭였다.

""……멋있잖아, 너희들.""

3

영하 20도의 공기가 피부를 찢는다.

로스앤젤레스, 롱비치. 그 요트항. 기괴한 마술사 치트리니타스와 마주한 채 카미조 토우마는 오른쪽 주먹을 강하게 움켜쥐고, 그리고 쳐들고 있었다.

이긴다.

이기지 않으면 안 된다, 어떻게 해서라도.

그래서,

"……잠자코 있으면 유리의 비에 당하고, 방패를 준비해도 모래의 레이저나 뭉친 커다란 바위 같은 것에 뭉개져. 그 샌드백으로 주먹도 막혀 버리고, 수수하지만 진짜 성가시군!!"

『수수하다 수수하다고 하지 마. 상처 입는다고 조금.』

트랜스 펜이 음성을 번역했다. 목걸이를 하고 엎드린 미녀가 어린애처럼 입술을 삐죽거리고, 그러나 그대로 커다란 턱을 떨어뜨릴 듯이 벌리자 사정없이 초고압축 모래의 칼날이 쏘아진다.

섣불리 도망쳐도 서서히 나빠질 뿐이다. 특대의 공포에 심장이 조여들면서도, 몸을 낮춘 채 카미조는 목줄로 서로를 꽁꽁 묶고 있는 치트리니타스에게 달려든다. 오른쪽 주먹을 휘두르지만, 역시 돌고래의 점프 같은 모습으로 미녀가 날아오르고 인형이 엎드리면 두꺼운 샌드백이 일어서서 주먹의 궤도를 막아 버린다.

어깨의 오티누스는 주위를 살펴보고 있었다.

"……어딘가에 탱크로리는 없나? 하수 처리 정화조도 좋아."

"?"

"치트리니타스는 모래를 조종해."

오티누스는 짧게 말하고 나서,

"놈 자신은 압축 발사, 예리한 유리화, 무거운 사암 등 여러 가지 성질을 나눠 쓰면서 이용하지만, 반대로 말하면 모래의 성질에서 도망칠 수 없다는 의미이기도 해. 그렇다면, 이쪽도 역으로 이용해 주면 되지. 있잖아? 끓여서 소독하는 거랑 어깨를 나란히 하는 아웃도어의 기본. 강물이나 샘물을 마시기 전의, 작은 에티켓이라는 거 말이야."

"자갈이나 활성탄의…… 정수기?"

"요트나 크루저 같은 데서도 빗물의 재이용 방법으로 사용되고 있지. 그리고 거기에는 모래도 사용하고 있어. 수제 여과 장치는 더러운 강물을 깨끗하게 해 주는 물건이지만, 별로 질량 보존의 법칙을 부정하는 건 아니야. 더러운 건 정수기 안에 걸리고, 고여 있지. 통상의 몇 배에서 몇십 배나 되는 농도로 압축된 형태로 말이야!!"

이미 알고 있을 것이다. 구체 관절 인형과 은발 갈색의 여성, 치트리니타스는 자기 자신을 항상 솜사탕 같은 두꺼운 모래 먼지로 덮거나 하지 않는다. 시야를 가로막는 것도 싫은 건지, 아니면 고운 모래 입자에 폐가 망가지고 싶지 않은 건지. 그렇게 예상을 하고 있었지 않은가.

평범한 모래조차도 취급하기에 따라서는 위험한 것이다.

그렇다면 더 유해하게 만들어 준다면?

"복어 독은 복어가 스스로 만드는 게 아니야. 약간의 독성을 가진 세균을 플랑크톤이 먹고, 그걸 작은 조개나 게가 먹고, 또 그런 먹이를 복어가 산더미처럼 먹고 체내에서 잔뜩 압축하기 때문에 명확한 치사성을 띠지. 지금의 저 녀석도 마찬가지야. 지구상의 누구에게도 사소하고 당연한 대기 물질이겠지만, 부자연스러운 마술을 취급하는 치트리니타스만은 부자연스러운 피해를 정면으로 뒤집어쓸 수도 있어!!"

카미조의 시야 구석에 무언가가 잡혔다.

자판기보다도 작은 상자 모양의 기재와, 측면에 있는 권총 같은 노즐과 굵은 호스. 고급 배의 연료가 가솔린인지 디젤인지 플루토늄인지 레드와인인지는 알 바 아니지만, 겉보기에는 주유소에서 보이는 것과 같은 기재에 가깝다.

탱크로리, 라고 예를 든 것은 오티누스였을 것이다.

"저기!!"

『히힛.』

3000만 명이 사라지고, 활동을 멈춘 거리에 치트리니타스의 기분 나쁜 웃음이 떠오른다. 어쩌면 로스앤젤레스는 일찍이 없었을 정도로 공기가 깨끗해져 있었을지도 모른다.

빙글, 하고. 다시 세로로 돌아 은발의 미녀가 엎드리고, 구체 관절 인형이 일어서서 목줄을 쥐었다. 무언가의 징조다.

『안이해 안이해. 특성 샌드를 활용하는 발언이라면…… 해 줘야지 이 정도는!』

쿵, 하고.

무언가 커다란 그림자가 카미조의 머리 위를 덮었다.

일식보다 더 부자연스럽게 하늘에 뚜껑을 덮는 것의 정체는 거대한 구조물이었다. 기역자의 실루엣의 중심에 구멍이 뻥 뚫려 있고, 뒤로 꼬리날개 같은 삼각형이 흐르는, 전체 폭 5000미터를 넘는 전익형(全翼型) 공중식 우주기 발사대.

"……로지스틱스, 호넷……."

『알고 있었을 원래는 텐데. 앤서, 나는 혼자서 3000만 명을 지웠다!!』

폭발음이 작렬했다.

오렌지색 불꽃을 흘리며 원의 둘레를 무언가가 가속하고, 뒤쪽의 꼬리날개에서 기세 좋게 하늘 높이 발사되어 간다. 동시에 기역자의 날개의 흐름을 따라 벌 떼처럼 많은 드론이 사출되었다.

나프타, 또는 액체 질소.

그 정확한 분포.

『그건 결국? 응용하기에 따라서는 대기술 로스앤젤레스 전역을 삼키는 일격을 펼칠 수 있다는 뜻입니이이이이―닷!!!!!!』

대기가 움직인다.

한 도시의 기상 조건이 통째로 변화한다.

그것은, 엄밀하게는 로지스틱스 호넷이 갖는 막대한 화물 운송 능력을 활용해 공중의 임의의 장소에서 나프타나 액체 질소를 흩뿌리는 것이리라. 한난(寒暖)의 차이를 조종함으로써 대기의 밀도, 즉 기압을 조작하고, 태블릿 단말을 손끝으로 조작하는 감각으로 자유자재로 날씨를 확정시킨다. 그런 과학 기술일 뿐일 것이다. 애초에 남쪽에 있는 로스앤젤레스 일대가 영하 20도라는 부자연스러운 한파에 덮여 있는 것도, 이 로지스틱스 호넷 때문이다.

하지만 지금은 그런 표면적인 이야기를 하고 있는 것이 아니다.

계절풍치고는 너무나도 부자연스러운, 한 방향으로부터의 맹렬한 바람. 그것을 연출할 수 있다면 오른쪽에서 왼쪽으로 쓸어내듯이, 맹렬한 모래폭풍으로 로스앤젤레스 전체를 뒤덮는 것조차 가능해진다?!

『자.』

두 다리로 선 구체 관절 인형이 딱딱하게 삐걱거리는 양손을 펼쳐 간다.

그 바로 뒤에서, 닥쳐온다.

그것은 마치 육지에서 바다로 밀어닥치는, 도망칠 곳 없는 역방향의 대홍수.

혹시 오퍼레이션 · 오버로드 리벤지에 참가해 상륙한 학원도시와 영국 청교도의 혼성 부대도, 이런 광경을 목격한 것일까……?

가로 1열.

그리고 하늘도 뚫는 두꺼운 벽. 건조한 빅웨이브. 고층 빌딩들이나 별장지의 과밀지대를 통째로 삼키며, 모래사장에서 바다까지 사정없이 덮고, 최후의 한 조각의 땅조차 허락하지 않는다. 그런 노아의 대홍수 같은, 너무나도 거대한 벽이.

한 여성이 남편의 사고를 뛰어넘어, 딸과 꿈을 이루기 위해 만들어 낸 신기술.

그 모든 것을, 끝에서부터 끝까지 한 방울도 남김없이 악용해.

『덤빌 수 있다면 덤벼 봐라 도전 희망!! 이 나의 필살에에!!』

4

합중국 대통령 로베르토 캇체와 부통령 다리스 휴레인.

1미터 이내에서 서로의 가슴에 샷건을 들이댄 두 사람은 더 이상 한 마디도 없었다.

영화나 드라마로 친숙한 펌프 액션(주7)과 달리, 반자동은 총신 밑에 있는 포어엔드를 철컹철컹 슬라이드시켜 한 발 한 발 장전할 필요가 없다.

첫 총알만 약실로 보내면, 그 후에는 그저 방아쇠를 당기는 것만으로 얼마든지 죽음의 비가 쏟아져 내린다.

파캉!!!!!! 하고.

폭음과 함께 로베르토는 몸을 크게 비튼다. 아니, 방아쇠를 당기고, 반동을 죽이지 않고 오히려 자신의 몸을 휘두른 것이다. 보통 같으면 있을 수 없는 움직임에 다리스는 지근거리의 표적을 놓친다. 아무것도 없는 공간을 태우며 찢는 총알이 기세를 이기지 못하고 화이트하우스의 프레스실, 그 벽시계를 산산이 파괴한다.

그리고 다시 한번 말한다.

반자동 샷건에 장전 동작은 필요 없다. 그저 방아쇠를 당기는 것만으로 '다음'이 나온다.

몸을 크게 비튼 채, 였다. 로베르토 캇체의 샷건이 밑에서 부통

주7) 펌프 액션: 총의 작동 방식의 일종. 샷건의 손으로 잡는 부분을 뒤로 슬라이드시켜 탄피를 밀어 내고 다시 앞으로 밀어 탄환을 장전한 후 발사한다.

령의 턱을 밀어 올리듯이 조준한다. 망설임 없이 죽음의 일격을 쏜다.

"오오앗!!"

"대통려어어어어엉!!"

총신과 총신을 부딪쳐 조준을 빗나가게 하고, 사격의 반동을 이용해 뒤로 물러나, 견제 사격을 하는 것으로 보이게 하며 몸을 낮춘 대통령이 다시 다리스의 코앞으로 뛰어든다. 총신끼리 부딪히는 무거운 소리에 고막을 찢는 듯한 총성, 머즐 플래시와 발치에 떨어지는 컬러풀한 샷셀.

비명과 고함 소리가 작렬하고, 모여 있던 기자들이 구르면서도 출구를 향해 쇄도해 간다.

화이트하우스에는 총을 든 시크릿 서비스도 있을 테지만, 모두들 어안이 벙벙해서 제대로 움직이지 못한다. 애초에 현직 대통령과 부통령이 서로 총을 들이대고 싸움박질을 하고 있는 것이다. 어느 쪽을 노리면 될까? 바깥에서 총으로 노려도 유탄이 다른 한쪽에 맞지 않을까? 너무나도 전대미문이어서, 그 정도까지의 줄타기를 할 매뉴얼도 배짱도 없을 것이다.

조금 떨어진 장소에서, 얼마쯤 전대미문에 내성이 있는 보좌관 로즈라인이 고함친다.

"이, 이 자식!! 정말로 이거 이렇게 엉망진창으로 만들어서 어떻게 자리를 수습할 생각이야…?! 얼마든지 자유롭게 화이트하우스 안쪽의 안쪽에 틀어박힐 수 있는 당신과 달리, 실제로 보도진 앞에 서는 건 이 나라고! 싫단 말이다아 이렇게까지 변사를 저지르고 기자 회견의 질문 공세에서 뭘 어떻게 얼버무릴 거야아앗?!"

"아아, 로즈의 애정 듬뿍 설교라면 나중에 잔뜩 들어 줄 테니까 지금은 머리를 낮추고 얼른 화이트하우스 바깥까지 도망쳐어!!"

"그냥 이 자식을 지금 당장 어딘가의 수용소에 던져 넣고 싶다……!!"

"…부탁이야. 유탄으로 당신이 쓰러진다면, 나는 정말로 이 녀석을 죽여 버릴지도 몰라."

그 이상은 없었다. 우뚝 서서 상황을 지켜보고 있는 것보다는 낫다고 생각한 것이리라. 검은 옷을 입은 시크릿 서비스들이 잠시 침묵한 보좌관의 팔을 움켜쥐고 재빨리 퇴장했다.

이제 진짜 1대 1.

그리고 역시, 어떻게 생각해도 총격전이라고는 말할 수 없다.

오히려 취급은 더 오래된 시대의, 도검을 사용해 서로의 명예를 걸고 싸우는 기사의 결투에 가깝다.

기익기익 하고, 마치 서로 칼날을 밀어 대기라도 하듯이 샷건의 긴 총신끼리 힘껏 서로 밀어 대면서, 이미 10센티미터 이내의 지근거리에서 두 맹장이 고함친다.

"하핫!! 하필이면 12번이냐. 처음부터 죽일 마음이었잖아!!"

"그러는 대통령이야말로 단발짜리 슬러탄(彈)이잖습니까? 방탄재킷째 사람의 몸에 주먹만 한 크기의 구멍을 뚫을 수 있는 겁니다……?!"

"그럼 질문하겠어, R&C 오컬틱스에서 무슨 소리를 들었지? 미국은 자유를 중시해 놓고 의외로 종교색이 강한 나라이기도 해. 나를 배신하면, 보수로 뭐가 손에 들어올 거라던가? 이래 봬도 일단 대통령이야, 정치의 세계에서 쓸 수 있는 힘은 돈만이 아니라는 것 정도는 이해하고 있다공."

예를 들어 법원이나 의회 등의 행정 기관에서 성서에 손을 얹고 선서하는 것도 그렇다. 그 외에도, 종교는 선거에도 관련되어 있다. 정책이나 공약, 자금력이나 탤런트력 외에, 그 후보자가 어떤 종파의 인간인지도 영향을 미치는 것이다. 유권자의 입장에서 보자면 자신과 같은 공통의 룰을 믿는 사람 쪽이 호감도 갖기 쉬울 테니까.

이민을 배척하라, 또는 널리 받아들여라.

이것도 정치의 세계에서는 자신에게 공감해 주는 사람을 최대수 확보한다는, 지극히 속된 이유도 따라붙는다. 같은 기독교라도 구교와 신교는 공통의 룰이 다르다. 물론 크고 작은 여러 신화나 종교가 전부 다 미국 국내에서 최대파가 될 수 있는 것은 아니다. 하지만 최대파가 되지 못한 사람들의 의견이 대다수를 자극해 화학 반응을 일으킴으로써 모럴이나 매너가 색깔을 바꾸고, 주장할 수 있는 정책의 폭에도 차이가 생기게 될 때도 있다.

"부통령이 그 이상으로 올라가기 위한 방법은 하나입니다. 알고 있겠죠?"

"……"

"대통령이 모종의 방법으로 실각하면 돼요. 그렇게 하면, 임시 대리로서 부통령이 그 직무를 물려받을 수 있습니다."

"그래서 나를 부추겨서, 영국과 학원도시에 잘못된 고 사인을 내리게 했다고? 로스앤젤레스 3000만 명이 희생될 것도 전부 알고서."

권력을 위해서라면 그렇게까지 하는 건가, 하고 생각할 정도로는 내면까지 와닿지 않는다.

로베르토 캇체는 천천히 눈을 가늘게 떴다.

그리고 본래의 핵심을 찔렀다.

"……자네, 나한테 뽑힌 걸 용서할 수 없었던 건가."

"부통령은, 국민에게 선택된 존재가 아닙니다."

검고, 검은.

그 눈동자 속에는 증오라고 부르는 것도 미지근한.

시커먼 어둠이 있었다.

"나는 당신의 뜻대로 임명되는 심복일 뿐이야. 나는!! 당신의 떡고물이나 배려로 화이트하우스를 드나드는 것에 지나지 않아! 원래는 내 당이었을 텐데. 당신은 그냥 광고탑이야. 그런데, 정신이 들어 보니……?! 나는 모든 것에 이기고 있었어. 당신이 갖고 있지 않은 걸 전부 갖고 있었다고. 그런데, 한때의 인기로. 단순한 유행으로……!!!!!!"

로베르토 캇체는 결코 머리는 좋지 않다.

실제의 능력은 제쳐 두고, 적어도 서류 기록에 남는 학력의 범위에서는.

모두가 학력을 들으면 놀란다. 엣? 고등학교도 안 나왔는데 의원이 될 수 있나요??? 반응을 알고 있기 때문에, 얼른 농담으로 받아넘겨 웃음을 사는 것도 간단할 정도다.

그건 뭐, 굴욕일 것이다.

명문 가문에서 태어나 8대 대학 중 하나를 수석으로 졸업하고, 여러 인맥을 구사해 비서에서 정치가까지 올라간 '건실한 방향'의 왕 다리스 휴레인이 보기에는.

그런 게 없어도 대통령이 될 수 있는데?

합중국의 자유도에 제한 같은 건 없는데?

누구의 꿈도 평등하게 이루어질 기회는 있다. 언제가 되어도 꿈은 좇을 수 있다. 얼핏 보면 미사여구지만, 실제로 그런 로켓 부스터로 삼단뛰기를 따라잡힌 사람의 입장에서 보자면 자신의 인생의 노력을 순식간에 전부 부정당하는 것과 마찬가지다.

가만히, 로베르토는 숨을 내쉬었다.

그러고서,

"제군!! 섹스에 흥미는 있는가아???!!!"

시간이 멈추었다.

다리스 휴레인은, 서로 반자동 샷건을 들이대고 목숨을 빼앗는 싸움이 한창 중인 것조차 잊어버린 것 같다.

대통령 관저 화이트하우스. 너무나도 어울리지 않는 그 말에 입을 뻐끔거리며,

"무, 무슨, 대체 뭘……???"

"말이 난 김에 말하자면 나는 있어. 굉장히— 흥미가 있닷—!!!!!!"

"무슨 말을 하는 겁니까 당신은?!"

직격은 없다고 포기하면서도 아랑곳하지 않고 방아쇠를 당겨, 처절한 총성으로 대통령의 고막을 흔들면서 다리스가 고함친다. 힘겨루기가 해제되지만, 그러나 상관없었다. 한 손으로 고쳐 들고, 검처럼 총신과 총신을 격렬하게 부딪치는 로베르토의 눈동자는, 이미 반짝반짝하고 있었다.

살고 싶은 대로 사는 인간은 그것만으로 강하다. 다만 학력도 집안도 안전은 확약해 주지 않는다. 자유는 누구에게나 있지만, 발언이나 행동의 책임을 지는 것은 언제나 본인이다.

　"바보냐, 이런 건 지나가던 꼬마도 예스라고 대답한다고. 누구나 아는 당연한 본심을 인정하지도 못하고, 자신의 인생을 미사여구로 가득 메우고 마이너스의 모서리를 둥글게 해 나가면 표를 모으는 데 방해는 되지 않는다? 네놈은 자신의 구멍이란 구멍에 모조리 납이라도 흘려 넣어 영원히 썩지 않는 인간의 표본이라도 만들고 있는 거냐? 딱히 내가 특별히 우수했던 게 아니야. SNS에서 말을 걸어도 AI 어시스턴트보다 딱딱한 규범 대답밖에 하지 않는, 그런 재미라곤 없는 인간은 누구에게도 신용받을 리가 없잖아!!"

　"웃."

　"사람한테 신용을 받은 첫 번째 조건은 말이지, 학력도 자금력도, 유행도 카리스마성도 아니야. 우선 정직한 거라고 다리스 군?"

　바로 정면에서, 다.

　지극히 전대미문의 그 대통령은, 그러나 왠지 항상 정론을 찔러 간다.

　정말로 오블라트가 없는 드러난 정론은 방패가 아니라 검밖에 되지 않는다. 정치가라면 누구나 알고 있는 이치가 다리스의 가슴을 정확하게 찔러 간다.

　"클론 인간이 무섭다, 과연. 정체를 알 수 없는 테크놀로지를 이해할 수가 없다, 그냥 그것도 하나의 의견이잖아. 왜 감추지? 두서 없이 빙빙 돌려 말하는 이론을 억지로 만들어서 예스라고도 노라고도 말하지 않고 꾸물거리는 놈이나 되고. 마치 의미심장한 말만 적당히 늘어놓고 나서 나중에 필사적으로 답을 끼워 맞춰 가는 노스트라다무스 님 같다고. 오른쪽으로 굴러도 왼쪽으로 굴러도 전부 다 알고 있었습니다, 라고 말할 수 있는 환경을 확실하게 갖추지 않으면 오늘 날씨 얘기도 못 하는 건가? 그런 잔재주를 되풀이할수록, 자신이 비참해져 간다는 것 정도는 알고 있을 텐데."

"이 문제 발언 제조기가…. 그냥 나쁘게 눈에 띄는 것과 카리스마성을 착각하고 있을 뿐인 마스코트 주제에, 이 길을 착실하게 걸어온 이 나한테 건방지게 정치를 말하는 거냐아!!"

오히려 다리스 쪽에서 쳐들어왔다.

여러 발의 총성이 교차하고, 화약 연기 냄새가 공기를 태우고, 그리고 두 사람은 다시 힘겨루기에 들어간다.

힘으로 누른다.

"내 발언에 문제가 있는지 어떤지 멋대로 결정하고 있는 건 카메라발을 신경 쓰는 코멘테이터 님이잖아. 그러니까, 문제 발언인지 뭔지를 제대로 패키징해서 완성시키고 세상을 떠들썩하게 만들고 있는 건 그놈들이야. 이쪽은 그저 쾌적한 요리를 위해 부엌칼을 팔고 있을 뿐이라고, 그걸 사용해서 사람을 찌르고 있는 건 내가 아니야. 당연한 걸 당연하게 이야기하는 게 뭐가 나쁘지? 이봐, 이봐. 네가 동경하는 매우 눈부신 합중국 대통령이라는 건, 어깨를 움츠리고 눈알을 좌우로 굴리고, 항상 주위에 여쭈어보면서 떨리는 목소리로 흠칫거리면서 발언하는 작—은 존재인가아???"

정면에서 상대의 총신을 끼익끼익 누르는 반자동 샷건에 체중을 실은 채, 수염 난 얼굴의 대통령은 입술까지 핥는다.

자신의 목숨을 거는 것.

그렇게까지 해서라도 관철하고 싶은 자아를 갖고 있는 것에, 기쁨마저 느끼고 있는 것이다.

"그러니까 말하겠어, 세계의 모두가 동경하는 대통령으로서 이 내가 말해 주마!! 부부의 일? 밤생활이라고오? 쫄아서 섹스라는 말도 입에 담지 못하는 시시한 네놈 대신에 확실하게 말해 주지!! 나는 여자를 좋아해, 술을 좋아해, 차를 좋아하고 총을 좋아하고 도박을 좋아하고 미국 만화를 좋아하고 유원지를 좋아하고 할리우드의 싸구려 감동 이야기를 좋아하고 팝콘을 좋아하고 기름으로 번들번들한 햄버거를 죽을 만큼 좋아해!! 이 나라의 모든 것을 사랑한다!!!!!! ……그리고 무엇보다, 소년소녀의 미숙한 정의감에 기초한 행동, 소위 말하는 청춘이라는 걸 아주 좋아해. 나도 모르게 응원해 주고 싶어지잖아, 이런 나이 먹은 아저씨라도. 별로 부끄러워할 필요는 없어, 나는 그런 인간이야."

윽, 하고.

지근거리에서 힘겨루기를 하면서도, 부통령의 말문이 막히는 것이 확실하게 느껴졌다. 온갖 욕지거리로 모든 것을 부정하고 싶어 해 놓고, 다리스의 눈동자에는 선망의 빛이 있었던 것이다. 이렇게 되고 싶었던 남자가, 이렇게 되지 못한 남자에게 고함친다.

"말할 수 없지? 지지율이 어떠니 주가가 이러니, 여론, 호감도, 비평가님의 별 다섯 개, 어쨌든 자신의 마음보다도 위에 시시한 판단 재료를 착착 쌓아 올리니까 너는 꼼짝도 못 하게 되는 거야. 진정한 자신을 잃는 거지. 표가 줄어드는 게 무서워서 버터도 쓰지 않은 번에 콩을 뭉친 패티를 끼워 넣고, 취향의 맛도 자신이 하고 싶었던 일도 전부 굽혀 버린 지금의 너는, 마음에서 나온 말이라는 걸

할 수 없게 돼 버린 거야. 그러니까 내가 지키겠어, 이 나라를 지킬 거다. 탄산을 좋아한다, 첨가물을 좋아한다, 정크푸드를 좋아한다, 가능하다면 귀여운 교복을 잘 소화하는 예쁜 누님이 웃는 얼굴로 가져다줬으면 좋겠다, 그게 대체 뭐가 나빠?! 아무리 바보 같아도 자신이 생각하는 걸 평범하게 말할 수 있는 자유의 나라를, 국민에게 뽑힌 이 대통령이 직접 총을 손에 들고 목숨을 걸고서라도 지켜 내겠단 말이다!! 이민자 모녀든 클론 소녀들이든, 사람이 태어났을 때부터 갖고 있는 그 권리는 누구 한 사람 조금이라도 부족하지 않다고!!!!!!"

"잇."

지금만은, 이제 전술이고 뭐고 없었다.

억지로 발로 걷어차서라도 힘겨루기를 풀고, 반자동 샷건을 한 손으로 레이피어처럼 휘두른 부통령은 어금니를 악물고 증오의 눈동자를 향하며 이렇게 선언했다.

"이런 아무것도 희생할 수 없는, 자기 방도 정리하지 못하는, 자기밖에 모르는 빌어먹을 놈한테…!! 합중국과 세계의 운명을 맡겨 둘 수 있겠나이아!!!!!!"

"…재미있네. 조금은 남자의 얼굴이 되었잖아, 다리스. 이건 1대 1 결투야 일방적이면 재미없지. 역시 맞짱이라는 건 말이지, 하느냐 당하느냐가 아니면 보람이라는 게 없거든!!"

5

이매진 브레이커(환상을 부수는 자)에, 의미는 없다.

설령 때려도 흐트러뜨려도, 로스앤젤레스 도시 전체를 삼키는 빅 웨이브, 모래의 벽은 무너져 덮쳐 올 뿐이다. 모래투성이가 되면 아웃, 이라는 조건이라면 이래서는 살아남을 수 없다. 애당초 마술 운운하기 이전에, 단순한 질량으로 짓눌려 뭉개질지도 모른다.

결단할 수밖에 없었다.

"인간!!"

"큭?!"

눈앞의 적에게서 몸을 돌린다. 몸짓으로 클론 소녀들에게도 재촉하지만, 닿았을까.

어쨌거나 모래를 직접 뒤집어쓰지만 않으면 된다. 게다가 치트리니타스의 의표를 찌를 수 있는 장소고, 가능하다면 튼튼하면 튼튼할수록 고맙다. 그렇게 되면 주위에 온통 널려 있는 쇼트나 크루저는 아니다. 도망칠 곳이 없는 작은 상자로 도망쳐 들어가도 바깥에서 비틀어 열면 도망칠 곳을 잃을 뿐이다.

더 큰.

안으로 들어온 치트리니타스 자신이 압도되어, 저도 모르게 망설이고 말 정도로 복잡한.

"저기!!"

"그렇군, 네놈의 감성에 맡기겠어!!"

콘크리트로 굳혀진 해변에는 요트나 크루저와는 분명히 다른 거대 구조물이 있었다. 그렇다고 해서 호화 여객선이나 탱커도 아니다.

전체 길이는 270미터, 최대 3000여 명이 공동생활을 보낼 수 있도록 설계된 선박.

비스듬한 트랩을 달려 올라가는 것만으로도 힘들다. 허벅지의 아픔도 신경 쓰지 않고 이를 악물고 갑판 위에서 두꺼운 철문에 매달린다. 몸으로 부딪치는 것은 완전히 무의미하다. 요란한 소리와 함께 몸속을 충격이 달리고, 허벅지와 등이 다시 작열을 떠올린다. 마른 피로 막히기 시작한 상처가 일제히 벌어진 것이다.

어떻게든 수밀(水密) 문을 열고, 피투성이가 되어 안으로 굴러 들어간다.

전함 아이오와. 퇴역한 후에는 박물관으로서 바다에 떠서 통째로 전시되고 있는, 철근 콘크리트 빌딩보다 단단한 최강의 배다.

통로 바닥에 쓰러진 채, 카미조는 철문을 발로 걷어차 닫았다.

직후에 바깥 세계를 전부 모래가 가득 메워 갔다.

"빨리 레버를 당겨서 밀폐해!!"

"웃, 젠장. 시스터즈(동생들)는 어떻게 됐어⋯⋯? 따라오지 않았잖아⋯⋯."

"신경 쓰고 있을 때냐?!"

"요트나 크루저로는 독 안에 든 쥐라고 생각한 건 나 자신이라고⋯⋯. 그 녀석들은 날 구하기 위해 전세계에서 모여 주었어!! 멜자베스와 헤르칼리아 이야기를 알고, 구해 내는 게 당연하다고 말해 준 거라고! 그걸, 빌어먹을, 정말로 아무것도 못 하는 건가?! 빌어먹을⋯⋯!!"

"잘 들어, 인간."

어깨의 오티누스는 이럴 때 너그러운 얼굴은 하지 않는다.

'이해자'는 그렇게 패배를 재촉하지 않는다.

"……만일 내가 놈의 모래를 뒤집어쓰고 '발효'에 당해서 갇혔다고 해도, 거기에서 네놈이 해야 할 일은 자신을 탓하며 포기하는 게 아니야. 일각이라도 빨리 치트리니타스를 쓰러뜨릴 방법을 찾아내고, 이 나를 모래 속에서 끌어 올리는 거야. 아닌가?!"

"……,"

"지나간 일은 다시 할 수 없어. 일어나 버린 결과 속에서 최선을 목표로 할 수밖에 없지. 다행히 군용 클론의 상황은 로스앤젤레스 3000만 명과 똑같아. 아직 죽은 건 아니라고. 그렇다면 구할 길은 있어. 최후의 생존자인, 네가 당해 버리지 않는 한은 말이야!!"

그제야 겨우, 카미조 토우마는 재기동했다.

이를 악물고, 숙여져 버릴 것 같은 얼굴을 억지로라도 든다.

전함 아이오와, 지금은 그 박물관일까.

바깥에서 보면 산 같은 위용이었지만, 안에 들어와 보니 좁은 통로나 복잡한 파이프들 때문에 상당히 비좁은 인상이 있다. 폭은 학교 복도의 절반 정도나 될까?

드륵드륵 자륵자륵!! 하는 이상한 소리가 바깥에서 울렸다.

치트리니타스다.

어깨를 떨며 몸을 낮추는 카미조지만, 거기에서 깨닫는다. 당장 벽이 깨질 기미는 없다. 어지간한 모래의 마술로도 거대한 전함의 철벽을 찢는 것은 쉽지는 않은 모양이다.

"느긋하게 있을 수는 없다고. 이 틈에 거리를 벌어, 빨리."

어깨의 오티누스가 재촉했지만, 귀중한 조언은 살릴 수 없었다.

기기깅!! 하고.

역시 수밀 문이, 아니면 통기구일지도 모른다. 어쨌거나 장갑(裝甲)의 약한 부분을 노리고 억지로 상처를 벌리며, 커다란 덩어리 두 개가 통로로 굴러 들어온 것이다.

구체 관절 인형과 엎드린 미녀. 바닥에 흩어진 유리보다도 날카로운 쇳조각 따위는 신경 쓰는 기색조차 보이지 않는다.

진짜 전함이라도, 저 참격은 완전히 막을 수 없다.

삐걱삐걱 끼익끼익 하고 철로 만들어진 배 전체가 삐걱거리는 소리를 내고 있었다. 아마 표면적인 대미지만이 아닐 것이다. 방금 그것으로 배 전체가 일그러지고, 장소에 따라서는 썩은 몬스터를 기워 붙인 것처럼 벽이 찢어져 있는 곳도 생겼을지도 모른다.

사람에게 직접 부딪쳐 온다면 어떻게 될까.

이미, 모래를 뒤집어쓰면 사람의 몸이 소실된다, 라는 차원조차 아니다.

"치트리니타스……."

『결정한 거냐 누가, 사람을 구할 수 있다고.』

비웃음.

찌르듯이, 한 사람의 어머니의 얼굴을 빌린 마술사가 내뱉는다. 위협하는 개처럼, 바닥을 단단히 딛고 밑에서 짖어 대는 모습으로.

『그렇달까, 메리트 무슨 내 쪽에?』

"웃."

배어 나온다. 기계적인 트랜스 펜에서, 몹시 질척한 악의가.

『나는 그저 있을 곳을 빼앗아 멜자베스 그로서리, R&C 오컬틱스에 굴복시키면 그걸로 충분해. 잡을 필요 없는 인질이잖아, 결정적 3000만 명 따위 죽여 버리는 편이 나 떠들어 대고 있습니다(■오역

일 가능성 있음?)』

그것은.

확실히, 얼어붙은 도시를 조사하면서도 의논해 왔던 일일 것이다.

주인 역할이 개 역할을 끌고, 개 역할이 주인 역할을 휘두르고. 하나의 목줄로 서로를 휘두르는 치트리니타스는 왜 '소실'을 고집했을까? '살해'하는 편이 간단한데.

"허세야."

어깨 위에 걸터앉은 오티누스가 팔짱을 끼면서 즉시 대답했다.

"정말로 구원이 없다면 일부러 입 밖에 내서 흔들 필요는 없어. 이쪽이 무엇을 생각하고 어떻게 움직여도 막다른 길이니까, 내버려 두면 되겠지. 왜 흔들지? 바깥에서 방침을 바꾸게 하려고 하지? 그건 즉, 우리가 정답을 맞힐 것 같기 때문이야. 도둑잡기 카드놀이에서 한 장만 카드를 위로 쓱 내미는 것과 마찬가지지. 실은 네놈도 무섭지, 치트리니타스? 우리가 보기 좋게 빠져나가는 게. 진정한 강자라면 그런 잔재주는 부리지 않아."

『……,』

"치트리니타스는 스스로 선택해서 '살해'하지 않은 게 아니야, '소실'밖에 할 수 없었지. 미안하지만 이미 나온 가설이야. 네놈은 집단전에는 맞지 않아. 이 나는 마술과 사술과 전쟁의 신이라고. 시시한 정론으로 스스로를 꾸미거나, 약점을 숨기려고 하는 거짓말에는 민감하단 말이지."

『히힛..』

자륵자륵.

개처럼 엎드린 여성의 입가에서 부자연스럽게 가느다란 모래가 떨어져 간다.

궁지에 몰려, 그러나 즐거운 듯이.

『보였다, 보였어, 약한 기둥 네 보였다고. 타고 있는 어깨의 그 녀석, 거기서부터 뭉개 버리면 뚝 부러지겠군! 심지가 너의!!』

쿵!! 하고 다시 바깥의 대기가 크게 움직인다.

지하철 터널을 열차가 질주하는 듯한 일그러짐이었다. 로지스틱스 호넷이 나프타나 액체 질소를 흩뿌리는 것만으로, 대기의 조건은 얼마든지 바뀐다. 있을 수 없는 방향에서 막대한 바람이 밀어닥치고, 다시 로스앤젤레스의 거리를 대홍수 같은 모래의 벽이 가득 메워 간다.

실내냐 실외냐, 는 이미 그다지 의미는 없을 것이다.

본래 수밀 문의 밀폐는 완벽하지 않다.

두 개의 그림자, 치트리니타스는 벽의 약한 부분을 찢고 함내로 들어왔다. 로지스틱스 호넷의 힘을 빌리지 않아도 모래의 마술이 있으면 콘크리트 건물 정도는 절단할 수 있는 것이다. 어디에 구멍을 뚫어서 대량의 모래를 불러들일지는, 놈의 입장에서 보자면 자유자재일 것이다. 설령 거대한 전함이라도, 그렇게 몇 발이나 견딜 수는 없다.

그럼에도 불구하고,

『아?』

그 순간, 의아한 목소리를 낸 것은 치트리니타스 쪽이었다.

삐걱거리고, 비틀리고, 용접 부분에서부터 찢긴 길쭉한 틈. 틀어진 바느질 자국처럼 벌어지는 풍경 맞은편에서 이변이 있었다.

서핑의 커다란 파도를 수백 배로 만든 듯한 두꺼운 모래의 벽이 갑자기 무너졌다. 안개라도 걷히듯이. 형태를 잃고 자신을 지탱하지 못하고, 도달하기 전에 막대한 벽은 아득히 멀리에서 흩어져 버린다.

『뭐가……? 산포(散布) 계산 로지스틱스 호넷 틀렸다, 아니, 아니야. 틀림은 없는 숫자, 그렇다면 실패 어째서 기상 조작 일어난 거지?!』

슝, 하는 낮은 소리가 멀리에서 울려 왔다.

불꽃이 산소를 삼키는 소리.

그것으로 알았다.

본래 로지스틱스 호넷의 기상 조작의 베이스는 공기 밀도의 변화, 즉 '한난의 차'다.

그렇기 때문에 엄밀하게 계산한 좌표에서 나프타나 액체 질소를 산포한다.

그럼 전체 길이 5000미터의 공중식 우주기 발사대보다 막대한 불꽃을 낳는 존재가 있다면?

차가운 밤의 어둠이 엄청난 빛에 찢겨 간다.

그 남자의 마술은.

룬 카드의 매수(枚數)만 갖추어지면 위력에 제한은 없어질 것이다.

"스테, 일……?"

6

어딘가의 빌딩 옥상에서 오렌지색 불이 켜졌다.

어느 신부의 입가에 있는 담배 끝이다.

"흥."

칸자키 카오리가 맡겨 주었다. 자신이 이제 당하리라는 것을 알고 있어도, 도움을 청하지조차 않고. 도망칠 곳이 없는 공중에서, 그래도 일곱 개의 와이어를 사용해 모래의 커튼을 찢고.

하나는 로지스틱스 호넷에 의해 모래의 마술이 증폭된다, 라는 정보.

하지만 그것만은 아니다.

"……아아, 그녀는 남겨 주었고말고."

확실히 전체 폭 5000미터나 되는 로지스틱스 호넷은 액체 질소나 나프타를 사용해 한난의 차를 조종하고, 공기의 밀도, 즉 기압을 자유자재로 디자인함으로써 지역 일대의 기상 조건조차 자유자재로 조종한다.

'모래를 덮어씌운 상대를 녹여 토양에 흡수하는' 치트리니타스에게 있어, 풍향을 설계하고 모래바람이나 회오리바람을 자유자재로 만들어 내는 기상 무기의 조합은 절대적이다.

하지만.

순수한 물량 작전이라면, 규격 외의 힘을 부딪침으로써 바깥에서 간섭할 수 있다.

실제로 칸자키 카오리는 '성인'으로서의 힘을 사용해, R&C 오컬틱스 측이 정확하게 디자인했을 모래의 벽을 사정없이 찢었다.

구체적인 숫자는 알고 있다.

추정으로 '성인' 랭크.

물론 스테일 마그누스에게 그런 천부적인 재능은 없다. 그는 어디까지나 부족한 힘을 지식으로 메우는, '가지지 못한 자'에서 시작한 마술사다.

　다만. 그의 룬 마술은 일대에 흩뿌려지는 라미네이트 가공 카드의 매수에 따라 효과 범위나 파괴력을 증폭시킬 수 있다.

　그리고 로스앤젤레스의 거리는 3000만 명이 사라져 버렸지만, 전기는 통하고 문명의 이기는 평소처럼 취급할 수 있다. 즉, 부족한 카드는 얼마든지 프린터로 증산(增産)할 수가 있다. 수만 늘려서 물량 작전으로 정면에서 겨뤄 이겨 버리면, 로지스틱스 호넷이 만들어 내는 기상 조작을 어지럽힐 수 있을 터. 그를 방치한 것은 분명히 실책이다.

　"……미안했다, 헤르칼리아."

　혼자서, 스테일은 낮게 중얼거리고 있었다.

　이곳에 그 소녀는 없고, 용서받는 일도 없겠지만.

　그래도 입 밖에 내어 말해야 한다고, 그 신부는 생각하고 있었다.

　"실점은 지금부터 전부 만회하겠어."

　그렇다, 놈은 공기를 데우거나 식히거나 하는 두 가지 선택'만'으로 기압에 변화를 가져온다.

　즉 나프타의 대폭발을 웃돌 정도의 큰 화력이 있으면, 스테일 마그누스는 오직 혼자서 5000미터의 테크놀로지를 압도할 수 있다!! !!!!

　"나와라, 이노켄티우스(마녀 사냥의 왕)."

불꽃으로 이루어진 거인이 고층 빌딩 무리에서 머리를 내밀었다.

7

탕!! 하고.

아무도 없는 무인(無人)의 전함에 둔한 소리가 작렬했다.

치트리니타스, 구체 관절 인형의 품으로 카미조 토우마가 크게 파고든 것이다. 개 역할이 목걸이를 사용해 목줄을 세게 당겨 억지로 거리를 두게 했지만, 그것으로 명확하게 스탠스가 확정되었다.

카미조가 공격하고, 치트리니타스가 방어전.

빙글 뒤로 돌아 구체 관절 인형이 엎드리고, 은발 갈색의 미인이 목줄을 쥔다.

샌드백의 전조다.

『키핫!!』

커다란 웃음을 무시하고, 사람의 몸통보다도 굵은 방패를 튕겨 날린다.

얼핏 보면 좁은 실내는 공간 전체를 모래로 메우기 쉬울지도 모른다.

하지만 아니다.

주위가 벽으로 둘러싸여 있으면, 공기 중을 떠도는 모래를 바람에 실어 옮길 수는 없다. 공간이 제한되면, 항상 뒤로 물러나 거리를 두고 무기에 계속 의지한다는 전술도 쓸 수 없다. 실제로 실내 전투는 근거리용이다. 단순한 입지만으로 말하자면, 상황은 카미조 편이다.

그리고 잊어서는 안 된다.

확실히 3000만 명은 소실되었다. 하지만 도시의 설비는 그대로다. 전기가 통하고 있으면, 복도를 메우는 모래에는 이런 대항 수단을 취할 수도 있다.

카미조는 힘차게 손바닥으로 벽을 때린다.

엄밀하게는 거기에 있던 화재경보기를.

『큭?!』

구웅, 하는 둔한 소리와 함께 공기가 움직인다. 복도에 떠 있던 모래의 커튼은 흔해 빠진 배연구(排煙口)에 빨려 들어가 사라져 간다.

전함 아이오와는 세계 대전 때부터 우여곡절을 거치며 냉전에도 참가했고, 최종적으로는 거대한 순항 미사일까지 탑재하게 되었지만, 지금은 그런 이야기는 하지 않는다.

그렇다, 정말 실제로, 아이오와 자체의 대미지 컨트롤이나 방화 설비의 상세한 내역 같은 것은 고등학생 카미조가 알 수 있을 리도 없다. 하지만, 이다. 이 현대에 와서 박물관으로 개장되었다면, 비상구나 소화기 등의 안전 기준은 지금 시대에 대응하고 있을 것이다. 다시 말해서, 누구나 사용할 수 있는 버튼이나 레버가 나중에 달리지 않았다면 이상한 일이다. 따라서 카미조에게 전문적인 밀리터리 지식은 필요 없다. 풍경에서 동떨어져 있는 평범한(부자연스러운) 설비에 달려들기만 하면 된다.

방해하는 자가 없다면, 그 후에는 카미조의 독무대다.

도망칠 필요는 없다. 이번에야말로, 이번의 이번에야말로, 소년은 치트리니타스의 품으로 파고든다!!

갈색 미인의 발놀림만으로는 회피할 수 없었다. 샌드백도 '닿기만 해도 부서지는 방패'라고 생각하면 최소의 힘으로 파괴하고 리듬을 무너뜨리는 길도 가능하다.

빙글. 사지를 바닥에 딛고 개처럼 엎드려 있던 구체 관절 인형 쪽이 억지로 세로로 돌고, 목줄을 쥐고 있던 갈색 미인과 위치를 교환해 간다.

오른쪽 주먹은 피할 수 있었지만, 요란하게 얼굴부터 벽에 격돌하며 두꺼운 소리를 울린다.

경질(硬質)의 빛을 튕겨 내는 인형은 매끈한 얼굴을 벽에 짓누르고 있다. 콧대 언저리일까. 경질(硬質)의 얼굴인데, 이상하게도 증오의 시선이 꽂혀 오는 것을 카미조는 느꼈다.

뽀각, 파각, 빠각, 하고. 눌러도 눌러도, 작은 소리가 멈추지 않는다. 누른 손바닥에서부터 작은 벌레가 빠져나가듯이, 얼굴 전체에 검은 균열이 생겨난다.

맞힌 이상, 이매진 브레이커(환상을 부수는 자)는 확실히 효과가 있는 것이다.

뒤로 물러나, 그 어깨를 분노로 떨며.

일그러진 목소리로 절규한다.

『좋아, 이제 좋아아!! 로지스틱스 호넷인지 뭔지, 도움도 안 되는 장난감이라면 필요 없어. 지금 당장 명령한다 네게, 추락 지금 당장 빌어먹을 방해 냄새 나는 불꽃의 마술사를 뭉개 버려어!!!!!!!!』

"뭣."

『히힛. 5000미터의 대질량이다. 불꽃과 불꽃만 힘겨루기 노(no)겠지. 그렇게 자랑하는 불꽃이라면, 로지스틱스 호넷 떨어져 오는을 다 태워 봐라아!!」

8

 총성. 폭음. 금속과 금속이 부딪히는 무거운 소리.

 워싱턴 D.C., 화이트하우스. 세계에서 가장 총성이 어울리지 않는 그 장소에서, 대통령 로베르토 캇체와 부통령 다리스 휴레인의 결투가 계속된다.

 "아아, 무섭지……."

 화약 연기나 불꽃으로 탄 반자동 샷건을 밀어붙인 채.

 그러나 입술을 깨물며, 다리스는 아무렇게나 내뱉었다.

 "무서웠고 말고, 당신들이!! 합중국은 이민의 나라야, 누가 와도 양손을 벌리고 환영해야 해. 알고 있어, 알고 있지만 힘이 너무 크다고!! 적당히라는 걸 알아야지, 좀 삼가라고, 눈치 보고 입 다물어!! 친절이나 모럴이라는 건 말이지, 한도라는 게 있는 겁니다! 더 더 얼마든지로 거덜내면 못 참아!!!!!!"

 "뭐야, 종교 밸런스 얘기야?"

 "반대야, 완전한 반대."

 굵은 총신과 총신을 충돌시키며, 다리스는 지근거리에서 으르렁거린다.

 "결국은 과학입니다. 이게 제일 무서웠지. 이민자가 오는 건 좋아, 함께 일하는 것도 상관없습니다. 하지만 그들이 최신 테크놀로지를 모조리 수중에 넣고 큰 회사를 만들고, 국민의 정보를 마음껏 흡수하는 몬스터로 둔갑한다면 얘기는 달라!! 나는 이민자와 함께 있고 싶지만, 그렇다고 해서 이민자에게 생활 모든 것을 지배당하고 짓밟히는 것까지 인정했다는 생각은 없습니다. 로지스틱스 호넷이 원래대로 운용되었다면, 대체 어디와 계약을 맺을지도 읽을 수 없는 이민자계 기업이 탄도 무기까지 개발할 수 있게 되었을 거라고!!"

하아, 하고 로베르토는 한숨을 쉬었다.

확실히 발사 비용에 혁명을 가져오는 로지스틱스 호넷이 그대로 완성되었다면, 값비싸고 불안정한 구식 로켓에 매달리는 국책으로서의 우주 개발은 깨끗이 절멸했을 것이다. 우주의 패권을 민간 기업에 빼앗긴다는 것은 GPS나 위성 통신 서비스, 드론이나 자동 운전 차량의 대규모 컨트롤, 달 여행이나 발전 위성 등—이미 할 수 있는 일, 이제부터 실현될 일을 가리지 않고— 여러 분야에서 반영구적으로 뒤떨어진다는 의미이기도 하다. NASA는 미국 정부가 세계에 자랑하는 거대하기 짝이 없는 광고탑이다. 그것이 시들고 쪼그라들고 기울어져 가는 광경에, 다리스라는 남자는 어떤 국가의 미래라도 보았다고 생각했을지도 모른다.

다만,

"…얼마나 복잡한 음모가 기다리고 있을지 기대하고 있었는데, 결국은 먼 옛날의 일본 차 콤플렉스를 다시 구워 온 건가? 아니면 중국이나 한국의 신형 스마트폰, 인도나 브라질의 값싼 백색 가전에 쫄리기라도 해 버리셨어요? 마찬가지야, 그 공포는 오리지널이 아니니까. 너는 그저, 씐 거야. 정기적으로 미국이라는 나라에서 유행하는, 홍역 같은 놈한테."

"당신은 공감 따위 불가능해…."

코웃음을 듣고.

그런 건가 하고 비웃음을 사며, 부통령의 얼굴은 더욱더 굴욕의 붉은색으로 물든다.

"……실제로 이민자로 시작해서 미국 국적을 획득하고, 마침내는 룰을 바꾸면서까지 대통령 자리에 오른 당신은!! R&C 오컬틱스는 기술을 관리해 줘. 차례차례 나타나서 제어도 할 수 없는 수많은 벤처들의 머리를 짓눌러서 일원화해 준다고!! 미국이라는 나라를 지키고, 이민자와 함께 걷기 위해서는 그런 관리 조직이 필요합니다. 정부는 종합 접수대를 하나만 주시하면 돼. 바깥에서 온 이민자는, 바깥에서 온 거대 IT가 멋대로 돌보면 돼!!!!!!"

"그건 자유도 없고 꿈도 없어."

"웃."

"안 그래 다리스 군? 건국된 지 겨우 300년 정도인 '오래되고 훌륭한' 명문가 도련님한테 어디서 굴러먹던 말 뼈다귀인지도 모르는 내가 한 가지 질문을 하겠는데. 너. 미국이라는 나라를 우습게 보고 있나? 자유와 꿈. 이 두 가지를 빼 버리면 말이지, 미국은 더 이상 미국이 아니게 돼 버려."

"……웃???!!!"

"누구나 꿈을 붙잡을 수 있는 나라, 올바른 노력이나 발상의 전환이 솔직하게 보답받는 나라. 그게 이 대통령님이 지키는 세계 최강의 미국이다. 무언가를 이루고 싶으면 타인의 발을 잡아당기는 게 아니라 네가 이민자에게 지지 않는 누군가가 되면 되었던 거지! 만만하게 보지 마라, 다리스. 미국을 만만하게 보지 마. 승부에서 져서 도망치고 노력을 포기한 지금의 네놈에게, 대체 이 나라의 누구의 꿈(성공)을 부정할 권리가 있을까?!"

그러나 싸움은 싸움. 고밀도의 긴장이기 때문에 더더욱, 영원히 긴장하고 있을 수는 없다.

그 순간, 로베르토는 똑바로 세운 샷건의 방아쇠를 당기고 있었다.

폭발 같은 대음향.

하지만 눈썹을 찌푸린 것은 다리스 쪽이었다. 지근거리에서의 총성은 그것만으로 뇌를 흔드는 효과가 있다. 총신을 옆에서 눌러 조준이 빗나가도 아랑곳하지 않고 방아쇠를 당기는 것은 그 때문이다.

일부러 자신의 머리에 총신을 바짝 대고 뇌를 흔드는 것의 메리트는 아무것도 없다.

그럴 터였다.

하지만,

"오오앗!!"

"큰일!"

로베르토 캇체가 으르렁댄다.

미리 자신의 머리를 흔들고 일부러 마비시켰기 때문에 더더욱, 이 한순간만은 다리스 쪽으로부터의 폭음이나 충격파는 통하지 않는다. 지근거리에서 발포되어도 격렬한 총성이나 섬광을 무시하고 행동할 수 있다.

이때.

아직 대통령에게는 행동을 선택할 만한 여유마저 있었다.

총구를 밀어붙이고 발포하는 것이 아니라 접이식 스톡 쪽을 사용해서 다리스 휴레인의 옆통수를 후려친 것이다.

"어, 째서……?!"

"네놈은 우리 보좌관을 죽이지 않았어, 인질로 잡지도 않았고, 위해를 가하지 않았어. 그쪽이 편한데도 굳이 그러지 않았지. 그 점만은 높이 평가해 주마, 다리스!!"

팡!! 하고.

부통령의 몸이 갑자기 무산되었다.

스톡으로 후려치는 정도가 아니라 설령 샷건을 지근거리에서 뒤집어씌워도, 인간은 이렇게 되지는 않는다. 마치 사람의 몸이 모래로 바뀌기라도 한 것 같다.

"웃?"

어지간한 로베르토 캇체도 숨을 삼킨다. 스톡으로 후려치던 기세 때문에 헛발을 디딘다.

침묵.

정적.

총신이 긴 반자동 샷건을 레이피어처럼 다시 움켜쥐고, 총구를 빙글 돌리고, 그리고 대통령은 가만히 한숨을 쉰다. 과학과 상식에 비추어보면 있을 수 없는 한 마디를 흘린다.

"……본체가 아니었다는 건가?"

그러나 과학이든 마술이든, '바깥에 있는 인간'의 상식 따위가 무슨 도움이 된단 말인가.

돌이켜 생각하면 다리스 휴레인이 어떻게 로스앤젤레스의 상황을 정확하게 안 것인지는 여전히 알 수 없다. 스마트폰은 쓰지 않았고, 누군가의 귓속말도 아니다. 틀림없이 R&C 오컬틱스 측에서 사전에 계획을 들었기 때문, 일 거라고도 생각하고 있었지만, 그렇지 않다면?

실시간으로 로스앤젤레스에 몸을 두고, 원격으로 워싱턴의 토론 회에 출석했다. 그렇기 때문에 D.C.에서는 알 리가 없는 정보가 엉겁결에 입에서 나와 버린 것이라면?

로베르토 캇체는 낮게 중얼거렸다.

왠지 모르게, 이제 두 번 다시 만날 수 있을 것 같은 기분은 들지 않았다.

"정치니 거대 IT니, 시시한 약점에 빠져 버려서는. 이렇게 엄청 난 '힘'이 있다면, 정면에서 승부해서 나를 죽이러 오면 좋았을 텐 데……."

9

기다렸다.

기다리고, 기다리고.

계속 기다리고, 그리고 불쑥 나왔다.

『뭐, 지……?』

치트리니타스였다.

빠각, 뽀각, 하고. 구체 관절 인형의 얼굴에서 사방으로 퍼져 가 는 균열도 신경 쓰지 않고, 목걸이로 연결된 은발 미인은 더 위를, 강철 지붕을 뚫고 아득히 먼 하늘이라도 올려다보고 있는 것 같았 다.

갈색 여성의 입에서 외침이 일었다.

『작업, 낙하가 종결되지 않는 건 왜냐? 명령 내 로지스틱스 호넷에 거절당했어???!!!』

아무리 시간이 지나도 운석 같은 파멸적인 진동과 대음향은 오지 않았다.

누군가가 그것을 막았기 때문에.

아니, 치트리니타스가 몇 번이나 헛된 커맨드를 되풀이하고는 거절당한다는 것은, 우연히 한 번의 입력 미스가 아니라 악당을 몰아내고 유유히 로스앤젤레스의 넓은 하늘을 선회하고 있는 것이리라.

기적, 이었을지도 모른다. 하지만 단순히 신에 의지한 것은 아니다. 보통으로 생각해서 있을 수 없는 현상이 일어났다면, 보통은 하지 않을 법한 노력이 쌓인 것이었을 것이다.

즉,

"멜자베스 그로서리……?"

『지금 그 이름, 왜, 나오는 거냐.』

저도 모르게 나온 카미조 토우마의 중얼거림에, 구체 관절 인형이 균열투성이의 얼굴을 향했다. 개의 턱 같은 철판 구속구로 얼굴을 조이고 있지 않았다면, 오히려 벌써 머리 전체가 부서져 있었을지도 모른다.

트랜스 펜이 마술사의 혼란을 골라낸다.

『마술사도 아닌 저런 송사리 중의 송사리, 격파했을 이미 옛날에 텐데! 그 여자는 아무것도 하지 못했어, 스며들어 갔단 말이다 모래 속에 아무것도 하지 못한 채!! 그런 이름 여자의 왜 여기에서…?!』

"만일 내가 실패한다면, 이 멀웨어는 당신에게 맡기겠어요."

어깨 위에 올라탄 오티누스가 그렇게 속삭이고 있었다.

"하지만 그렇다고 해서, 멜자베스도 처음부터 실패할 생각으로 R&C 오컬틱스 본사 빌딩에 숨어들려고 한 건 아닐 거야. 그 여자는 여차할 때의 보험을 들어 두고 나서, 자신이 할 수 있는 전부를 걸고 난문에 도전했을 테지. 이기기 위해서. 끝까지, 반드시, 어떻게 해서라도, 자신이 만든 로지스틱스 호넷의 숨통을 끊기 위해서 말이야."

『그런, 바보 같은, 그런 일이…….』

"현실에서는 그런 꿈은 이루어지지 않았을지도 모르지. 그렇게까지 놀라는 걸 보니, 멜자베스를 막은 건 네놈 자신이냐?"

오티누스는 코웃음을 치며,

"그리고 잊은 거냐. 그렇게 거대한 로지스틱스 호넷은 평범한 수단으로는 비행 상태를 유지할 수 없어. 그건 광 뉴로 컴퓨터에서 발전시킨 디지털 척수를 짜 넣어서, 어떤 인물의 행글라이더 자세 제어나 중심 이동의 데이터를 학습시켜 비로소 비행 기계로서의 체재를 유지할 수 있도록 되어 있지."

『…….』

"즉, 멜자베스 그로서리. 남편의 죽음을 한탄하고, 그래도 딸을 위해 꿈을 버리지 못한 한 천재 말이야. 부분적으로라도 그 신경망을 손에 넣은 로지스틱스 호넷이, 언제까지나 네놈 따위에게 힘을 빌려주기라도 할까 봐? 꿈을 짓밟고, 가족을 울리는 빌어먹을 놈에게."

"배웠던 거야……."

자신도 멍해진 채 카미조는 중얼거리고 있었다.

그렇다,

"멀웨어 공격은 실패였을지도 몰라, USB 메모리는 본사 빌딩의 기재에 꽂지 못하고 끝났을지도 몰라. 하지만 그 원통한 마음을 로지스틱스 호넷은 주웠어. 같은 멜자베스의 실패이기 때문에 더더욱 공명할 수 있었지! 그래서 그 녀석은, 자신의 판단으로 공격을 멈춘 거야!! 딸의 결혼식은 우주에서. 그런 목적으로 설계됐다는 걸 이해하고, 짓밟혀서 분노를 느꼈어. 생각하는 머리는 없을지도 모르지만, 그래도 디지털 척수에서 온몸에 퍼져 있던 인공 신경이 공감해서 행동을 촉구한 거야. 그렇지라도 않다면, 이런 기적이 일어날 것 같냐!!!!!!"

반드시 구하겠다, 고 생각하고 있었다. 하지만 그런 것은 우물 안의 개구리였다. 카미조 일행 쪽이야말로 도움을 받은 것이다.

멜자베스 그로서리.

단순한 신호나 키 아이템이 아니다. 그녀도 모든 가능성을 가진 한 사람의 인간이다. 그러니까, 있을 수 있다. 로스앤젤레스(같은 무대)에 서는 이상, 큰 승패에 직접 관련될 입장을 따내는 것도.

누구나 꿈을 이룰 수 있는, 자유의 나라. 그냥 겉만 번드르르한 게 아니다. 멜자베스는 실제로 이루어 낸 사람이다.

애당초 '그' 안나 슈프렝겔이 간절히 원하는 인물이다. 아무것도 하지 못하는 인간으로 끝날 리가 있을까, 뭔가 큰 역전이 있어야 하지 않을까.

징!! 하고.

카미조 토우마가 새삼 한 발짝 앞으로 나선다. 자신감을 갖고, 크게. 오른쪽 주먹을 강하게 움켜쥐고.

본래 공간이 한정된 실내 전투에서는 카미조 쪽이 유리했다.

망설임이 없으면, 이제 무섭지 않다.

『히.』

개 역할과 주인 역할이 뒤다.

떨며, 개 같은 구속구를 찬 인형과 개처럼 엎드린 미녀가 고개를 젓는다.

『히히. 웃기지 마, 웃기지 말라고. 처음부터 결국 이렇게 되도록 보이지 않는 준비가 되어 있었던 시나리오가 뿐이야. 슈프렝겔 양과 멜자베스의 이것은 줄다리기다!! 딱히, 범재가 너 같은 뭔가 나를 이긴 게 아니야!!』

"아아, 나는 그냥 고등학생이야. 이대로 가면 유급이 되어 버릴지도."

『웃.』

"그런 보통이나 평균 이하의 고등학생이 부숴 버리겠어. 네 가치는 그 정도야. 멜자베스도 헤르칼리아도, 로스앤젤레스의 사람들도, 너 따위의 장난감이 될 수는 없어."

그 이상은 없었다.

모래의 공격이나 샌드백의 방어는 아랑곳하지 않고 오른손으로 날려 버리면 된다. 주위에 흩어지는 가는 모래는, 화재경보기와 연동되어 있는 배연구가 빨아들여 준다.

방해하는 것은 없다.

그 품까지, 일직선으로 뛰어들 수 있다!!

중요한 것은 오히려 내디딘 발이었다. 순간적으로 큰 턱을 벌려 초고압축된 모래를 토해 내려고 하는 엎드린 미녀의 목걸이와 연결되어 있는 굵은 목줄을 짓밟고, 바닥까지 단숨에 밀어 누른다.

이제, 빙글빙글 돌아서 교대 같은 것은 하게 두지 않는다.

이 한 점만 누르면 놈의 움직임은 봉쇄할 수 있다. 움직임을 막은 것은 엎드려 있던 은발 미녀만이 아니다. 목줄을 움켜쥐고 불규칙하게 휘둘리고 있던, 구체 관절 인형 쪽도 마찬가지다.

"'로젠크로이츠(장미십자)'도, R&C 오컬틱스도 아무래도 좋아. 만일 네가, 특별한 마술만 갖고 있으면 어떤 사람의 마음이든 짓밟을 수 있다고 진심으로 생각하고 있다면."

그리고.

움직임을 멈춰 버리면, 닿는다.

이번의 이번에야말로, 카미조 토우마의 오른쪽 주먹이 모든 것을 끝낸다!!

"우선은, 그 환상을 부숴 주마!!!!!!"

둔한 소리가 작렬했다.

목줄을 짓밟았음에도 불구하고, 구체 관절 인형이 뒤를 향해 쓰러져 갔다.

빠져나가 있었다.

목줄 쪽에 끊어진 손목을 남기고, 딱딱하게 삐걱거리는 몸이 차가운 전함의 좁은 통로에서 몸부림친다.

『아, 가, 가, 가, 가, 가, 가, 가아아아아아아아아아아아아아아아아아아아아아아?!』

도저히 사람의 말이라고는 생각되지 않는 절규. 하지만 카미조는 비로소 이 녀석의 육성을 들은 기분이 들었다. 무너져 가는 몸을 누르듯이, 부서진 양손으로 필사적으로 얼굴을 덮는 경질(硬質)의 인형. 하지만 손가락과 손가락 사이에서 빠각빠각 하는 소리가 들렸다. 아까와는 달리, 그 기세는 가속도적으로 더해 간다.

쏴아!! 하고.

차라리 모든 것이 부서져 떨어지는 소리는, 대량의 모래를 떨어뜨리는 것과 비슷했다.

열 손가락 사이로 보이는 것은 주름투성이의 피부였다. 애당초 여성조차 아니다. 안쪽에 숨어 있던 것은, 모든 수분을 뺀 미라 같은 노인이었다. 평범한 인형, 이 아니었던 것일까. 처음부터 그렇게 물들인 것일까, 긴 세월 속에서 그렇게 된 것일까. 너덜너덜한 노란색 외투를 펄럭이며, 어떤 어머니와는 전혀 닮지 않은 노인은 이곳에는 없는 누군가에게 한탄한다.

『왜! 나는…… 나는, 영화로운 장미의 마술사. 제3의 공정을 지배하는 '황색화', 치트리니타스(■시적인 은유일지도 모릅니다)!! 하지 않는 성공 이상해, 그 슈프렝겔 양보다 달인인 물려받은 이 내가 위계, 왜애 이런 곳에서어어어어어어어어어???!!!』

"……황색화. 발효. 제3의 공정을 지배하는 자, 라."

카미조의 어깨 위에 걸터앉아, 가느다란 다리를 바꾸어 꼬면서 코웃음친 것은 오티누스였다.

"즉 뒤집어 보면, 결국 네 번째의 완결까지는 닿지 못한 마술사, 라는 얘기잖아? 알고 있나? 흑, 백, 황, 적. 지고의 지혜를 얻기 위한 네 개의 작업이지만, 장미의 교의에서는 대개의 술사들은 세 번째까지는 완수할 수 있지만 마지막의 네 번째에서 태어난 새는 끝까지 빠져나가지 못하는 것 같더군. 속세의 욕심에 사로잡혀서 한 눈을 팔아 버리기 때문에, 한 발짝만 더 가면 되는데 사물의 본질을 놓치고 만다던가."

『……이, 으윽…….』

"스스로 그렇게 나선 게 아니라, 안나가 그렇게 이름을 붙여 준 건가, 부통령? 그렇다면 역시 가련하군. 네 기대치는 처음부터 그 정도. 그래서 멜자베스라는 지고(至高)를 얻기 위해 동원된 거야. 필요 없는 사람을 버리더라도, 더 쓸 수 있는 사람을 얻는다. 새우로 도미를 낚기 위해서."

『ㄱㅇㅇㅇㅇㅇㅇㅇㅇㅇㅇㅇㅇㅇㅇㅇㅇㅇㅇㅇㅇㅇㅇㅇㅇㅇㅇㅇㅇㅇㅇㅇ
ㅇㅇㅇㅇㅇㅇㅇㅇㅇㅇㅇㅇㅇㅇㅇㅇㅇㅇㅇㅇㅇㅇㅇㅇㅇㅇㅇㅇㅇ
ㅇㅇㅇㅇㅇㅇㅇㅇㅇㅇㅇㅇㅇㅇㅇㅇㅇㅇㅇㅇㅇㅇㅇㅇㅇㅇㅇㅇ
ㅇㅇㅇㅇㅇㅇㅇㅇㅇㅇㅇㅇㅇㅇㅇㅇㅇㅇㅇㅇㅇㅇㅇㅇㅇㅇㅇ
ㅇㅇㅇㅇㅇㅇㅇㅇㅇㅇㅇㅇㅇㅇ!!!!!!』

웅크리고.

작아져서, 너덜너덜한 노인은 떨고 있었다.

그리고 오티누스는 가엾을 정도로 초라해진 노인을 보고도 사정을 봐주지 않았다. 그녀는 '이해자'를 돕기 위해서라면 무엇이든지 하는 존재다.

그래서 지적했다.

"그리고 인간, 눈치챘나?"

『읏?!』

오른쪽 주먹으로 또 한 발. 둔한 소리와 함께, 목줄과 리드로 바닥에 짓눌려 짐승처럼 엎드려 있는 은발 갈색의 미인의 형태가 무너졌다. 버석거리는 모래처럼. 그래도 이번의 이번에야말로, 최후의 불시 기습 리스크도 끊긴다.

털썩, 하고. 엎드린 미녀의 그림자가 무너지자, 모래의 산에서 나온 것은 둥근 덩어리였다. 주먹보다도 큰 정도의 덩어리는 투명하고, 탱글한 젤리와 비슷한 막 속에는 만들어지다 만 병아리 같은 것이 웅크리고 있다. 검은 날개로 덮인 그것은 새빨간 피로 물들어 있었다.

그런 생물, 로는 보이지 않는다.

생명의 반짝임이 느껴지지 않고, 그로테스크함이 없다. 죽은 무언가를 포르말린에 담근 것과도 다르다. 아무리 리얼해도, 그런 식품 샘플이라고 하는 편이 가까울지도 모른다.

"…목이 베인 왕과 왕비는 한 번 녹여서 2종의 결합으로 알을 형성하고, 모래에 묻어 발효를 촉진한다."

오티누스의 그 중얼거림의 진의를, 카미조는 도저히 이해할 수 없었다.

하지만 다음의 한 마디만은.

확실하게 파악할 수 있었다.

"황색의 핵이다, 오른손으로 그 영적 장치를 파괴해. 그러면 전부 끝나."

10

영하 20도, 부자연스러운 한파는 스위치라도 끈 듯이 끊겼다. 바람을 조종하고 모래의 마술을 끌어올리던 로지스틱스 호넷이, R&C

오컬틱스 측의 명령을 거절했기 때문이다.

그리고 로스앤젤레스 여기저기에서 술렁거리는 소리가 늘어 간다. 사람의 기척이나 온기. 바람에 날려온 것들이 쌓이는 곳에는, 결 고운 모래가 산처럼 모여 있었다. 거기에서 뽀각뽀각 하고 소리를 내며, 마치 수면에서 얼굴이라도 내밀듯이 인간이 산 채로 토해져 나오는 것이다.

"푸핫."

똑같은 얼굴을 한 소녀들도 그것은 마찬가지였다. 군용 양산 클론, 통칭 '시스터즈(동생들)'는 학원도시의 텐트 기지에서 빌려 온 총기를 철컥 하고 울리면서,

"아무래도 또 살아남아 버린 것 같아요, 하고 미사카는 하늘을 올려다보며 의외로 압승한 세상에 대해 생각해 봅니다. 퍽 ㅇ 운명이라고, 베이비."

사람들은 흠칫거리는 얼굴로 큰길로 나간다. 그중에는 본래 로스앤젤레스에서 살고 있던 사람도, 군복을 입은 학원도시의 사람도 있었다.

그런 가운데, 다.

"후우, 후우."

카미조 토우마는 어떤 여성을 부축해 주고 있었다. 은색 쇼트헤어에 밀빛 피부. 하지만 오른손을 사용해 몸을 받쳐도 이 사람은 모래처럼 무너지거나 하지는 않는다.

길 건너편에, 다른 작은 그림자가 있었다.

부모에게 물려받은 은발 갈색의 여자아이.

담배 냄새가 나는 신부와 새하얀 수녀복 차림의 수녀 사이에 낀

그 소녀는, 작게 떨고 있었다. 자신이 보고 있는 것이 꿈이나 환상처럼 사라져 버리지 않을지 두려워하는 것처럼.

그래도 시간은 나아간다.

머뭇머뭇, 소녀는 큰길을 나아간다. 걷고, 달리기 시작한다.

카미조도 더 이상은 멋없다고 생각했다. 부축하고 있던 어깨를 떼고, 그 등을 손바닥으로 살며시 민다.

한 발짝, 두 발짝 나아가다가.

그리고 여성은 천천히 무릎을 굽혔다.

계속 보고 싶었던 사람. 자신의 딸과 시선의 높이를 맞추기 위해.

이제 소녀 쪽도 망설이지 않았다.

큰길 한가운데에서, 울면서 어머니와 딸이 꼭 껴안았다.

이것이 하나의 사건의 끝이었다.

확인하자 카미조는 가만히 한숨을 쉬었다.

그러고 나서 발길을 돌린다.

조용히 떠났는데, 따라오는 그림자가 있었다. 옆에 따라붙은 것은 긴 은색 머리카락의 수녀. 어머니 멜자베스를 쫓던 카미조와는 반대로 딸 헤르칼리아를 보호하며 남모르게 싸운 소녀.

"토우마."

"그쪽은 어땠어? 칸자키라든지."

"다른 신부들이랑 같이 모래 속에서 끌어냈어."

그 말에 카미조도 뒤늦게 깨달았다. 치트리니타스의 모래의 술식에 당한 마술사는 꼭 칸자키 한 사람만이 아니었던 것이다. 역시

R&C 오컬틱스, 한 번의 피해가 다르다. 하지만 이제부터는 그들이 거대 IT의 본사 빌딩을 공략할 차례다.

인덱스는 옆에서 이쪽의 얼굴을 들여다보았다.

"나서지 않을 거야? 3000만 명은 내가 구했습니다— 하고."

"싫어, 귀찮아. 애당초 공항에 아무도 없었다고 해서, 그대로 게이트를 뛰어넘어서 로스앤젤레스로 들어와 버렸는걸. 최초의 입국 심사에서부터 전부 아웃이잖아. 미국의 법률은 모르고, 그 후에 몇 개 지뢰를 밟았는지는 더 세고 싶지도 않다고."

어깨에 오티누스를 올려놓은 채, 카미조는 지겹다는 듯이 한숨을 쉬었다.

"…게다가, 이런 걸로 일일이 빚을 졌네 지웠네 하면서 의식할 필요는 없지. 곤란해졌을 때 도움을 받는다는 건, 당연한 플러스 마이너스 제로로면 돼. 그런 세계가 훨씬 더 행복하잖아."

"후훗."

작게 웃고, 인덱스는 옆에서 기대어 왔다.

카미조는 눈썹을 찌푸렸다.

"왜?"

"아니야, 아무것도. 후후후후후—."

최초의 입국 심사에서부터 전부 아웃이니, 영국이나 학원도시의 힘을 빌려 몰래 일본으로 돌아갈 수밖에 없을 것이다.

하지만 울며 매달리기 전에, 거대한 햄버거를 집어먹는 것도 나쁘지 않다.

종장 그 '인간'은 귀환한다
Science_Side, Interrupt

『똑같은 얼굴을 한 클론 소녀들에게 거대 햄버거 쟁탈전에 도전하는 일본의 고등학생, in L.A.』

『으에엑?! 뭐야 이거 아름다워!!』

『지키길 잘했어. 이런 치유계가 한꺼번에 살처분되었다면 얼마나 악몽이란 말이야?』

바깥에서 그런 목소리도 얼핏 들리는 가운데, 학원도시에서는 하나의 재판이 복귀했다.

인터넷이나 SNS의 흐름을 보면 알 수 있지만, 클론 인간은 대체로 호의적으로 받아들여지고 있다. 즉 같은 인간으로 인식되고 있다.

이러니저러니 해도, 사람은 사람을 배척하지 못하는 것인지도 모른다.

캐릭터의 얼굴이 그려진 과자의 봉지를 뜯을 때, 무심코 얼굴 부분을 피하듯이.

앞으로 어떤 취급을 받을지까지는 알 수 없다. 하지만 감정이입만 할 수 있다면, 살처분될 걱정은 없을 것 같다. 그러나 그렇게 되면 다른 문제가 부상한다.

"즉 당신은 금전이나 원한이 아니라 순수하게 자신의 능력을 끌어올리는, 오직 그것만을 위해 사람을 죽이는 일을 받아들인 겁니까?"

"네."

"그걸 만 명 이상이나? 누군가가 막아 주지 않았다면, 최대 2만까지 갔을 거라고요?"

"재미있었어. 매일의 성장을 실감하고 있었어. 그건 사실이야."

"아아, 아아, 무서워라. 상대는 그냥 실험 동물이 아니에요. 태어나는 방법은 달라도, 틀림없이 우리와 같은 생명과 마음을 가진 존재인데."

하얀 머리에 붉은 눈동자의 괴물.

액셀러레이터(일방통행)는 아무도 눈치채지 못하도록 남몰래 웃고 있었다.

……겨우 세계가, 여기까지 와 주었다.

그런 만큼 제1위이자 새 총괄이사장에 대한 정상재량의 여지는 일절 없다.

"정숙. 지금부터 최종 집계에 들어갑니다."

옆에서는 변호사가 머뭇거리고 있었지만, 제1위가 고용한 사람은 아니다.

제도상의 필요라고는 하지만, 이런 승산 없는 재판에 배정되었으니 그도 불운했을 것이다.

피고 자신에게 이길 마음이 없는 재판이라니, 어떻게 해도 불이익을 입을 뿐일 테니까.

"본명 불명, 통칭 액셀러레이터(일방통행)."

재판장은 얼음 같은 눈동자로 괴물을 내려다보고 있었다.

정의의 집행자.

너무 느리군, 하는 액셀러레이터의 입술 움직임도 늙은 재판장은 눈치챘을까.

전세계가 승리에 들끓는 가운데, 누구보다도 그것을 바라던 인간만이 지옥에 빠진다.

새 총괄이사장이 노리는 대로. 정의의 저울을 관장하는 재판장은 차가운 목소리로 이렇게 선고했다.

"판결을 알립니다."

"로지스틱스 호넷, 지금 마지막 1기가 남대서양에 착수(着水)했다는군. 이걸로 12기 전부가 무효화되었다고 봐도 되겠지."

그런가, 하고 로베르토 캇체는 작게 중얼거렸다.

화이트하우스의 집무용 책상에 가죽 구두를 신은 채 발을 올려놓으면서, 대통령은 어딘가 건성이라는 느낌으로 보고에 대충 대답한다.

평소에는 그렇게 신랄한 보좌관 로즈라인 클락하르트도, 이때만은 쓸데없이 다그치지는 않았다.

분명히 뭔가가 부족하다. 텅 빈 공간에는, 늘 부통령이 있어 주었다.

"……다리스……."

의자에 몸을 던지며 잠시 천장을 올려다보고, 그리고 로베르토는 전우의 이름을 입에 담는다.

애도하듯이.

"두 번 다시 만날 수 있을 것 같은 기분이 안 든다고 생각하고 있었는데, 덜컥 로스앤젤레스에서 붙잡히면 어떡해 멍청이!! 어떤 얼굴을 하고 널 만나면 된다는 거야???!!!"

로즈라인은 이마에 손을 가져가 세계를 저주하는 듯 낮은 목소리를 내고 있었다.

"……남자는 모두 마무리가 느슨한 유치한 생물이야, 라고 말해버리면 차별에 해당하겠지. 특히 다양성을 긍정하는 합중국에서 정치를 지망하는 사람이라면 입에 담아서는 안 되는 한마디야. 알고 있어, 전부 알고 있어. 하지만 굳이 말하겠는데 남자는 한 명도 남김없이 똥들만 모여 있냐앗!!!!!! 당신들의 시시한 오기니 프라이드니 하는 싸움 때문에 이쪽이 얼마나 불을 끄느라 뛰어다녀야 한다고 생각하는 거야?! 오늘 밤에도 위장약을 먹고 철야라고오 이제 26일인데 올해의 일이 끝날 기미가 없단 말이다앗—!!!!!!"

"그만둬 그건 내 자랑스러운 컬렉션!"

"지금은 어엿한 증거품이야아!!"

반자동 샷건을 움켜쥐고 날뛰는 미인 보좌관과 드잡이질. 총을 다루는 데는 익숙하지 않은 것인지 초탄(初彈)의 장전을 잊어 준 것 같아서 다행이다. 그렇지 않다면 이러다가 몇 발쯤 폭발했을 것이다.

윽, 하고.

비교적 목숨을 건 공방(攻防)이었을 텐데, 정신이 들어 보니 커다란 책상에 가냘픈 보좌관의 등을 밀어붙이는 형태가 되어 있었다. 마치 살며시 침대에 몸을 밀듯이.

부자연스러운 자세로 깔린 채, 그러나 로즈라인은 비명을 지르지 않았다.

로베르토는 **빼앗아** 든 샷건을 옆으로 내던졌다.

"항상 고마워……."

"그만둬 대통령."

"네가 등을 지켜 줄 거라고 생각하지 않으면, 그런 도박은 못 해."

"……나랑 당신은 치명적으로 취향이 안 맞아, 그러니까 아무리 시간을 쌓아도 스캔들은 안 일어나. 그게 나와 당신의 최대 무기였어. 그렇지?"

하지만 거부하지 않는다.

이것은 분명히 잘못된 선택.

하지만 두 사람 다, 언젠가 이런 잘못이 발생하는 것을 기대하고 있었는지도 모른다.

그때였다. 내선에서 스피커폰으로 무언가 왔다.

『저어—, 사용이 끝난 콘돔을 빙글빙글 돌리는 제인이라는 이름의 수수께끼의 창부가 정문 앞까지 와 있는데 어떻게 대응할까요? 이것의 염색체를 조사하면 대통령의 지인이라는 걸 알 수 있을 거라고 발언하고 있는데, 이쪽에서 질병관리예방센터에 감정을 명령하시겠습니까?』

그리고 보좌관은 작게 웃었다.

웃으며 대통령의 몸이 가볍게 떠오를 정도의 기세로 사타구니를 걷어차고는, 이번의 이번에야말로 화약 냄새가 남아 있는 반자동 샷건을 꼼꼼하게 조작해 초탄을 약실에 장전한다.

『내가 왔어— 달링!! 샷건으로 음식물쓰레기가 되고 싶은 합중국의 적은 누구지—?!』

『구오오 내 할리 엔진이 몽땅 불타서 그을렸어어?!』

로스앤젤레스에 활기가 돌아와 있었다.

그리고 영어든 뭐든, 알아들을 수 있는 한계를 뛰어넘어 버리면 일본인의 귀에는 와글와글시끌벅적으로 들려 버리는 법인가 보다.

지금은 밤. 해외에서는 비교적 일찍 가게가 닫는다고 하지만, 오늘만은 다르다.

모두 함께 기쁨을 나누고 싶은 것인지, 모두가 자신이 일을 해서라도 '평소의 리듬'을 되찾았다고 실감하고 싶은 건지.

햄버거 가게의 한 모퉁이였다.

박스석에 진을 치다시피 카미조 토우마와 인덱스와 오티누스, 그 외에는 완전히 똑같은 얼굴을 한 클론 소녀들이 북적거리는 꼴이 되어 있었다.

부드러운 피부와 부드러운 피부와 체중과 부드러운 피부로 평범하게 짓눌릴 것만 같은 상황에서 카미조는 외치고 있었다.

"눈에 띄어 눈에 띄어 눈에 띄어 눈에 띄어!! 그흑. 뭐얏? 너희들 조금은 몸을 숨기려고 한달까 세간을 시끄럽게 하지 않는 정신 같은 게 있었잖아. 그건 대체 어떻게 됐어?!"

이제 얼굴이 빨개져서 견딜 수가 없다.

물론 피사체는 시스터즈(동생들)겠지만, 같이 있기만 해도 동물원의 판다만큼 셔터를 마구 눌러 대고 있다. 이상한 연사의 섬광으로 가볍게 머리가 어질어질할 정도다.

그리고 시스터즈(동생들)는 신경 쓰지 않는다. 하나의 경단처럼 한데 모인 몬스터가 억양 없이 중얼거린다.

"미사카는 이제 조심스러워하는 건 그만뒀어요, 하고 미사카 16360호는 맨 앞줄에서 착 달라붙어 대답합니다."

"가장 큰 공로자는 허그해서 머리를 쓰다듬어 주는 규칙이 생겼어요, 하고 미사카 19559호는 자기 어필에 여념이 없습니다."

"퍽 ○, 세상은 눈에 띈 사람이 이기는 거라고 퍽 ○. 오늘은 더 이상 시리얼 넘버(검체번호) 따위 아무래도 상관없어요, 이 고양감과 상쾌감은 미사카 네트워크가 공유합니다—."

네트워크로 연결되어 있는 주제에 개성이 넘치는 시스터즈(동생들)다. 그러나 미국에서 자라고 있어서 퍽 ○ 퍽 ○라는 건 조금 어폐가 있는 느낌이 든다.

대체 무엇의 몇 호인지는 모르지만, 틀림없이 이 녀석 개인의 취향이나 기호의 문제다. 오히려 본고장의 나라일수록 피하고 싶어하는 말일 테고.

"알았어 알았어! 뭐, 1등상의 MVP를 결정하면 되는 거야? 그럼 누군가 한 사람이랑 악수할 테니까, 나머지는 미사카 네트워크에서 경험을 공유하면 되잖아."

"……"

"……,"

"……,"

말없는 압박이 무서웟!! 하고 카미조는 옆(에서 함께 짓눌리고 있는)의 수녀에게 도움을 청했다.

"우우욱……. 이, 이게 레기온. 토우마 조심해, 지금이야말로 오른손의 줄무늬를 사용해야 하는 팬티야 줄무늬."

"이봐 왜 그래 인덱스, 시각에 사고가 현혹되고 있다고. 아니, 얼굴이 새빨갛잖아! 이건, 더위 먹었……다고? 섯, 설마 이게 실력적으로 이루어질 리가 없는 꿀벌이 장수말벌을 둘러싸서 열로 죽이는, 목숨을 버린 필살기인가아?!"

"……벌 관련이라면 적당한 이름을 붙여서 제5위 정도가 즉사오의(卽死奧義)라도 개발할 것 같군."

불쑥 낮은 목소리로 말하는 오티누스는 특별히 카미조를 도울 생각은 없는 모양이다.

어쨌든 상을 요청하는 클론 소녀들의 마수가 말미잘처럼 다가와서, 이제 카미조는 이 틈에 테이블 위에 있는 것은 전부 먹어 버리기로 했다.

이 박력으로 한창 자랄 나이의 위장. 내버려두면 감자튀김 하나는 고사하고 곁들여져 있는 파셀리조차 남지 않는다.

하지만,

"엇, 뭐야 이거 콩? 이 아니야, 그럼 난 지금 대체 뭘 먹고 있는 거야?! 평범하게 고기 같아서 오히려 기분 나빠!!"

"걱정하지 마, 인간. 대체육은 그렇게 드물지도 않아. 네놈이 밤이면 밤마다 몰래 먹고 있는 컵라면에 들어 있는 네모난 고기도 콩

이 베이스잖아. 네놈이 늘 유혹에 져서 편의점에서 사곤 하는 쓸데없는 주스는 대체로 전부 무과즙이야, 수수께끼 약품의 덩어리라고 그런 건."

"결국 이게 뭔데?! 제대로 비계 같은 부분이 있어서 맛있는데요!!"

이곳에 있는 것은 그들만이 아니었다.

테이블석의 맞은편에는 은발 갈색의 모녀가 사이좋게 서 있다. 박스석 한쪽에만 시스터즈(동생들)가 쇄도하고 있어서, 맞은편까지는 짓눌리고 있지 않다.

『콩 먹고 싶어, 식물, 헬시예요 지극히.』

여전한 바보 통역과 함께, 헤르칼리아는 양손으로 거대한 햄버거와 격투하고 있었다. 그녀만의 특등석, 즉 어머니 멜자베스의 무릎 위에 자리 잡고 테이블 아래에서 작은 다리를 파닥파닥, 완전히 만족하고 계시다. 평범하게 카미조의 정강이에 부딪쳐 와서 아프다.

그렇달까, 다.

"그건 그렇고 당신, 평범하게 일본어를 할 수 있었군……."

"일본어, 러시아어, 영어라면 뭐 대충. 우주 관련은 넓은 것 같아도 좁은 업계니까요. 의학이라고 하면 독일어인 것처럼, 이 길을 나아갈 때는 필수가 되는 언어예요."

그러고 보니 트레일러 하우스에서의 메시지 동영상으로밖에 보지 못했지만, 그건 일본인을 위해서라고 결정하고 만들지 않았다. 상대가 일본인이라는 것을 알았다면 처음부터 일본어를 사용했을 것이다.

그러고 나서 멜자베스는 다시,

"이번에는, 우리 문제에 깊이 끌어들여 버려서 죄송했어요……."

"뭐야 무슨 얘기야?"

"어머나, 어머나, 그런 부분은 의외일 정도로 어른이네요. 그래도 뭔가 답례는 해야죠, 그렇다면, 그렇지, 이렇게 하죠."

『왓.』

그 순간, 멜자베스는 무릎 위에 올려놓은 헤르칼리아의 두 눈을 손바닥으로 살며시 덮는다.

그리고.

뺨에, 였다.

한순간 닿은 부드러운 감촉의 정체는 손가락 끝은 아닐 것이다.

살며시 얼굴을 뗀 어머니는 엷게 웃고 있었다.

『?』

헤르칼리아는 어리둥절한 채다. 입가에 묻은 햄버거의 (이것도 성분 불명인) 소스를 어머니가 손으로 닦아 주자, 천진하게 두 다리를 파닥거린다.

하지만 딸을 어떻게 하든 어깨의 오티누스는 보고 있었다. 경단 같은 클론 소녀들도 보고 있었다.

그리고 인덱스도 똑똑히 목격했다.

"잠깐 잠깐 잠깐 케어하려면 제대로 케어해 지금 그건 서양에서는 당연합니다 같은 인사 텐션이라고 설명서까지 설명해 줘 멜자베스 잠깐 왜 얼굴을 붉히고 있는 거야 뭘 갑자기 퍼스트네임으로 불려서 부끄러워져 버렸습니다라는 그런 얘기가 아니라 지금은—?!"

죽음 일보 직전이었다.

테이블 끝에 놓아두었던 할아버지 스마트폰이 기본 착신음을 울렸다.

핸드폰을 들어 화면을 바라보고, 카미조는 얼굴을 찌푸린다.

"뭐야, 어이. 발신번호제한이면 무서워, 여기 해외라고!"

어디에 전화가 있든 지구 반대편에서 연락할 수 있다는 것을 깨닫지 못하는 바보는 자신의 스마트폰을 감싸듯이 들고 벌벌 떨며 말하고 있었다.

『이쪽은…… 끝났어…….』

"앙, 왜 그래 스테일? 넌 R&C 오컬틱스 본사 빌딩으로 갔잖아. USB 메모리도 필요 없는 것 같고. 뭐야, 이제 전투 종료 알림? 뭐 방어의 주축이었던 치트리니타스는 우리가 해치웠고, 그 후에는 압승이었다거나?"

『응, 그랬지.』

쉰 중얼거림은 전파 상황 때문이 아니다.

스테일 자신의 목소리가 안정되지 않는 것이다. 눈썹을 찌푸리는 카미조에게, 그는 다시 한번 말했다.

『죽어 있어. R&C 오컬틱스의 중진들이, 모두 피바다에 가라앉아 있다고…….』

그 말에.

카미조 토우마는 자신의 머리 뒤에서 저릿거림 비슷한 무언가가 욱신거리는 것을 그제야 깨달았다.

받아들일 수가 없다.

제대로 일본어가 귀에 들어왔을 텐데, 머리가 풀어서 이해해 주지 않는다.

그래서 카미조는, 부자연스럽게 얼굴을 경련시키며 앞뒤가 이어지지 않는 질문으로 대꾸한다.

"······어이 왜 그래, 뭐야. 환각이라거나? 전문가가 필요한 상황이야? 예를 들면 인덱."

『안 돼, 데려오지 마. 그 애는 천진난만한 것 같아도 의외로 날카로워. 완전기억능력으로 한 번 머리에 집어넣은 후에 얼마든지 반복으로 스캔할 수 있으니까. 그러니까 절대로 눈치채이지 마.』

신음하고 있었다. 그렇게 마녀사냥을 극한까지 익히고, 가혹한 전투를 극복한 스테일 마그누스가.

이것은 정말로 곤란하다.

전화로는 영상은 보이지 않는다.

그게 다행이었을지도 모른다. 장신의 신부는 과연 스스로 깨닫고 있었을까? 카미조를 향해서가 아니라, 누구에게랄 것도 없이 이렇게 중얼거리고 있었던 것이다.

『이런 지옥, 잊지 못하는 그 애한테 보여 줄 수는 없어······.』

그 조금 전의 이야기였다.

미합중국, 캘리포니아주, 로스앤젤레스.

R&C 오컬틱스 본사 빌딩의 방어에 동원된 마술사 · 치트리니타스는 격파되었다.

3000만 명의 시민도, 학원도시 · 영국 청교도의 전투 부대도 모래 속에서 끌어내어졌다.

그렇게 되면, 이제 하나의 결판이 다가온다.

R&C 오컬틱스 본사 빌딩, 그 중역회의실이다.

"이봐, 어떡할 거야, 이봐!"

"드론 관리 서버의 분해 상황은? 'R로즈'만 운반해 내면 고정 빌딩은 버릴 수 있어, 로지스틱스 호넷은 이러고 있는 지금도 세계의 하늘을 제압하고 있다고!!"

"이쪽의 커맨드를 받아들이지 않는 도움도 안 되는 장난감에 언제까지 집착할 생각이야, 인터넷 쇼핑 이외에도 주요 수익 부문은 얼마든지 있어. 지금은 어쨌든 행방을 숨기고, ?!"

움찔 하고, 고급 슈트를 입은 여성의 어깨가 떨렸다.

심리 상태만은 아닐 것이다.

무수한 공격을 받은 세계의 VIP 중 한 명은, 바닥에 쓰러졌을 때는 온몸이 부어올라 있었다.

그 표정을 읽을 수 없게 될 정도로. 뿐만 아니라 부푼 피부 안쪽에서 무언가가 꿈틀거리고 있다.

"음, 음."

뚜벅, 하는 발소리가 하나.

할 말을 잃은 중역들의 시선을 받으며, 그 누군가는 정면에서 성역으로 발을 들여놓는다.

여자였다. 베이지색 수도복을 걸친, 부자연스럽게 어깨 부근에서 금발을 싹둑 자른 여자.

"체체파리하고도 고민했지만, 역시 연구한다면 기생파리가 제일이지. 몸이 크고, 튼튼하고, 속도도 빠르고, 변이에 따라서는 인간의 피부를 뚫고 알을 낳거든. 그리고."

거품을 물고 도망치려던 중역의 등에, 그 누군가는 검지를 향했다. 아니, 정확하게는 카드 사이즈의 작은 물총일까.

젤리 상태의 무언가를 뒤집어쓴 표적에게, 검정이나 은색 잔상을 빔처럼 끌며 무수한 살인파리가 곡선 궤도로 날카롭게 덮쳐들어 간다.

냄새를 민감하게 맡고 모이는 파리는, 실은 사람의 손으로 조종하기 쉬운 곤충의 대표격이기도 하다.

"커스텀해서 시속 50킬로미터 정도 낼 수 있게 하면 사람의 다리로는 도망칠 수 없어. 저질러 버렸네. 이거, 웬만한 총알보다 편리하다고. 그늘에 숨어도 방탄 장비로도 막을 수 없어."

『이런, 이런.』

모두 깜짝 놀랐다.

수수께끼의 인물에게 대답한 것은, 어디에서 어떻게 보아도 골든 리트리버였기 때문이다.

『굳이 미움받는 파리를 제일 흉악한 장난감으로 발탁한다, 인가. 그건 '분해자'와 '매개자'에 대한 경의의 뜻인가?』

"그 쌍둥이의 전매특허도 아니야. 해충 정도는 총괄이사 야쿠미 히사코도 자유자재로 다루었었지."

골든 리트리버는 가만히 한숨을 쉬고, 새 담배 끝을 날카롭게 자른다.

같은 벌레라도 적어도 높은 독성으로 유명한 벌, 거미, 전갈 등에 일격에 죽임을 당한다면 납득할 수도 있을 텐데, 무수한 구더기에 피부 밑의 부드러운 조직을 몽땅 물어뜯겨 죽다니, 최악 중의 최악이다. 그런, 분명히 남의 일 같은 동정의 태도였다.

"놈은 이제 필요 없다고 했으니까."

빙글빙글, 손바닥에 들어갈 정도로 작은 가스식 물총을 가볍게 돌리면서 수도복 차림의 여자는 가볍게 대답했다. 한쪽 눈을 찡긋하고 빈 손으로 자신의 관자놀이를 찌르면서,

"그럼 과학 기술의 '어두운 부분'은 내가 줍지. 뭐, 파이브오버, 군용 양산 클론, 안드로이드, 나노 디바이스, 인공 유령, 근섬유 유사 증가, AIM 확산역장, 그리고 개가 사람의 말을 하는 데 필요한 기술도 그래, 무엇보다 능력 개발. '뱅크(서고)'는 필요 없어. 바깥도 안쪽도, 학원도시제라면 대체로 전부 여기에 있어. ⋯⋯손바닥 위에 없는 건, 그 오른손 정도지."

『중간 보스 군단의 안이한 부활, 또는 가제트를 긁어모은 스페셜 보스에 대단한 로망은 없어. 실제 수치(數值)의 문제가 아니야. 그런 손쉬운 강적은 임팩트가 엷거든. 사천왕의 힘을 혼자서 전부 사용할 수 있는 대마왕은 의외로 쉽게 죽는 법이야.』

"지금 갖고 있는 구식 기술만으로 의기양양한 얼굴의 최신 보스에게 맞선다고 해도?"

『호오? 그 말은 교활하군, 그런 말을 들으면 로망이 조금 욱신거려. 구(舊) 독일의 88밀리를 사용해서 퍼레이드처럼 덮쳐드는 복합 장갑의 하이테크 전차를 뚫어 본다든가?』

"불가능한 말을 하지 마."

『진지한 얼굴로 그런 대전제부터 싹둑 잘라 내지 마, 불가능하니까 로망이라고!』

"너, 설마⋯⋯."

중역 중 한 명이 의자에서 엉덩이를 들지도 못하고 그저 신음한다. 이런 안쪽의 안쪽까지 발을 들여놓을 수 있었다는 것은, 이미 R&C 오컬틱스 본사 빌딩의 경비는 전멸했다고 생각해야 한다.

 단 한 명의 인간의 손에 그렇게 되었다고 보아야 하는 것이다.

 "설마?!"

 "아아, 아까부터 네가 전혀 의자에서 일어서지 못하는 건 성격이 겁쟁이이기 때문이 아니거든? 부끄러워할 건 없어. 모두 이미 그래."

 움직일 수가 없다.

 팔다리는 물론이고, 깜박임이나 호흡조차도 자신이 없어져 간다.

 『가.』

 그리고 무언가가 꿈틀거렸다. 베이지 수도복 여자의 뒤통수에서다.

 『가바그하얏!!』

 무언가가 있었다. 쇼트헤어로는 불편한 듯이, 머리카락의 반짝임 사이에 얼굴 같은 그림자가 보인다. 그것은 확실히 사람의 말로, 마치 공기에 익사하듯이 고함치고 있었다.

 『어이, 거기 너. 너희들. 누가 이 녀석한테 반격해!! 그러지 않으면 더욱더 기어오를 거다. 그 아레이스타라고, 좌절과 실패투성이 '인간'이란 말이다. 폼 잡게 내버려두지 마, 끌어내렷, 빈틈은 얼마든지 있을 거야!! 그러니까……!!』

 "핫핫하. 로라 스튜어트, 또는 대악마 코론존, 그리고 운명 공동체. 그건 오래되고 훌륭한 츤데레, 싫다 싫다 하지만 사실은 좋아하는 거라고 생각해 두마."

『역겨운⋯⋯!!!!!!』

"미안하지만 이번만은, 내 완전한 승리야. 지는 건 다음 기회에도 좋아."

바보 같은 대화를, 그러나 아무도 막을 수 없었다. 이미 완전히 손끝 하나 움직일 수 없게 되어 있었던 것이다. 방법은 한 종류가 아니다. 살인파리의 제어 따위는 펼친 패 중 하나에 지나지 않는다.

본래 과학 기술 안에 포함되는 모든 것이 이 여자(?)의 장난감인 것이다.

"알레르기 물질은 입으로 섭취하는 것보다 피부로 흡수시키는 편이 극적으로 작용하는 경우도 있어. 음식 알레르기로 지정되지 않은 물질도 평범하게 흡수해 주고 말이야. 게다가 이 방법이라면, 실제로 효과가 온몸에 돌 때까지 위기감을 느끼고 회피 행동을 취할 계기조차 얻을 수 없어. 그러니까 무방비한 채 일방적으로 다운시킬 수 있지. 청산가리나 바곳과 달리, 검시를 해도 수상한 점도 나오지 않아. 본인도 눈치채지 못한 그런 체질이고, 그런 불행한 사고였다, 로 처리될 수 있는 거지. 사건의 프로의 눈으로 봐도 말이야?"

"⋯⋯, 가⋯⋯."

아나필락시스 쇼크. 의료나 수사의 관계자조차 아무도 의문으로 생각하지 않는 명확한 사인(死因)이 바깥에서 멋대로 뒤늦게 설정되고, 그리고 두 번째 충격으로 중역들을 소리도 없이 좀먹어 간다.

그 여자는 흥미 없다는 듯이 방을 힐끗 보고 나서,

"CEO 안나는 이곳에 없나. 뭐 그럴 거라고는 생각하고 있었지만."

『……그렇게 완전 승리라고 허풍을 떨어 놓고 이런다고? 역시 분명 어딘가에 실수가 나오는군, 너는.』

어이없다는 듯한 대형견의 말도, 특별히 신경 쓸 여자가 아니다.

나쁜 우연에는 이제 익숙했다.

베이지색 수도복 차림의 여자는 작게 웃는다. 목적하는 인물이 자리에 없다면 메시지를 남길 뿐이다.

"이봐, 슈프렝겔 양. 너무 쉬는 버릇이 붙으면 그대로 질질 은둔형 외톨이가 될 것 같고, 나도 슬슬 내 일을 할 생각이야."

물론 곧 학원도시와 영국 청교도의 혼성 부대가 본사 빌딩에 도착할 것이다.

그때까지 아무도 지울 수 없는 결정적인 문자열을 새기고, 신속하게 현장을 떠날 필요가 있다. 지금의 학원도시는 표면도 이면도 없는 듯하니, 이상한 은폐는 하지 않고 거기에서 있었던 일을 제대로 세계에 알려줄 것이다. 그것은 틀림없이 안나 슈프렝겔의 귀까지 닿을 것이다.

압승이다.

그 여자는 호사스러운 테이블 위의 둔한 페이퍼나이프를 집어 들고, 부드러운 검지 안쪽으로 끝에 댄다. 이것으로 사람에게 상처를 입힌다면, 어쩌면 강하게 힘을 줄 필요가 있을 것이다. 확인하고, 여자는 꼼짝도 하지 못하고 비지땀으로 흠뻑 젖은 불쌍한 희생자 앞으로 천천히 돈다.

페이퍼나이프를 거꾸로 들고, 말뚝이나 무언가처럼 일부러 자세를 잡는다.

어쨌든 웃으며 말했다.

기묘하게 상쾌하게 자신의 입을 찢는 듯한, 더없는 '어두운 부분'의 웃음으로.

　"그러니까 브라이스로드에서 모든 걸 끝낸 '인간' 아레이스타 크로울리가, 너(결사의 시조)를 죽이러 가겠어."

― 다음 권에 계속 ―

작가 후기

한 권씩 읽어 주시는 여러분은 오랜만이고, 한꺼번에 사 주신 여러분은 처음 뵙겠습니다.

카마치 카즈마입니다.

탈(脫) 크리스마스, 26일의 이야기!! 네 어떠셨을까요. 창약 3은 비교적 시커멓고 질척질척했기 때문에, 이번에는 카미조 토우마가 좌우간 일직선으로 사건의 중심에 돌진해 가는 구성으로 만들었습니다. 카미조 토우마와 하마즈라 시아게. 양쪽 다 최선을 다했을 텐데, 뭐가 그렇게까지 달랐을까. 절대적으로 믿는다, 악인이라도 상관없다, 라고 단언하며 자신 이외의 새빨간 남을 위해 목숨을 걸고 싸워 낸 카미조 토우마가 무엇을 움켜쥐었는지를 이것저것 상상해 주시면 좋겠습니다.

그리고 이번에는 무수한 가설을 우선 가득 펼치고 나서, 서서히 답을 줄여 나가는 과정을 문장으로 시각화해 보고 싶었다, 는 행간 부분의 도전도 있습니다.

오랜만에 스테일이 등장했으니, 이때싶 가혹한 선택을. 역시 수상한 담배 신부는 이래야죠. 다만 여기에서 손을 끊거나 보복을 생각하거나 하지 않는 점이 카미조다움일지요. 그렇다고 해도 역시 룬 마술은 편리하네요…. 문자를 고른다, 새긴다, 홈을 물들인다, 잘라 내서 문자를 파괴한다, 로 마술의 준비, 발동, 정지까지의 일련의 수순이 시각적 · 물리적으로 알기 쉬운 것도 좋고요. 다만, 엔터테인먼트라면 너무 올마이티이고 지나치게 편리한 캐릭터는 반대로 내보내기 어렵다는 딜레마도 있어서 고민이 되는 부분이기는 하지만요.

또, 창약 1부터 화제에 올랐던 액셀러레이터(일방통행)의 재판에 대해서도, 무대 뒤이기는 하지만 이번에는 마주하고 있습니다. 제1위의 주위에서는 안나 슈프렝겔이 방해만 하지 않으면 이런 선한 흐름을 만들어 낼 수 있다, 는 거죠.

이번에는 모녀가 테마이기도 했기 때문에 전반부에서는 딸 헤르칼리아, 후반부에서는 어머니 멜자베스에 집중했습니다. 이것도, 은근히 지금까지 이 시리즈에서는 별로 없었던 움직임일지도 모르겠네요. 또 멜자베스에 대해서는 '본인'을 별로 내보내지 않고 바깥 둘레를 메워 감으로써 그 존재감을 늘릴 수 없을까 생각하고 있었는데요, 어떠셨을까요.

일러스트를 그려 주신 하이무라 씨, 이토 타테키 씨, 파이브오버 관련의 카사이 신 씨, 담당 편집자 미키 씨, 아난 씨, 나카지마 씨, 하마무라 씨께 감사드립니다. 모래의 마술은 실제의 효과와 겉보기의 임팩트 사이에 괴리가 있어서, 은근히 힘들었을지도 모르겠네요. 그리고 공포의 로지스틱스 호넷. 이번에도 터무니없는 일에 함께 어울려 주셔서 감사했습니다.

그리고 독자 여러분께도 감사드립니다. 영어가 서툰 카미조 토우마의 미국 이야기, 어떠셨을까요? 미국적인 느낌에 대해서는 커다란 차나 오토바이보다도 은근히 오티누스의 '……, 실은 이런 미국발(發) 장난감은 싫지 않아. 전동 자전거라든가.'가 포인트 아닌가 싶은데, 어떠셨나요? 다음번에도 잘 부탁드립니다!!

그럼 이쯤에서 페이지를 덮어 주시고.
다음번에도 표지를 넘겨 주시기를 바라며.
이번에는 이쯤에서 붓을 놓을까 합니다.

역시 엔터테인먼트 대통령이라면 스텔스 전투기 정도는 타고 다녔으면 좋겠네요!

카마치 카즈마

세계의 한쪽 구석에서, 종을 울리듯이 사랑스러운 목소리가 났다.

"어머나, 벌써 됐어?"

그 말에, 겉모습은 열 살 정도의 소녀인 안나 슈프렝겔은 가만히 어깨를 움츠린다.

"뭐 원래 그 회사는 이렇게 할 예정으로 만든 거고."

"그렇다고 해도 말이야. 버리는 말로 키운 것도, 품에서 따뜻하게 품고 있는 사이에 애착이 생길 때도 있지 않아? 당신, 특히 그런 '변덕'을 좋아하는 것 같고."

"아라디아."

"실례, 침묵을 선택할게. 당신의 '변덕'이 얼마나 심한지를 이해하고 있다면 더 그렇지."

검지를 자신의 입술에 대고 한쪽 눈을 찡긋하며 그녀는 웃는다.

모든 국경을 넘어 전개되는 R&C 오컬틱스는, 원래 '본사 빌딩'이라는 알기 쉬운 중심점을 만들 필요가 없는 조직이었다. 그럼에도 불구하고 그렇게 했다. 왜일까? 어딘가에 중심을 놓아두지 않으면 이겼는지 졌는지 판정을 할 수 없게 되어 버리기 때문이다.

즉, 거대 IT는 미리, 일부러 격파되기 위해 준비한 국제 기업이다.

아레이스타 크로울리의 알레르기 공격과 마찬가지. 본래 세계에 없는 약점을 멋대로 만들어 깊숙이 넣고, 나쁘게 눈에 띄게 해서 한껏 키워 부풀리고, 바깥으로부터의 공격을 유도해 멋지게 파열시켰다.

몸부림치고 괴로워해라, 이 세계여.

그렇게 비웃기 위해.

"……이제 모두가 외칠 거야. 거대 기업이 좋을 대로 하게 두지 마라, 모든 성공자는 국가가 관리해라, 머리 하나만큼 튀어나온 부자는 정체를 알 수 없는 비장의 방법으로 반드시 이빨을 드러낸다. 그러니까 쳐부숴라, 뭉개라, 그 머리카락을 움켜쥐고 진흙 맛을 핥게 해라, 안전을 위해 평화를 위해 세계의 기준은 하류에 모아 두어야 한다."

쿡쿡 하고.

안나 슈프렝겔은 노래하듯이 말하고 나서, 그렇게 결론을 내렸다.

"이만큼이나 카메라 앞에서 날뛰었는걸. 아주 조금이라도 튀어나온 말뚝은 남김없이 얻어맞는, 공포 정치가 시작될 거야. 후훗, 사실은 그런 건 아무도 하고 싶지 않아도, 끓어오르는 민중에게 등을 떠밀려서 그렇게 하지 않을 수 없게 될 거야, 대통령? 당신이 사랑하는 정의가, 당신이 지키고 싶은 사람들을 남김없이 죽이는 독성을 띠는 거지. 실컷 즐겨, 관리 불가능한 폭주의 시대를."

마치 세계의 정점처럼 군림하는 안나. R&C 오컬틱스나 '로젠크로이츠(장미십자)'를 버리는 말로 쓰지 않고 적절하게 운용한다면 그렇게 되었겠지만, 그러나 실제로 그녀는 거기에 집착하지 않는다.

그렇다기보다, 위에 서서 누군가를 돌보는 데는 이제 질렸고, 지쳤다.

그런 보살핌은 세계 최대의 마술 결사 '황금'의 바보 소동으로 이미 충분하다.

모든 것이 재로 돌아간 브라이스로드의 싸움으로 진절머리가 났다.

다음에는 자신이 보살핌을 받을 차례다. 누군가의 비호에 들어가고, 어리광을 부리고 매달리고, 상대의 내구력을 신경 쓰지 않고 제멋대로 굴고 싶다. 하지만 '바깥 세계'에 그녀를 지배하기에 충분한 인물은 없었다.

(⋯멜자베스의 두뇌와 선함이라면, 내가 따라 보는 것도 재미있을 것 같았는데. 보통 사람인데 천재라니 기적의 밸런스인걸. 어딘가의 레벨 5(초능력자)들이라도 보면 알 수 있는 이야기겠지만요. 아―, 아인슈타인 이상의 인격자는 역시 아까웠지.)

자, 그럼 뒤쪽은 어떨까. 기대에 부응하는 무언가가 없으면, 그때는 그때지만.

아라디아라고 불린 여성은 이상하다는 듯이 고개를 갸웃거리며,

"뭐든 좋지만, 그 난폭한 시대는 우리랑 상관이 있는 거야?"

"앨리스한테 물어보지 그래? 어차피 평소처럼 지루해하고 있잖아."

"그녀는 하는 말이 너무 의미 불명이라 아무것도 해독할 수가 없어. 눈이 빙글빙글, 머릿속이 줄줄 새어 나오는걸. 그 부조리 토크는 꼭 미로의 숲 같아, 첨벙첨벙. 조금은 도파민인지 엔돌핀인지를 억제해야 해."

"이상한 나라니까."

"그만큼의 화려한 색채를 앞에 두고, 본인이 전혀 의문을 갖지 않

고 구기 대회니 재판이니에 진지한 얼굴을 하고 어울리고 있었던 점이 더더욱 진짜라니까……."

대답하며, 달과 빛의 마녀는 어이없다는 듯이 어깨를 으쓱한다.

아라디아는 어떤 마녀술을 소개하는 유명한 마도서 안에 등장하는 '모든 마녀의 신'이다. 이르기를, 디아나와 루시퍼의 딸이며, 부유한 기독교도부터 항상 가난한 백성을 구하기 위해 육체에 깃들어 현세에 내려오는, 어두운 밤에 빛나는 여신. 이 설에 따르면 전세계에서 치러지는 사바트(주8)는 모두 그녀를 숭배하고, 부유한 자의 박해로부터 저항할 방법을 가르치기 위한 의식적 학습 집회라고 되어 있다.

앨리스에 대해서는 말할 것까지도 없이, 세계적인 지명도를 자랑하는 동화에 그 이름이 나온다. …덧붙여 말하자면 모두가 친숙한 이 동화는 게티아(주9)나 황금가지(주10) 등과 함께 '그' 괴짜 크로울리가 마술에 대한 이해를 높이는 데 필독서로 권한 책, 이라는 사실은 아시려나. 특히, 카발라를 충분히 익힌 자가 다시 읽어 보면 전혀 다른 의미로 보이게 된다나.

그럼 문제. 안나 슈프렝겔이라는 이름은 애초에 어디에 나오는 것이었을까.

세계 최대의 마술 결사 '황금'을 만들어 낸 세 명의 창설자 중 한 명 웨스트코트의 완전 날조설, 또는 웨스트코트와 메이더스의 여스승 안나 킹스포드설(設) 등등. 가설만이라면 얼마든지 있지만, 그럼

주8) 사바트: 유럽에서 믿었던 마녀 또는 악마 숭배의 집회.
주9) 게티아: 17세기부터 전해지는 작자 미상의 마술서 '레메게톤'의 1부. '레메게톤'은 '솔로몬의 작은 열쇠'라고도 불리며, 솔로몬 왕이 썼다는 5개의 마법서를 모은 것이다. '게티아'는 솔로몬 왕이 부렸다는 72명의 악마를 불러 내어 소원을 이루는 방법을 적은 것으로, 그에 필요한 마법원, 인장의 디자인과 제작 방법, 필요한 주문 등을 수록하고 있다.
주10) 황금가지: 영국의 사회인류학자 제임스 프레이저의 저서. 미개사회의 신화, 주술, 신앙을 수집한 연구서이다.

명확한 답은 나왔을까.

'장미'와 '황금'.

세계적으로 유명한 신구(新舊) 두 마술 결사 사이를 자유자재로 오가며, 그중 어느 쪽에도 불가결한 신비의 여성. 그러나 그 실상을 알고, 단언할 수 있는 자가 대체 이 세상 어디에 있을까.

"……모두가 기다리고 있어, 뉘른베르크의 소녀 씨?"

"그걸로 온몸을 철저히 꿰뚫린 그림책의 마녀가 무슨 말을 하는 거야."

창약 어떤 마술의 금서목록 4

2024년 7월 15일 초판 인쇄
2024년 7월 31일 초판 발행

저자 · KAZUMA KAMACHI
일러스트 · KIYOTAKA HAIMURA
역자 · 김소연
발행인 · 황민호
콘텐츠4사업본부장 · 박정훈
콘텐츠4사업본부장 · 강경양 이예린
마케팅 · 조안나 이유진 이나경
국제업무 · 이주은 김준혜
제작 · 최택순 성시원
일본어판 오리지널 디자인 · HIROKAZU WATANABE
한국판 디자인 · 디자인 우리
발행처 · 대원씨아이(주)

서울 특별시 용산구 한강로3가 40-456
편집부 : 02-2071-2104 FAX : 02-794-2105
영업부 : 02-2071-2061 FAX : 02-794-7771
1992년 5월 11일 등록 3-563호

http://www.dwci.co.kr/

원제 SOYAKU TOARU MAJUTSU NO INDEX Vol.4
©©Kazuma Kamachi 2021
Edited by 전격 문고
First published in Japan in 2021 by KADOKAWA CORPORATION, Tokyo.
Korean translation rights arranged with KADOKAWA CORPORATION, Tokyo.

ISBN 979-11-7245-747-1 04830
ISBN 979-11-362-9439-5 (세트)